本书得到丽泽大学图书出版助成金资助，特此感谢。

声响年华

中华书局

图书在版编目(CIP)数据

声响年华/孙玄龄著. —北京:中华书局,2009.3
ISBN 978 - 7 - 101 - 06516 - 9

Ⅰ.声…　Ⅱ.孙…　Ⅲ.①音乐 – 中国 – 文集
②戏曲 – 中国 – 文集　Ⅳ. J605.2 – 53　J82 – 53

中国版本图书馆 CIP 数据核字(2009)第 007097 号

书　　名	声响年华	
著　　者	孙玄龄	
责任编辑	李肇翔	
出版发行	中华书局	
	(北京市丰台区太平桥西里 38 号　100073)	
	http://www.zhbc.com.cn	
	E – mail:zhbc@zhbc.com.cn	
印　　刷	北京未来科学技术研究所有限责任公司印刷厂	
版　　次	2009 年 3 月北京第 1 版	
	2009 年 3 月北京第 1 次印刷	
规　　格	开本/700 × 1000 毫米　1/16	
	印张 27　插页 4　字数 250 千字	
印　　数	1—3000 册	
国际书号	ISBN 978 – 7 – 101 – 06516 – 9	
定　　价	58.00 元	

目 录

二、乐文与乐论

依其特点 循其脉络（代序）

——关于中国文化研究的注意事项

今年,由我来代课,讲授中国戏曲史。在开讲之前,先谈一下学习这们课程所需要注意的事项。

对中国文化的学习与研究,应该从实际入手。所以,学习中国戏曲,第一就是要尽可能多看中国戏,看了才能知道中国戏是什么。中国戏曲形成的历史很长,也很复杂,远古以来各代艺术文化的积累,再加上元、明、清文人的创作以及艺人们的努力等,才构成了剧目众多、内容丰富、形式精彩的中国戏曲。中国戏曲可看的非常多,值得看的也非常多。本科目课堂时间有限,不能介绍很多剧种和剧目,希望学习者要尽可能地找机会多看中国戏。不能只知道某种形式的存在,不知道其内容,这样,恐怕是不能了解中国戏曲的。

此外,在学习之前,还要强调的是:学习的方法是学习者必须要明确的一个重要问题。这里讲的方法,主要指对中国戏曲史主要构成的看法,这是一个基本点。

现在,对文化的研究有多种方法,视点也不只是一种,其中,从西洋的比较文化学以及人类学、社会学等视点出发研究中国文化也很盛行。目前,西方的戏剧史研究把戏剧起源归于祭祀礼仪,已是常识。所以,有些研究者不但认同这是唯一的起源,而且,把整个中国戏曲的发展历史,都拉到了祭祀礼仪与戏剧的关系上,研究的主要注意点也放到了这种形式的继承上。在中国的实地采访,也着重于到处寻访残留的祭祀礼仪,找寻各种巫舞、傩戏的残留表演成了他们活动的中心，以此证明中国的戏曲史的发展也如西方研究者的观点所述。

但是，本课程对戏曲史的介绍依旧采用的是中国传统的研究方法和观点所得出的结论。理由如下：

中国文化的历史是一条长河，中国戏曲的历史也是一条长河。这个认识，是对中国文化学习时所必备的一个条件。因为我们学的是全史，不是某个局部或分支的历史，这是我们从始至终都不能放弃的一个基点。

为了更好地理解这一点，我们可以看看现代中国文化构成和历史发展的情况，这个情况，可以由下面的中国文化发展构成示意图来说明：

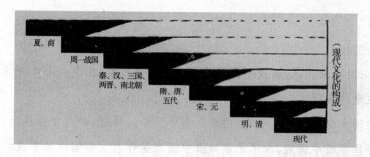

这个图示是本人对中国音乐史进行研究时的思考结果，对中国其他主要文化艺术的发展与构成进行分析时，也可使用。可用它寻找其历史位置、传承轨迹以及与现代文化构成的关系。

从图中可以看出，中国的朝代交替带来了文化及其形式上的转移变更，但是，它也是一种历史性的转折和交代性的继承。而且，每个时期都有一条主线，是继承前代逐渐发展下去的，成为了那个朝代的文化主流；而前代不变的文化及其形式，则成为副线延续了下来。随着时代的流逝，副线不断减弱，时代越是久远，副线趋弱的表现也就更加明显。而且，越靠近现代，副线就越多，因此，现代的文化构成就形成了多条副线与主线并存、综合在一起的状况。

中国文化的复杂性在图示中也有所显示。对此，在学习与研究中国文化时就面临着多种选择，就要看你想研究什么和重视什么了。

比如，远古时期的夏商时代是中国的神本文化或被称为是巫文化的时代，但是，到了春秋时代，中国就已经完成了从神本文化转换为人本文化的过程，成为以人为本的社会了。艺术上的表现则也是转变为以娱人为主。但是，神本文化的代表巫文化依然存在，并没有消失，直至现在，在中国仍可发现有它的点滴遗留。但是，与主线比较来说，它绝对不是主要的。

把历史发展的主线放在一旁，像研究某种保存着古代习俗的原始民族那样去研究中国的历史文化，是不恰当的。可是，很遗憾的是，使用这种方法的人，有增多的趋势。这是走入了以偏代全的道路，没看到历史大河的汹涌波涛是什么。所以，要是学习历史的整体，当然就要以主线为主，否则，是不能对中国几千年来的文化发展有正确理解的。

这个图示，对于戏曲史的学习和研究也能有帮助。本课程的讲解，即是以此图为指导方针，所以，依旧采取了中国传统的对戏曲史的叙述方法，以朝代为纲。而且，略去枝节，取其主干，不着眼于中国戏曲中的某个小的现象。这是传统的中国戏曲史的论述方式，也与图示所列顺序相同。从元代中国戏曲正式形成以来，戏曲的发展与构成同样也有主线与副线，一直继续到现在。对此，我们的课堂讲解，同样围绕着主线进行。

出于以上的想法，本课程依旧采取比较传统的论述方法，从艺术形式混生的古代乐舞讲起，经过周秦时代的俳优、汉唐时代的乐舞百戏、宋代的南戏直到元代戏曲正式形成、明清戏曲大发展、现代戏曲的成就等等，顺序讲述。

这样的讲法，也是出于从中国戏剧体系的角度上来考虑的。西洋戏剧或是西洋音乐、绘画等等，可称为是体系化的艺术。因为它们有理论，有作品，有演员，有被整理出清晰的发展历史。中国戏曲有无体系呢？对此，可以回答，中国的戏曲是有体系的，它也有理论、有作品、有演员，而且，它也有被认可的发展历史。历史的发展虽不同于西洋，但具有自己的特点。所以，我觉得，遵照中国的历史以及戏曲发展的主线去作介绍是最为恰当的。若以副代主，则中国的戏曲就无体系可言了。

总之，对中国的文化进行学习和研究，就要依照其特点，循其脉络而进，方可理解。

在此，先对学习方法和视点进行说明，以下，就可以进入中国戏曲史的讲授了。

说明 2002 年,早稻田大学文学部讲授中国戏曲史的日本老师因为有事,临时找我代课。我接下来了,讲了两年。但是,考虑到我在课堂上讲的是传统式的中国戏曲史,可能与有些研究者观点不同,于是,开讲前,便将自己对中国文化史研究的看法进行了介绍。其实,这也是我在对中国音乐史进行研究时所产生的感想。

对我整理的这个图示,大概会有不少同感者。因此,把当时讲课的提纲整理成文,加上题目,抛砖引玉,供读者参考。

2008 年 5 月记

一、散文乐话

流年

话忆当年

折柳

中央乐团十年记(一)

——谈钢琴伴唱《红灯记》的初期创作

引 子

2008年5月,在重庆开会遇到了戴嘉枋先生。以前知道他在研究"文革"时期的音乐文化现象,但是没有见过面。他和我说:在采访与样板戏创作有关的人时,不少人都提到了我。所以,很想找个机会和我谈谈。还被人家记得,我很高兴,也感到荣幸。我与交响音乐《沙家浜》和钢琴伴唱《红灯记》这两个作品都有些缘分,也是我在中央乐团工作十年的起因。

作家王蒙说,他年轻时非常喜欢苏联歌曲、苏联诗歌。虽然内容早已过时,更不符合时代潮流了,但那是青春的记忆,现在他依旧很喜欢。一个在20世纪50年代受过伤害、被打成右派的人物,尚且对那个年代的文艺充满怀念,那么,我们经历过"文革"的人们,同样也可以用这样的心态,去对待样板戏。那些,也是我们的青春及一个时代的记忆。

时过境迁,加上沧桑巨变,过去的事很淡漠了。但要想的话,多多少少还能说出一些来。而且,时而看到一些对当时情况的叙述,也觉得有些出入,不如自己说说,留下些材料。

每天上班,走到车站都要经过一些路口,有时也要等等红灯过后才能过马路。也许是太平常了,往往到了车站却回忆不起刚才是怎么一路走过来的。——我现在的心情就是这样。人生的路上,走过的路口很多,再回头特意去想,挺不容易的。所以,会有不少"大概、大约"这样的词夹在文中。对此,也请读者原谅。

一、我到了中央乐团

大概是 1969 年初,我到了中央乐团。

一辆大卡车从北京西城鲍家街的中央音乐学院出发,车上有音乐学院的杜鸣心、施万春、王燕樵等几个人。车开到了宣武区自新路的中国戏曲学校,接上我,一直拉到了和平里的中央乐团。杜鸣心他们是去参加修改芭蕾舞《红色娘子军》创作组,我则是进了修改交响音乐《沙家浜》的创作组,从那之后,我就一直在中央乐团的创作组工作,也和样板戏有了关系,一直在那里待了十年。

"文革"一结束,中国戏曲学校和中央乐团交涉,强烈希望我能回去教课。但是,我没能被叫回去。原来,中央乐团拿出了调我们的批文,上面是周恩来总理的亲笔批示。这样一来,戏校不能坚持,没有办法了。我在中央乐团一直待到 1979 年的年底,才离开那里,到了中国艺术研究院的音乐研究所。

我这个中国戏曲音乐出身的人,为什么能到中央乐团呢? 话说起来就要长一些,得从钢琴伴唱《红灯记》(以下文中均称"钢伴")来说起了。

二、关于"钢伴"创作的介绍

对"钢伴",我以为比较好说。可是,动笔前一看,才知道有不少人写了,殷承宗本人也说过了多次。

介绍"钢伴"创作的这些文章,总起来看大概有三类:一是殷承宗自己说的;二是作家、记者们介绍的;三是音乐研究者写的。以下,把这三类各选一些如下:

在《三联生活周刊》2007 年第 37 期里,有一篇殷承宗的口述文章,谈了"钢伴"的创作情况:

那时北京有很多"毛泽东思想宣传队"到街上唱歌、跳舞,我也想抬架钢琴出来演出。因为 1967 年 5 月 23 日,中央要在人民大会堂召开"纪念延安文艺座谈会 25 周年"大会,我想尽量搜集些"革命群众"的意见,在这个大会之前能把意见传上去。我组织了一个小乐队,决定把"舞台"放到天安门。那天,卡车拉着钢琴走到南池子附近就不许继续前进,于是我们四个人抬着钢琴,一直抬到金水桥边开始演奏。那时候年轻气盛,什么都不怕。

第一天就一两百人看。因为我得奖时《人民日报》还发表过社论,标题是《殷承宗的手》,说我先天条件不好,但如何刻苦等,所以北京还有一些人知道我,一些高校学生听说我要演出,也跑来看。

第一天我弹了《农村新歌》和一些革命歌曲,然后让工农兵群众随便点歌,有点毛主席语录歌的,有点《抬头望见北斗星》的,有点《我们是毛主席的红卫兵》的等等,我还边弹边唱。当时有位观众提出,能不能用钢琴弹段京剧。我开始想,这怎么可能呢? 京剧那么复杂,唱念做打,单单是伴奏的打击乐,那也不是一个钢琴就能拿下来的。但既然大家有这样的要求,为什么不试试呢? 我当时对京剧一窍不通,但中央乐团已搞了交响乐《沙家浜》,我对这个剧的曲调比较熟悉,凭记忆回去后连夜写了《沙家浜》沙奶奶斥敌那一段。第二天找了个会唱的人,到天安门又弹又唱,效果不错。到了第三天,观众已经有上千了,现场反应很热烈,几天后给乐团的信也多得不得了。大家都很兴奋,觉得这是一次"革命行动"。这段时间我们抬着钢琴,架个麦克风,到北京街头、工厂,到处演出。从周围的热烈反馈中我得到了一个结论:中国人需要钢琴。于是,写了很多材料递上去,上面传话来,希望我们能搞些创作。

于是我就找了一拨清华大学的学生,到中央广播乐团搞创作,准备国庆演出。清华的学生很会写词,我和他们讨论写什么,最后决定写红卫兵题材的,歌颂红卫兵嘛。我们写了一个很长的钢琴交响诗,叫《前进! 毛主席的红卫兵》,有钢琴,有唱的,而且是京剧曲调写成的,乱七八糟大杂烩。

唱歌部分找来歌唱家邓玉华,但邓玉华不怎么懂京剧,我们把刘长瑜找来辅导她。在准备的那场演出中,《前进!毛主席的红卫兵》作为重头戏,放在下半场,前半场的节目有刘长瑜唱的京剧,我想试着用钢琴为她伴奏,于是晚上我连夜写了《红灯记》的前三段,第二天找刘长瑜来合,觉得效果不错。

1967年国庆节,我们在民族文化宫演出,结果那一台节目什么东西都没留下来,就这个钢琴伴唱《红灯记》轰动得不得了,我还写了一个京剧《咏梅》,现场就炸了。大家觉得形式很新颖,艺术质量也比较高。无论京剧还是钢琴,都非常正宗。"中唱"的一个编辑听了,他们也在找节目,就决定给这个节目录音。

1968年6月30日深夜,我被突然告知,我创作的钢琴伴唱《红灯记》将作为建党47周年的特别献礼在全国广播。7月1日,钢琴伴唱《红灯记》这个"洋为中用"的新艺术形式,在人民大会堂演出,当时毛泽东、林彪等都出席了。第二天,《人民日报》在头版头条以特大字号通栏报道了这条新闻,"新闻联播"都报了这条消息。那时钢琴已被禁锢多年,大家突然在"新闻联播"里听到了钢琴声,都兴奋得不得了。中央音乐学院钢琴系的学生,兴奋地上天安门广场贴标语,庆祝钢琴重新获得新生。不久,中央新闻电影制片厂还拍成影片在全国公映,一时全国轰动。①

这段叙述虽然比较详细,但中间漏掉了一段。这段的内容,在另外的采访中他曾经说过,具体如下:

钢琴伴唱《红灯记》开始只写了三段,后来录了音报到中央"文革"领导小组去了,江青听了之后有个批示,大意是叫我继续搞下去,这样就又写了五段,到1968年6月30日深夜,我们受到了中央"文革"领导小组的接见,说钢琴伴唱《红灯记》将作为建党47周年的特别献礼在全国广播。7月1日我们在人民大会堂的演出很成功,《人民日报》在头版头条的位置作了报道,中央新闻电影制片厂还拍了电影,钢琴艺术在一夜之间被得到了肯定。②

介绍"钢伴"创作的文章中,原厦门市文化局局长彭一万的文章写得比较详细,文章里出现了我的名字:

> 由于在天安门广场演出产生了巨大的反响,中央乐团领导决定让殷承宗进行创作,作为对 1967 年国庆节的献礼。
>
> 殷承宗带了一个创作组到广播乐团,同他们讨论创作问题。大家对创作题材提出很多意见,有的想创作一些歌颂"文化大革命"的作品,有的想创作钢琴交响诗,穿插诗歌朗诵,题目是《前进! 毛主席的红卫兵》。就是这些节目的总和,也只够演半场,还有半场演什么呢? 殷承宗根据天安门演出的经验,想搞京剧。于是,他跑到中国京剧团去拜师。他先找到京剧《红灯记》的作者之一刘吉典,刘吉典又把中央音乐学院青年二胡教师孙玄龄介绍给他。这样,殷承宗就开始向他们学京剧并写曲子。他很喜欢京剧《红灯记》,特别喜欢李铁梅这个角色和她的唱腔设计。于是,他又到中国京剧团串门,坐在排练场看《红灯记》的排练,听刘长瑜、李维康等人的练唱。回家后,他在几天内就改编了几个唱段,然后请刘长瑜到中央乐团,试唱了当中《做人要做这样的人》等三个段子。虽然还只是即兴伴唱,但京剧的抑扬顿挫与钢琴的脆亮雄浑交相辉映的艺术特色,令人耳目一新。1967 年国庆节,在北京民族文化宫的演出节目中,殷承宗和刘长瑜合作的钢琴伴唱《红灯记》以及毛泽东词《咏梅》引起了轰动。中央领导人鼓励他继续搞下去。
>
> 于是,殷承宗埋头于创编工作。为了找准钢琴与京剧结合的感觉,他连续听了二百多张京剧老唱片,并向京剧团的老师学习京剧鼓点。他苦心孤诣地完成了八个唱段(李铁梅五段,李玉和三段),便与刘长瑜和钱浩梁进行了认真的排练,录音后送上审查。1968 年 6 月 30 日,他获中央首长接

见,钢琴伴唱《红灯记》的创作受到充分肯定,并告知他第二天这一作品要作为建党47周年的特别礼物,向全国广播。殷承宗兴奋得彻夜难眠,他感到,彷徨、探索了这么些年,钢琴终于获得了翻身,"曲线救琴"功德圆满。7月1日,在北京人民大会堂举行的庆祝建党47周年文艺晚会上,殷承宗和刘长瑜、钱浩梁合作演出了钢琴伴唱《红灯记》,毛主席、周总理等中央首长都出席观看,并走上舞台接见演员。第二天,《人民日报》头版头条以特大号字通栏报道了这一新闻,并配发了毛主席、周总理与演员们合影的大幅照片。这给了大家很大的鼓舞。③

研究者文章中,有戴嘉枋先生的《钢琴伴唱〈红灯记〉的产生及其音乐分析》一文,其中,也谈到了"钢伴"的创作过程:

> 受天安门演出经历和观众点唱京剧的启发,殷承宗认为终于找到钢琴的一条出路:用钢琴为京剧样板戏《红灯记》伴唱。于是他便到中国京剧院去拜师,《红灯记》音乐的创作者之一刘吉典,把孙玄龄(时任中央戏剧学院青年教师)介绍给他,殷承宗便开始学京戏并写曲子。他试写了以京剧唱腔谱作的毛主席诗词《咏梅》,请京剧院的演员李维康试唱;同时,殷承宗很喜爱《红灯记》戏中李铁梅的唱腔,就写了李铁梅的三段曲子,又马上去找唱李铁梅的京剧演员刘长瑜合练,在合练中彼此感觉都很好。
>
> 1967年国庆节,在北京民族文化宫的演出节目中,殷承宗和刘长瑜的钢琴伴唱《红灯记》以及毛主席诗词《咏梅》引起了轰动。在场的中国唱片社人员决定录音后上报中央。演出后不久,突然有一天,殷被通知去人民大会堂,受到江青接见。江青说听了录音后认为非常好,鼓励殷承宗继续搞下去。从此他开始名正言顺地进行钢琴曲创作。
>
> 殷承宗认为,像李铁梅那三段曲子的唱腔还比较简单,可李玉和、李奶奶的一些大段唱腔,不去学习就写不出。他来到中国京剧院,整天坐在乐池里观看《红灯记》的演出,特别是仔细推敲了李铁梅、李玉和及李奶奶的

所有台词、唱腔及其韵味，包括其中锣鼓点的用法，并把它们全都背了下来。1968年春，他把写好的曲子（李铁梅五段、李玉和三段）和刘长瑜、钱浩梁进行认真的排练，录音后送交上去。

1968年6月30日深夜，殷承宗在睡梦中被唤醒，说是中央领导要接见他。接见时，中央首长特别肯定了钢琴伴唱《红灯记》的创作，并决定作为建党47周年的特别献礼，第二天要向全国广播。殷承宗听后简直不敢相信，他兴奋得整夜睡不着：彷徨了这么多年，钢琴终于可以"翻身"了。④

以上的三篇介绍，虽比较仔细，但在"钢伴"如何创作出来的过程上都有些不同。另外，还有些介绍文章，说的就更不同了。我很怀疑这是不是殷承宗所说的了：

说起钢琴伴唱《红灯记》，钢琴大师殷承宗回忆说，那是1967年的国庆，他所在的中央乐团在北京民族宫剧场演出。在那个特殊年代，能演的节目很少。原准备的节目都演完了，可观众的情绪很高，还不愿意离开。这时，他就与同台表演的京剧演员浩亮、刘长瑜几位商量了一下，临时决定再来几段京剧《红灯记》里的清唱，由他用钢琴即兴伴奏，结果大受观众欢迎。后来，他与京剧打击乐队合作为《红灯记》中十二个著名的唱段伴奏。尽管难度极大，但"嫁接"的结果受到了观众的欢迎。钢琴伴唱《红灯记》于1968年在北京的民族宫剧场首演获得成功，1968年7月1日，毛泽东在人民大会堂看了他们的演出，并肯定了这个"洋为中用"的"创举"。⑤

1967年春夏之际，殷承宗到中国京剧院，无意中见到刘长瑜、李维康等人在练唱，于是他先请来了李维康，用钢琴为她唱的一段用京剧谱写的毛主席诗词《咏梅》伴奏。接着又请刘长瑜到乐团，试唱了一下《红灯记》的伴奏。1967年秋，一辆卡车载着一架钢琴和殷承宗、刘长瑜他们，到天安门广场来"宣传毛泽东思想"了。演出反应十分强烈，广场上那一堆堆、一伙伙本来在演讲和辩论的人们，都报以热烈的掌声。⑥

这两段介绍，不但把浩亮说了进去，而且还把刘长瑜也送到了天安门广场。说得实在不着边了。殷承宗本人对"钢伴"创作的介绍，除了上面所引之外，还有很多次，都是在访谈、采访时说的。而且，随着时间的逐渐流逝，他的介绍也越来越简单，和其他人说的也差不多了。如下面的一次问答中：

问："是不是钢琴伴唱《红灯记》也是在天安门产生的？"

殷承宗："应该说是起因。革命歌曲点得差不多了，有人问能不能用钢琴弹段京剧？我开始想这怎么可能呢？京剧多复杂呀，唱念做打，就说伴奏的打击乐，那不是一个钢琴就能拿下来的。但工农兵有这样的要求，为什么不试试呢？于是我就到京剧院找李维康、刘长瑜、浩亮他们琢磨，先弄出了几段，里面包括京剧唱腔毛主席词《咏梅》和《红灯记》的几段。有人把它的录音带送给江青，江青听后很满意，说要公演，还要拍成彩色电影。钢琴伴唱《红灯记》出现后，使许多弹钢琴学钢琴的人又可以公开弹钢琴了。"⑦

引了这么多，可能会觉得太啰唆。可是，比较起来看一看，倒是很有意思。

画家吴冠中先生在一次讲话中说："我们处的时代，空间的距离越来越小，时间的距离越来越大。"他还举例说，当今世界上各地发生的事情，大家几乎可以在同时知道。想去多远的地方，地理上的距离也没有问题；但是，上代人做了些什么？想的是什么？我们很难知道。有些事情，过了就很难搞清了。

看着这些介绍文章，不由得想起了这段话。

以上的各段说明都有些不足，交代得不大清楚。对于现代音乐史上有一席位置的作品，应该有比较一致的介绍才好。

以下，就是我的说明了。我只是填漏补缺，谈一些他们说得不详细的，或是他们记得不大准确的事情吧。

三、我知道的钢琴伴唱《红灯记》最初创作过程

1. "钢伴"创作之前的一个相关作品

在交响音乐《沙家浜》被定为样板、中央乐团成为重点之后,殷承宗非常急于为钢琴找出路。1967 年 5 月之后,他想以弹奏京剧音乐为契机,改变钢琴的命运。具体来说,是想用京剧音乐写个钢琴协奏曲。这个计划得到了当时中央乐团领导的批准,组成了一个创作组。但是,缺少一个能写京剧曲调的人。

殷承宗先到中国京剧院,找到了京剧音乐界著名的刘吉典先生,希望能得到他的帮助,一起合作,在京剧音乐上做些指导。但是,刘先生婉言谢绝了。原因有两个,一是他在京剧院也很忙;二是更主要的,也是刘先生没有说出来的。当时中国京剧院的所谓"斗批改"形势,对刘先生很不利了,他已经不便于出来。但是,刘先生对殷承宗说:中国戏曲学校有一个孙玄龄,你可以去找他。

刘吉典先生是我们的老师,他对我写的京剧唱段《咏梅》也很感兴趣。1967年的春天,中国戏曲学校的学生自己编演了一出《红灯照》,是我写的主要唱腔。排练时刘先生来听了。听后,我问他有什么意见,他说了四个字:"精彩之极!"他之所以推荐我,大概是出于对我有较深的印象吧。

大约是那一年春末夏初的一天,殷承宗骑个自行车,来到中国戏曲学校,找到了我。由于当时中央乐团已经被作为文艺界的重点,所以,比较容易地就把我借了出来。我也就离开了整天的政治学习。

把我借到乐团,就是要和他们一起搞那个钢琴协奏曲《前进! 毛主席的红卫兵》。那时,他们已经写起来了,主要由殷承宗和另一位钢琴演奏者陈兆勋在写。我去了,正好填补缺一个写京剧曲调的空缺。

开始,我也住在了中央乐团,在那里,一直把初稿写完,然后和殷承宗一起,搬到了中央广播乐团的排练场,在那里又住了两个多月。因为是请中央广播乐团协助,所以我们才到了那里。

创作的主要人物,除了殷承宗、陈兆勋之外,还有中央乐团的田丰、中央音

乐学院的施万春以及中央广播乐团的孙亦琳。指挥是中央广播乐团的袁方，中央乐团的李德伦也来协助。我负责京剧曲调的创作和教唱京剧。作词的是清华大学电子工程系1963届的学生马鹏捷、毛已长、陈长杰和一个姓谢的同学，一共四人。演唱者是煤矿文工团的邓玉华，合唱与伴奏是中央广播乐团的合唱队与管弦乐队。

现在看来，这个班子凑得真有意思，很有特点！这是专业的音乐工作者和很有时代代表性的革命小将在一起，在那个特殊时期做了一件特殊的事情。就是这一点，也值得为它记上一笔。

这个作品是由几部分音乐组成，有合唱、钢琴伴奏的独唱和乐队与钢琴的协奏。前后的合唱及独唱部分都是京剧曲调，曲调是由我写的。京剧的唱段中主要用的是反二黄，有慢有快，还有一些其他板式。钢琴及音乐的部分，虽然也有些京剧的旋律，但主要是以劫夫的语录歌《世界是你们的》为素材进行发展的。

总之，这个作品是个杂拌类型的，但究竟作曲家、演奏家们的水平都是一流的，也尽了全力，所以，尽管是杂拌，也还可以，还能听得下去。

印象中，由那段语录歌发展开来的音乐由钢琴和乐队合奏时相当好听，很有气魄和洋溢着青年人的活力。钢琴演奏也有很多精彩的段落。其中，我还记得，施万春用我提供的素材写了一段赋格式的钢琴段落，很有特色。我没想到京剧的曲调可以那样地变化使用，所以，印象很深。

这个合唱、独唱、协奏在一起的作品，因为形式太杂，不是一般的协奏曲，所以，我的印象中是以"钢琴交响音乐"这个名称来演出的。

关于这个作品，殷承宗除了在上面所引的文中之外，倒是也还谈过，不过都是很简单地带过而已。

其实，这个作品规模不小，能够占多半场的时间，可见还是有分量的。在广播电台的剧场内彩排过一次，第二次，就是1967年10月1日在民族宫剧场正式的演出。之后，这个作品也就寿终正寝了。

历史的原因，使《前进！毛主席的红卫兵》这个作品没能成功。这倒没什

么,因为它本身就是个京剧音乐与钢琴及交响乐合作的实验,如此而已,没有多大的遗憾。但是,创作这个作品同时的副产品钢琴伴唱《红灯记》,却得到了意外的好运,像是《红楼梦》中所说"好风凭借力,送我上青云"一样,红了起来。

2. "钢伴"的初期创作

这里所说的初期创作,即是钢琴伴唱《红灯记》最初创作的三段:《都有一颗红亮的心》、《做人要做这样的人》、《打不尽豺狼决不下战场》。在这之后所写的,即不属于初期创作了。

《前进!毛主席的红卫兵》唱的部分,已经是地地道道的京剧曲调了,而且,也是成套的唱腔,唱腔的钢琴伴奏,也是殷承宗写的。可以说,基本上已经了解了京剧音乐的伴奏特点,所以,再写一些纯京剧唱段的伴奏,也应该不难了。虽不能说这个作品与钢琴伴唱《红灯记》有直接的关系,但是,通过这个作品使殷承宗熟悉了京剧音乐,这倒是真的。

在我们住在中央广播乐团进行创作的后期,殷承宗开始写单独京剧唱段的伴奏了。

他把我写的京剧唱段《咏梅》配了钢琴伴奏。写得很好,特别是在开始时,他用了几个很透明的和弦,构成了与词义的梅花傲寒、俊俏相同的意境。我很满意。只是,他从歌曲的角度出发,在中间拖了一个长音。我觉得,戏曲的唱段中拖了一个歌曲式表现的长音,不好唱,我不大喜欢。但是,也没有坚持。

在我的记忆中,他曾把写的钢琴伴唱《红灯记》弹给我听过。那时他还不能完全掌握京剧唱腔的细微之处,有些地方的感觉不对。但是,这个人想学地道的京剧,又很聪明,技术又好,你只要提出要求来,他一定能想法子做到,没有说过什么钢琴做不到的话。他很快就找到了京剧音乐的感觉,在这一点上,我很佩服他。

《红灯记》的三段钢琴伴奏,《都有一颗红亮的心》一段的伴奏写得很漂亮。明快流畅,小巧玲珑,效果很好。作为钢琴的小品来听也是不错的。《做人要做这样的人》一段,印象中他改了几次,特别是在过门完了唱之前的地方,他想出来用轮指来模拟月琴,这既有深思的意境,也很有味道。这段伴奏,即使是京剧演员,唱起来也是没话说。既烘托了唱腔,前后也有钢琴发挥的余地。这是一段成功的伴奏,说实话,比京胡的伴奏丰富多了。还有一段《打不尽豺狼决不下战场》,由于是一种节奏到底,钢琴是跟着唱腔走的,没有多少变化。对这段,我没留下很深的印象。

以上这些唱段,不是一夜完成定稿的。一夜之间,不大可能写得那么完整。以《做人要做这样的人》为例,从前奏起,就要对原剧舞台伴奏音乐进行整理和改编,这是需要时间来构思和琢磨的。我由于听过,所以还留有对音乐的较深印象。

至于殷承宗说的"连夜写了《红灯记》的前三段",也许是说打草稿?也许是把为《沙家浜》沙奶奶唱段伴奏的事情和《红灯记》的事情搞混了。但是,究竟如何,不得而知。因为,至今为止,还没有看到过殷承宗自己亲笔写的文章。

其实,这个很好判断,如果一夜可以写三段的话,用不了一个星期,全部《红灯记》都可以写完了。——我估计是记录者的笔误。

3. 关于演唱者

钢琴伴唱《红灯记》的演唱者是刘长瑜。殷承宗喜欢《红灯记》的唱腔,也喜欢刘长瑜的演唱,"钢伴"写作的具体动机,也是想为刘长瑜演唱的《红灯记》伴奏。

伴奏的写作,是先有唱者在先的。没有具体演唱者,如何选唱段呢?钢琴伴唱《红灯记》确实是由刘长瑜而起,由她试唱,第一次演出是她,录音演唱也是她。从这点上来看,我觉得,她是个不能不提的人。

请刘长瑜来,最先有请她唱《前进!毛主席的红卫兵》的想法,但是不成。又请她教邓玉华唱,但因为我在,又是我写的唱腔,她也没教什么。记忆中,她主要是给邓玉华说了一下表演上的事情。"钢伴"决定演出的事情,的确是在《前进!毛主席的红卫兵》创作快结束的时候,考虑到全场演出的时间情况,才有了请她上台的想法。所以,殷承宗自己也认为"钢伴"是当时的一个副产品。

现在想来,"钢伴"能取得成功,也有它的历史背景的。我想,若是没有一个合适的演唱者,大概也很难引起江青的兴趣。因为演唱者是刘长瑜,她是《红灯记》李铁梅的扮演者。如果没有她的演唱，"钢伴"恐怕是另一种命运了。

刘长瑜是我的高班同学，戏演得好，人也随和。"文革"前，在一次北京市文化宫教唱的时候，我与她合作过，觉得她很好合作。"文革"初，她已是名人，但没有架子，你叫她怎么唱，她就怎么唱，和钢琴的伴奏很配合。而且，作为京剧的演员，她并不是非得依我不可，而是努力地去找寻和钢琴合作的感觉，也为这件新事物的成功尽了力。

当时，她唱了我写的京剧曲调唱段《咏梅》，是殷承宗配的钢琴伴奏。而且，我当时还写了一个京剧曲调唱段《沁园春·雪》，殷承宗也配了钢琴伴奏。那个曲子很难唱，但是，刘长瑜也给唱了，还录了音。那个时候，殷承宗、她，我们都是很好的朋友，在业务上的交流是很平常的事情。不过，有些文章说她如何耐心指导殷承宗等等，这有点演义（演绎）了，我没见到过。——也许是后来吧。

刘长瑜本人也谈过"钢伴"的事情。在 2008 年 3 月，她在《京剧名家刘长瑜自述她六十年的艺术人生》一文中，说了对"钢伴"的支持。但她是从那时浩亮对她压制的这个角度讲的，此处从略。

至于李维康，她和我也很熟。她也到过我们住的广播乐团来玩儿过，也试唱过钢琴伴奏的《咏梅》和《红灯记》。在"钢伴"创作的后期，殷承宗去了京剧院，在那里，他可能为李维康伴奏的多了。这段情况，我就不知道了。但在"钢伴"成了样板之后，中央乐团的演出，李维康经常参加。那时，我也到了中央乐团。

另外，当时殷承宗旁边的人，都对他以钢琴伴奏京剧有所支持和帮助。比如，我还记得的是，《咏梅》及一些其他的钢琴谱，就是由另一位钢琴演奏者李其芳抄写整理的。

以上，是"钢伴"创作的最初情况。我只是在殷承宗把钢琴与京剧结合在一起的开始阶段，起了一些京剧音乐指导的作用，也是这个时期的见证人。

四、"钢伴"的完成

自 1968 年春"钢伴"被江青注意，下了指示以后，殷承宗的工作进程就快多了。他到京剧院去继续写，也成为理所当然的事情。京剧院全面对他开放了绿灯，他可以放手，全心全意地去搞"钢伴"了。

　　1968年7月1日在人民大会堂演出了钢琴伴唱《红灯记》的八个唱段。其中除了《都有一颗红亮的心》、《做人要做这样的人》、《打不尽豺狼决不下战场》这三段之外，另外的《穷人的孩子早当家》、《浑身是胆雄赳赳》、《光辉照儿永向前》、《仇恨入心要发芽》、《雄心壮志冲云天》五段，是殷承宗到中国京剧院之后写的。在这以后，殷承宗又补充写了《天下事难不倒共产党员》、《学你爹心红胆壮志如钢》、《血债还要血来偿》、《党教儿做一个刚强铁汉》四段的伴奏，加在一起，就是"钢伴"全部的内容。

　　在很多文章中，都说他到了京剧院和浩亮（钱浩梁）、高玉倩、刘长瑜一起琢磨，一起搞，实际上，这是不大可能的事情。这些人没有多少时间和他在一起。特别是浩亮，那时已经是高高在上的人物了，整天和他在一起是不可能的。还是他自己学，自己写，然后，再和他们交流、或是说听他们的意见修改。文章中介绍说他在后台看戏、背唱腔、锣鼓等事情，大概就是在这个阶段所做的了。

　　据我所知，能给他提意见，决定行不行的倒是有一位，他就是唱老旦的李金泉。

　　那时，中国京剧院中的李少春、刘吉典等业务上的权威人士早已靠边站了。可以活动的、也能被浩亮接受在唱腔方面把关的人，是李金泉。李金泉京剧传统的基础很深，也能编唱腔。那时，他是中国京剧院里一个很重要的人物，唱腔创作出来，过了他这关以后，才由浩亮唱。

　　李金泉是个出色的京剧老旦演员，但可以说，除了唱京戏，他不大知道其他的艺术形式。当然，他肯定不知道巴赫、莫扎特、贝多芬这些人，也没听过钢琴曲子，更不知道怎么发挥钢琴的演奏特点。他怎么指导钢琴伴奏的写作呢？说起来也简单，就是一点：你的伴奏得让我唱得舒服才行。无论如何也要达到这一点。

　　我很佩服殷承宗，佩服他那么听话。他先想法子达到京剧演唱的要求，然后再去发挥钢琴的演奏。在这样的一句一句的严格甚至苛刻的要求下，他完成了钢琴伴唱《红灯记》的创作。

我当时没在场，但是，我知道这个情况。另外，在"文革"稍后期，殷承宗把钢琴伴唱《红灯记》改成钢琴独奏曲时，我又亲身体会到了李金泉的指导。这次，李金泉代表浩亮到中央乐团来听，要求依旧：弹得必须和唱腔一样，差一点都不行。我真服了！对两个人都服了！

无论是在唱腔的细微之处还是在节奏上，伴奏要和唱的完全一样。对一个钢琴演奏者来说，这是很难的。但是，殷承宗做到了。

五、"钢伴"的音乐特点

钢琴伴唱京剧不同于一般歌曲的钢琴伴奏，它走的是京胡伴奏的老路，是一种以钢琴代替京胡跟腔走的办法。这个做法，等于把京胡伴奏的曲调放大到钢琴上了。这时，右手的演奏是京胡的旋律，左手是和声与织体，更重要的是双手还要强调出京剧唱腔的特点和节奏。当然，钢琴不是京胡，有自己的语言，不是完全一样的。

钢琴可以发挥的地方，是在前奏、间奏和唱段结束时的尾奏等部分上。的确，这些地方的发挥都比原来的京剧伴奏强，是可以欣赏的部分。在不脱离原剧情所规定的范围内，钢琴是很出色的。另外，在唱腔中一些小过门、小的连接上，钢琴伴奏也冲开了约束，做了一些发挥，效果都很好。

这个作品在演奏时比较难的地方，是它要求钢琴的弹奏与唱腔必须保持完全一致，一点儿也不能走样。演奏是伴唱（一起唱）似的演奏，所以，对演奏的要求很严格，不下功夫学唱，与唱很难合拍，是弹不好的。

另外，对于以练外国练习曲出身的钢琴家来说，在指法上也有一定的难度，需要较长时期的练习才能适应。京剧固然不是五声音阶，但是它的曲调对于钢琴键盘的排列来说，显然是不大适合的。在钢琴演奏上，比较来说，中国民族乐曲比西洋曲子难弹，而民族乐曲中，弹京剧又是更加难一些。殷承宗之所以能成功，也在于他克服了以上所说的难点，努力地去实践了，把一件看似不可能的事情，变成了可能。

他能够做到这一点，不仅是有杰出的音乐感，也是因为对民族音乐有感情。

音乐家最重要的是音乐感，殷承宗的音乐感非常好。不仅对西洋音乐，对中国音乐的感觉也是很好。这样的人不多。民族音乐是有自己的特点的，由于音乐的类型不同，不是每个搞西洋音乐的人都能掌握好民族音乐的。

"文革"以前，殷承宗接触京剧的机会很少，但是，他对京剧却能很有感情。接触京剧以后，他把京剧音乐同样看作是一种很美的音乐，努力去表现它。殷承宗的学习是出于真心，他学了唱腔，找到了京剧基本的节奏特点，写了伴奏，再和京剧演唱者商榷，选择最合适的方法和表现。

有杰出的音乐感、高超的演奏技术，加上对中国民族音乐有很深的感情，这三个条件都集中了，我想，这也是"钢伴"成功的一个原因和一个艺术家素质的表现吧。他的努力，也的确为钢琴在当时的中国社会环境下找到了一条出路。"钢伴"是一个岩缝中的花朵。

殷承宗个人性格中的执著，也是"钢伴"成功的一个因素。他演奏什么作品都很认真，在后来演奏钢琴独奏曲《百鸟朝凤》时，他同样也是在钢琴上认真地模仿唢呐的演奏，模仿每一种鸟的叫声，使那个曲子不失原曲的风格；在演奏《十面埋伏》时，由于那个曲子是琵琶传统乐曲中的武曲，表现非常激烈，钢琴模仿和追求琵琶演奏的效果，其难度非常高，需要的体力大大地超越了一般的钢琴演奏，以至于使其他人很难演奏。我曾听一位钢琴演奏家说："这个曲子的难度超出了钢琴演奏的极限！"

钢琴伴唱不但成就明显，在钢琴演奏上也是独树一帜，弹好了很不容易。现在，还没有人能达到当年殷承宗以及石叔诚、许斐平、鲍惠荞等人演奏的水平。道理很简单，因为现在很少有人能下那么大的功夫去学京剧了。

殷承宗对此也有一些同感。在2007年12月对《东方早报》记者访谈中，他说道：

他们(年轻钢琴家)和我们是两个时代，他们的时代更商业，和我们完全不同。中国作品需要很多人研究，就像不懂京戏的人是根本弹不出《红灯记》一样,这需要下工夫。简单地以西洋音乐来套不行,就像你不能把巴赫弹成肖邦。何况中国的东西有着五千年的沉积,比西方的作品还要更难些。钻进去学才能把它们保留住。⑧

关于创作,他也在接受《第一财经日报》记者的采访时,说了以下的话:

> 那时候我们没有演出,成天就是搞创作,到处去体验生活。为创作《红灯记》,我去中国京剧团天天看京剧,去中国戏校拜师,几乎看了一个月,什么唱段都会唱;改编古曲《春江花月夜》时,我们在北海关了一年,跟老艺人去记谱。《黄河》也是,跟着船夫拉纤、摆渡,一直走到延安。那时候很艰苦,没有路,车开到壶口,用犁拖着被子行李一路走到延安。一边走一边做采访,走了两个多星期。
>
> 现在的时代太商业,作曲家创作时先要20万元才肯动笔,还不一定写得好。商业对艺术的伤害是很大的,而以前我们创作,是不可能去计较一分钱的。⑨

我想,他说的"去中国戏校拜师",没有别人,说的就是我了。

六、中国钢琴音乐中的民族音乐灵魂

纵观殷承宗的中国民族音乐的钢琴作品,有一个很突出的特点,即:都是改编之作。每个曲子,都有一个结结实实的母体。

钢琴伴唱《红灯记》的后面是京剧的音乐,是一种有长久历史和大众基础的音乐。

钢琴协奏曲《黄河》的母体是《黄河大合唱》,这是一部充满民族精神、民族气魄的作品。至今没有超过它的合唱作品。钢琴的演奏,就是把《黄河大合唱》钢琴化了,用钢琴把黄河唱了出来。

民族乐曲的部分，分为两种，一是改编的陕北民歌，二是改编的著名的传统民族器乐曲。无论是歌曲还是器乐曲，都有着深厚的内涵和浓厚的历史沉淀。钢琴化了的这些音乐，仍旧保持了它的生命力。这样的曲子，是作曲家难以作出的。所以，这些曲子到现在也经常被演出，大概，也一直会被演下去的吧。

和作曲比较起来，我们的音乐家在改编上已经有了经验和成绩，是绝不可忽视的。而且，改编也是一个不错的方法。我想，这是值得探讨的课题。

最后的话

钢琴伴唱的创作最好由殷承宗来说。可是，他大概也没有日记，记忆也是马马虎虎，所以，在人还在的情况下，就出来了多样的说法。其实，这是不大应该的。

若把"钢伴"的创作情况以殷承宗和京剧的关系为纲，按时间顺序排一个简单的表的话，大概是下面这个样子：

1967 年 5 月　殷承宗开始在天安门弹琴，弹了革命歌曲之后，应听众要求，写了一段《沙家浜》中沙奶奶唱段的伴奏。

1967 年 6—9 月　以殷承宗为主，开始创作以京剧曲调为主的钢琴协奏曲《前进！毛主席的红卫兵》。创作这个作品的同时，殷承宗为京剧曲调的毛主席诗词《咏梅》、《沁园春·雪》配了钢琴伴奏。同期，开始写了《红灯记》中李铁梅三个唱段的伴奏。

1967 年 10 月　1967 年 10 月 1 日在民族宫礼堂演出了《前进！毛主席的红卫兵》，同台，演出了由刘长瑜演唱、殷承宗钢琴伴奏的《红灯记》的三个唱段。演出之后，中国唱片社把《红灯记》及《咏梅》录音，并将录音上报到中央"文革"小组。

1968 年 3—6 月	大约在 1968 年初春之际,江青听了上报的录音之后,批示钢琴伴唱继续搞下去。殷承宗到京剧院,继续写《红灯记》唱段的钢琴伴奏,又写了五段,与前三段一起,共写了八段。
1968 年 6 月 30 日	晚 11 时 30 分至 7 月 1 日凌晨 1 时 15 分,中央"文革"小组在人民大会堂福建厅接见殷承宗等人,宣布钢琴伴唱《红灯记》将作为建党 47 周年的特别献礼,并且在全国广播。
1968 年 7 月 1 日	殷承宗、刘长瑜、浩亮合作演出了钢琴伴唱《红灯记》,毛主席、周总理等出席观看。第二天,《人民日报》以头版头条报道。[⑩]

《前进! 毛主席的红卫兵》演出完之后,我们还有联系。当时,他也不清楚以后会怎么样,仍是处于困惑与等待之中。

我不大清楚江青下达指示的具体时间,因为那时我已经回到了中国戏曲学校。殷承宗接到指示之后,就直接找到了中国京剧团,继续写作。以后,我只是从报道中知道了"钢伴"成了样板的消息。

又和他重逢,是在 1969 年初,我被调到中央乐团的时候了。

(写于 2008 年 8 月)

注　释:

①　引自殷承宗《我经历的钢琴"革命"年代》一文,《三联生活周刊》2007 年第 37 期。

②　引自《成功与失败——对殷承宗的一次采访》(2005 年 8 月 18 日),参见 http://tieba. baidu. com/f? kz = 32273999。

③　引自《在曲折崎岖的人生道路上奋进——钢琴大师殷承宗》一文,见《厦门音乐名家》,厦门大学出版社,2007 年 3 月。

④　引自《钢琴伴唱〈红灯记〉的产生及其音乐分析》一文,《音乐研究》2007 年第 1 期。

⑤　引自殷承宗《钢琴伴唱〈红灯记〉是这样诞生的》,《沈阳晚报》2006 年 11 月 22 日。

⑥　引自"音乐沙龙论坛",参见 http://forum.classical.com.cn/index.php。

⑦　引自赵世民《最重要的是爱——钢琴家殷承宗访谈录》一文(文中说明"这是 1998 年的最后一天,早晨 8 时,我与他聊天"),参见 http://www.redlib.cn/html/ZhongWaiShuZhai_656/ZuiZhongYao376304.htm。

⑧　引自殷承宗《相伴钢琴黄河》一文,参见"中国艺术批评网"(http://www.zgyspp.com/)。

⑨　引自吴丹《殷承宗的钢琴往事》一文,参见 http://www.midodo.cn/html/2007 - 12/1917.html。

⑩　1968 年 6 月 30 日接见讲话内容见《天津新文艺》第 72 号(1968 年 7 月),参见 http://www.etext.org/Politics/MIM/chinese/classics/jiangqing1966to1976/121 - 160/132.html。

中央乐团十年记(二)

——关于交响音乐《沙家浜》的修改

在中央乐团商榷成立修改《沙家浜》创作组的时候,殷承宗和李德伦想到了我,把我和音乐学院的老师一起调到了中央乐团。这次不是借了,是工作的调动。我成了中央乐团的正式工作人员,才有了前文第一章开始的一段。

钢琴伴唱《红灯记》的最初创作阶段与我有些关联,而交响音乐《沙家浜》,则是在修改直至定稿的阶段与我有直接的关系。我是交响《沙家浜》的修改者之一,不是原创者。在这里,我能够介绍的,也是从修改到定稿中的一些情况。

一、交响音乐《沙家浜》的原创者

交响音乐《沙家浜》是从1965年开始搞起的一个作品。关于这个作品,虽然还没有很仔细和严格求证的文章,但是,也有些人已经说了。我只是参加了修改,所以,对于最初的创作情况,可以去参考其他人的介绍。

但是,我到了中央乐团以后,与原创作的四位作曲者都有过接触,在这里,可以说说对他们的印象,以便使人增加了解。

交响音乐《沙家浜》,是中央乐团专业和业余创作者一起创作的作品。最初创作人员有以下的四人:

罗忠镕:著名的、很有成就的作曲家,已经写有多部自己的交响乐作品。特别是他在写作《保卫延安》这部交响乐中,用了不少秦腔之类的戏曲材料,在民族化方面做了深入探讨。在交响音乐《沙家浜》这个作品的整体构思和连贯性等方面,是由他来全面把关的。他是《沙家浜》这个作品初稿的最主要执笔者。

罗忠镕先生是个资格很老的作曲家,但是,他的思想过于单纯,在新中国成立后,他想与政治脱节,全心全意搞业务,所以,"文革"中受到冲击,也是难免的了。

罗先生是个随和、助人为乐的人,也很容易合作。我曾经向他请教多次,他并不因为我不是这一行的人而有所见外,更没有大作曲家的架子,总是那么温文尔雅。乐团的人遇到理论上的问题时,都要去请教他。当然,他在业务上的爱憎是很分明的,绝不隐瞒自己的观点。

遗憾的是,在修改《沙家浜》的创作组中没有他的身影,他一直没有回到创作组来。但是,罗先生一直没有停止他的创作活动和对创作的思考,"文革"之后,马上就恢复了作曲和教学的工作,活跃在音乐界。罗先生是一位使人敬佩的中国知识分子,之所以一直能保持着创作的热情,和他根本就具有一颗童心是分不开的。

杨牧云:乐队的小提琴演奏员。出身于哈尔滨,是由白俄罗斯音乐家培养起来的小提琴演奏家。

俄国十月革命以后,一些白俄罗斯人来到了哈尔滨,有些人是原俄国著名的演奏家。其中,有钢琴家、小提琴家等,他们的水平很高。这些白俄罗斯音乐家在中国时,为中国的音乐事业也尽了一份力。50年代中期以后,他们只有两条路,或是回苏联或是去其他国家。其中的大多数都转道去了其他国家。杨牧云是他们的学生,小提琴演奏水平很高。他是中央乐团正式任命的两名小提琴首席演奏者之一,另一名是司徒华成。

杨牧云可能小时家境很好,接触的东西很多,多才多艺。俄文、日文皆可。他喜欢京剧,可以拉几下京胡,有一些京剧团的朋友。他是个老乐队队员,乐队经验很丰富,所以,他也可以编配一些乐队作品,还可以指挥,他也有代替李德伦指挥《沙家浜》的时候。

谭炯明:乐队的打击乐演奏员。原来学作曲,后来改为学打击乐。他的特点是点子极多,感觉很灵敏,音乐上见多识广,是个出主意的好材料。我曾经听他讲解过苏联音乐与中国音乐的对比,我很吃惊他知道得那么多,很冷门的苏联音乐家作品他都知道,讲解得头头是道,不得不服。由于他学过作曲,乐队作品的编写也没有问题。

邓宗安:乐队的中提琴演奏员。也喜欢京剧。他是个冷静型的人,在大家都比较兴奋的时候,他可以客观地提出一些理性的意见来。所以,不知不觉中他们把他看成是个持主见的头头人物。他也是老乐队队员,对乐队比较熟悉,也能编配一些乐队的作品。

他们四个人之间的关系很好,常在一起,互相称呼为"头儿"。我和他们一起时,他们还以"杨头儿"、"谭头儿"之类的互相称呼。由于他们的关系很好,又常在一起谈论各种事情,所以,运动初期(或是更早一些),差点被打成"裴多菲俱乐部"。但是,由于《沙家浜》成了样板戏,这个事情也就没有了。

早在"文革"之前,以杨牧云和一位叫张孔凡的人为主,曾写过一个《穆桂英挂帅》交响组曲。这个作品基本上是梅兰芳《穆桂英挂帅》在交响乐上的翻版,但用的是京剧《杨门女将》中南梆子的曲调,即使现在听起来,也还挺有特色的。杨牧云曾很多次谈起张孔凡,用的是很佩服的口气。听说,张孔凡后来被下放到了西北地区,我不知道详细的原因,大概又是一段恩怨之事了。

除了写作人员,还有一位重要的人物,他就是指挥家李德伦。

李德伦出身于北京的显贵之家,但参加革命很早,解放以后又是最早被派到苏联留学的人物之一。他是中国音乐界50年代到80年代整个过渡时期的一个代表人物,他的经历、职位和社会地位,使他在很多方面都很活跃,是我国现代音乐史中一位很值得研究和介绍的人物。李德伦在《沙家浜》的创作中,起着举足轻重的作用,如果没有他的支持,没有他在指挥上的实践,这个作品也不会成功。

关于李德伦,已经有人给他写了传记,各种文章中有很多关于他的材料。但熟悉的人都知道,他基本上是艺术家的性格,说话也很随便。对此,中央乐团的老人们都很了解,能说出很多来。

李德伦虽然是个洋指挥,但是他看过不少戏,对京剧,他是尊重和理解的。

这也是为什么是他而不是别人指挥了《沙家浜》的缘故之一。

1965 年以后,这些人一起合作,写作了交响音乐《沙家浜》。当然,是根据上面人物的指示,或是有些其他的原因。但是要看到,若是他们对民族音乐没有感情,若是不热心于西洋音乐的民族化,这个作品也出不来。这是创作《沙家浜》的精神基础,也是后人最应该理解的地方。

到本文动笔为止,交响音乐《沙家浜》最早创作的人,只有谭炯明和罗忠镕还健在,但关于《沙家浜》的创作,只是谭炯明说了些话,罗先生没说什么。对此,有些遗憾。

二、关于交响音乐《沙家浜》的修改情况

1. 创作组人员的情况

我参加的交响音乐《沙家浜》修改小组,在乐团就叫《沙家浜》创作组。李德伦既是指挥,也是领导。我去的时候,他是芭蕾舞《红色娘子军》、交响音乐《沙家浜》两个音乐修改创作组的组长,一担挑。

创作组人员先后的变动很大,而且是随时变动。因为是全团唯一的重点,不是业余创作了,所以,团内的专业作曲人员皆可使用。刚开始,我们《沙家浜》创作组里,杨牧云、谭炯明、邓宗安这些老人还都在,还有个业余创作者吹大管的刘奇和作曲的田丰、王酩,加上我。后来,施万春也加入了。逐渐地,田丰离开了,刘奇、谭炯明、邓宗安先后都回乐队了,留下的有我、杨牧云、施万春等。再后来,因为没有曲调上的问题,我也离开了,去搞其他创作,杨牧云也回乐队了。记忆中,因为施万春的作曲写作技术非常专业,由他做乐谱整理和收尾工作。1971 年《沙家浜》录了音,就算是定了稿,1972 年拍了电影之后,这个组就解散了。

大约 1971 年以后,中央乐团全体创作人员(作词、作曲)都集中在一个创作组内,新老人员加在一起,最多时到了近二十人。吴祖强调到了中央乐团之后,还当了我们几年的组长。不过,这是后话了。

2. 交响音乐《沙家浜》的修改情况

修改稿交响音乐《沙家浜》一共有以下的九段：

　　1 序曲　2 军民鱼水情　3 敌寇入侵　4 枪声报警芦苇荡　5 坚持
　　6 授计　7 斥敌　8 奔袭　9 胜利

这个结构还是很精练的，把京剧《沙家浜》的基本唱腔都包含在内了。初稿时，曾有"智斗"一段，修改稿把这一段去掉了。当时传达是江青的指示。其实，从效果看，不管是谁的意见，删掉还是对的，因为"智斗"那段表演性很强，在音乐的舞台上三个人演起戏来，会冲淡音乐的表现力。

修改，也可以说是从最早的业余创作改为专业的创作。具体地来说，就是一点一点地琢磨。因为是京剧的改编，唱腔基本的格局已经定好，不能另起炉灶，只能在原来的基础上，做些小的改进。

大部分唱段的过门音乐，都重新写过，在唱腔伴奏的配器、过门音乐等处也做了很多次修改的实验。后来的这些专业作曲家，把原来的配器部分都仔细地梳理了一遍，改掉粗糙的或有错音等处。我记得，几乎对每一段都讨论研究过，改来改去，直到无可挑剔。另外，随着北京京剧团对唱腔和音乐的修改，中央乐团也必须随之改动。

这个作品，在京剧音乐这个框框里做文章，当时也只能那么写。但是，作曲家们确是尽了全力，不是敷衍而作的。至于有人说这是个杂八凑，粗制滥造，是不符合事实的。

作品中，留给乐队与合唱的余地，只是序曲、终曲和两段乐队演奏的音乐段落。这些部分的改动大一些。原来全曲中用的贯穿主题是《新四军军歌》，当时提出不合适，就改成了《三大纪律八项注意》。这虽是一个比较大的改动，不过，对那些专业的作曲家来说，这倒不是难事，他们很快就把旋律换好了。

序曲基本还是原来的架子，但中间有一段女声合唱"三九年阳澄湖畔沙家浜……"，在审查时被指出词句不当，要改，改成了"新四军奋战沙家浜，子弟兵

众乡亲鱼水情长"。词改了,需要重写曲调。本来我们已经开始写,但于会泳送来了他写的曲调,所以,序曲中还留有于会泳创作的一段唱腔。

尾声"胜利"大合唱,原来是用京剧高拨子曲调写的。江青不喜欢高拨子,要改掉重新写。写京剧曲调的就我一个,所以新的曲调是我写的。这也成了我在那个时期工作的一个纪念。在当时,曲调必须高昂,还得抒情,写起来并不是很容易。我记得,也是写了几稿才定下来的。

听说,有一度想恢复最原始的版本,还唱高拨子的曲调,可是听2008年年初中国交响乐团的复演,用的还是改动后的版本。大概是很难回去了。这和京剧《沙家浜》回不到《芦荡火种》是一样的道理吧。

那时的创作,除了个别之处还能记得是谁具体执笔之外,其他的部分,很难找出是哪个人作的了。都是大家一起议论,然后就写起来,再议论,再写。直到最后录了音,不能再动了,修改也就终止了。不过,当时修改的成与否,指挥有很大的发言权,他说行,才能通过团内的第一关。李德伦是专家,在他的要求下,应该说还不会出现很差劲的段落,也不会出现与中央乐团水平很不相符合的现象。这,是起码的要求吧。

修改,就是这样一个情况,前后也有近两年的时间。当时,"十年磨一剑"这句话,变成了"十年磨一戏"。交响音乐《沙家浜》也是这样,一点一点地磨,直到在当时的指导思想下觉得差不多了,审查时也挑不出来毛病了,才算完事。

至于为什么那么多专业的作曲家一起攻关式地搞修改,还是那么拘谨,不能用更大胆、更加交响乐化的手法呢?对此,要从当时的社会环境去分析才行。当时,只能那样做。

奇怪的是,在参考借鉴上却是很开放的。在当时的样板团里,找寻参考资料很自由,封闭的图书馆、资料室,对我们是全面开放的。以参考为名,什么唱片都可以听,什么书都可以看。我在中央乐团的十年中就听了非常多的唱片,从古典一直听到了浪漫派、印象派。我是如此,那些西洋音乐家们,听的东西就更多了。

而且,有时上边还叫我们多参考。我记得,有一次江青不知道想起了什么,指示京剧团给芭蕾舞团演一出传统戏《杀四门》。《杀四门》是京剧传统戏中的武戏，表演非常激烈，难度很大。剧中主角秦怀玉是由中国京剧团的武生李景德演的，我们都去看了。李景德武功实在是精彩，看得芭蕾舞团的人目瞪口呆。我也多年没看那么好的戏了，看得真过瘾，留下了深深的印象。

几个样板团的情况大体上都是如此。既然是这样，那么，为什么不能在创作上更放开一些呢？这也是没办法，因为有很多限制的缘故。除了时代要求的必须高昂、挺拔之外，还有一些半内行半外行的规定。比如，在和声上，只能用传统的古典功能和声，稍微出现一点印象派的味道，马上就会被挑出来。所以，当时是可以听，可以参考，就是不能用。这是那个时代的一个特殊现象。

不过，即使在那样的限制下，西洋音乐者们也尽了最大的努力。

三、演奏、演唱者们的努力

我觉得，在创作交响音乐《沙家浜》的时候，写作已经不是大问题了，更要解决的是让洋唱法的人去唱好京剧、让洋乐队伴奏好京剧的问题。在这两方面，中央乐团的音乐家们，的确踏踏实实地下了功夫，取得了优秀的成绩。

1. 乐队的努力

京剧是纯中国民族音乐，节奏是很灵活的，演奏京剧，当然和演奏西洋交响乐不同，需要很好的适应。但是，中央乐团的乐队演奏得很好，他们尽量地去适应、去表现京剧音乐的特点，伴奏得很好。

当时，在乐队中加入了京剧打击乐。这些京剧打击乐是由乐团打击乐组的人演奏的，他们学习了板鼓、大锣、铙钹、小锣全套的京剧锣鼓，而且还打得很不错。乐队中还加入了京胡，最早的京胡演奏，是杨牧云拉的。前面介绍过，他是首席小提琴演奏家，放下了提琴去拉京胡，而且拉得兴高采烈。后来，乐队中的京胡、二胡一直是由小提琴手来演奏的，直到调去了一个专业京胡演奏者为止。同时，我到乐团以后，有时也拉京胡参加乐队的演奏。《沙家浜》的录音和拍电影中的京胡演奏，是我担任的。

西洋乐队有它的特点,它的构成在音色配置上比较科学,演奏强调整体的配合。这样的一个乐队,去给京剧伴奏,演奏上不做一些改革是不成的。中央乐团的演奏,既是京剧,但仍不失交响乐队的特色,不能不说这是很成功的表现。而这个表现,和乐队每一个人的努力、齐心是分不开的。

2. 演唱者们的努力

比起来交响乐队伴奏京剧来,交响音乐《沙家浜》在演唱上的难度要更大一些。

京剧的腔调是民族唱法的产物,它的腔调,特别是男声唱的旋律都在高音区,这对于京剧演员来说是寻常的,但对于西洋唱法的歌手来说,高音则太多了。歌曲中偶尔出现的高音,在京剧唱腔中却是很普通的。所以,西洋唱法的人唱京剧,多少有些为难他们了。所以,对于中央乐团独唱、合唱演员们为唱好京剧所付出的努力,我是很佩服的。

3. 关于独唱

最早,中央乐团演唱《沙家浜》靠的是热情,谁能唱,就由谁来唱。在我去的时候,是一个叫张云卿的人唱郭建光。由于是主要演员,他好像也是乐团领导小组的成员。但不知为什么,搞"五一六"以后他就被换了下来,不能登台了。后来,找了很多人唱,都不大满意,直到乐团下决定自己重新培养一个为止。

那时,分配来了一批中国音乐学院声乐系的毕业生,从中选了一位嗓音比较高亢的着重培养,最后,定了他作为《沙家浜》主要的演唱者。他就是后来录音和拍电影时郭建光的演唱者曹连生。

培养,是培养他唱好《沙家浜》,也就是他要唱好京剧。而教他的人,不是乐团的声乐专家,而是京剧的老师。

为了唱好京剧和了解京剧的知识,中央乐团从中国戏曲学校调来了两位京剧教员,教演员唱京剧和学一些表演身段等。调来的是孙盛文和李甫春这两位老师,他们在乐团一直工作到"文革"结束之后,才又回到戏校去的。

孙盛文老师的资格很老,他是富连成科班盛字辈的大师哥,教学经验极为丰富,他给裘盛荣、袁世海他们那一辈演员都说过戏。洋团体说洋式的话,戏班的话他们觉得非常有意思。孙老师把"天天读"说成"见天儿读",叫乐团的人笑了好长一阵子。

李甫春老师是荣春社出身,也是极有经验的京剧演员和教师。

这两位老师,给曹连生下了不少的功夫。曹连生的嗓子高音没问题,但学唱比较慢,孙老师和李老师愣是一句一句地把他教了出来。特别是孙老师,真是注入了不少的心血,把他当成了自己孩子似的,非常地耐心,才使他从唱到台风都不错了,成了合格的独唱演员。

现在看起来,曹连生的唱法已经不是歌唱的唱法了,而是京剧的唱法。因为,他唱的《沙家浜》,洋嗓子的味道不多,歌曲的味道也不多,京剧的味道倒是比较地道。

当时很多人都唱过郭建光,甚至男中音刘秉义也唱过。他在下面唱一句两句还可以,真正到了台上,全曲唱下来,汗流浃背、声嘶力竭,真够难为他的。我记得,他的那一场演出是在中国青年艺术剧院。

由于能唱好京剧的歌唱演员很缺,胡松华也被调到了乐团。胡松华原来就是个多面手,唱什么都可以,变个唱法,就可以唱京剧。第一次借他来,中央民族歌舞团不肯放他,他又回到原单位了。第二次,不知道乐团借了一个什么原由,把他要过来了,他成了乐团的正式成员,唱《沙家浜》的 B 角。

演唱沙奶奶的演员,A 角是林寄语,是女中音。她完全改变了唱法,放弃了原来的女中音,改用本嗓唱京剧老旦了。但是她的本嗓音色很好,改得也很成功。B 角叫卢汉才,是女高音,她也是改了唱法,用本嗓唱老旦,唱得也不错。她们挺了不起的,为了唱京剧,都付出了最大的努力。

演唱阿庆嫂的演员 A 角是梁美珍,B 角是文征平。

梁美珍是纯正西洋唱法的女高音,她就那么用洋唱法唱阿庆嫂的唱腔,没有用京剧的假声。梁美珍的洋唱法比较固定,京剧唱腔中小的装饰唱法,对她来说比较难。但是,她很用功。她是广西人,普通话也不是很好,但是也做到了字正腔圆,真是很难为她了。不过,那时觉得她的唱法没变,现在再听,感到她的唱法也有了一些变化,特别是在吐字发声方面,唱得很民族化了。

梁美珍曾在中央乐团排演贝多芬《第九交响乐》时担任女高音独唱。——换句话说,她是中国第一个"贝九"的女高音独唱者。从唱"贝九"到唱京剧,这个反差是非常大的。她尽了最大的努力。但是,她在某种程度上保持了原来的唱法,没完全往京剧上靠。我觉得,这倒是值得注意和研究的。

文征平也是一位很好的女高音歌唱家,但她在掌握民族化唱法上很有成绩,所以,能唱得很像京剧。

当时的 A、B 角的安排是绝不能改变的,以审查演出时登场的演员为准。遇到重要的演出场合,那就肯定是 A 角登场,即使以后有唱得更好的,A、B 角的顺序也不会改变。

4. 关于合唱

不仅是独唱,合唱演唱京剧,也可以说是一场声乐的革命,合唱使用洋唱法唱出京剧来,这是很不简单的一件事。

合唱唱京剧遇到的第一个问题是调高问题。

前面已经说过,京剧唱腔不大适合于洋唱法的歌唱。女声唱腔还可以,生角唱腔的音区太高,很难唱。如果可以降下调来唱还可以。比如现在写的那些"京歌",可以根据合唱的音域把京剧唱腔降调唱。可那时不行,必须和独唱演员一样,唱同样的调高。这对合唱队来说,是很难的。调高,唱腔旋律也高,这两高,都是合唱必须克服的难关。

合唱遇到的第二个问题是京剧的韵味。交响音乐《沙家浜》唱的是京剧,不是歌曲,得要唱出京剧的味道来,吐字要清楚,对一个大合唱队来说,做到也是不容易的。

合唱队员们,克服了以上的两个困难。听着他们的唱,真是做到了清清楚楚,唱得很有味道,高音唱得也比较自如。

当然,唱京剧,加上高音多,合唱队各声部的唱法都会有些改变。他们也在琢磨如何唱好京剧和找寻京剧的演唱特点。有一位男低音的合唱队员对我说:"京剧唱法的高音,是把声带控制使用,只用一部分。"我想了想,的确是这个道理。

唱京剧,必然会对洋唱法有所影响,好处是再唱中国作品能越来越精湛,有中国的味道；反之，再回来唱西洋歌曲的时候，音色会有些窄、亮的感觉。不过，这些合唱队员们到底是西洋唱法最高级的专家，"文革"后，他们很快就找回了原来的感觉。所以，他们唱的《黄河大合唱》相当精彩，音色好，感情好，词唱得更好，达到了中国合唱的最高水平。

我在那里的时候，看到了他们认认真真地学习京剧。当然，他们的练声依然是西洋唱法的练声，但是，他们下了很大的功夫来学唱京剧及练习京剧曲调的合唱。他们从合起来练，分声部练，直到分小组练，都是非常严肃的，和练西洋声乐的作品一样认真。看到他们那种认真的态度，使我这个戏曲音乐出身的人，很感动和佩服。

无论是独唱或是合唱，我都教过他们，我曾经指导过他们分声部的练习，我也还指挥过大合唱的练习，他们都很尊重我，都很努力。我觉得，在这一点上，合唱队员们做到了真心地向民族音乐学习。直到现在，我还很想念他们，因为那段时间里，我们都尽力了。

2008年初，交响音乐《沙家浜》复演了。但是，独唱是请京剧演员来唱的。虽然也很好，但味道不同了。想起当年中央乐团的独唱与合唱演员们的努力，不觉有些感慨。复演的水平，不能与当年中央乐团相比。原因很简单，因为，不下大功夫练，这个作品是很难演好的。

四、我的体会

对于交响音乐《沙家浜》以及其他样板戏的创作，若是从一个特殊的角度来看的话，是很有意义的。因为，无论在中国文化史上还是在艺术史上，这都是一个很特殊的和值得注意的历史现象。

历史上的中国，不是一个保守的国家，中华文化也是中华各民族综合的文化，其中也包括了外来的文化。历史上，外来文化如何与中国文化相结合的，我们只是从文献和继承下来的文化现象进行推测，而当时的真实活动情况，我们已经不可能看到了。

可是，在"文革"这样一个特殊时期里，以政治压力为动力，推动了中国的艺术形式与外来形式的结合，这在历史上是罕见的，这是一次不可忽视的中、外文化结合运动。特别是，当时的做法是压倒一切，不计成本，不计代价。这种做法，在历史上是绝无仅有呢，还是再现了历史上曾有过的现象？

这种结合的形成，确实是在压力之下，但也有自觉。当时，无论是中央乐团还是京剧团，艺术家们不是以一种抵触的心态去创作和演出的。戏曲专业人才来到了西洋乐团，西洋音乐艺术家去了京剧团，两方面都是水平很高的优秀艺术家，他们相互结合，认真努力地去创作，才有了这些作品。这些作品，虽然带有很强的时代性，但现在无论是听是看，也还是经得起琢磨的。至于它的影响，那就更明显了——现在西洋乐器在戏曲中使用已经成了习惯，而且，这个影响大概要一直继续下去了。

最后的话

我是戏曲音乐出身，应该算是个土包子。但是，在乐团那个环境的熏陶下，慢慢地我对西洋音乐也有些入门了，不但能写一些歌曲，并且能为自己作的合唱歌曲写交响乐队的伴奏了。但在我了解了一些西洋音乐知识以后，对我们的民族音乐，特别是对戏曲音乐则有了更深刻的认识。

"文革"结束后，我想利用学到的西洋音乐知识加上原来的戏曲音乐功底，走一条新的道路，于是，到了中国艺术研究院的音乐研究所，开始对中国民族音乐进行研究。

在乐团十年，经过了很多事，接触了很多人，还有很多有趣和有意义的事情可以说，但这里只集中谈交响音乐《沙家浜》的事，其他的，留待在"中央乐团十年记"的第三篇、第四篇中再写吧。

（写于2008年8月）

关于毛主席《卜算子·咏梅》
京剧曲调唱段的创作

前　言

"三十八年过去,弹指一挥间。"这是毛主席写在《水调歌头·重上井冈山》词中的句子。

为毛主席《卜算子·咏梅》谱曲的京剧唱段写在 1966 年的年底,至今已经是四十二年了。时间之快,确是弹指一挥间,使人感慨!但是,过了这么长的时间,大家还没忘记它,京剧演员在唱,歌唱演员也在唱,人们还喜欢听,因特网上的点击率也不低。在这里,我谢谢喜欢这个作品的听众,谢谢演唱这个作品的演员和京剧音乐的爱好者们。

这个作品(以下均简称为《咏梅》),受到了大家的喜爱,也荣幸地得到了专家们的承认和鼓励。在 1993 年人民音乐出版社出版的《毛泽东诗词唱段精选》中,收入了《咏梅》这个唱段并被放在卷首。刘吉典先生在此书的前言中,针对被收入的作品总的指出:

> 在不少作品中,曲作者都很注意字词的声韵、曲情的处理和对毛主席诗词内容的气质、内涵的深入探索。对全段作品的感情层次和节奏、板式、调性色彩等如何布局也都很讲究。其做法和创作成就若从戏曲、曲艺音乐的发展来讲,则具有积极的指导意义和开拓精神。①

作为这本书的主要作品之一，能得到这样的评价，感到很荣幸。很多听众对《咏梅》也给予了不少称赞的话语。在为这首词谱曲的众多乐曲中，《咏梅》得到了独钟，在一些纪念活动和节日联欢时，特别是在一些重要的公益演出场合中，这个唱段经常被演唱。本文写作之际，正值2008年的新春，在全体中央领导人出席的元宵节晚会上，《咏梅》又被演唱了。对此，我都非常感动和感谢。

关于《咏梅》的创作，知道的人不多，为了使大家能更了解这个作品，我想应该介绍一下。而且，目前对这个作品的改编、改作也多了起来，介绍也有正名的意思，希望改编者们能保持它的原貌。幸好，我还能记得当时的写作情况和一些关联的事情，也有一些自己的感想，在这里一起写出，给研究京剧音乐的人们提供些参考资料。

但是，写作究竟是过去了四十多年，往事渐渐如烟，介绍起来难免会有纰漏。因此，在这里首先想要说明的是：以下文中，可能会有一些记忆上的误差。对此，敬希知情者予以更正。

一、关于《咏梅》的创作情况

在"中国京剧艺术网"上，有一位名为"老于头"的人对《咏梅》有这样的留言：

> 记得大概在60年代老中国戏曲学校有一乐队青年教师名孙玄龄作曲，杨柳青操琴，李维康演唱，这便是原创了。此后逐渐流传到全国各地，几十年长唱不衰。②

知道《咏梅》作曲和演唱的人还是有的，但知道录音时是杨柳青操琴的人，却是很少。所以，这是很难得的一段记述。从颇有风格的行文来看，这位老于头大概是我们中国戏曲学校上世纪60年代的同学，而且，很可能是对当时录音情况很熟悉的一位小师弟了。

情况确是如此。但是，介绍过于简单，只说了《咏梅》录音时的情况。看来，仔细地再说一下还是有必要的。

1.《咏梅》创作时的环境

这个唱段创作于"文化大革命"的初期,创作的动机非常简单:一是那时没的可唱,必须自己想办法,找些可以唱的段子;二是对这首词我很喜欢,早就有把它唱出来的想法。

1966 年 6 月开始的"文化大革命",像涌来的海啸,劈头而来,无可阻挡;一切被冲击、被摧毁,懵懂之中,停止了正常的活动。和社会上一样,学校里成立了两个对立的大的组织,还有些零星的战斗小组。教学当然是停止了,不但如此,大约有两三个月,基本上听不到了歌唱和琴声。

不知从何时起,逐渐地又开始唱了起来。所谓的唱,就是有些演唱活动在这些组织的庇护下又恢复起来了。大戏唱不了,就清唱,小型的几个人清唱。这些清唱活动在社会上各个组织的成立会、庆功会、誓师大会等等场合中进行。唱的内容只是《红灯记》、《沙家浜》、《智取威虎山》这几出戏的唱段,另外,再加上几段毛主席语录唱腔,连革命歌曲也进入我们戏曲学校宣传小分队的演出中了。

1966 年 11 月,我们步行长征去了。我们的长征小队有十几个人,五个青年教师:曹宝荣、杨凌云、张关政、吕炯光和我;学生有李维康、李树萍、林燕、张竞红(她带着她的小弟弟张乃涵)、黄乃强、曲守森、张忠义。虽然人不多,但是在演出上很活跃,我们唱歌、跳舞带唱戏,一路上倒也愉快。本来想去延安,但走到了山西的灵丘县以后,就被叫了回来。回来以后已经到了年底,学校里冷冷清清,人们都是各顾各的,进到了自己的小天地里。我记得,有些大的房间被学生用草垫子分隔成了几个小屋子,进去找人还要转几个弯。除了劳改队还没有自由以外,其他人除了政治学习,也就处于无所事事的状态中。偶尔有机会演一下的话,还是那几段,没有新的可唱。

《咏梅》,就是产生在这样的环境之下。在那时,我有了自己写一些唱段的想法。

在电视上曾看到过一次对绘画名人的采访节目,画家的名字已经不记得了,但还记得他谈到了关于"文革"中在工厂劳动的事情和绘画创作的关系。他的话里,有下面的内容:

　　在开放的环境下，人们会有创作的欲望，创作出好的作品来，这是大家都知道的事。但是，在逆境和严酷的环境中，人们也会想办法，能创作出自己喜爱的作品，也需要娱乐和艺术。③

　　经过"文革"的人，一定对以上的话能有很深的感受。事实也是这样，即使在那时，人们也并没有丧失了对艺术的追求和欣赏。我们就遇见过这样一件事：1967年，学校曾组织师生去京郊四季青公社的香山大队参加夏收劳动，休息时，我们去香山玩。天气很热，也走累了，经过一座小的、四面通风的碑亭，里边挺凉爽。李维康、李树萍、林燕几个人就坐在了里边，坐着坐着，她们就唱了起来，越唱越上瘾，最后唱的是现代戏《黛诺》里"山风吹来一阵阵"那一段。唱腔虽然游离了那时的社会环境，不是那些样板戏，但刚唱完，忽然一阵掌声响了起来，几个女游人向我们围了过来，对我们说："你们唱得真好，太好听了！我们一直在这儿听呢，再唱一段吧！"她们哪里知道，那些唱段是当时不能唱的。我们赶快离开了那里。对此，当时就很有感触，所以到现在还记得。

　　《咏梅》并没有被谁下命令去写，也没有人对它进行指导，更不是为了参加什么活动去写的。正如上面所引话中所说的那样，它是在那样的环境中自己生长起来的，是一个符合当时人们需要的作品。想起来，它能长久地受到欢迎，能有很强的生命力，这也应该是原因之一了。

　　另外，前文说过《咏梅》创作的动机，除了没的唱、需要自己写这个客观原因之外，还有一个重要原因，那就是我很喜欢毛主席这首词，很早就有把它唱出来的想法。

　　词是一个唱段成立的根本。毛主席《卜算子·咏梅》一词，从文学性、艺术性到它所包含的深刻的哲学意义，都是可以大书特书的，对它的评论和介绍文章颇多，由于本文主要讲唱段的音乐，对此便省略了。但要指出，这是绝对值得我们去歌唱，也应当去歌唱的一首词。这首词的伟大，也是这个唱段能得到成功和能被流传下来的最根本的原因。此处虽省略了对词的介绍和分析，但这是绝不能否认的。

2.《咏梅》写作的具体过程和被演唱

记忆是很奇妙的,《咏梅》的写作,我至今还能记得很清楚。这个唱段写作酝酿的期间比较长,但实际落实写到谱面上的时间,用的却很短,而且是马上就被唱了出来。写谱时的情况,在记忆中还很清晰:

一天傍晚,李维康到我们的房间来聊天,闲聊之间,我就说起关于《咏梅》的事情来了。我把已有的构想说了,又把曲调唱给她听,她很有兴趣,听后就学着唱。接着,我又拉琴给她伴奏,听着她的唱,又做了些修改。经过长时间酝酿的结果,就这样立刻被唱了出来,曲调也写到了谱面上。过程就这么简单,时间相当短,以至于现在想起来都有些不可思议了。

唱段不长,李维康很快就唱熟了。当时,我抄了一份谱子给她,她立刻就到隔壁的房间里唱给我们同一个宣传队的林燕、李树萍她们去听了。我还记得,唱的和听的人都是挺兴奋和高兴的样子。

没过几天,在戏校排演场的舞台上,我们演出小分队就开始唱了。有了个新唱段,又是我们自己创作的,还挺顺耳、好学,所以,又没过多久,在戏校就传开了,学生们好像都会唱了。

在我的记忆中,这是 1966 年底到 1967 年初之间的事情。

3.《咏梅》的录音和被传播

1967 年的春节快到了,中央广播电台文艺部的人打电话到了学校,询问有什么节目可以录音。接电话的是东方红公社的一位同学,他回答说我们有一首《咏梅》。于是,录音的事情就决定了。好像是李朝阳同学找到我,说了这件事,又叫了一些人,组织了个乐队。

录音需要有人负责组织,还要监听把关,这自然是由我来做了。我不能拉琴,胡琴就叫杨柳青同学拉。录音之前,我还请他根据乐队人员的情况写了个简单的伴奏谱,好像还排练了一下。录音时,杨柳青拉琴,我在录音机房里监听。好像只录了两遍,录得很顺利。当时,打鼓的王志范同学问我:“最后结束怎么办,要不要来一锣?”我说:“什么也不用,干收!”所以,这段唱腔也是前无锣鼓开、后无锣鼓收的一段京剧唱段。

以上,即是那位老于头所说的"孙玄龄作曲,杨柳青操琴,李维康演唱"的情况。

录音之后,也没再去过问。日子还是依旧那么挨着过,谁也不知以后会怎么样。运动开始时的喧嚣早已过去,校园里平静了下来。春节到了,也没有什么过年的气氛。

突然,在1967年2月里的一天晚上,学校里宣传的大喇叭响了起来,管广播的同学把音量开得很大,像是在故意唤起人们注意似的。传来的不是当时经常听到的"最高指示"和社论,而是李维康歌唱的声音。"风雨送春归,飞雪迎春到"的唱腔回荡在寂静、空旷的校园和它的四周。我们录的《咏梅》被中央台向全国广播了!

广播的力量就是厉害!特别是在那时,有限的文艺节目被反复地放送着,无形地在加深着人们的印象。《咏梅》马上大范围地被传播开了,唱《咏梅》的就远远不只是我们中国戏曲学校的学生了。想想也是,在那种连空气都显得沉重和凝滞的气氛中,出现了一个新鲜的唱段,怎么能不受注意呢?

由于受到了欢迎,记得《人民日报》上也登载了《咏梅》的曲谱。不过,报社可能是到中国京剧院去寻找的,所以,在登载出来的乐谱上,曲作者写的是中国京剧院。这下子,小将们不干了,打电话到京剧院兴师质问,说:是你们谁作的?这件事,是京剧科的同学郭大宇和我说的。为此,刘吉典先生在回家的路上遇见我时,还特地向我表示了道歉。当然,我说这没关系,没有什么。刘吉典先生是我们的长辈,艺术上是我们的表率,为人忠厚、谨慎,在那个时候就能表示尊重一个青年的创作,实在是令人敬佩!

当时,标明编曲或创作者在京剧界是极少有的事情,《咏梅》也是这样,一直写的是中国戏曲学校创作。在1968年的油印曲谱上,还是如此。至于为什么会写上了我作曲呢?简短地说来,首次出现我的名字是在殷承宗的钢琴伴奏谱上,从那以后,才逐渐传开的。

在当时,写了、唱了、广播了、传开了,也就是高兴了一下而已,没有什么特别的感觉,而我现在还能记得这些琐碎之事,可说是鬼使神差了吧。

二、《咏梅》创作的基础、酝酿以及受到的启发和影响

《咏梅》虽然写到谱面用的时间很短，但是，谈起创作所需要的基础及创作的酝酿等等，就不那么简单了，话要更长一些。可以分为以下的几点来介绍：

（一）传统的积累与唱腔写作的经验

只有愿望，没有创作的基础，恐怕也写不出来《咏梅》这个唱段的。对我来说，基础可以主要分为两个方面，一个是传统的积累，一个是创作唱腔的经验。

1. 在戏曲学校学习期间打下了坚实的传统基础

我是 1956 年进入中国戏曲学校音乐科学习的。我们这届学生，正赶上中国戏曲学校教学最正规的几年，而且，教学中受到的干扰不多。从 50 年代初建校起，经过了前几届教学的探索，已经有了正式的教学计划和学习课程。我们不但学得正规，扎扎实实，而且通过伴奏接触了大量的传统戏。我曾经按照《京剧剧目初探》一书所列的剧目统计了一下，我们音 56 班在校学习期间学过的和伴奏过的戏（包括以吹、打、弹、拉各种乐器伴奏的），仅在这本书所列的剧目中，就有大大小小二百多出，这还没包括现代戏和新编的戏。我们学习时要先会唱，然后才能动乐器。学的内容不分生旦，不分流派，是全方面的学习，给我们打下了坚实的传统戏基础。我们这一班的同学，毕业后无论是留校任教的还是分配到剧团进行伴奏的，都在工作岗位上担负了重任，做出了贡献。在创腔方面，我们同班同学万瑞兴，创作程派唱腔很有成就；在京剧音乐教学、整理和研究上，我们同班的曹宝荣、杨凌云、许瑾忠等不少人都有突出的成绩和著作[④]。

在《咏梅》这段唱腔中，运用唱腔能比较顺畅、流利和自然，就不能不提在戏曲学校学习期间所打下的传统戏的坚实基础了。

除了专业课以外，学校对文化课也很重视，在优秀的文化课教师指导下的学习，使我们能对诗词等文学作品有较深的理解。戏校的老人们也许还记得，每逢节庆日等时候，学校里往往张贴展览着老师、学生们的书画作品，有的作品

还是书写者自己写作的诗词。对文化修养的高度重视,在我们理解和诠释文学作品时当然会有很大帮助的。

有和没有以上所说坚实的传统基础和文化艺术的熏陶,是完全不同的,这些的确是《咏梅》的创作基础。应该说,《咏梅》也是我们中国戏曲学校基础教育的一个成果。

2. 在创腔方面的经验

从总的方面来看,在 20 世纪 60 年代以后出现的大量现代戏,使我们那一代人在突破传统及创新的方面,具有了一定的经验。

1964 年以后,现代戏在戏校的教学中基本上已经占了主流,两套马车(传统戏和现代戏并举)逐渐偏向于现代戏为主了。当时出现在舞台上的现代戏剧目,差不多都进入了戏校的教学,老师们边学边教。除了几个原本就是京剧的如《审椅子》、《六号门》、《红色少年》、《草原小姊妹》等剧目以外,还有不少原本是地方戏的剧目,需要改编成京剧才能进入课堂。比如湖南花鼓戏的《打铜锣》、河南曲剧的《游乡》等等。改编时都得由自己创作唱腔和伴奏音乐。我还记得,我参加创作唱腔及音乐的戏有《让马》等小戏, 也还参加过创作《焦裕禄》等较大的戏。那时,各种宣传活动也多,创作个小唱段的机会不少。这种创作习惯一直继续到了"文化大革命"中。前文曾提到 1966 年我们曾去步行长征,当走到河北、山西交界的涞源县时,正逢县里开大会,我们几个人风风光光地演了一场。又唱又跳,在现场还编了一段"锣鼓响,举红旗,涞源今日逢大喜"。——是张关政作词、我写腔、李维康唱的。我想,到现在他们也许还记得这几句。

另外,"文革"初期出现了"毛主席语录歌"之后,各种音乐形式都效仿着做了起来,成了一时的风潮。京剧音乐也加入到了这个行列,我们很多人都写过。现在来看,虽是不可思议,甚至荒唐,但从研究的角度来看的话,这却是对戏曲音乐的一次很大的冲击。以前,一段滚唱、一段汉调,已被认为是很有突破,也能给人一新的感觉。可是,谁能想得到白话的文章也能成为京剧唱段呢?

当时,中国戏曲学校也有一些不错的唱段,有一首《革命不是请客吃饭》[5]谱写得相当精彩,是花脸的唱段。如果我的记忆是正确的话,是当时音乐科六年级的李权同学写的。在我们小分队演出时，张关政的演唱加上他的夸张表演，效果相当好，可谓一绝，每次都是掌声如雷！既然白话文都可以谱曲了，那么，谱写长短句的诗词也应该不难了。

现代戏创腔的创作经验和京剧界在思想上对唱腔格律的突破，也都可以说是《咏梅》创作的基础。

（二）创作受到的启发和影响

《咏梅》创作的酝酿期比较长，其中，受到了以下各方面的启发和影响。

1. 受到合唱作品的启发

大约在 1965 年，我在电台广播中听过一个有京剧味道的合唱，内容就是毛主席的《卜算子·咏梅》。依稀地记得好像是东北地区的作品，也许是沈阳音乐学院的作品。但是，作为一个京剧音乐工作者来说，我听后不大满意，因为它只是开始时用了点儿京剧曲调，但在合唱展开后就走得很远了，缺少统一的风格。从那时起，我就有了创作一个京剧唱段的想法。这是《咏梅》写作受到的第一个直接启发。同时也想说明，用京剧曲调写毛主席诗词的还有另一个首创者。不过很遗憾，我不知道更详细的情况了，只有一个残留的印象。

2. 受到了曲艺作品的启发

"文革"之前，在戏曲中很少有唱毛主席诗词的作品。根据《毛泽东诗词唱段精选》一书中的介绍，湘剧的《沁园春·雪》一曲，是在 1962 年创作的并歌唱给毛泽东本人听过。遗憾的是不大被外人所知，也没流传开。在 20 世纪 60 年代的戏曲及曲艺中，与毛主席诗词有关的作品，出名的只有曲艺的两个唱段。一个是赵开生写的评弹《蝶恋花·答李淑一》，那是一个很有影响的作品，当时就被上海交响乐团改编成了大合唱。另一段是京韵大鼓的唱段，韵味十足，也很不错，那就是骆玉笙演唱的《七律·长征》。不过，除了喜欢曲艺的一些人之外，知道的人不多。这两个唱段，都有唱片。此外，在更早的 50 年代，还有一段北京单弦岔曲《七律·长征》，也是不错的，北方曲艺界的人大概都知道。

曲艺能够唱诗词，是有它的原因的。说唱音乐中，有单曲、开篇等形式，音乐结构完整,不需要剧情的陪衬就能演唱一个完整的段落。特别是评弹的开篇,唱词已接近诗词。

在那时人们的观念中,京剧唱长短句的词很难,而且,它的音乐是剧中的唱段,不是独立的。可是,我当时想,既然曲艺行,京剧也应该可以。

受到曲艺音乐表现毛主席诗词成功的启发,自己也有了创作的愿望,可说是创作这个唱段第二个直接的影响了。

3. 受到其他音乐形式的影响

除了上述之外,我个人的一些经历,也在创作上有些体现。因为,除了在学校接受的传统京剧音乐教育外,我还曾有机会受到过一些民族音乐和西洋音乐的熏陶。

在"文化大革命"之前,我参加过一个文化部组织的农村文化工作队,历时半年多。这个工作队由文化部的部属单位组成,在那里,我接触了不少京剧以外的文艺界人士,特别是中央音乐学院和电影乐团等处来的艺术家们,对我的帮助很大。他们是水平很高的西洋音乐家和民族音乐家,和他们在一起的一段时间,使我接触到了京剧之外的很多音乐形式,包括中国的和外国的。从文化工作队回来之后,我开始学一些西洋音乐,也开始学钢琴了,特别是对歌曲的接触和学习比较多。这一点,对我也有很大的影响。因此,《咏梅》这段唱腔具有着稍不同于一般京剧唱段的地方。从结构上来看,虽仍使用的是板式连接,但这么小的一个唱段,能有独立、完整的感觉,就稍有些接近艺术歌曲的结构和表现了。我想,《咏梅》被改编为独唱与合唱的交响作品时能显得很自然,并且,它能被歌唱演员一直演唱,甚至被一些音乐院校列为民族声乐教材,也有上述的原因吧。

不过,现在看到把《咏梅》称为戏歌的多了起来。戏歌的概念到底是什么,我还不大清楚。对此,我想如果戏歌可分为流行戏歌和艺术戏歌的话,《咏梅》应该是艺术性的戏歌,它不能伴以活泼的流行节奏,也热闹不起来。我依旧认为,它是诠释主席诗词意境的一首经过严密构思的京剧唱段。

4. 来自演唱者的影响

创腔的人,都会有一个同样的体会,那就是和唱腔在一起的总是有一个具

体演员的演唱存在。咏梅的创作,也有个具体的唱者存在,她就是李维康。

在"文革"前李维康还是学生时,我曾给她伴奏过,但是不多,和她也不熟。"文革"初期,我们不但在一起,而且成了步行长征的伙伴,所以很熟了。前面曾提到,"文革"开始不久,学校里成立了大大小小的战斗组织,我们也被收入了一个战斗小组,名为《红海燕》。组织人是一位很有正义感和极其幽默的同学李桂新。我们的小组是青年教师和学生在一起混合组成的。这个小组虽然没什么政治战斗力,但演出能力挺高。只要有演出,都是我拉琴,若有写的唱段,也是李维康唱。常与她的合作,为这段唱腔的出现起了推动作用。

若是当时和李维康的关系不熟,我虽然有创作的想法,也不一定在那时写作了,而且,写出的唱段也许不是现在这个样子。

在一次记者对李维康进行采访时,李维康说:

　　《咏梅》我唱了四十年了。⑥

确实如此。在《咏梅》创作时,李维康还不到二十岁,她是当时京剧科学生中的佼佼者,嗓子好极了,音色清脆漂亮,高低没档,多高也不觉得高,好像还有余地;低也不觉得低,照样宽、亮,上下音色统一,好像没有不能唱的。在这样的印象中创作的唱腔,也就没有任何顾虑了。所以,这个唱段虽有听着比较熟、顺耳的感觉,但是,唱起来并不是很容易。关于这一点,同样在"中国京剧艺术网"上,有位留言者对《咏梅》这样评论说:

　　《咏梅》是一首很吃功的段子,音域跨度很大,唱好了不容易。目前听过李维康、张晓虹二位艺术家的演唱,都很好,各有各的风格,各有千秋。⑦

这位留言者说得很正确。对于那时的李维康来说,这段唱很容易,高低游刃有余,对于一般的人来说,音域跨度大,不容易唱好。还有留言者说:"这段诗词要是没有好嗓子是唱不好的。"这也是切肤之谈,《咏梅》的演唱难度确实比较高。

由于是李维康首唱,而且唱到了今天,李维康也就与《咏梅》结下了不解之缘。她的演唱,几十年来也有了些变化。我认为,最大的变化,就在于她对诗词内容和唱腔的理解更加深了,唱得更加成熟和自如。她理所当然地可以作为《咏梅》这个唱段的代表,而且,我觉得,她也应当是维护这个唱段完整性的责任者。

以上所述有关创作的基础及所受影响等,是《咏梅》产生和成功的背景。这个唱段看似简单,其实产生得并不容易。

三、关于《咏梅》的音乐

(一)《咏梅》的乐谱版本及唱腔的统一

1.《咏梅》的初稿和修改稿

《咏梅》在各处的演唱中,唱腔虽然基本相同,但在小腔上的出入比较多,很长时间内没有统一。在这一点上,《咏梅》也有些我们民间音乐的随意性,即:唱的人可根据自己的想法做一些小的改动,所以才有了上述的现象。对此,我想应该把《咏梅》的乐谱版本和唱腔的改动情况做一个说明。

《咏梅》的唱腔实际上只有两个版本,一个是最初录音时所唱的,一个是录音之后不久即修改了的。现在,一般都是唱修改的版本,可以把它称为是定稿本。这个版本没有被正式发表过,因此,把这个版本乐谱公布于下,共大家参考。乐谱中,引子与过门部分仍旧采用我们最初录音时的伴奏曲调。

(谱例1　《咏梅》修改稿乐谱)

《卜算子·咏梅》京剧唱段

《咏梅》最初发表的乐谱，和我们在电台录音时的唱腔是一致的，是《咏梅》的初稿，它发表在1968年2月中国戏曲学校出的《毛主席诗词、语录京剧唱段集》油印本中，这个乐谱与定稿的区别是在中间的一段上：

（谱例2　初稿中间的一段）

大约录音后的不久，中间这一段唱腔就做了改动。改动后的腔调，层次分明，确实比初稿要好。"待到山花烂漫时，她在丛中笑。"第一遍用的是昆曲腔调，我曾犹豫过是否在风格上有些游离，不过，效果还不错，也就这样定下来了。

总的来说，中间一段，是存在变化比较多的一段。即使是李维康唱，也由于伴奏乐队的不同而唱出了不同的版本来。但是，现在她一个人唱的时候，基本上只唱一种，即谱例1的版本。李维康在2006年11月"纪念李少春纪念馆开馆演唱会"上演唱的，就是这个版本⑧。

另外，油印本的乐谱中，开始的部分也还有两处和定稿不同：一处在"飞雪迎春到"的"春"字上；一处是最后拖腔结束的地方：

（谱例3　初稿与修改稿在第一段的不同之处）

但是，在演唱者中，《咏梅》一直有不同的唱法存在。1993年人民音乐出版社出的《毛泽东诗词唱段精选》中所收的《咏梅》，开始快板的拖腔结尾处以及中间一段的最后处，乐谱既不是最初我们录音时的唱法，也不是后来改动的唱法，而是流传于群众之间的另一种唱法的记录⑨。

（谱例4　《毛泽东诗词唱段精选》中的不同唱法）

介绍乐谱时，关于《咏梅》伴奏的引子和过门也应该提一下：对《咏梅》的唱腔，人们一听就会，可以跟着唱了，但伴奏的引子和中间的过门，到现在为止，我还没听到过一次与我们录音相同的演奏。可是，我觉得这样也很好，只要唱腔保持基本不变，根据乐队的组成在引子和过门上进行发挥，这不也是很好吗？而且，过门并不要求完全一致，也是戏曲伴奏的一个传统习惯。

2.《咏梅》的钢琴伴奏版

除了京剧界所知道的《咏梅》，还有一个钢琴伴奏版的《咏梅》，在音乐界被人熟知，各大音乐院校都有这个谱子。

大约是1967年的夏天，钢琴家殷承宗得到了刘吉典先生的推荐，找到了我，请我帮助他搞钢琴伴唱京剧，做他的京剧音乐指导。当时，他除了写了三段《红灯记》李铁梅唱腔的伴奏以外，《咏梅》也被配上了钢琴伴奏。实践钢琴伴唱京剧的第一个演员是刘长瑜，钢琴伴奏《咏梅》的演唱者，也是刘长瑜。钢琴伴唱《红灯记》被中国唱片社约去正式录音时，《咏梅》也由刘长瑜演唱、殷承宗伴奏录了音。

这个钢琴伴奏版的《咏梅》，唱腔是改动后的唱法，只是在中间一段里第二次出现"待到山花烂漫时"的"时"字上,拖了一个长音,其他都一样。2004 年,人民音乐出版社出版了殷承宗的《钢琴伴唱〈红灯记〉》,其中,也附上了《咏梅》的钢琴伴奏谱⑩。

《咏梅》有了钢琴伴奏谱,对于它在音乐界的传播以及用管弦乐队伴奏起了很大作用。原因有三个:一是钢琴伴奏配得很出色,弹钢琴的人把它看作一个民族化的钢琴作品,在音乐界有了些名气;二是有了钢琴伴奏,《咏梅》不仅在京剧界,在歌唱界也能被演唱了,扩大了《咏梅》的演唱范围;三是有了钢琴伴奏谱,为以后管弦乐队的写作提供了方便。

3.《咏梅》唱腔的统一

说起来,《咏梅》的趣事真是不少。想不到,《咏梅》唱腔在全国得到最终统一,靠的是电视的力量。1992 年 2 月 4 日,文化部春节电视晚会在中央电视台一套播出,晚会上,刘长瑜、李维康、杨淑蕊、杨春霞四人一起登台,演唱了由戴宏威改编、中央乐团伴奏伴唱、秋里指挥的《京剧咏梅大合唱》。演出的反响很大。之后,2001 年中央电视台又播送了由中央歌剧院指挥高伟春改编的独唱与合唱《咏梅》。这两个改编都很严谨,用的是修改稿的唱腔,改编为原作增加了光彩。靠着中央电视台的巨大威力,电视转播的一个很大作用就是把《咏梅》的唱腔在全国统一了,现在大家唱的都基本一致了⑪。

《咏梅》的传播靠的是广播,《咏梅》唱腔的统一靠的是电视,《咏梅》和传媒真是缘分不浅!

(二)《咏梅》的曲调分析

1. 唱腔的风格和色彩

创作一个唱段,首先要根据词的内容确定唱段的风格,决定它适用什么腔调来表现。

《咏梅》词的基调是坚定与乐观,这种基调适合于用西皮腔来表现;并且,这首词也不大适合男声演唱,因此,选用西皮腔调与旦角的唱腔来表现,也成了必然的选择了。

在腔调的使用上,也有一些考量。京剧西皮旦角的唱腔有华丽、顺畅的特点;生角的唱腔有激昂、坚定的特色。在以旦角腔为主的情况下,有限度地让女声用一点儿生腔,能帮助突出西皮唱腔的整体色彩。京剧唱腔男女声的音区不同,相差四度,只使用一点儿,听者能感到耳顺,不觉牵强,若是过多,女声唱起来则很费力,也不自然。

《咏梅》唱段中,从头到尾保持了西皮腔调的一种风格,这样的做法,使得《咏梅》唱腔的清新、华丽感得到了保证。没有了这一点,《咏梅》的特色也就没了。遗憾的是,这恰恰是一些改编者所忽视的地方。网上的听众对《咏梅》这个唱段发表评论说:

华丽与豪迈兼而有之。[12]

评论恰当地指出了《咏梅》表现上的要点,华丽与豪迈,既是词义所原有的,也是西皮腔调所带来的感觉。

确定了风格,接着就是结构的问题了。

2. 体现了上下句对称感的变化结构

《咏梅》的词很短,上下两阕一共才 44 个字,很难写成大的曲子。为这首词谱的歌曲不少,如李劫夫写的《卜算子·咏梅》就是一首清新流畅、规模不大的歌曲。但若按照他的路子以戏曲的腔调写,是行不通的。戏曲,必须有更强的段落感,要有腔可行,比歌曲变化多一些才好。

京剧唱腔,除了在曲调上有风格的限制以外,关键是要有上下句的对称感觉,这样,才像是京剧,也才能成为一个完整的唱段。《咏梅》也是抓住了这个基本点,利用了上句的重复和下句的拖腔来做文章,从中找到了对称的感觉,构成了一个完整的唱段。

《咏梅》可分为三段,每段由一个上下句组成,每段的上句又由几个小的分句组合而成。做细致一些分析的话,是以下的样子(词句后括号内为每一句的落音):

第一段：

上句： （摇板） 风雨送春归(do)，飞雪迎春到(la)。

（快板） 已是悬崖百丈冰(do)，犹有花枝俏(la)。

下句： （快板、拖腔） 犹有花枝俏(sol)。

开始这一段是旦角唱腔，但在上下句的结构上有了变化，上句有四个短小的分句，一、二是散板，三、四是快板，每两句又构成了一个有呼应的乐句。虽然落音是一样的，但板式上的变化冲淡了同样的旋律给人的印象，反而增强了是一个大的上句的感觉。然后，用一个较长、有分量的下句拖腔来对应重复的上句，使整个段落有了呼应，也有了对称、完整的感觉。

第二段：

上句： （原板） 俏也不争春(sol)，只把春来报(la)。

待到山花烂漫时(la)，她在丛中笑(mi)。

待到山花烂漫时(sol)，

下句： 她在丛中笑(do)。

中间的这一段，标的是原板，但不是传统形式的西皮原板，只是取了原板的中速节奏而已。这段板式虽不同前段，但也只用了一个上句，这个上句由五个分句构成，每两个分句也是一个相呼应的乐句。开始"俏也不争春，只把春来报"是平稳的腔调。接下来的"待到山花烂漫时，她在丛中笑"，借用了昆曲腔调，稍低一些。而再一次出现的"待到山花烂漫时"，腔调稍往高处上扬，落音用的是sol，开始脱离青衣腔。最后的"她在丛中笑"作为下句，曲调进入了这一段的最高处，用的是生腔的落音。由于马上转入快板，这段的最后也不需要拖腔了。

第三段：

上句： （快板） 俏也不争春(do)，只把春来报(la)。

待到山花烂漫时（sol），她在丛中笑（la）。

待到山花烂漫时（la），

下句：　　　（散板）　　　　她在丛中笑（do）。

　　第三段的上下句结构与前两段相同；和第一段的快板在旋律上有呼应，但比第一段快板多一些。快板逐渐冲向最后结束的散板，然后，经过一个长的甩腔，唱腔结束在了do音上。落do是西皮生腔下句的落音，但这样的结束比用青衣腔下句落sol的结束要合适，不但能使整段唱段结束感强，也更加符合从容坚定、明亮乐观的词意。

　　从这个曲子的结构上看，三段之间在节奏、表现上虽有不同，却又有着内在的关联。特别是三段中的上句都是由几个小的分句组成，不稳定的落音，使旋律上一直有需要一个下句来解决的悬念存在，没有使人感到重复和啰唆，而且，以一个下句来对应复合的上句，也没有不自然，各段都有完整的对称感觉。

3. 对《咏梅》词曲关系的分析

　　以情带腔，以字行腔，是我们创腔和演唱的基础。《咏梅》能受到欢迎，也是符合了这个传统京剧唱腔理论的要求。对此，引述一个例子进行说明。

　　《咏梅》这个唱段，已经成为了一些中学语文教学对毛主席《卜算子·咏梅》一词讲解时所附属的音乐欣赏教材。在网上看到了一篇对《咏梅》唱段的讲解教案，是从歌曲的角度做的词曲关系分析，写得很好。现引述部分如下：

　　　　曲作者运用了京剧音乐的写作方法，如运用不同的节拍（散板式自由节拍，2/4、1/4、4/4等拍子），用曲调的自由变化展开法，速度与力度的变化法，音区的对比法，及以字行腔、以腔抒情等方法，充分发挥了京剧音乐的表现特点，使整首清唱曲收到字正腔圆、声情并茂的较好效果，让人听后既感亲切又沁人心脾。

　　　　京剧音乐风格的前奏，将我们带入梅花傲雪的氛围之中。接着是自由地（散板式）唱出第一句"风雨送春归"，结束音停留在宫音上，显得明亮开

朗。接着的第二句词"飞雪迎春到",结束音停在羽音上,形成柔和的色彩对比,使人感到亲切。当音乐进入1/4拍(垛板)时,唱出"已是悬崖百丈冰,犹有花枝俏",显得自信。在重复"犹有花枝俏"的唱词时,将情绪推向第一个高潮。这可以说是该曲的第一部分。

接下来进入第二部分。我们从这部分的一些曲调片段中,可以看出这部分的开始曲调用了变化展开的方法,与第一部分形成对比。这时歌唱转入中、低音区,情绪显得平和沉稳,正如歌词所说:"俏也不争春,只把春来报。"之后曲调的重复变化,并逐步向中高音区发展,强调了"待到山花烂漫时,她在丛中笑"这一高贵品格。紧接着曲调在中、高音区的展开,重复歌词"俏也不争春……"的垛板(1/4拍),其曲调是开始音乐主题的变化再现,使情绪逐渐高涨,到最后重复"待到山花烂漫时"时,将拍子拉散(自由地),形成全曲的总高潮后结束在宫音上,以示对梅花在风荡雪压的考验后依然将她的清幽芳香漫溢于人间的高贵品格的赞颂。⑬

这个讲解与我不同的地方是把全曲分为两个部分来看,但颇为中肯,说出了《咏梅》唱段音乐和词句的紧密关系。我很欣赏讲解中对唱段的开始及最后结束处的论述。

一个曲子的开始处是很难写的,我也是费了不少心思,才找到以紧打慢唱的节奏和吟诵风格的唱腔作为唱段的开始。"'风雨送春归'结束音停留在宫音(do)上,显得明亮开朗","'飞雪迎春到'结束音停在羽音(la)上,形成柔和的色彩对比,使人感到亲切"。说得非常好,对于为什么这两句给人印象那么深的原因,讲解得很清楚了。

曲子能有好的收尾,也是很难的。最后"笑"字的行腔结束在宫音(do)上,是对旦角唱腔落音的特殊处理。如果男声唱这个腔,听起来可能一般,但是这里由女声唱出,就有新鲜、别致和大气的感觉了。

实际上,唱段的开始和最后,给人们留下了对《咏梅》的深刻印象,这也是词曲结合比较成功之处,因此,谁都能很快地把它哼出来。教案的作者能深刻地理解作曲者的初衷，使人非常感动。

4. 从《咏梅》的创作中受到的启发

本文不是探讨这个内容的，仅简单谈一些感想而已。《咏梅》只是在利用京剧曲调写作长短句的唱词上做了些尝试，但是，这个尝试却对我很有启发。主要为以下两点：

（1）唱腔与词句之间的灵活性

声乐作品的词曲配合关系是很灵活的，不是绝对和不变的。京剧也是这样，唱词不一定是单纯的上下句。乐段所需要的对称感觉可以在音乐中给予补充，音乐上也可以利用很多方法做到这一点。总之，上下句的感觉是由曲调来形成的，曲调起着主要的和决定性的作用。因此，京剧唱段的唱词完全可以突破七字句、十字句的格式。

另外，京剧音乐的容量相当大，在统一的音乐风格起主导作用的情况下，也可容纳其他风格稍有不同的旋律。同时，词句上对固定格式的突破，也必然会带来音乐结构上的一些变化。

（2）对戏曲音乐发展的联想

严格说起来，我们的民族古典表演艺术可以说是新古典艺术，它必须符合现代人的美感要求，它的存在和发展，是被现代人的美感意识所支配的。它的理想的发展方式是"移步不变形"，即：在熟悉之中逐渐变化。但是，这又是很难掌握尺度的一种发展方式，过了则变质，不足则会受到抵制。《咏梅》被流传开之后，我对此有了更深的体会。

戏曲音乐是戏曲的重要组成部分，发展变化的道理，与上述相同。《咏梅》既是个发展型的作品，也是一个符合传统京剧风格基本要求的作品。这个作品，在曲调上的变动不大，在结构上有些突破，这也是在京剧音乐发展上做的一种尝试。从以上对它的分析中，可以看出它和传统京剧唱腔、唱段的异同。这些，也可以对其他人有些参考作用。

四、《咏梅》创作之后

在《咏梅》创作之后,我还曾接着写过几首。有一首《沁园春·雪》曾被刘长瑜演唱过,并由殷承宗钢琴伴奏在电台录了音。1968年2月中国戏校油印曲谱中的《咏雪》,即是那首作品。不过,再创作的,没有了《咏梅》那样的光彩。在中央乐团工作时,我还写了一段《忆秦娥·娄山关》,是花脸的唱段,自以为还可以,但没有拿出来唱。

《咏梅》的创作在当时为戏曲演唱毛主席诗词开了个头,之后,不但有了不少京剧唱段,也还出现了很多地方戏的唱段,其中有的相当精彩。我个人认为,用河北梆子曲调谱写的《清平乐·六盘山》⑭一词,相当出色,听起来真是痛快!唱腔显示了河北梆子燕赵慷慨高歌的特色,曲调高昂,行腔洒脱,既有高屋建瓴、令人称绝之处;又有一泻千里、藐视一切的气魄。其中"不到长城非好汉,屈指行程二万"一句,一起一落,真是一绝,看似简单,其实潇洒之极,曲调运用得极其熟练,实实在在的大手笔。我很佩服!遗憾的是,为什么以后就听不见了。也许是太高,唱起来太难了?

若以"文化大革命"结束为一个时期的话,在总的为诗词谱曲的戏曲唱段中,豫剧大师常香玉为郭沫若《水调歌头·粉碎四人帮》的谱曲和演唱,可为最后的压卷之作了。"大快人心事,揪出四人帮",唱得痛快淋漓,真是表现出了中国人民全体的心情,可称为是一位大师的巨作。

现在,有了很多京剧曲调的毛主席诗词以及古典诗词的唱段,年年增多,可谓"姹紫嫣红开遍"。不过,创作时代不同,创作构思、表现也有所不同,作品很难放在一起来比较。只能说,用京剧曲调创作长短句唱词的唱段,已经有了很多经验,硕果累累了。

结　束　语

"文革"中,随着八个样板戏的确立,社会上的政治压力更重了,除了样板戏之外,《咏梅》之类的自由创作作品,也就被停止了演唱。

"文化大革命"结束以后,80 年代初,电台曾放过《咏梅》,我听了很高兴,说明人们还记得它,承认它。1992 年文化部春节电视晚会上的大演唱,才又真正地、全面地唤醒了人们对它的记忆。而且,不只是"文革"中听过它的人又唱了起来,一代新人,也唱起《咏梅》来了。现在,无论是专业还是业余的演唱,在全国各地,都不难听到《咏梅》的声音。

但是,近来的演出中,对《咏梅》的改动幅度越来越大,有用老生腔与女声并行、交叉演唱的,还有将其改为女声与花脸对唱的。这些做法,与原唱段的创作想法和表现实在差得太远了,如果这样下去,我担心,《咏梅》的原曲调就会被淡化了。

《咏梅》原本词为短词,曲也不是大曲,要把它扩展成大规模的交响作品,还要为其他角色找出表现的空间,的确是勉为其难的事情。与其让老生、花脸做陪衬或是想突出他们,不如为他们重写一段,可能会更好一些。在这里,也呼吁请尊重《咏梅》原创的构思,保持它在艺术上的完整性。

现在,与我创作《咏梅》时已经不能相比,人们不但生活在自由的环境,思想上的开放,更是在前所未有的程度上。2007 年 7 月,北京举行了京剧交响演唱会《光辉的路程》,《咏梅》也在演出曲目之中。关于创作的构思,记者对音乐总监、也是作曲家关峡的发言进行了介绍:

　　　　京剧与交响乐融合是世界潮流。
　　　　京剧人和音乐工作者始终在一起探索一条属于自己的新路。运用交响思维来重新演绎京剧,得到了京剧界内外的一致肯定。京剧和交响乐这两个东西方的经典艺术走到一起,强强联合,必然会在中国戏曲的发展史上留下浓重的一笔。同时,也对其他剧种产生重要影响。[15]

这段发言,可以代表一部分人对京剧音乐发展的看法。这里的"世界潮流"所指是什么暂且不论,目前,注意保护非物质文化遗产、反思以前的做法、努力

保存自己的文化特色,倒是全球人类社会发展的大趋势、大环境。在京剧的发展上,人们在摸索、在尝试、在努力地奋斗着,也出现了各种新颖的"创意"。但是,无论如何,也应该符合社会发展的总趋势和大环境,保持住自己的特色。引文里所说的"强强联合"必然要留下的"浓重的一笔"以及"对其他剧种产生重要影响"将会是什么呢?这是值得我们去深深思考的。

四十多年前,我写《咏梅》时是 22 岁,李维康以她年轻、卓越的嗓音把《咏梅》唱了出来,成了演唱《咏梅》的代表;刘长瑜等一批著名的演员们也为《咏梅》的推广尽了力量。这些,都是我们在青春时代向社会做出的奉献。在感谢她们的同时,我衷心地希望,在今天也能有更多的年轻演员喜欢《咏梅》,也坚信她们同样能把《咏梅》唱好,唱下去。

再次衷心感谢《咏梅》的演唱者和喜欢它的朋友们!

(2008 年 4 月完稿)

注　释:

①　见《毛泽东诗词唱段精选》前言部分,晓东、陶然编,人民音乐出版社,1993 年 7 月。

②　引自"中国京剧艺术网"(http://www.jingjuok.com/cni/popwin2.asp?id=308&pagecode=1),原文中为"这使是原创了","使"当为"便"之误。

③　2007 年 12 月,在日本大富华人电视台的频道中偶尔看到这个节目,由于已是节目的中间,没能记住画家的名字,大约是湖北的一位中年名画家。

④　据陶君起《京剧剧目初探》(中国戏剧出版社 1980 年版)书中所载剧目统计,我们音56 班在校期间学习过和伴奏过的京剧传统剧目有 225 出,具体剧目如下:

乾元山　伐子都　搜孤救孤　文昭关　浣纱记　鱼肠剑　刺王僚　回营打围　黄金台　将相和　桑园会　打城隍　宇宙锋　霸王别姬　监酒令　淮河营　马前泼水　苏武牧羊　昭君出塞　斩经堂　草桥关　上天台　黄一刀　扫松下书　捉放曹　起布问探　借赵云　神亭岭　辕门射戟　白门楼　击鼓骂曹　古城会　徐母骂曹　长坂坡　群英会　借东风　华容道　甘露寺　芦花荡　黄鹤楼　柴桑口　反西凉　张松献地图　截江夺斗　两将军　单刀会　逍遥津　百骑劫魏营　定军

山　连营寨　白帝城　别宫祭江　失街亭　空城计　斩马谡　铁笼山　孔雀东南飞　除三害　桑园寄子　荀灌娘　英台抗婚　当铜卖马　打登州　四平山　火烧裴元庆　望儿楼　锁五龙　御果园　罗成叫关　木兰从军　白良关　独木关　汾河湾　金水桥　董家山　界牌关　棋盘山　樊江关　法场换子　徐策跑城　廉锦枫　刺巴杰　四杰村　水帘洞　闹天宫　沙桥钱别　芭蕉扇　金钱豹　太白醉写　贵妃醉酒　钟馗嫁妹　打金枝　牧羊卷　彩楼配　三击掌　平贵别窑　探寒窑　赶三关　武家坡　算粮　大登殿　红娘　雅观楼　打瓜园　斩黄袍　佘赛花　杀四门　竹林计　贺后骂殿　李陵碑　三岔口　青龙棍　四郎探母　穆柯寨　穆天王　辕门斩子　天门阵　破洪洲　洪羊洞　牧虎关　太君辞朝　珍珠烈火旗　打棍出箱　铡美案　探阴山　铡判官　钓金龟　行路哭灵　乌盆计　铡包勉　断后打龙袍　碧波潭　朝天岭　青风亭　审七长亭　醉打山门　花田错　野猪林　林冲夜奔　乌龙院　刘唐下书　坐楼杀惜　活捉　武松打虎　狮子楼　十字坡　快活林　蜈蚣岭　翠屏山　石秀探庄　扈家庄　收关胜　一箭仇　清风寨　青凤岭　打渔杀家　艳阳楼　刺字　牛皋招亲　牛皋下书　挑滑车　岳家庄　小商河　八大锤　疯僧扫秦　生死恨　朱砂痣　盗仙草　金山寺　断桥　祭塔　二堂舍子　春香闹学　游园惊梦　打花鼓　六月雪　状元印　战太平　失印救火　拾玉镯　法门寺　奇双会　凤还巢　审头刺汤　打严嵩　四进士　豆汁记　三娘教子　御碑亭　女起解　玉堂春　碧玉簪　白水滩　通天犀　三上桥　大保国　探皇陵　二进宫　酒丐　香罗带　春秋配　南天门　恶虎村　淮安府　叭蜡庙　盗御马　能仁寺　游龙戏凤　铁公鸡　天女散花　泗州城　虹桥赠珠　青石山　锯大缸　天官赐福　辛安驿　锁麟囊　尼姑思凡　小上坟　小放牛　打面缸　连升店　一匹布　雁荡山　罢宴　望江亭　猎虎记　三盗令　柜中缘　白蛇传　葛麻　陈三两爬堂

⑤　《革命不是请客吃饭》乐谱见油印本《毛主席诗词语录唱段》,第 14 页。

⑥　引自《名人谈大型京剧交响乐演唱会〈光辉的路程〉》一文,可参见 http://ent. sina. com. cn/c/i/48571. html。

⑦　引自"中国京剧艺术网"(http://www. jingjuok. com/cni/popwin2. asp? id = 4736&pagecode = 1)。

⑧　在一次严良堃指挥、中央乐团伴奏、李维康独唱、张素英京胡伴奏的演唱时,李维康唱的就是最初的版本,中间一段没有用低腔。演出视频可参见 http://www. tudou. com/programs/view/5b3OiadVVyI/。

在 2006 年 11 月李少春纪念馆开馆纪念演出的《咏梅》，可参见 http://club. xilu. com/weikang/msgview – 950404 – 12485. html。

1997 年，李维康独唱、中央乐团交响乐团伴奏伴唱的《咏梅》被收在一张 CD 中，反映很好。我没有这张 CD，也没听过，但估计那时不会在唱腔上做改动。

⑨ 见《毛泽东诗词唱段精选》，第 1、2 页。

⑩ 《钢琴伴唱〈红灯记〉》，人民音乐出版社，2004 年 1 月。《咏梅》作为附录放在了最后。

⑪ 高伟春改编《咏梅》的演出视频可参见 http://v. youku. com/v＿show/id＿cz00XMTgyNDQ4NA == . html。

⑫ 引自"中国京剧艺术网"（http://www. jingjuok. com/cni/popwin2. asp？id = 4736&pagecode = 1）。

⑬ 引自"e 网音音乐教室"（http://www. music888. net/music888/news＿view. asp？id = 748）。

⑭ 河北梆子《清平乐·六盘山》乐谱见《毛泽东诗词唱段精选》，第 67 页。

⑮ 引自《名人谈大型京剧交响乐演唱会〈光辉的路程〉》一文。

名师轶事

——兼忆杨宝忠先生

我曾经得到过很多老师的教诲,各种各样的都有。在中国戏曲学校时,是带有艺人特色的教师,他们很爱说。教学的方式是口传心授,我也习惯了这种教学法。在日本,我也向日本的民间艺人们学习过。日本的艺人比中国老艺人还绝,根本不讲,去了以后一起唱几遍,就算完了。不过,我有学习中国戏曲的基础,也能适应得不错。

在中国艺术研究院音乐研究所工作时,周围都是学者型的人,强调的是独立思考。曹安和先生对我不停地提问给予解答之后,又说了一句话:

玄龄,在提问之前,一定要自己先找找材料,实在找不到了,再问老师。

——我马上一个大红脸,明白了搞研究要靠自己,不能做懒汉。

每个老师都对我有很大的帮助。在这里,介绍戏曲界老师的一些情况,而且,介绍一位名师,他就是著名的京剧琴师杨宝忠先生。

介绍就由一些现在很少能听到的以前戏曲教育界老师们的轶事开始吧。

哏和聊天

在戏曲界把可笑的事叫做哏,一个哏就是一件可笑的事,可以流行很长时间。后台的话题也是这些哏,在大衣箱旁边,说来说去,能说好几年。新哏说成了老哏,以前的老哏又成了新的,轮换着说。——这是以前戏班后台常见的。

作家汪曾祺曾在剧团生活了很久,直到去世为止,他的工作关系仍在北京京剧团。他对戏曲界是很熟悉的。他的小说里,有些以剧团生活为题材,写得活生生的。但没有剧团生活经验的人,不大容易懂。在他的小说里有些哏,是戏曲界都知道的,那不是他所在的北京京剧团的事情。

他在小说《云致秋行状》写道:

> 贾世荣是个慢性子,什么都慢。……不知道是谁的主意,学员班要军事化。他带操,"立正!报数!齐步走!"这都不错。队伍走到墙根了,他不叫"左转弯走"或"右转弯走",也不知道叫"立定",一下子慌了,就大声叫:"吁!……"云致秋和马四喜也跟在队后面走。马四喜炸了:"怎么碴!把我们全当成牲口啦!"

其实,这个哏是中国戏曲学校建校初期京剧科一位先生的事情。这位先生是教基本功的,他想叫学生站住,不知说什么才好,结果就喊"吁!……"这是20世纪50年代老中国戏曲学校谁都知道的事情,比北京京剧团办学员班可早多了。

以前的艺人,除了唱戏确实是万事不通,解放初期的时候,问出:马克思是唱什么的? 这并不奇怪。这些哏,大多是以前文化不高的艺人们说出来的。

还有不少这类的哏。比如,一位先生给学生讲话,想鼓励几句。他说:

> 大家好好学习,前途不可原谅!

——把限量说成了原谅。

"文革"中"批林批孔"的时候,学习会上,一位经常有些奇言怪语的老先生发言了:

这个林彪啊,处处和主席对着干,他和主席满拧着……

大家一听,今天说的不赖呀,没跑题。接着听:

拧成了一股绳!

又错了!真是满拧了!

但是,这些哏并不一定都是真事,有些是旁边的人根据某人的特点量体裁衣,编造出来的,是糟改人,不可全信。

以上这些,就像汪曾祺给小说起的名字一样,已经成了"行状"。现在,戏曲界和其他的文艺界没什么区别了,年轻人时髦得很。

除了这样的哏,汪曾祺的小说中还介绍了一个情况,就是戏曲界的人很善于聊天。这也是实话实说了。

以前学艺的方法之一就是听老师闲聊,从中获取有用的内容。所以,"聊天长知识",像是戏班的一句行话了。由于很多老师都是由艺人转过来的,学校的老师们都挺能聊,为此,学校还特地嘱咐老师在课堂上不要聊天。到了50年代中期,戏曲学校已经相当正规,按照教学计划,按部就班上课,聊天的不多了。但是,有些老师仍有开聊的习惯。连外请的老师,也是一样,他们上课也是挺爱聊的。

聊,就是随便说。聊的人没有顾忌,听的人也就应该别太认真。这样的话,双方都愉快,不然,就容易出问题了。

那时,老师们对教学充满了热情,但还是传统的教法。他们鼓励学生苦练,常说出一些老话来激励学生。不过,话说得太旧了点儿,就容易招事了。马连良先生到学校教学,对着学生们一开聊,一不小心留下了话柄。他说:

你们是想吃蹦虾仁还是想啃窝头?想吃蹦虾仁的,就得苦练!

这句话,在戏校很出名,当成了资产阶级白专思想的代表言论。其实也没多大错，只是不适合在学校这种场合说而已。

鼎鼎有名的戏曲史专家周贻白先生到学校上课，也开聊。我上过他的课，是和京剧科学生一起上的。他的开场白特有意思，我印象很深：

> 你们不上我的课，照样可以上台演得好，唱得好。

又是个大实话！他对舞台上的事太了解了。在这个阶段的小演员们，认为真格的只是台上的玩意儿，不是说山。

他在课上聊的事情不少。聊以前会演戏，是唱武小花脸的，也能翻跟头，而且武功不浅。也说他走南闯北的经历。不过，我听他聊的内容中，最出奇的是说他集邮的事情。

一天上课，不知道怎么着，话题就从戏曲史转到了他的爱好，又从爱好转到了他集邮的一件事：

> 一天，某人到他家来了。走后，发现几张珍贵邮票不见了。于是，他"略施小计，稍作布置。没过几天，这个人低着头，老老实实地把邮票还了回来，登门请罪！"

引号内都是原话，我还记得周先生那得意洋洋的笑容。只不过，我当时坐在下面就有些纳闷儿，不知道他为什么要和同学们讲这件事情？

给梅兰芳弹三弦、吹笛子的霍文元先生，调到学校教学了。他知道的多，也特别爱聊。

有次我对《牡丹亭》一处不懂，问他是什么意思，他讲了。然后，他又说，他学徒的时候也问过师傅。我们问，您师傅怎么回答的？他说，就两个字："出去！"

霍先生除了带我们唱曲以外，就开聊。他聊的内容中，有些对我们挺有启发：在学徒时，有次演出他吹笛子，一只蜜蜂飞落在了他的头上，他的头剃得光光的，蜜蜂还不老实，在他头上爬来爬去，痒得要命。他愣是坚持一动不动，把一段曲子吹完了。师傅夸奖了他，说他以后有出息。他还聊和梅兰芳出国去美国，谈给刘天华唱曲记谱的事。

可是，有时也聊得太出格了。比如，他说去新疆演出，赶上那里太热了，飞机门一打开，往外一探头，刺儿的一下，头发被燎着了。——太夸张了！夸张得过了几十年在我们老同学聚会时，这还是个哏。

以上，说的是一些有趣的事情。但是，无论是爱聊的还是不爱聊的、文化高的还是不高的，这些教师，为戏曲的教育事业出了大力，培养出了很多杰出的戏曲人才。

名师的鼓舞

1960 年，我们学校请来了名琴师杨宝忠先生给我们教课。我们四个拉京胡的学生：万瑞兴、孙仲廉、徐文英和我，是他在中国戏曲学校教的第一届学生。

现在有人评论说，杨宝忠先生是前无古人、后无来者的大师；也有人不以为然，说他卖弄技巧，为京胡伴奏开了一个不好的头；还有人为杨先生深深叹息。总之，说的角度、出发点虽有不同，但都是表达了对他的怀念。

杨先生是不是收过徒？我不大清楚。但向杨先生学习过的人很多，大多说学到了杨先生的技术，是杨派传人。他们的纪念及评论文章，谈了杨先生的一些事情和他的演奏技术。在这里，我也谈谈杨先生授课时的一些事，而且，是从一个不同的角度出发，表示对他的怀念。

杨先生来教课，不但我们音乐科很重视，看得出来，杨先生也很重视。那时，正是他在编写《京胡演奏技巧》一书的时候，和他一起来学校的，还有一位帮他整理文稿的人，记录了他的教学情况。

教我们的时候，杨先生已经六十岁出头了。现在有人对杨先生的演奏有所质疑，那是因为没亲自听过他演奏的缘故。当时，我们十几岁，学校的老师也就是三四十岁，可是，比起手里来，谁也比不了杨先生。他拉琴出的音是一条线，不是一片，而且非常有力。用行话来讲，音是鼓鼓的，像一只小喇叭一样那么有穿透力。无论是以前还是现在，过了六十岁的琴师，能拉出像杨先生那样音色的人，还没有第二个。所以，有的人仅从留下的录音来判定他拉琴不是很出色，那绝不是符合实际的。

在人们的印象中，杨先生的胡琴，素来以快著名。可是，在教我们的时候，他并没有要求我们快，也没有特别教我们拉快的，最强调的，一是要打好基本功，二是要有韵味。

他教我们的第一出戏是《捉放曹》，一套完整的二黄成套板式；第二出是《碰碑》，也是一套完整的反二黄。这两出戏，都是从慢板开始，我们扎扎实实地跟他学了这两出戏。学的时候是他先拉，作示范，然后我们学着拉，他给指点。没有说很多道理，他的琴声，就是你学习的目标。

纪念杨先生的文章中都强调杨先生会小提琴，说得活灵活现，说他小提琴技术很高，把小提琴技术运用到了京胡演奏上。但是，杨先生在讲课时，一句小提琴的话也没提。相反，他倒是说了：

> 我只能拉好胡琴，其他的我拉不好。要是其他的也好，我的胡琴就好不了了。

他为什么这么说？我想可能是怕我们分心，走弯路。这些话是他拉琴生涯的总结，应该是不错的。

他教我们从基础练习开始，要求我们把右手的功夫打好，音色饱满了，再去追求韵味。他告诉我们胡琴音色好不好，关键是在右手的运弓上，所以，拉得要饱满，长弓、短弓都要清楚、结实。他还强调地告诉我们，京胡演奏最难的地方，是弓子在里外两根弦的转换上，要集中练习。他还教给我们一些里外弦转换的基本练习方法。

杨先生强调说，要拉，就得会唱。会唱还不行，还得唱得好。口气上，对唱不好的琴师稍有些不屑。

　　这位先生真是很特殊，他不但教学生，还叫各位老师也别只坐在那里听，都拉拉琴，也都学学。他听了后，也分别给指点评论了一番。老师在学生面前，被更老的老师评论一番，语言也没区别，难免稍有些尴尬。但因为杨先生名气大，是大师级的技术水平，加上他是真心想教。所以，各位老师们也很自然。这样的教学场景太不一般，再也没遇到过第二次。

　　杨先生也聊。我记得，在聊起各位琴师时，他表示最佩服的琴师是王少卿。他说：

　　　　你们听我的手里音色鼓、亮，那是你们没听过王少卿拉的，那才叫胡琴的声音。王少卿用松弓子，慢的没得说，快的一点也不差。

　　这些话中，参入了当时徐（兰沅）、杨（宝忠）、王（少卿）三位京胡演奏名家之间的关系，我们大概还能听得懂。但他还说了另一位他很佩服的拉琴者，他说比他还强，而且是位女的，好像是王少卿的姐妹，这确实是他说的。可惜，没见过有其他任何与此有关的记载和说明。对此，我现在也不明白是怎么一回事。讲课中，他用了一些比喻挺有意思的。他说：

　　　　你们拉的，那是全国粮票，通用的，大陆货；我的是地方粮票，只能在北京用。这叫有个性，一个戏就是一个戏，不能掺和在一起，通用不行。

　　那时正值三年困难时期，粮票和命差不多。用粮票来比喻，倒是非常精彩。以上这些内容，大概当时在场的人都还能记得，但是，对我来说，印象最深的，是以下他说的话。

　　他说：

　　　　无论哪儿演出，就是在人民大会堂的舞台演，也得镇得住。大会堂，演《碰碑》，老令公叫板之后，你一个反二黄过门，就得把全场压住。你拉得哆哆嗦嗦的，行吗？胡琴就得有这个气势！这，就得靠功夫！功夫到了才行。我就行！可是，你们甭以为只是我杨宝忠行，你只要努力，功夫练到了家，你也行！

"我行，你也行！"教学中，他曾反复说过好几次。就是这句话，给我的印象深极了。

演奏技术的学习，容易说得玄，也容易把一个人的技术捧上天，成为无人可以比及。以前的艺人，对学习大概能说出的是天分和用功两项，因为他们自己的师傅也是这样说的。

当像杨先生这样的一代名师，对着学习的年轻人，把自己的经验、方法全盘托出，然后还说"我行，你也行"的时候，这句话，对年轻人产生的震动是非常大的。

其实，杨先生说出的不是多么深奥的道理，只是说了一句能使人得到鼓舞的大实话。这就够了。这句话给还在懵懂之中的年轻人指明了一条路，鼓了气，有了自信心。的确，从那之后，我好像开了点儿窍。

这句话倒过来说，就是"你行，我也行！只要我努力，我就行！"这对任何人，在任何场合，都是有用的。

名琴师的感觉

杨先生对我们很好，很亲切。可是，我们也见过这位杨大爷放份儿的时候。放份儿是老北京话，一般叫摆谱儿。

也是60年代初期，中国音乐家协会举办过一次拉弦乐音乐会。记得是在北京人民艺术剧院的剧场，北京的民族拉弦乐演奏者都出席了。广播乐团、民族乐团等主要团体的演奏家都登台演奏了。我记得，最后倒数第二是北京电影乐团的刘明源先生，他在民族弦乐中是个王牌人物，后来被尊为弦乐大师。他拉的是板胡曲《大姑娘美》，电影乐团民族管弦乐队伴奏，气派不小。刘先生西服革履,富富态态。板胡独奏,大乐队伴奏,演奏和形象都很完美。

最后,是杨宝忠的京胡独奏。报了幕,半天不见人上场。再等了一会,只见有人上来,重新报了一次幕:

> 下面,是中国戏剧家协会会员,中国音乐家协会天津分会常任理事,天津市戏曲学校校长,著名京胡演奏家杨宝忠先生演奏。

原来,只报了京胡演奏杨宝忠,没有其他说明。所以,杨先生放起份儿来了,不干了,叫他们重来一遍。

杨先生走上台来,那是不一样,一派大家风范,是那些比较年轻的民乐演奏家们没法比的。这并不是高和低的问题,而是气质的差别。这个差别是京剧艺术历史的沉淀、艺术家生涯的长短、艺术家的社会经历等所造成的。这位琴师的背后有深厚的戏曲艺术作为后盾,他是成千上万的戏曲观众捧出来的。台风稳重而潇洒,高贵而大方。用句现在时髦话来说,真够牛的。

只放份儿,镇不住听众也是白搭。杨先生手持京胡,稳稳当当地坐在了台上。缓缓地打开胡琴弓子,定了定弦,抿住气,才开始拉了起来。先拉了一段《西皮小开门》,大弓大扯,琴声把整个剧场灌得满满的;接着,拉的是《文昭关》,从二黄慢板"一轮明月照窗前"开始,一直到快原板转散结束。没有唱,却似有唱;一丝不苟,依腔而进。前后近十分钟,一气呵成。就这孤单单的一把胡琴,能使台下聚精会神,鸦雀无声。完后,掌声雷动。

我当然是懂的,知道这一气呵成的演奏很难;我也知道杨先生不仅是拉琴,而是把《文昭关》中伍子胥这个人物用胡琴唱了出来。但是,坐在台下的人,有几个能背下来《文昭关》的唱腔呢? 我想,不多。但是,杨先生就是用琴声把他们吸引住了,把他们镇住了。

现在的京胡,伴奏独奏都行,独奏曲也不少了。在台上演奏,既有听觉的欣赏,也有视觉上的愉悦。但在台上能有杨先生那种气魄的,还没有。社会环境不同了,恐怕也不会有了。

演出完之后，见到了杨先生，他依旧是那么和气，对我们说：

最近怎么没见呢？没事家来呀！

"家来呀！"多亲切的话！

后来，我听刘明源对我说："杨先生份儿真大，我想跟怹学学《小开门》，好嘛，人家不教！"

从这件事上，我知道了以前京剧名琴师的地位和感觉。

不过，我永远记住的，是那句："我行，你也行！"

（写于 2008 年 6 月）

杨荫浏先生与《语言音乐学初探》

引　言

　　1983 年,人民音乐出版社正式出版了杨荫浏先生的《语言音乐学初探》。我与这部著作的发表有些缘分,所以,纪念杨先生百年诞辰,就以此为题来说起吧。

　　"文革"结束后,1979 年我从中央乐团调到了音乐研究所。1980 年 2 月,所里的负责人杨光找我,跟我说"给你个任务怎么样? 给杨先生帮帮忙"。我没接触过杨先生,有些犹豫,杨光叫我干干再说。于是,我就开始了在杨先生手下的工作,有了和杨先生接触的一个时期。

　　给杨先生帮忙,实际上是杨先生当时缺少一名助手。他当时正在整理《语言音乐学初探》的旧稿,需要有一个人帮他誊写。对于我来说,这是一个绝好的学习机会,我是边抄边学,边抄边问,等于完完整整地学了一遍。这段时期的学习,给我留下了深刻印象,对我以后的研究工作起了很大的指导作用。

　　以下,对杨先生的这本书谈谈自己的一些学习体会,以作为对杨先生的纪念。

一、关于《语言音乐学初探》

1. 语言音乐学是杨先生毕生研究的课题之一

　　早在 1945 年,杨先生就发表了一篇《歌曲字调论》的论文,阐述了昆曲音乐中字调与音乐互相配合的一些原则。在 50 年代,他又写过《丝弦老调的唱法中所涉及的音韵问题》一文,进一步以音韵学的知识讲明音乐与字调的关系,并提出了研究音韵与字调的关系是研究民间唱法的一个重要方面。此后,在1963年,杨先生在中央音乐学院开设了语言音乐学的课程,编写了讲义《语言音乐学讲稿》。在这本讲义中,杨先生系统地由音韵学知识讲起,并仔细地分析了汉语的声调、节奏与音乐的关系。语言音乐学这门学问,也由此正式地在我国成立了。在此之后,杨先生对此学科总是念念不忘,"文化大革命"期间,据杨先生说,什么都没写,只写了一本《音韵学》。当然,这本《音韵学》也是与此学科有关的。1980年,杨先生终于又着手对旧稿进行了整理和修改,改名为《语言音乐学初探》,由人民音乐出版社正式出版,收在戏曲研究丛书《语言与音乐》中①。

由于这是杨先生长期关心和研究的课题,所以,在《管律辨讹》、《三律考》发表之后,杨先生在身体逐渐衰弱的情况下,又发表的一部著作,就是这部《语言音乐学初探》了。之后,没再写文章。因此,我们还可以知道《语言音乐学初探》这篇著作的发表,是杨先生在乐律方面总结平生研究之后,对另一个方面研究所作的整理和总结,它同样是在民族音乐研究方面的一面旗帜,它的发表,不但具有表范和引导的意义,同时,也包含着杨先生在这方面寄厚望于后学者的心意。再说,杨先生把这部著作作为最后的封笔之作,其深切和重要的含义是可想而知的。

2. 语言音乐学产生前的状况

现在,大家都已经知道,语言与音乐的关系,是我们探讨民族音乐学风格时的一个关键问题。语言音乐学在民族音乐学中也是一门重要和不可缺少的基础学科。可是,在我国这门学科的出现却是比较晚的。

语言与音乐的关系,在明清以来大量的曲论中也有论述,多是阐明在吐字发声上如何体现出字的声调来,属于声乐理论的比较多。在近代的昆曲理论著作中,如王季烈也曾提出过"腔格"说,阐述了字调与音乐的配合规则。但是,尚为简单,还不能称为体系。近代的语言学家们,对此方面也有甚为重视者。如语言学家罗常培先生,就很重视这一点,他曾写过《京剧中的几个声韵问题》等与音乐关系极为密切的论文,同时,他对昆曲也深感兴趣,是杨先生的挚友。另外,语言学家王力先生,也曾在《戏曲研究》上发表过有关京剧音韵的文章,语言学家周殿福先生,曾写了《艺术语言发声基础》一书,另一位语言学家张清常先生,更对音乐有着深深的了解,他曾经发表过《中国声韵学所借用的音乐术语》一文,指出音韵学中所用的"声、音、韵、调、清、浊、重、转",皆是来源于音乐的术语,说明了音韵学与音乐的关系密切。但是,语言学家们虽然都注意到了汉语的音乐性及与音乐之间的关系,可是还没有明确地提出语言音乐学来,也还没有对这方面进行进一步的研究。

在文学研究的领域中,凡是研究诗词历史的人,大都从诗与音乐的关系说起,有些著作的引证也甚为详尽。但是,究竟音乐理论是一门专业性很强的学问,没有感性的,只有书本上的知识是不行的。对音乐不能提出实例的话,在说明上就总有不足,有隔靴搔痒之感。因此,无论从语言音乐学或音乐语言学任何一个角度上来讲,在杨先生的著作出现之前,都是处于不成熟的状态。

当然,现实中的民族声乐歌唱者,只要是有成绩的,差不多都在处理语言与音乐的关系上有其心得体会。漫长的历史中,虽然也积累了不少像"依字行腔"、"字正腔圆"等演唱和创腔的经验,但这还只是经验而已,需要有一定的理论进行分析才行。

杨先生总结了前人的经验,利用其掌握的音韵学、音乐学、古汉语以及外语几方面的知识,在汉语和音乐关系方面进行了综合性的研究。他的《语言音乐学初探》,是站在音乐的立场来阐述语言与音乐关系的著作。这部著作真正把语言与音乐的关系直接论述到了曲调、节奏、乐曲构造等音乐的细微表现上,既运用了音韵学的知识去说明曲调中语言特性的表现,又用了很多实际音乐的例子去说明语言对音乐的影响,二者相辅相成,构成了完整的分析方法。所以,它具有开创性,形成了一个新的学科。

3.《语言音乐学初探》的大概内容

杨先生自身对于音韵学有着相当的造诣,和语言学家罗常培先生曾是时常谈论音韵问题的挚友。他是无锡人,家乡话就分清浊,而且,他对昆曲南曲的清浊音也辨别得很清楚,并通晓韵书的分类,细讲一些音韵知识,是绝无问题的。

但是，由于这部著作的读者对象是音乐研究者，所以，文中对音韵学的阐述没有花费太多笔墨，只讲了音韵学的简单的历史和基本知识，也就是在讲述汉语基本构成的三要素"声、韵、调"以后，就直接转入论述汉语与音乐的对应关系了。杨先生对两个方面大做了分析，一个是声调对音乐旋律的影响，一个是中外歌曲在节奏上的对比。前一点是对音乐风格特点的分析，后一点则是对节奏及乐曲结构的研究。

在"字调配音问题"一章中，杨先生首先提出了一个"南北曲字调配音表"。根据这个表中所列出的各种"腔格"，我们完全可以明确昆曲字调配音规律，也可以知道昆曲的音乐风格与字调的配音规律有着直接的关系。继续下来的分析，主要集中在对南北曲的音乐风格与语言的关系上。杨先生强调指出：南曲以流利婉转为主，北曲以慷慨雄劲为主。这种差距的原因与生活环境、语言风格的不同有着一定的关系。

此外，杨先生还指出，南曲中的上声字腔，代表着南曲在音乐上所受到的北方杂剧影响。因此他认为：结合语言而言，可以断定南曲的腔调既有其地方特点，又有其早就继承了的北方语言腔调。这是杨先生从语言与音乐关系上对南北曲进行的考查以及他的看法。

在另一章"中西歌词配音规律的比较"中，杨先生指出：西洋语言文字的特点是强弱的音节，我们的是声调。西洋语言的诗歌基础是强弱音节的交替，我们诗的规则，则是诗中字调的安排。我们歌曲的节奏，是由句逗的形式所决定的，而且，我们的句逗决不等于"音步"。音步由强弱音节构成，句逗是单音字在意义上的划分，也是从单音节语言文字的基础上发展起来的一种表达形式，二者完全不同。句逗有其语言上的特点，当它用于歌曲的写作时，又转而形成了我国曲调在节奏上的一些特点。杨先生仔细地分析了中国民族音乐的节奏与外国、特别是与西洋音乐节奏的差别，指出从强弱拍的概念到散板的运用，我们都与西洋音乐不同。因此，运用西洋音乐的节奏符号来记写中国民族音乐，应该注意到它们的差别。因为，中西音乐节奏上的区别，与所用的语言的节奏性质有关。

以上两个部分,是杨先生在书中所最为强调的部分,也是构成全书的中心部分。杨先生在最后,把汉语音韵的声、韵、调三种要素和句逗与音乐的关系总结为以下的几点:

(1)声和韵在音乐的作用体现为咬字,也就是所谓的吐字发声上,在声乐表现方面起着很大的作用;

(2)声调,则对旋律的进行上起着很大的影响作用;

(3)汉语的句逗,直接影响到了音乐的节奏,也就是音乐乐句的构成形式;

(4)声韵调和句逗通过对咬字、旋律、节奏方面的总的影响,帮助表现歌词所要表达的内容。[②]

这个基本的归纳,简单扼要地把汉语与音乐的关系说清楚了,而且,也不只是汉语,可以说是把语言与音乐的关系说明白了。

以上,就是对《语言音乐学初探》这部著作的中心论述所做的简单叙述。

二、新旧两稿的差异

杨先生从 1961 年开始撰写《语言音乐学讲稿》,1963 年 3 月由当时中央音乐学院中国音乐研究所油印出版。1980 年定稿时,没做大的修改。为了使读者了解全书内容及修改的情况,现将全书目录列出,新稿中改动部分在右侧写明,改动处新旧稿均以不同字体表示。

《语言音乐学讲稿》	《语言音乐学初探》中改动的部分
一、音韵问题 　音乐三因素 　　1. 声 　　2. 韵　唇舌位置和发音响度 　　3. 调　声和韵的结合 　　　(1)单音 　　　(2)双音 　　　(3)三音 　　　(4)四音	

《语言音乐学讲稿》	《语言音乐学初探》中改动的部分
咬字——头、腹、尾 　　《玉簪记·琴挑》折中之《朝元歌》 　　（曲例） 　　《牡丹亭·冥判》折中之《油葫芦》 　　（曲例） 　　《牡丹亭·叫画》折中之《簇林郎》 　　（曲例） **练习一：字头、字腹、字尾（把《油葫芦》、《簇林** **郎》歌词可分头、腹、尾的字依次写出）** 　　五音——唇、舌、牙、齿、喉 　　尖团字 **练习二：尖团字（1. 把《油葫芦》、《簇林郎》** **歌词可唱成尖字的字，依次写出。2.** **把梅兰芳唱的京剧《凤还巢》原板中唱** **的尖字与汉语拼音做比较）**	**（新稿删）** **（新稿删）**
二、字调和分韵系统 　　三种分韵系统 　　（1）诗韵和平仄系统 　　　《浪淘沙》（曲例） 　　　《千家诗》的三种吟诵法（曲例） **（旧稿无）** 　　（2）曲韵和新的四声系统 　　（3）剧韵十三辙 　　　联系了曲韵二十一部看头、腹、 　　　尾问题③ 　　　为何要学音韵学	 **（新稿加写一段）"非但……"**
三、为音乐服务的音韵学声韵与表达性 　能的声韵变化 　　（1）双声叠韵 　　（2）叠字《长生殿·弹词》中的一段 　　　（曲例） 　　（3）拖腔 　　（4）复杂的歌词句式字调和表达性能	
四、字调配音问题 　**南北曲字调配音原则** 　　字调分析实例 　　《牡丹亭·游园》折中之《皂罗袍》（曲例） 　　《河北梆子·夜宿花亭》中的一句（曲例） 　　《义勇军进行曲》（曲例）	**（新稿改写）南北曲字调配音规律**

《语言音乐学讲稿》	《语言音乐学初探》中改动的部分
练习三:南曲字调 　　《雷峰塔·断桥》折中之《金络索》 　　《金锁记·斩窦》折中之三段《端正好》、《滚绣球》、《叨叨令》	(新稿删)
练习四:北曲字调 　　《烂柯山·骂崔》折中之《上小楼》幺篇 　　《长生殿·弹词》折中之转调《货郎儿》五转 南北曲的一般差别 南曲与南、北语言的关系 杂剧的发展先于南戏 南曲中的平声字调 北曲和北方语言的关系 北曲上去声腔何以有相似的情形? **北曲还保留着本来面目**	(新稿删) (新稿改写)现存元代杂剧还保存着本来面目
(旧稿无)	(新稿加写)从昆曲中南、北曲字调初步概括一些经验
对字调的一些错误看法 　　(1)对字调的忽视 　　(2)对字调的片面强调 对字调的误解 地方语音和地方音乐的关系 　　河北梆子《藏舟》剧中的一句(曲例) 一个假设——平仄系统之由来 有关方言调查的一些想法 　　(1)有计划的方言录音 　　(2)有系统的诗文吟诵录音	
练习五:表示前后字字调关系的语句	(新稿删)
五、中西歌词配音规律的比较 　我国文字不分强弱 　　(1)从字典看 　　(2)从语助字看 　　(3)从虚实字看 　　(4)从诗的吟诵情形看 　　　　慢吟诗调(曲例) 　　　　快吟诗调(曲例) 　　(5)从形成诗歌格律的基础因素看 　句逗形式 　逗是不是音步 　逗和音步的差别	

《语言音乐学讲稿》	《语言音乐学初探》中改动的部分
(1)从性质而言 (2)从包含的意义而言 (3)从对于诗歌节奏形式在发展中的影响而言 (4)从衬字或外加音节的应用情形而言 《潇湘雨》第四折中之《货郎儿》（曲例）	
练习六：句逗的分割 **董解元《西厢记》双调《文如锦》** 逗和音步对音调节奏所起的不同影响 (1)从强弱的周期性出现看 (2)从乐谱中节奏符号与音调上强弱音周期出现的关系看锣鼓 《下西风》中之一段（曲例） 《长生殿·絮阁》折《喜迁莺》中之一句（曲例） (3)从对变节奏和切分法的应用看 民歌《信天游》（曲例） (4)从对散板的应用看 《邯郸记·云阳》折中之《喜迁莺》（曲例） 《青冢记·昭君》折中之《楚江吟》换头（曲例） (5)从对混合节奏的应用看 《金蛇狂舞》中的一部分（曲例） (6)从乐句中所包括的小节数看 《夏天最后的玫瑰歌》的一部分（曲例） 《水浒记·活捉三郎》折中之《骂玉郎》（曲例） 《孽海记·下山》折中之《玉天仙》（曲例）	**（新稿删）**
六、结语和设想 （旧稿无） （旧稿无） （旧稿无） （旧稿无） 　主观认识客观的问题 　本门科学的现状与前途	**（新稿加写）**从历史看语言和音乐的关系 **（新稿加写）**语言和音乐之间有如何的关系 **（新稿加写）**语言与音乐关系的复杂性 **（新稿加写）**用音乐配合歌词的多种方法

从上列的目录中可以看出,在新稿里杨先生删掉了作为教学课堂作业用的练习部分,此外,还改动和加写了一些。以下,仅对此谈一下我的学习体会,供大家参考。

三、关于定稿改动部分的分析说明

1. 在"三种分韵系统"一节中的改动

继对平仄系统中《千家诗》三种吟诵法的曲调介绍之后,杨先生又加写了一段话,他写道:

> 非但从吟诵诗、词的音调中可以找到符合于平仄系统的音调的例子,就是一般已公认为歌曲的民歌中间,也可以找到。举安徽的《凤阳花鼓》和江苏的《孟姜女》为例……

平仄本是古代对汉语声调的一个总结,阴平、阳平归一类为平,上、去、入三声归一类为仄。中国的古典诗歌自中古齐梁以后,即以平仄为诗歌的格律之一,至今已有一千五百年以上的历史了。但是,自元代以来,平仄格律就开始不用,转入了使用阴、阳、上、去的四声曲律了。现在,平仄更好像和我们已经完全没有关系了。那么,为什么杨先生在这里还要特地提出在民间传统的音乐中,还有平仄系统的遗留呢?

解决这个疑问的话,首先我们要注意一下语言学家们与文学家们对平仄的看法,一般来说,他们认为:平仄主要是调类问题,平与仄是高低相峙。汉语既有声调,使用汉语来谈话或写作,就摆脱不掉声调的关系,就不能不对它有所安排;以前的平仄规律从诗词歌赋、骈文散文、成语等等方面给我们带来了影响,现在在地方戏曲和曲艺中也还起一些作用。我们虽然要适当地注意到诗歌的字音声调问题,但绝不主张在现代诗歌创作中恢复古典诗歌的平仄格律④。

可以说,语言学家们看到的平仄是语言声调分类现象,文学家们看到的平仄是古典诗词的格律,都还没把它和音乐的表现联系起来考虑,好像也还没有进行深究过。因此,杨先生在文中指出的情况,确实是还没有被注意过的。

杨先生从吟诵法中提出了平仄体系的声调规律不仅体现在写作上,在歌唱的曲调上也有规律可寻,而且这是一种渊源长久的歌唱与字调的配合规律,它不仅在文人们的诗词吟唱中有所表现,甚至在民歌中也显示出了同样的特点。对只讲字调的平仄组合而看不到其与音乐有关的人来说,这是一个极为重要的提示。

从六朝时起就有了的平仄规律,虽然如今已失去了其文字格律的作用,可是,这一千五百多年来它与音乐的密切配合关系,这个传统难道也没了吗? 若是真如杨先生所说的那样,那么,在我们现在日常歌唱的民间曲调中,存在着一个谁都没注意到而又是自古就被使用着的词曲配合规律,它也是曲调风格形成的一个重要原因。这一点,可从另一个方面证明唐宋以至更古时期的一部分音乐,在我们今天还得以残留,并未消失,还活着。

我想,杨先生特地补充了民歌的例子,进行了更全面的说明,其用心应在于此吧。

2. 在"字调配音问题"部分的改动

在这部分中,有一处在题目上有明显的改动:

> 原稿:"北曲还保留着本来面目"
> 新稿:"现存元代杂剧还保存着本来面目"

从所述内容来看,北曲改为现存元杂剧是必要的。北曲的定义范围很广,北曲的本来面目这个说法也显得模糊。而且,明清剧曲中北曲数量非常多,但若明确为元杂剧,则就是那么几出保留在昆曲中的剧目了,分析起来要方便得多。

关于南北曲的问题,杨先生在 1982 年最后的一次讲座中曾说过:

> 南北曲的问题,是个音韵问题。

因为杨先生早已认定书上"南曲箫管、北曲弦索"的记载不对,以这个线索去研究南北曲是行不通的。因此,杨先生不仅抛弃了这样的记载,也没在北曲七声、南曲五声上多用笔墨,而是像他所说的那样在南北曲的字音与曲调的配合,也就是在音韵问题上去进行分析的。他从昆曲的腔格与语调的关系上,考查到了杂剧的发展可能先于南戏,进而得出现存元代杂剧音乐仍保持着原貌的结论。他认为:

> 北曲中现存元杂剧的字腔还保存着北方语言的特点。这正可以说明,在昆曲流行以后,元杂剧虽被吸收在昆曲体系之中,但它的音调却没有因此而受到南方语言的多大影响,很可能,它基本上还保存着原有的面貌。

如果能把现存元代杂剧确定为还保存着本来面目,有了这个基准再去衡量其他的北曲,就能推测和分析究竟有多少宋元以来的音乐存留到了现在。我想杨先生是站在曲调考证的立场上来考虑的,才做了题目上的这个改动。

另外,在这一节中杨先生对南北曲还做了一些新的补充,他总结了五点可以借鉴的经验。这五点是:

(1)昆曲中南、北曲所配音乐,基本上是符合语言字调规律的。

(2)南、北曲各自所配的音乐,基本上是符合南北方语言的各自特点的。

(3)南北曲所配的音乐,在个别情况下,也体现了南北语言之间的相互影响。

(4)甲地的戏曲流传到乙地之后,仍可能保留部分甲地的字调因素,由此可推知一个剧种前后发展和其在不同地区流传的情况。

(5)戏剧中歌曲和说白所用的字调,在某种情形之下,不一定纯粹属于同一个语言系统。

这一章的最前边有个"南北曲字调配音表",再加上这五点经过分析得来的经验,使我们在了解或研究南北曲的音乐时,不但能找到入门之处,就是对其音乐特点及难解点来说,也可找到分析的手段了。

3. 在总结部分的改动

在最后的结尾部分,杨先生增写得稍多一些。我记得,前边的部分总是我慢他快,接近完稿时我猛抄了一阵,提前交给了杨先生,心想,我可以缓一下了。可是,当我问有没有已改好了的,杨先生说:"当然有,结论都出来了。拿去抄吧!"这个拿去抄的部分,就是杨先生改动最多的部分。

在结论的部分中,他新增加了四点,即:

(1)从历史看语言和音乐的关系。
(2)语言和音乐之间有如何的关系。
(3)语言与音乐关系的复杂性。
(4)用音乐配合歌词的多种方法。

前两点是对本文内容的再次强调,后两点是属于对本文内容的补充,是很重要的。

在第三点"语言与音乐关系的复杂性"一节中,他指出:

(1)由于我国地域广大,各地方言殊异,声腔也随之不同,各有特色。但多样性必有复杂性,不可以片言只语即兴所能概括。

(2)同一地区的音乐,也可能有几种不同语言体系在对音乐同时起着作用。

(3)一个地区的语言与音乐,既有其地方特色,又有与别地语言交流而受到的影响。

(4)在漫长的发展过程中,一种音乐,其运用音乐配合字调的方法,往往是有发展的,前后有所不同。

（5）与音乐有着密切关系的我国音韵学，就是在错综复杂的各地方言的相互关系中发展起来的。歌词配合曲调之复杂性，恐怕也与音韵发展历史上的复杂及矛盾现象有关。

我们所指的音乐、语言都是中国的文化，它们都是历史悠久、深远博大的，既丰富又复杂，表现必是多种多样的。而且，音乐和语言的关系，也是互相交叉着的，无论从哪方面进行研究都要进行具体分析才成。所以，杨先生才特别地提出这重要的五点，非常具体地指出了汉语与音乐之间的复杂关系，提醒研究者不要简单理解和处理这二者之间的关系。

杨先生在其《三律考》一文中曾指出：客观的音响世界是个矛盾的统一体。在音乐的实践中，并不存在纯粹的三分损益律和纯粹的纯律，也不存在纯粹的十二平均律。音乐实践中对于律制的应用，常是多种律制的矛盾统一。而杨先生在这里提出的注意事项，和他在《三律考》中提出的研究指导思想是一致的，都是使人们注意被研究对象的矛盾及其统一点，从事实出发，不可走入绝路。

他在第四点"用音乐配合歌词的多种方法"中指出：

一字可以配多音，多音也可以配一字。这也是我国民间音乐的一种优良传统。若从多种唱腔做广泛而细致的分析研究，光在音乐配合歌词的一个方面，一定还可以找到更多的方法。因此，可有多种作曲手法供我们选择学习。

杨先生在这里强调了不但要注意研究对象的多样性，而且要把研究的结果作为可使用方法提供给人们参考使用。这也是杨先生一贯的做法，所以，我们能听到他搜集的民间乐曲《二泉映月》，也可以听到他翻译的古曲《杏花天影》等。另一方面，也正像杨先生所指出的那样，在传统的民间音乐中，词曲关系是很灵活的，艺人们口中既没有不可唱的词，也不存在哪种词唱不出来调的现象。并且，不仅民歌、戏曲等有着丰富的歌词形式，其他的乐种里，也有着多种的歌词形式存在。在目前的歌曲中，又出现了数不清的各种歌词形式，已突破前人对歌词所曾抱有的固定观念。如果把这许许多多的词曲结合形式总结出规律来，当然会有利于歌曲的创作，也会有利于民族声乐的发展。我想，这是杨先生的本意吧。

以上，对杨先生补充修改的部分谈了自己的理解。这篇著作处处引人深思，这里只是略谈一二，抛砖引玉而已，衷心希望能有更多的人在这方面进行研究。

四、我的体会

通过帮杨先生抄稿及向杨先生学习，我主要有三点体会。以下，用我亲身经过的一些事例，分别向大家说明。

第一，有高水平的实践作为研究的基础，精于一点，带动全面。

重视实践是杨先生一贯的主张，而且，他在实践上也有很高的水平，绝对可以说是行家里手。通过和杨先生的接触和对天韵社昆曲的学习，我对这一点有了深深的感受。

在语言音乐学研究中，杨先生主要运用的分析材料是昆曲。杨先生的昆曲是无锡天韵社的，是属于文人唱曲，和舞台上表演的昆曲唱法不大相同。我抄稿的时候，杨先生身体已不大好，我只听他唱过一两句。但是，那个时候我直接和曹安和先生学了昆曲，这足使我了解到他们的唱法以及杨先生的昆曲水平。

曹先生的昆曲也是天韵社的，而且主要得自杨先生的传授。杨先生一般不唱[⑤]，他们的合作，常是杨先生吹笛，曹先生唱曲，教唱也是曹先生的事情。曹先生最后一次教唱，是给研究生们开的课，我正好也赶上了那次机会。在研究生们学完之后，我还单独继续向曹先生学了一段时间，先后学唱过以下九折昆曲戏的唱段：

> 《寻亲记》中的《出罪》和《府场》、《金锁记·斩窦》、《邯郸记·扫花》、《紫钗记》中的《折柳》和《阳关》、《铁冠图·刺虎》、《牡丹亭·游园》、《青冢记·昭君》。

曹先生教的唱段，除了《寻亲记》中的《出罪》、《府场》和《金锁记·斩窦》以外，我以前都会，可是，几乎和重新学一样。曹先生的唱法和我会的相差很远，特别是《青冢记·昭君》一折，从旋律到唱的风格，和目前在舞台上能听到的京昆相加的《昭君出塞》大不相同，既古朴又别致，而且唱段相当完整。

曹先生的唱，初听起来有些横直，没有什么装饰，小腔不多，似乎失去了昆曲的婉丽。但是，唱一下就知道了，想唱得与她相似是相当难的。首先难在咬字上。曹先生唱时，把字的韵部把得紧紧的，收韵收得清清楚楚，毫不含糊。嘴上无力，根本做不到。这样的唱法，能够充分体会到吐字发音的美感，也能感到汉语声母、韵母、字调和曲调融合于一体的魅力。

学的结果，不但使我留下深刻的印象，而且我从中知道了文人唱曲的讲究所在，也了解到为什么以前文人们那么喜欢昆曲和投入对昆曲写作的道理。当然，曹先生那文静长者和学者的风范，到现在也还时时浮现在我的脑海中。

以上通过叙述向曹先生学习昆曲的体会，是想从侧面说明杨先生昆曲的成就确实很高。我也是一个从事京剧、昆曲等实际音乐的戏曲音乐工作者，从我们专业的角度来看杨先生的昆曲，也是十分佩服的。他确实是精通了一点，以其去带动全面的。

杨先生曾对很多人都说过，研究中国的音乐，离不开中国音乐的实际，离开了这一点，如何研究？所以，他的各项研究，都是和他立足于实践分不开的。他利用实践的知识随时发现问题，提出问题。比如，他曾在1982年最后的一次讲座中强调说：

> 能唱九十套昆曲，就能看出书上的错。如北弦索，南管弦什么的。

况且，杨先生不只能唱，而且是能随口背出几十套昆曲来的人！

另外，我还深感到，不仅是昆曲，在其他古典声乐方面，杨先生也有独到之处。

1964年，我曾有幸结识一位女高音歌唱家李桄，她是一位非常优秀和难得唱得那么好的歌唱家，从西洋到民族的唱法她都掌握得相当好。有一次，她唱了一首《三阳开泰》给我听,那种纤细的风格,婉转的曲调,听了以后觉得美极了。她告诉我是跟杨荫浏先生学的。杨先生和她说,中国人唱歌不都是那么大嚷大叫的,当表现出纤细、含蓄的心情时,也有相应的曲调和唱法。之后,我一直想能有个什么机会再听一下。到研究所工作后,看到有录音,可那是戏曲的唱法,跟我听李桄唱的不同。好容易有了机会,趁着和杨先生在一起,我特向他请教了一次。杨先生听到我对《三阳开泰》有兴趣,他也来了兴致,真给我示范了几句,而且告诉我,小曲有小曲的唱法,平和而婉转,力主于味道,不能表现过分,更不能使人听起来发腻。他哼唱的几句和他的讲解,到现在我的印象还很深。

实践的水平若是到了这样的地步,那么,无论是分析或是说明,当然是有说服力的。杨先生的分析论述,以昆曲为主并纵横于整个戏曲说唱音乐之中,有理有据,令人佩服。如果对于研究的对象只停留于所谓的田野考察而不是更进一步的话,那么,也只是停留在考察而已。把研究对象从实际上掌握了,才是一个好的研究者。杨先生是这方面的表率,而且,以他为代表的音乐研究所建所以来,也是这样提倡的,研究所里的人都很重视实际。我曾听研究所的老人们说,60 年代初期,研究所内风行着两段唱腔,一段是京剧《碰碑》"叹杨家秉忠心……",一段是苏州评弹《情探》"梨花落,杏花开……",差不多谁都会哼上几句,都被这两段唱腔迷住了。我想在这样的氛围下,怎么能不出成绩呢?

第二,非常认真的做学问态度。

杨先生的认真态度,是众所周知的。在此,我仅举一个小的例子,也作为侧面的说明吧。

第一次到杨先生家中时,看到杨先生拿着我在曹先生那里学昆曲时用毛笔写的作业,他向我说道:"字是一个人的第一个印象,所以,字一定要写好。"我想,由于我是抄搞,他谈起写字也是自然的。不过,在谈到他如何练字时,谈着谈着,他从柜子里拿出了他临摹的毛主席草书给我看,那种临法使我很奇怪,那不是原文,而是按照字的部首重新排列过的,像一部草书字帖了。我不由地说出:"您怎么是这么个临法呢?"杨先生说:"唉,我们是做学问的人呀,不是写一写就完了,是做学问呀!"由此,我知道了在杨先生那里不得马虎,因为他什么都是在做学问。听说,杨先生在学《毛泽东选集》时,把《毛泽东选集》也做了索引。这也是出自他的习惯,干什么都认真。

第三,研究一般都是与当前音乐所需有关。

杨先生的研究,一般都是与当前的音乐有着关联。他的语言音乐学研究,也是为了音乐研究的发展和音乐创作的需要而进行的。因此,他说的内容给人以亲切感,能使人按照他所说的去想、去做。在这里,再向大家介绍一个不为人知的情况吧。

我记得,大约是 1973 年左右,中央乐团钢琴创作组改编了一些民族器乐曲,其中有由琵琶曲改编的《十面埋伏》。为了听取意见,把刚从干校回来不久的杨、曹两位请到了乐团,让他们听了殷承宗演奏的钢琴曲《十面埋伏》。谁知,这个曲子最后还是被当时的文艺组给否定了,理由是琵琶弹可以,换成钢琴,则加重了七声音阶的味道,显得有洋味儿。为此,杨先生不服,奋笔疾书了一篇洋洋大文,从历史说起,一直说到现在,论述七声音阶并非外国才有,我国古已有之。当然,这篇文章是不会有下文的。可是,这不但说明了杨先生的为人,还说明了杨先生研究、写文章的目的就是为了解决现实问题,为了给人们以帮助。尽管是在那个说了也没用的时代,杨先生的秉性也未改变。这件事,是当事者殷承宗亲口告诉我的。很可惜,不知道那篇文章到哪里去了,不然,我们还能多看到一篇杨先生的论文。

结 束 语

完成了抄稿工作以后,我还帮杨先生做了些杂事,随即就结束了在杨先生身旁的工作。文章排印以后,我帮着校对了一遍,又到杨先生那里去过几次。

1983 年 5 月的一天,一直照顾着杨先生的华蔚芳同志拿着新出版的书来找我,说是杨先生送给我的,而且,拿出了二十元钱,对我说:"这是杨先生给你的抄稿费。杨先生叫我告诉你,所里和出版社都没有这样的规定,因为你认真,所以从稿费中提出百分之五来给你。"我当然推辞不要。老华同志说:"给你你就要。拿着!"没想到,杨先生还一直记得我做的事情,使我很感动。和曹先生学昆曲,曹先生送了我一支相当好的曲笛;给杨先生抄稿,既是我的工作又是我的学习,反而还给我报酬。对此,用语言来表达我的感谢心情是很难的。

继杨先生之后,据我管窥所知,音乐研究所的研究成果中,有章鸣先生写的《语言音乐学纲要》一书,书中对曲调和语言的直接关系做了进一步的考证和对许多歌词、曲调进行了详细的记写,所费功夫之大,令人惊叹!这本书,为进一步研究语言音乐学的人提供了很大的便利。黄翔鹏先生在《清末的诗界革命和学堂乐歌》一文中,非常清楚地阐述了新诗与音乐的关联,可看作是对杨先生《语言音乐学初探》中"从历史看语言和音乐的关系"一节的最佳说明,因为说法新鲜,条理清楚,在文学界也引起了震动。当然,还有其他人也运用了杨先生的观点和研究方法。总之,语言音乐学已在我国的音乐研究界成长壮大了,杨先生开创的大业,会越来越被后人们发扬光大。

注　释:

①　1982 年 6 月 22 日、6 月 28 日、7 月 8 日,杨先生做了最后的一次讲座,地点是音乐研究所的会议室,内容是"关于中国音乐史研究上应注意的一些问题"。在那次讲座中,他说:"文化大革命"期间,什么都没写,只写了一本《音韵学》,稿子还被弄丢了。

②　根据《语言音乐学初探》第 86 页图示所归纳。

③　在此处,新稿删去了没有头、腹、尾的以下字例:登胜、昂忙、风动、真文、干寒、审 she(m)任 re(m)、甘 ga(m)庵 a(m)、麻 ma 沙(s)a、车者、机移。从内容来看,似乎应该保留。记得当时我问过杨先生,回答说:"就这样。"疑误删。

④　语言学家及文学家们对平仄解释甚多,皆可参考。本文主要参考了张清常先生的《语言学论文集》(商务印书馆,1993 年 10 月)中《中国古典诗歌平仄格律的历史经验》一文所述。

⑤　关于杨先生一般不唱的原因,他向我说:原本嗓子极好,可以唱正生。可是,年轻时好胜,学外国人开窗睡觉,受了凉,以为得了痨病,一蹶不起。昆曲社的苏州社友某君是医生,号脉后曰:壮得像头牛!开了发汗药,一觉后病虽好,嗓音却不得恢复。从此只吹笛,不放声了。

(杨荫浏先生百年诞辰纪念文章,原载《中国音乐学》2000 年第 3 期)

上善若水

——忆曹安和先生兼谈其昆曲演唱的成就

前　言

　　1979 年我从中央乐团到了音乐研究所。不久，就开始了和曹先生学习。从那之后，一直和曹先生保持着学习的关系，直到我 1987 年出国为止。十几年来我经常回国，回来时，几乎都要去所里看看，同时也去曹先生那里问候一下，或是打听一下她的近况。若是到曹先生那里，她的第一句话准是："啊，你回来啦。"1999 年参加杨荫浏先生的学术纪念研讨会，在会场上遇到曹先生时，她不但认出了我，而且还是那句话："啊，你回来啦。"

　　和曹先生最后一次见面，是 2004 年的秋天。看到曹先生躺在床上，像一个幼小的孩子一样，盖着范慧勤她们给她新买的被子，脸色红润润的，口里兀兀地不停地在说着什么。虽然那时我听不清她在说什么，可是，我想她一定是和以前我去看她时一样，说着："啊，你回来啦。"

　　2004 年年末，曹先生去世了。差几个月就满百岁的人，去世是在意料之中的。可是，人们还是对她那么眷恋，还是在想着她。我也不例外，在脑海中总是回旋着一些既清楚而又挥之不去的记忆。这是为了什么呢？想了想，还是因为曹先生对我的影响太深了。这里，把我和曹先生交往以及向曹先生学习的体会写出来，作为对先生的纪念。

一、注重基础研究的学者

"我想要结一张网……"这是曹先生曾说过的一句话。

1927 年，曹先生参加了国乐改进社。这个社的一个重要宗旨，按刘天华文章中的话来说，就是：

> 我们应该调查现在各地所存在的可作模范的大师，以及现存的乐曲、乐谱、乐器，并人们对于何种乐曲的感情最浓厚。我们应就经济能力之所及，搜集关于国乐的图书，并古今各种乐器，组织图书馆及博物馆，应该设法刻印尚未出版的古今的乐谱；应当把无谱的乐曲记载下来；应当把音乐名奏用留声机收蓄，以期现有的国乐，不再渐渐的消失下去……
>
> ——刘天华《国乐改进社缘起》

曹先生一生的业绩，基本上没有脱出这个宗旨的范围。她长期默默地做了很多工作，演奏、教学，参加整理编写琵琶谱、管乐谱、民族器乐独奏曲集等等这一类的工作，都是为了完成这个宗旨，而且颇有建树。这种重于实践，重于整理、挖掘、采集材料然后提供给众人的研究者，其可贵，是不必赘言的。因此，提到二胡曲的文章，会看到她的名字；在琵琶曲的介绍中，也少不了她的名字。尽管没有涉及到什么高深的和引人瞩目的课题，但这种为民族音乐注入活力的做法，就是我们研究者应该学习和效法的可贵之处。在《20 世纪名人手迹》一书中，曹先生的名下是马调弹词《宝玉夜探》的书写曲谱，以此作为代表，确是极为恰当的。

研究文章如果对他人及研究的对象都没有什么实际效用，研究则也失去了活力。曹先生不是那种研究者，她和杨荫浏先生一样，是从实实在在的调查工作开始，又为被调查的对象提供了广阔的天地。所以，她的研究所推出的结果，都是与音乐实践相关联着的，为民族音乐的实践活动既提供了理论，又提供了

材料,结果是为民族音乐的壮大做出了贡献。这类的研究,贯穿了她的一生,直到晚年,也是如此。

"文革"刚刚结束,1977 年,曹先生就推出了对现存元明清南北曲乐谱残留情况的研究结果,完成了一本《现存元明清南北曲全折(出)乐谱目录》。这本书在 1989 年由人民音乐出版社出版。曹先生为编制此书,对很多种曲集进行了梳理,其中,不少是鲜为人见的手抄本。在这本书中,以作家为纲,剧本为目,收全了现存的南北曲的戏曲全折乐谱,并注明了每个折子戏曲谱的出处,标明了卷数、页数,并又附有剧名、剧作者、折(出)目的索引,非常详尽,一目了然,使用起来相当方便。对一些多名称、乐谱出处也较为混乱的折子戏,曹先生还做了大量的考证和整理工作,使其理顺成章,体现了是一位大家所做的基础研究范本。这本书的学术价值和实用价值都很高,对研究古典戏曲音乐的人来说,这是一部极好的索引工具书。

做研究的人,若是处于大海捞针的状态中,不但难办,也容易事倍功半,总会有不少遗憾留下来。但是如果有人已经做好了一部可以查找材料的目录和索引,那可就方便多了。目前,这本目录被使用的频率虽然还不高,但是我相信,随着社会时代的进步,当人们从喧嚣中沉静下来,重新从身边开始审视和考虑自己的音乐历史时,这本目录,一定会发挥起应有的作用,人们对曹先生的苦心和功绩,会有更多的感谢心情。

戏曲音乐是古代音乐遗留下来的一个宝库,这是大家都知道的事实,但是,在一个时期内它又以被熟视无睹的状态存在着。杨荫浏先生和曹安和先生两人,对这样的状态很是担忧,在很多场合都一再地提起这个问题。他们首先从自己做起,陆续地介绍出很多具体的作品来,在自己的文章中又一再地引用和宣传。这本目录,可以说又是走到了研究的前面。

曹先生退休以后,就一直在编《南北曲曲牌索引》,是从《九宫大成南北词宫谱》这本书开始做的。我每次去看她时,只要是在工作,她准是伏在桌子上写卡片。《九宫大成》的曲牌索引,以前有储师竹先生做过一份,曲牌是按四角号码的顺序排列的,在音乐研究所资料室里保存着;因为研究的方便需要,我自己也做过一份,曲牌是按拼音音序排列的;黄翔鹏先生在90年代好像也自己做了一份。这都是为了寻找曲牌时方便而做的索引。但是曹先生做的,不是简单的索引,好像是把每个曲牌都做了很细致的引申,包括一个曲牌的变体以及在哪本曲谱中、哪个戏中出现过等等,总之,像是个辞典的条目。这个工作的工程量相当大,她要把所能看到的曲谱都要看过才成。我几次听她说"不晓得能不能完成了"。

这个大工程大概由于她逐渐体弱而停止了。但是,她为什么做这个工作的一句话,我却记得很牢。她说:

> 我想要结一张网,使以后研究的人用它能捞到一些东西。

这句话,其实就是曹先生长年以来对待自己研究的总结,也是我们永远要向她学习的的原因。

二、卓越的文人曲家

曹先生所继承和代表的无锡天韵社曲社,由于杨荫浏先生和曹安和先生两位杰出人物的影响,使这个曲社载入了近代历史的史册。而曹先生的去世,不但是这个曲社的终结,也可以说是结束了一个时代,这就是文人唱曲的时代。当然,还有新的文人在唱曲,也还有一些曲社在活动着,但是,像曹先生那样原汁原味的文人唱曲,而且是音乐文人的唱曲,大概是没有了。

历史上,文人加入戏曲的行列使戏曲得到提高,有了理论的著作,这是文人参与戏曲的好的结果。曹先生也是同样,如前所述,她不仅在整理纪录曲谱、鉴定古谱、推出模范的唱段及编写存留曲谱目录、曲牌索引等方面做了很多的理论性工作,而且,她还是一位唱曲和教学的实践家,在这一点上,她有很大的贡献,毫不逊色于古人,而且大大有所超越。

唱曲可分两种,一种是与舞台有关,时而可扮上戏唱上一出,类似京剧的票房唱戏;而另一种则与舞台无缘,只是清唱而已。曹先生属于只唱而不演的文人曲家,曹先生的唱曲,也确属于清唱,与舞台上的唱不同。以下,我们可以看看曹先生在教学和唱曲方面的一些特点。

1. 昆曲的教学

曹先生从 20 世纪 40 年代起,就开始教昆曲了。她基本上是在音乐院校中教,目的是为了在专业音乐工作者中传授民族音乐知识,这是意义深远的工作。

我向曹先生学昆曲,是很晚的事情了。1979 年我到音乐研究所后不久,曹先生为研究生班开昆曲课,当时所里的领导何芸同志对我说,这可是曹先生最后一次开昆曲课了,你最好也去学一学。于是,我就开始了和曹先生学昆曲。以前,我也学过昆曲的演唱和伴奏,而且,是和很有名望的曲师们学的。为梅兰芳吹笛伴奏的笛师霍文元、迟景荣等先生的课,我都上过。一般常演的昆曲戏,基本上都接触到了。所以,开始时并没把和曹先生学昆曲看得多么重要,更没想到能有那么大的收获。

曹先生教的昆曲,比舞台上的昆曲在唱的方面更加讲究一些,对唱者的要求也不大相同。在教法上,首先是强调对音韵的理解,对曲词中字的声、韵、调从理论上非常重视。实际上,这是启发学生从语言与音乐的关系上理解昆曲的音乐。当然,这也是文人唱曲最重要的特点之一,即所谓唱曲必须精通音韵的表现。

曹先生在教唱前,先要我们查看韵书。我记得使用的是音乐研究所 60 年代初油印出版的清代王鵕编纂的韵书《中州音韵辑要》。这是一本分韵清楚、很容易使用的南北曲曲韵韵书。杨荫浏先生很推崇此书,据他说语言学家罗常培先生对此书也有相当的好评。我们通过查看这本韵书,把所学唱段曲词中的每个字所属的韵部和声调都要标出来。所用的方法也是很传统的,即把汉字的四角分为平、上、去、入,把字所属的韵部和四声标在各个角上,若是南曲,则还要分清阴上、阳上,阴去、阳去等。查韵书时不能马虎,曹先生还要复查,标得不对,则用红笔指出。这样做之后,才开始学唱。有了这样的一个过程,在唱的时候不由得不对字的韵部和四声非常重视,练习起来也相当花费功夫了。因为我是北京人,上去声不分阴阳,分析南曲时,时有搞错阴阳的情况出现。在曹先生

给我改的作业中,几次写道:"入声做上声皆应阴上声,入声做去声皆阳去声,应归阳声。"经过这样的训练,最后,我虽然还是不能自如地发出上去声的阴阳来,但是,听曹先生的唱,却能找到上去声中阴阳的区别和字音、字调在腔调中的微妙感觉了。

另外,曹先生的教学,不在小腔小处做太大的功夫,对学生的唱也无苛刻的要求。和与艺人学习不同,先生并不是非得要求你和她唱得一样,只要能唱,会唱了,体会到昆曲是怎么回事,有了自己的心得就可以了。因此,学生们学习并无什么心理负担,是很愉快的学习。但是,她用的教学方法却是相当传统的。每次上课就是一段一段地唱。每次唱一两段,然后就结束了。回去自己练习,先生并无太详细的指点。

曹先生第一堂课,上的是《牡丹亭·游园》。曹先生先问了一句会不会工尺谱,大家说会。于是,曹先生说:"我们开始唱罢。"就开始了。老师、学生一起把第一段唱了几遍,一堂课就完了!以后的课也是这样,曹先生自己唱自己的,学生不会就听着,会了就跟着。练会了以后,学生就自己唱,每次都是从头唱到尾。先生的话不多,唱完了,课就结束了。这种唱曲法,我还是第一次。我以为,曹先生也会像我以前学习那样,老师先说戏,然后再一句一句地叫你模仿。这完全不同!这种教法大概来自曹先生自己学昆曲的方法,是很传统的,除了几张工尺谱做参考外,就是要仔细听,仔细体会,自己多练习。

这种教法,对老师来说是很不轻松的。七十多岁的人,每次都是一遍一遍不停地带着我们唱,直至下课为止,是很累的。一年的学习,除了假期外,每周一次。曹先生每次都是一丝不苟,绝没有小声或省略些什么的时候,对待唱曲是非常严肃认真的。

我想,对于先生用最传统的口耳相传的方法教我们,无论是对我,或是对当时第一次唱昆曲的人来说,都留下了很深的印象,各自都有着很大的收获。

2. 曹先生的唱曲

在接触曹先生以前,我对文人唱曲只是知道而没有听过,和曹先生学习之后,才明白了什么是文人唱曲,它和舞台上的昆曲有很大的区别,基本的腔调虽然差不多,唱法与表现是不同的。以下,试分三个部分来说明一下曹先生唱曲的特点。

(1)唱曲的姿势

清曲家唱曲时,不允许有明显的表演因素在内,纯粹以字词、曲调腔格及曲词内容为主进行表现。这种要求,也造成了对唱法甚至在唱姿的方面都有严格的规范,在唱曲家中,这被称为是"曲品"。杨荫浏先生曾在早期文章中对唱曲中的曲品进行过介绍:

> 常见唱曲者,每喜伸项侧目,摇曳作姿,或鼓掌昂首,眉轩口歌。晼师见之,必加纠正。或者以为姿态之雅俗,无害于唱曲,纠之未免太严。不知清唱不同串剧,须正襟安坐注全力于唱之工拙。
>
> ——《杨荫浏音乐论文选集》

曹先生的唱曲姿态,完全可以做这段话的图解。她坐得很稳,可以说是"正襟安坐",一手持曲谱,一手轻轻地点着板眼,仔仔细细地一字一字地唱出每一句曲调来。确实是"注全力于唱之工拙"。喜怒哀乐皆在唱中,与表情身段等丝毫无关。听着她的唱,看着她的唱,会使你觉得这是一种格调高尚的古典歌唱艺术。

(2)吐字行腔

既然以唱为唯一的表现形式,那么,就一定会有其独特的特点。曹先生的唱,也确实是有特点的,主要的表现,则是在吐字发声及行腔上。

曹先生唱曲时,在吐字方面是声母清楚,收韵准确,阴阳分明。

杨先生曾指出,汉语声韵调与音乐的关系是:"声母和韵母影响到歌唱吐字的清楚和字的准确,声调则影响到旋律的进行,句读则影响到乐曲的构造。"听着曹先生的唱,可以对这一点有很深的理解。她唱的每个字都很清楚,但并不过分。特别是吐字的部位上,所谓喉、舌、齿、牙、唇之五音及开、齐、撮、合之四呼,在曹先生的口中是明显的。由于她是无锡人,对上、去、入中的阴阳声也格

外敏感,她的唱中,有一种很有魅力的语言美,这是一般人很难唱得出来的。当然,在腔格的运用上,那是绝对准确,无可挑剔。平、上、去、入的四声在昆曲中的各种腔格,在曹先生的唱中也是能明显地感觉到的。

昆曲的腔调每个戏、每个曲牌都有不同,有繁有简,有高有低,也有轻重之分。曹先生的唱中,表现都是很分明的,而且表现得自由自在,即所谓"慢不温,快不慌"。而且,她的唱听起来比较平直,但仔细琢磨,却是相当有味道,内在的力量是很强的。我虽然会唱一些昆曲,但是学她的唱也觉得很难。

通过向曹先生学习,最大收获是从她的吐字发音、行腔中明确地知道了昆曲中字调与音乐的关系,曲中的腔格是什么,道理何在等等。对于杨荫浏先生在《语言音乐学初探》中所叙述的语言与音乐的关系及其在《中国古代音乐史稿》一书中所列的南北曲腔格表,看得也清楚多了。同时,也明白了过去文人们为什么那样喜欢昆曲和把精力都投入对昆曲写作的道理。

北京早期在北京大学曾有过曲社,以文人曲家为主,也有当时相当有名的票友、艺人等。这些有成就的曲家,最得意之处就在吐字发声方面。但杨先生曾和我说:"当年在北京大学的昆曲社里唱曲时,曹安和的昆曲,俞平伯他们是承认的。"我想,在那些能演善唱的曲家中曹先生能得到承认,当然是她的演唱精彩了。

(3)曹先生唱曲例解

曹先生能唱的昆曲很多,以下,仅以我学过的几出戏为例,稍做说明,以便了解她唱曲的特色。

①《寻亲记》中的《出罪》和《府场》——传统唱曲的典范

　　　　封丘县,儒士家。周羽妻郭氏投词下……

这是《出罪》一折开始的曲牌《锁南枝》的唱词,是带赠板的慢曲。很多音乐研究所的老人都熟悉这段唱,他们大都学过或听过这段唱。

《寻亲记》为明无名氏作,全戏共 34 折。现在还能看见的大约只有"茶访"

一折了。《出罪》、《府场》是戏中的第十出和第十三出，合在一起唱了。以前，所谓昆曲中的"三法场"，则是指《鸣凤记》中的《写本·斩杨》、《邯郸梦》中的《云阳·法场》和《寻亲记》中的《出罪·府场》。这些都是昆曲中外角的重头戏。《出罪·府场》是惨兮兮、深切切的唱功戏，难演难唱，在舞台上已经看不到这出戏了。但是，它还被保存在清唱曲社中，作为清唱的重点，是内行人听门道的一出戏。无论是听功夫还是打基础，这都是一出很适当的戏。

这出戏的情调悲伤，从慢开始，然后逐渐展开，至《府场》处，方才稍快一些。曲调中把生离死别的感情表现得淋漓尽致。这折戏的唱腔较为平淡，唱时很难掌握它的分寸，太慢了不行，快了则失去原意，要在稳中加以变化，深沉中掺杂着悲痛才行。曹先生的唱，分寸好，力度大，听着不太难，可我费了很大的劲，也没达到曹先生的力度，还差得远。

曹先生唱得平稳而深沉，字是一个一个地吐出来的，咬字非常清楚。前三段的《锁南枝》、《前腔》、《玉娇枝》，是旦（郭氏）的唱，后两段《五供养》和《月上海棠》是生（周羽）的唱。曹先生唱中分得很清楚，旦与生的风格软硬程度不同。

另外，如果看过一些曲论的话，再听曹先生唱这出戏，那就更有听头了。因为可以清楚地感受到曲论上讲的所谓"开、齐、撮、合"的四呼、"四声各有阴阳"、"收声归韵"等等，是怎么一回事了。这折戏是南曲，对于南曲特有的表现，特别是入声字及阴阳声，曹先生在唱中都有很明确的交代。

杨先生曾说，曹先生的昆曲好，生旦净末都可以。这出戏中，既有生，又有旦，生旦交加。曹先生唱的旦，唱得惨，生，唱得悲，生旦分明。从这出戏中，可以听出曹先生的深厚功底来，她确是一位好唱家。

②《金锁记·斩窦》——唱情的代表

《金锁记》是明人根据关汉卿杂剧《窦娥冤》改编的传奇。《斩窦》是其中的一折。也是保留了关汉卿原剧中最好的一部分。这一折开始处的《端正好》、《滚绣球》、《叨叨令》三曲，杨先生和曹先生曾在多处提到："这三曲与关汉卿的《窦娥冤》词大致相同，可能它的曲调亦渊源于元人唱腔。"我想，这不仅是说说和笔头上的分析而已，必须会唱，才能得出此结论来。类似元曲的曲词并不少，

但能提出这样的结论来,却只是很少的一些。杨荫浏先生曾说:"会唱九十套曲子,也就知道音乐史上说的南北曲是怎么回事了。"《窦娥冤》的曲子,被两位先生判定为很可能是元曲的遗留,根据也就是在这里。我是相信这个说法的。因为,听着曹先生的唱,它使我想到了关汉卿笔下的窦娥。

《斩窦》开始《端正好》的唱腔,上来就是激烈的,是呼喊似地高昂腔调:

> 没来由犯王法,葫芦提遭刑宪。叫声屈,动地惊天! 我将天地和埋怨!
> 天嗄! 不与人行方便。

悲愤的曲调中,还带着几度反复哭泣的声音。是唱,是"屈",是"怨",是"恨",是"怒"。像是一个冤枉到极点的人发出的呼喊,真是有些动地惊天的气魄。特别是唱腔中的哭音,是一般昆曲中听不到的,哭声夹在唱腔中,能做到恰到好处是很难的,曹先生却唱得很好。

接下来的《滚绣球》也是从高而起:

> 有日月朝暮显,有山河今古传。天嗄! 却不把清浊来分辨,可知道错
> 看了盗跖颜渊! 有德的受贫穷更命短,那造恶的享富贵又寿延。天嗄! 怎
> 做的个怕硬欺软! 不想天地也顺水推船。地嗄! 怎不分好歹难为地,不辨
> 贤愚枉做了天! 独语独言。

这段唱一句紧接着一句,全是散板,散板必须紧凑,而又要有跌宕起伏。曹先生这一段唱得很清楚,字字铿锵。有力气,有深度,有起伏,唱出了窦娥的处境与心情。以上两段词虽与关汉卿原词有些出入,但基本上是一致的,甚至可以说比原词还紧凑一些,唱腔又好,所以杨、曹两位先生对此段唱腔情有独钟是有道理的。

接在后边的几段唱,是非常哀怨的,曹先生唱得既哀又稳,掌握得也相当适度。

总的来说,我感觉到曹先生唱的《斩窦》最能代表关汉卿的剧作精神。当然,这段唱的曲调是符合关汉卿《窦娥冤》剧中人物感情的,但是她的唱也是最真实地再现了这种感情。现在,虽然有的剧种还在演这个戏,舞台上的《斩窦》有人物可见,还有刑场的布景做陪衬,但是,我觉得怎么也比不上曹先生的清唱,不如她所唱出的窦娥那么感人。

　　我在学这个戏的时候,很惊奇曹先生那样一位瘦小的老人,怎么能在她那细小的声音中赋予了那么大的力量呢? 使人欷歔不已。

　　唱曲,关键在一个情字。我听了曹先生的唱曲,她是在唱情。这段《斩窦》可以作为她唱情的代表,使人难以忘怀。

　　③《昭君出塞》——独特的风格

　　我曾经看过京剧尚派的《昭君出塞》,那是比较新的演法,有些新编的意思了。也学过一般的《昭君出塞》,曲调还记得。但曹先生唱的《昭君》,从"送昭"到"出塞",唱法上都有不同,曲调虽然差不多,但是听她唱时,听起来使人觉得很新鲜,有面目一新的感觉。曹先生劝我也学学这折戏的时候说:"这是天韵社的唱法,现在很难听到了。"这句话的意思,大概就是指这折戏有着特殊的唱法。

　　我感觉到,曹先生唱的这个戏与一般的《昭君出塞》有两点不同。一是在唱法上,总的说来比舞台上的要慢一些,曲调的装饰不太多,显得比较朴素;二是天韵社的《昭君出塞》保留了最后的一段《弋阳调》,这一般是不唱的,很难听到。而这段弋阳调是非常有特点的一段优秀唱段。

　　《弋阳调》是一段以旦为主,中间插有丑角唱的唱段。虽然是一段很吃功夫的唱,不过,会唱了以后,你就会觉得这是一段曲调非常有变化和有吸引力的唱段。在此,我把这段唱词写下,供大家参考:

《昭君出塞·弋阳调》

　　(旦)手挽着琵琶拨调,弦不鸣,心内焦。将这指尖儿空把丝弦操,料得个知音少。纵有那伯牙七弦琴,唯有仲尼堪叹颜回夭!

　　常言道聪明富贵难比天高,聪明富贵难比天高,鸳侣负多情,偶思弦下稍,音韵多颠倒,拨响难成调。弹不响,韵不凑,怎不叫人恍恍心内焦。

　　若说是弦断了,好一似宝镜昏难照。若说是弦断了,好一似花落连根倒。若说是弦断无声了,好一似赢瓶坠井人难吊。想是我前生烧了些断头香,今日里离多只是欢会少。

　　第一来难忘父母恩,第二来难割舍我的同衾枕,第三来损害黎民,第四来国家粮草都须急,第五来百万铁骑郎为我昼夜辛勤。今日昭君失了身,万年羞辱汉元君!

　　(丑)我想——他那里也是个娘娘,我这里也是个娘娘,他那里也是国母,我这里也是国母。一般的富贵,一般的受用,何须悲怨,何须愁闷?我的娘、我的娘娘啊,我的娘娘啊——。

　　(旦)减容貌,瘦损腰,手托香腮,泪珠流落。我宁做南朝黄泉客,决不做那异邦掌国人!叫我泪洒如倾,泪洒如倾!恨只恨毛延寿歹心肠,谁承望救国无人!

　　看碧天连水水连云,泪斑斑带月披星,去头儿望不见汉长城!

　　这段唱的曲调起伏转折较多,开始处是散起,然后上板,上板后曲调上扬,至"唯有仲尼堪叹颜回夭"又转为很低的调子,之后,直接下一段,以短促的句子为主,很少拖腔。从三个"若说是"排比句起,一句接一句地直唱到"万年羞辱汉元君"拖腔处为止。

　　再接着的是丑角的唱,唱中有几处拖腔加在中间,好像是丑角在做一些比喻的动作一样,很是生动。然后,又是昭君口气坚决、大义凛然一段紧板联唱,直冲到最后,转慢接散板结束。

　　这段唱段,曹先生唱的是一气呵成,毫无停顿断续之感。开始散起后,好像是不知不觉中就上了板。无论是曲调高高低低,委婉曲折,还是节奏上的变化,曹先生唱得都非常自然,使你觉得就应该是那样。中间一段逐渐转快,从一板三眼转入一板一眼,曹先生唱得都是那么流畅,那么和谐,没有一点生硬和造作。最后三句时骤然转慢,而后进入散板,她唱得好像是一股激进的流水注进了滔滔大河，随波而去，留下了无限的怅惘和悔恨。真是唱得好极了！

在插入了丑角（王龙）的唱时，曹先生在音色上也分得很清楚，男是男，女是女，分清了主人公昭君与陪伴的御弟王龙之间的区别。曹先生掌握这些分寸都很恰当。在唱到王龙的丑角唱时，我还特别注意看着曹先生，她虽神色不改，但音色变了，听得出来那是丑角的唱。

《昭君出塞》在《纳书楹曲谱》中归为"时调"。现在手边看不到《纳书楹曲谱》，无法查对是否有此曲，但在众多的昭君戏中，我没有听过有这段唱。即使在《纳书楹曲谱》中有此曲，但若未听人唱过，从简单的乐谱中能看出什么来呢？曹先生唱的这段唱特点在于细腻与深切，流畅与婉转，这在乐谱中是绝对看不出来的。从这段唱中，可看出天韵社的昆曲确有特色，实为不俗。

以上介绍的三段唱，曹先生唱得不但是字字清楚，腔调圆满，而最重要的是唱得有情。哪一出戏，都是与剧情人物有关，而唱的是人物，不是为唱而唱，确是郭氏、窦娥、昭君而不是其他。

在与研究生班共同的学习结束之后，我自己继续向曹先生学了一段时间。前后学的加在一起，共学了《牡丹亭·游园》、《寻亲记》中的《出罪》和《府场》、《金锁记·斩窦》、《紫钗记》中的《折柳》和《阳关》、《邯郸记·扫花》、《铁冠图·刺虎》和《昭君出塞》九折。曹先生曾叫我吹笛，把我们一起唱的昆曲用她的小录音机都录下音来了。所以，音乐研究所资料室所藏曹先生昆曲录音，除了杨先生伴奏唱的一段《长生殿·絮阁》以外，其他的就都是我吹笛所录的。但是很遗憾，学《昭君出塞》的时候，她的嗓子已经不大好，没有录音。说起来，可真是鬼使神差！我那时学完以后很是喜欢，竟完整地自己唱了一遍录了音，留了下来。现在，我这里有一出完整的天韵社唱法的《昭君出塞》！为此，我很自豪。不知这么好的东西，还有没有人愿意学了。

七十多岁人的歌喉，不可能是高昂和清亮的。听曹先生的唱，听的是功夫，欣赏的是味道。当然，对听者来说，也需要有一定的基础，会欣赏才行。她唱，你学了，但很难学会，这才能体会到曹先生的功夫所在。我虽认真地学了，也只能说调子学会了，功夫还差得远。如果是早几年就开始向曹先生学的话，我想一定能多学一些，还可以说出更多的门道来。

三、"陋室"中的光彩

　　曹先生屋里的布置简单极了，但对接触过她的人来说，那里就是宁静与淡泊。在她那里，一切都是安安静静的，但有时也能看到有一些浪花的波纹。我接触曹先生的时间并不长，但也有一些小的故事告诉大家。

1. 一件可笑的事情

　　经过"文革"的人，谁都爱说说自己的经历，当时也是一个聊天的话题。"文革"是一场我们谁都没躲开的劫难，曹先生当然也是一样。可是，我从没有从曹先生那里听到过任何评论他人的话，也没有听她说过自己在"文化大革命"中的遭遇什么的。唯一听到她对"文化大革命"的话，是一件她觉得很可笑的事。

　　"文革"中，在湖北省文化部干校，去了一大批有名的知识分子和艺术家，曹先生也在其中。白登云是一位有名的京剧鼓师，曾为程砚秋专门打鼓，他也去那里了。曹先生说，白登云打鼓打得很好，他在湖北干校时有件事：

　　　　早上集合，排长叫白登云："白登云，你站出来！"白登云出了队伍。排长说："白登云，你说，你是干什么的？"
　　　　白登云说："我是打鼓的，打小鼓的。"还用两只手比划了比划。
　　　　排长又说："你跟大家说说，就那么两根小鼓槌，你凭什么每个月挣200多块？！"
　　　　这下子，白登云愣在那里，他不知道怎么回答才好了。

　　这个故事，我听她说了不止一次，每次都是笑眯眯地，觉得很有趣的样子。至于其他的事，从来没有听她说过。也许，她把那些经历都看成和这个可笑的事情一样了吧。

2. 一只笛子的故事

　　曹先生也有个性。可那是很温和的个性，也有品位。

学习《昭君出塞》时，是和一位国外来的黄女士一起学的。黄女士当时以联合国教科文组织代表的身份，和中国音乐研究所取得了联系，要和曹先生学习昆曲。那时，这还被称为是"外事活动"。曹先生同意了之后，颇为认真，从教她什么曲目开始考虑。曹先生对我说："我准备教她《昭君出塞》，是天韵社的唱法，和一般的不一样，很难听到了。你要不要也跟着学学？"对我来说，这当然是求之不得的事情，不由得满口道谢，老先生也很高兴。学的时候，我吹笛，黄女士唱。

　　黄女士祖籍广东，在美国长大。攻读民族音乐学，人很爽快，也很用功，但举止已颇像美国人。

　　曹先生认为学昆曲者，必学吹笛，否则不能得其三昧。传统的笛子按孔距离均一致，可以用一支笛子翻吹七调，但市上所卖皆为新式的笛子。因此，曹先生特地托人到苏州乐器厂定做了两支传统的昆曲笛子。曹先生对我说："这种传统式的笛子得到很不容易，送给她一支带回去，另一支就给你吧。"我非常高兴，谢过了曹先生。不过，我不知道她怎么送给黄女士，我也没问。

　　大约三个月的学习一晃就过去了，到了最后一次，唱完了最后一遍，曹先生对黄女士说："唱昆曲一定要会吹笛子，你想不想学吹笛子呢？"没想到黄女士张口就答："我实在太忙，只能学唱，不能学笛子了。"曹先生听后没说话。之后，黄女士表示感谢，也就结束了这次学习。

　　我送黄女士归去之时，实在忍不住了，对她说：

　　"曹先生特意在苏州定做了笛子，想送给你，早就准备好了。"

　　"哎呀！她没和我说呀！"

　　"刚才曹先生不是问你想不想学吹笛子吗？"

　　"是呀，她问我想不想学吹笛子，也没问我想不想要笛子呀？"

　　"你没表示要学，她怎么能主动地给你笛子呢？你要是说'很想学，这次没时间，以后有机会一定学'。我想你准能得到那支笛子。"

　　"非得这么说才行吗？"

　　"当然，文人有文人的表达方法，你要看人、看场合说话才成。"

——黄女士那遗憾的神气,现在我还记得。

之后,曹先生对这件事再也没说过什么。淡淡地来,也淡淡地去了。在这件事上,虽然我为黄女士没有得到笛子而惋惜,但对曹先生从深远处为人着想和为教学负责的态度,我感到很钦佩。这虽也是两种语言文化的冲撞,但中国的文人,应当是这样的吧。

3. 街道上的活动

大约在1985年左右吧,有一天,她对我说:"你有没有时间呢?"我说:"有。您有什么事吗?"她说:"街道上有活动,人家知道我是搞音乐的,叫我出个节目。我嗓子可以的话,想给他们唱唱昆曲,你吹笛子可以吗?"我说:"没问题。什么时候,您通知我一下就行了。"那时,因为曹先生的嗓子已经不大好,我们已经停止了唱昆曲,可是,想不到曹先生为了街道上的活动,还是要为他们唱唱。我虽然答应了,但也有点儿想不开。心想,您那么大年纪了,还有必要去唱吗?再说,街道上的人能听懂您的昆曲吗?这件事虽然后来没有结果,曹先生也没再找我,但我却一直没忘。

现在,我觉得曹先生是对的,因为她并不把听的人分成几等。在文彦先生写的介绍曹先生的文章中,有对她1924年进入女师大考试时写的作文《子期死伯牙终身不复鼓琴论》的介绍,从文中我知道了,曹先生强调的是:"类似伯牙的思想,就是古琴的衰退,濒于绝响的原因。"所以,曹先生即使在高龄,仍肯为街道上的活动去演唱她的昆曲。我觉得曹先生是了不起的。我的想法是错的。

4. "陋室"中的光彩

以曹先生那样的身份来说,她的屋子绝对可以称为是"陋室"了。

曹先生屋子里很简单。原来住在二层的时候,屋里就没有什么摆设,搬到一层以后就更简单了:迎门摆着一张单人木床。床边一个单人沙发,沙发旁有一个小木格子,放着一套《九宫大成》和一套从音乐研究所资料室借的昆曲曲谱。再过去是一个书桌,桌上一个小卡片箱,一个外宾送的小录音机,上面还套着一个自己做的红绒套子。一把椅子,一个凳子。书桌对面是一个两半截的书柜,书也不多,就是一些工具书而已。其他的没了。

这个屋子，既无藏书的装点，更无一点舒适豪华的影子。但就是在这个平淡、简单的屋子里，却有一位勤恳的老人，为民族音乐的研究事业默默地做着平凡而有意义的基础工作。

一次，我到她那里，正好看到中央音乐学院的萧淑娴先生去看望她。两位老人的面前摆着两杯清茶，相对着轻声细语、慢慢地谈话。午后的太阳，透过朝西的窗户，照在两位老人的身上，从她们的满头白发上映出了银色、透明的光泽。我那时突然感到了她们像是在一幅静谧的图画中。这两位离开了嘈杂的老人，在谈什么呢？是回忆过去的时代？还是谈论着熟识的友人？

我只是说了几句话就出来了。不知道为什么，那个场面给我留下了那么深的印象，以至现在我都可以想得出来她们各自坐在哪里。我想，这是两位从"五四"时代起为中国音乐贡献了一辈子的老人，以她们人格魅力的力量，给我留下的印象吧。这个"陋室"中，有着它光彩异常的地方。

结　语

曹先生是个长寿的老人，也是个幸福的老人。

在如今，医学的进步及生活质量的提高，长寿并不少见了。可是享有长寿的人未必都能幸福，长寿并活得愉快是不容易的。孤独、寂寞的老人，在我们的视野中是不少的。而曹先生活得很安详，也很幸福、愉快。她不但不孤独，有许多人关心着她，还有她的学生、同事和保姆一起无微不至地照顾着她。这些人与曹先生之间并无任何的血缘关系，也没有担负着必须照顾的义务，但她们能无怨无悔地长期照顾她。这里，在赞叹曹先生人格魅力的同时，也应该向她们表示深深地敬意。这是我们社会的美德，也是我们中国人优良的传统。曹先生正是在她们的照顾下，成了一位难得的长寿并活得很愉快的幸福老人。

对曹先生这样一位走过了一个世纪的学者，我们要怀念她的人品，纪念、学习她做学问的态度。此外，以什么话来代表她合适呢？她的淡淡而又不平凡的一生,怎么来形容呢? 我想了很久。

"上善若水"。

用老子的这句话来描写曹先生,我想不会有人不同意吧。

（原载《曹安和音乐生涯》,山东文艺出版社,2006 年 1 月）

歌唱的燕子

——忆女高音歌唱家李桄

李桄是一位使人怀念的人。

我为杨荫浏先生整理稿子,向他学习时,谈到了李桄,杨先生说:"李桄,可惜了。"

向曹安和先生学习昆曲时,曹先生也说:"李桄,可惜了,走得那么早。"

和黄翔鹏先生谈起李桄时,他说:"李桄是个好人,唱得也好,太可惜了。"

李桄是什么人?为什么会让这些音乐界的大师们众声叹息呢?说实话,从哪里说起这位普通而又不平凡的人,我也不大清楚。

还好,有一只大家都熟悉的歌,能使我们把她联系起来:

燕子啊!听我唱个我心爱的燕子歌,亲爱的听我对你说一说,燕子啊!

唱歌的人,无论是洋还是中,都唱过这首叫《燕子》的歌吧?这是一首新疆哈萨克族民歌,它的乐谱,是段平泰和李桄一起记写的,这首像诗一样的歌词,是李桄译配的,这首歌,也是李桄首先唱出来的。那么,知道这首歌的人,也会对她不觉得很陌生了吧。

1955 年,她和段平泰先生(她的丈夫)听说有一位新疆来的歌手艾图瓦尔夫唱的民歌很好听,他们就去找到那位艺人,听他唱,记下谱来,又问他唱的是什么意思,根据他的叙述,李桄为曲子配上了汉语的词句。

能敏锐地发现好的民歌,并能够把它介绍出来,这需要对民族音乐的感情和歌唱的能力。李桄，就是这样一位喜爱民族音乐、唱得又非常好的歌唱家。

追逐民族化的歌手

1. 优秀的女高音歌唱家

李桄是中国音乐学院的声乐教师，也是一位优秀的女高音歌唱家。她1956年毕业于中央音乐学院的声乐系，留校做教师了。她跟我说，因为从小就在教堂的唱诗班里唱歌，天生就是个洋嗓子，所以，很顺利地就考进了音乐学院，以西洋声乐为专业。

李桄留下的音响资料并不多，但是，都是些有特点的歌曲。作为洋唱法来说，她留下的音响有电影《复试》中的声乐练习曲，那是一段很地道的西洋唱法的示范。她还留下一些民族风格的歌曲，如电影《英雄儿女》中说唱风的《歌唱英雄炊事员》"说老李，唱老赵……"；还有电影《青松岭》中的"长鞭一甩叭叭地响"那一段脍炙人口的二重唱，那是她和王秉瑞一起唱的。她留下了劫夫的《摇篮曲》，唱得非常细腻动人，在中国作曲家所作的摇篮曲中，是很精彩的一首；吕远作的《九里里山圪塔十里里沟》也是她录的唱片，至今，我还是觉得这支歌属她唱得最好。

可惜，她留下的音响太少了，而且，更能显示她歌唱才能和水准的西洋古典艺术歌曲，没能有正式的录音留下来，非常遗憾。

李桄的西洋声乐造诣很深，在上世纪五六十年代的女高音歌唱家中，是很有特点的一位。她唱的《珠宝之歌》、《夜莺》等艺术歌曲，当时是有定评的。1956—1957年纪念莫扎特、格林卡及纪念洗星海的音乐会，她都被选拔为独唱演员参加演出。到现在，当年音乐学院红领巾乐队的人讲起与李桄的合作，都称赞她唱得好，音色甜美。我曾结识过很多位西洋声乐歌唱家，他（她）们也都同样向我介绍说，李桄的演唱相当全面，修养很高。

李桄不是一般的唱歌而已，她的音乐基础也很深。她浏览了大量的乐谱，视唱的能力很强。她的外文也好，英文、俄文、德文都可以，还自学过意大利文。

那是为了唱原文歌曲而自学的。

关于李桅在西洋声乐上的成就，不用我来多说了。在这里，我主要谈谈她在声乐民族化方面所做的努力，在这方面，她是非常优秀的，有着突出的成绩。

2. 高超的民族音乐与文化修养

我和李桅的认识，是在 1963 年秋。那时，我们都参加了文化部组织的一个中央农村文化工作队，考察农村文化活动，也做些文艺宣传的演出。我们这个队，是去山东省文登县的，大约有半年的时间，队友们都成了好朋友。关于这个文化工作队的事情，画家黄永玉在他的文章中也说过，他是去的辽宁省。

在我们队里，有美术界、戏曲界、音乐界以及来自各中央直属机关的一些人。大家凑到了一起，先集中在中央团校学习，同时也排演一些节目，准备下去演出。排演节目时，我发现这位来自中央音乐学院的洋歌手，民族歌曲唱得相当好！

　　九里里山圪塔十里里沟，一行行青杨一排排柳，毛驴儿结帮柳林下过，花布的驮子晃悠悠。……

这是我第一次听李桅唱歌。这首吕远写的歌，陕北信天游味道极浓，听起来很美。但是，使我更惊讶的是，唱洋歌的李桅，竟然把一首有浓郁地方风格的歌，唱得那么好听！

当时，我教她唱了一段京剧《白毛女》的高拨子，她马上就能唱了，听唱的人给了她满堂彩。我觉得，这个人真是个歌唱的天才。很快地，我们就熟了。

在山东的一段时间里，我们唱了不少民歌，还记写了山东大鼓等民间音乐。在记谱时，我很服她。我是民族音乐出身，听着那些曲调并不陌生，可是，她比我记得快。我们还唱了山东大鼓的唱段，唱了山东琴书的唱段，都是我拉坠胡她唱，走到哪里唱到哪里。

我和她曾一起去文登县京剧团辅导。剧团编了一个新戏《天福山的火焰》，是讲那里老革命根据地的故事。她也跟着我一起编曲和辅导京剧团的人。那时，我才知道，她掌握河北梆子音乐的程度，可不是一般的了。

她告诉我，中央音乐学院分配老师们去学民族音乐，她是去河北梆子剧团向着名演员李桂云学的。李桂云是河北梆子的名角，她的唱腔既高昂又委婉，代表作是《蝴蝶杯》。向这样的老艺人学，马马虎虎是不行的。李桄说，她觉得老艺人真是有东西，要下功夫学，才能得到她的信任，真正地教你。李桄是认真地学了，唱得也相当好。最后，李桂云问她能不能留下搞河北梆子。

我就是从她那里学了《蝴蝶杯》的搭调和大安板。那段挺难唱的，是吃功夫的唱段，我也练了很多遍，才算唱得像样了。我是戏曲专业，李桄这个洋歌手愣是教我唱了一段河北梆子！

李桄唱的《蝴蝶杯》"藏舟"一折的搭调，不同于一般河北梆子演员唱的，音乐性更强了。其中夹杂在唱腔里的哭腔，是她唱的一绝。因为她加进了歌唱的方法，几次表示哭泣的音程跳动，她唱得干净、自然，确有幽咽、悲切的感觉。后来一想，她可以唱花腔，音程的跳动对她来说当然是容易的。怪不得，这段唱有她的特点。

李桄给我抄的民歌、河北梆子以及她演唱的所有歌曲的谱子，都是她背着写出来的。说明这些曲调已经是她的心声，用不着看谱了。对这点，我当时就很惊奇，她竟能把学到的民间音乐记得那么熟！

她向我学习戏曲音乐，告诉我西洋音乐也有一些同样的特点。她还说，民族音乐里有很多东西值得学习。在这一点上，我很感谢她使我对自己的专业有了新的看法。

每个人都有自己的爱好，不能要求搞西洋音乐的人都喜欢民族音乐。由于成长的背景不同，有些人很难接受纯民族的音乐。我曾经听过一位著名作曲家敞开心扉地说："我硬着头皮、强忍着，总算把一出《捉放曹》听完了。"

李桄不是这样的人，虽然她的根基是西洋音乐，但她对民族音乐有一种天生的亲切感，她爱我们民族的东西，她懂民歌，懂说唱，懂戏曲。

在文登县，大喇叭整天放送的是山东吕剧，曲调挺美，也很好听。可是，偶尔也放送一些京剧唱段。李桄跟我说："地方剧虽然好听，但是，听久了，感觉到它的基础还是浅一些,听京剧就不是这样,听不腻。"想想她的话,有道理。这是一个西洋歌手的话呀!而且是在 1963 年说的。

除了戏曲、说唱,李桄还会唱中国的古代歌曲,她给我介绍过古曲《阳关三叠》和明清小曲《三阳开泰》。这是她向杨荫浏先生学的。听了她的唱,我才知道中国传统音乐中也有含蓄、优雅和小巧明快的歌曲。她唱得真好听,又是另一种古典风格的唱法了。

李桄不仅只是会唱,她还是个注重民族声乐理论修养的人。

在我们下乡时,她身边带了两本书,一本是傅惜华编的《中国古典戏曲声乐论著丛编》。她说,这是"天书",声乐上遇到问题和困难,可以查一查,很有帮助。

傅惜华的《中国古典戏曲声乐论著丛编》,是中国古代有代表性的九种声乐论著的汇集。这本书不只是对戏曲界,对声乐的教学、演唱和理论研究也有很大的参考作用,对现代声乐理论研究,建立中国学派的声乐体系来说,这本书有相当重要的价值。现在,对这本书注意的人逐渐地多了起来。可是,在四十年前我们下乡时,李桄带的却是这样一本书,能想得出来这件事所代表的意义吧?

《中国古典戏曲声乐论著丛编》中的文章,能看懂和琢磨通了,也是不容易的。要想真正地理解,需要古典文学的修养,更需要对中国古典声乐理论的承认和重视。我接触过诸多的歌唱家和戏曲工作者,这样重视传统声乐理论而且把书带在身边的,只有她一个。

李桄还带了一本中央音乐学院音乐研究所编的《说唱音乐》。这是很厚的一本书,有全国各地说唱音乐的谱例,她时常拿出来唱一唱。她可以唱大鼓、单弦、琴书等。我们演出时,她唱的评弹《蝶恋花》,非常有味道。再如,歌唱雷锋的《八月十五月儿明》,是吕远作的一首歌。说是歌,不如说是说唱的唱段。要是没有说唱的功底,唱起来挺难的。可是,李桄把这个唱段唱得很出色。这都说明,她带的书不是摆设,是她能够唱、能够用、能够借鉴的实用材料。

李桄不但是个重视实践的人,而且重视实践和理论相结合。她能根据理论去实践,做出自己的判断和行动。这也表现在她对书籍的态度是积极的,能抓住主要的部分。

我记得,她曾向我介绍过一本苏联钢琴教育家涅高兹的书,她说,这本书对我们搞技术的人来说是绝对重要的。她告诉我,书中说了很多练琴的方法,但是,主要的一点,就是要坚持。这个钢琴家说:技术练习就像烧开水一样,如果老是烧一烧就停,永远开不了。就是到了98度,你一停,就又回去了,还是不开。只有坚持烧到100度,水开了,才能引起质变。技术才能真正成为自己的东西。

李桄就是这样一位把学习看作是烧开水那样的人。所以,她学什么都能学到家,唱什么歌都能唱得那么好。

她的修养还表现在文学上。她是个知识广博的人,喜好文学和诗歌。我们那个队是一帮文人凑在了一起,难免有些诗兴发作的时候,李桄写的诗不俗。临时编些歌词,她也很快。

《燕子》这首歌是李桄配的词,我是在写本文前不久才知道的。音乐界的人,有哪个不知道《燕子》呢? 又有哪个不被这首歌词所感动呢?

眉毛弯弯眼睛亮,脖子匀匀头发长。

这两句,有的歌唱者改唱为"脖子纤纤头发长",在这里,"纤纤"显然没有"匀匀"好。用这个词,是配词者文学修养和细微感觉的表现。——多么恰当! 不是谁都能想出来的。

3. 上世纪的声乐改革与现在的声乐现象

从现在对民族声乐的争论中,我想起了李桄,想起了李桄唱的歌。听她的歌没有厌腻,只有美感。

李桄所取得的成绩不是她一个人的,也代表了那个时代声乐工作者们的探讨和努力。

上世纪五六十年代,音乐的民族化有很大的成绩。在器乐上出现了像小提琴协奏曲《梁山伯与祝英台》及钢琴的一些民族风格的作品。其实,在声乐民族化方面,也是很有成绩的。中央音乐学院的教师们,当时是走在了声乐改革的前列。

我依稀记得,好像有过这样一个提法,叫做"和民族结婚"。现在看起来,这个口号有点怪怪的,其实,就是叫学洋音乐的要爱民族音乐。那时的做法,是西洋向民族学习,学民歌,学戏曲,学说唱。歌唱家要学唱一种民族声乐,学乐器的要学一件民族乐器。

李桄在《人民音乐》1957年第1期发表了题为《学习说唱的一点认识和心得》的文章,讲的是从学习说唱音乐中吸取的演唱经验和体会。她在文章中写道:

　　字身延长的部分,往往是歌唱中最能发挥声音的地方,我们一定要把握住每个字的音型,使不同的元音有不同的色彩,从而表达出清晰的语言,然后才有创造生动的富有表现力的语言的可能。如果为了追求"美音",把什么字都唱得含含糊糊,有音无字,听众不但听不懂你的词义,连声音的美究竟何在也无法理解了。

　　有的人学说唱把调子提得很高,完全像唱歌一样去唱它,听起来四不像。在唱腔多的地方还可以凑合,一到说话的地方就更不自然了。但是不要以为一用真声就无法和我们的发声结合,只有干喊。我的体会是:每个人可以用最接近于自己说话的自然音乐来唱,同样也要运用我们所学的科学呼吸方法。把共鸣位置尽量提高,靠前,不要挤在喉咙里。音域较低,呼吸的分量不必太大,多利用胸腔共鸣,比较高的音就增加呼吸的力量,并利用鼻腔共鸣来帮助。道理和练声、唱歌并没有根本的矛盾,只是方法上有所不同。有些同学顾虑会把嗓子唱坏,我觉得真声是我们最自然的声音,声带的震动也是最正常的,只要善于运用呼吸和共鸣,不穷嘶极喊,是不会唱坏的。

在文中,她不仅分析了单弦等说唱艺人的演唱规律,而且还指出了歌唱和

说唱的不同及它们的结合方法。最后,她对作曲者提出了希望:

> 作曲系的老师,同学们!我迫切地希望你们在写作歌曲时再多考虑一下语言问题,最好你们也学习一下语言的问题,最好你们也学习学习民间的曲艺和戏曲。虽然音乐不能只限于"四声"之内,但是至少要使人听得懂还是必要的,我们在演唱中常被作品中层出不穷的"倒字"弄得十分尴尬,听众也听不清我们唱的是什么词,这样的歌曲当然不能算是好歌。我们盼望着你们创作出更多的,具有真实、优美的民族语言的好歌。

这是一位歌唱者,而且是一位西洋声乐歌唱者在五十年前发出的呼吁。在今天看来,也还是有参考价值的。这也说明,五十年前,我们的声乐家们就在探求民族化的道路上取得了很大的成绩。而且,也应该看到,现在歌唱者的成就,也是那时声乐工作者们探讨声乐民族化的继续。

1964 年成立中国音乐学院时,李桠及当时中央音乐学院的声乐家们,虽然西洋声乐是她(他)们最喜爱的事业,但是毫无保留地走向了培养中国民族声乐人才的道路,转院到了中国音乐学院。而且,现在看来,最为宝贵的是,这些人没有用西洋方法去改造民族的唱法,而是去探索如何走出一条新的民族声乐的路。

但是,时代不同,中西结合的做法也逐渐地改了,民族的唱法改变得比较大。具体来说,是民族唱法加大了音量和共鸣,以西洋歌曲演唱的感觉来唱民族歌曲。有很多歌唱家,发出的是明亮、高亢的民族唱法的音色,可是嗓音的共鸣、颤音却是使用着西洋声乐的发声方法。这样一来,唱民歌之类的歌曲则过于夸张,缺少了民族歌曲的含蓄;唱西洋歌曲则表现得气息浮浅。现在,这种唱法成了主流,虽然受到一些人的指摘,但是,这已是不可逆转的潮流了。

上世纪的中期,掀起了大力提倡西学中的浪潮,好像从 80 年代起,中学西趋于主流。声乐是这样,器乐也是这样,民族唱法的更加趋向于西洋唱法,民族乐器大量演奏西洋乐曲。这一点,与以前有很大的不同。虽然将来会是什么样也不可知，但是，无论如何这也是值得研究的一个现象。

听说，那时民族器乐家、歌唱家在学习西洋的方法时还是有所挑选和控制的。人们把过于使用颤音的民族乐器演奏戏称为"黄油吃多了"。这是一个很有趣的说法。的确，小巧明快的民族小曲，你那么哆嗦干什么呢？看来，那时的人们还是挺有幽默感的。

当时西洋音乐家学习民族音乐，但是他们也没变成民族音乐家，还是西洋音乐的音乐家；民族音乐家学习西洋音乐，也仍然是民族音乐家。这一点，是不是可以给现代人一些启发呢？

想歌唱的燕子

我在日本宣传中国音乐。近二十年来，我每年都要办讲座，讲中国古代音乐，讲中国民族音乐，也讲中国现代的音乐，还向他们介绍中国最新的音乐状况。2006 年，我讲了超级女声。在介绍她们的音乐时，我被现在青年人的活力感动了。我最感动的就是：想唱就唱。

> 想唱就唱，要唱得响亮。就算没有人为我鼓掌，至少我还能够勇敢地自我欣赏。想唱就唱，要唱得漂亮。就算这舞台多空旷，总有一天能看到挥舞的荧光棒！
>
> ——《想唱就唱》

想唱就唱，真好！对现在的人来说，这是当然的事。可是，我们曾经经过的一个时代，在那时，不是每个人都能想唱就唱的。

李桄最想做的是什么？我和她越熟，就越了解她。她最想唱歌，想痛痛快快地唱歌！

按说，歌手唱歌是天经地义，没什么难的。可是，她不能放开唱，她总是小心翼翼地。因为，她曾被打成右派。由于这个原因，她没能放开自己的喉咙，按照自己的心意自由地唱歌。

至于为什么被打成了右派，她没说过。我以后到了音乐研究所，遇到周沉，她是黄翔鹏的夫人，1957年在音乐学院是马列主义教研室的，也被打成了右派。周沉，怎么看也不像是右派。我们都觉得，说她是左派还差不多。历史的车轮，有时转得会使人发晕。

右派这个帽子限制了她。尽管她很努力，音乐界的人也都知道她的水平，但这也是她没能有很多演唱活动的一个原因。

作家汪曾祺曾对被打成右派的遭遇说是："随遇而安。"那么，哪个右派不是随遇而安呢？有的运气好一些，有的坏一些，有的相当不幸。李桦没有被劳改，没离开北京，这是她不幸中的万幸。但是，她得特别听话，不能随意地做事请。

她曾和我说过，作为一个歌唱者最大的愿望，就是能唱一部歌剧。她也以很羡慕的口气谈起当时排演歌剧的盛况。她有唱歌剧的能力和条件，可是，唱歌剧这件事情不可能轮到她。她说，能让她旁听苏联专家的课，她已经很感谢组织上的照顾了。

她真是很听话，也努力地去不断改造自己。她随时地去唱歌颂时代的歌曲，而且唱得很好。她歌唱焦裕禄，歌唱雷锋，都尽了力。她唱的歌颂焦裕禄的歌我没听过，可是，她唱的歌颂雷锋的歌，我却给她伴奏过。

对民族音乐的亲切感，使我和她成了好朋友。我向她学了不少，好像自己在音乐方面，特别是在声乐上开了些窍。我想，这么好的教师，应该到我们学校去讲一讲。于是，我直接找到了我们的校长，说了我的体会。校长说，既然有这样好的教师，就叫全校都听听。安排一下，在大礼堂讲吧。

可是，过了几天以后，吃早饭时遇到了校长，看见他阴沉着脸，很不高兴的样子，不知道为什么。我吃完就走了。后来同学和我说，我走了后，他大发脾气，骂了我一顿。说我一点政治头脑也没有。之后，团总支书记就找我谈话了，问我为什么推荐李桦来讲课。

原来，我们学校去中国音乐学院请李桦，那里的人不允许她出来讲课。

对此，李桦淡淡地、也没什么反应地对我说："告诉你不要请我，你不听。我早就知道会是这样。"对这个事,她再也没说什么。逆来顺受,随遇而安,她已经习惯了罢。

进入"文革",她的歌唱活动基本停止了。运动中,我曾去中国音乐学院看过她,那时,她已经过了运动开始的一关,可以自由行动了。她很有意思,也参加了一个小组,好像叫做什么"腾工战斗组",其实,就是文誊公、文抄公的意思,到处抄写些大字报再贴出来。

"文革"中,有一次李桄对我说:"我把我1957年的材料又从头到尾仔细地看了一遍。比起现在来……"话就说到这里了。大概,她要说的话有很多,但也和那时的人们一样,她不说了,只是继续一心一意地去埋头工作,去不停地改造。

她告诉我,在下放到天津附近军粮城的时候,有一天演电影《英雄儿女》,里面有她唱的歌,她非常紧张,怕军宣队又把她揪出来。可是,也为自己的歌声而高兴。

献给李桄的歌

在1972年,李桄被发现患了白血病,从此,她就开始了养病的生活。她对我说:"听说我得了白血病,有些人看我的眼光都变了。其实,我并不怕。老子说:'民不畏死,奈何以死惧之?'我不怕。"

我很佩服她的坚强。人,都是想活的,李桄也不例外。她热爱生活,在医院和家里来回反复之间,在家人的支持照顾下,她坚持了近六年。在她去世的前一个月左右,我到协和医院去看她,她已经是瘦得不成样了,但还是挺起精神来,和我谈了很多。只是,她和我说:别的都可以,就是隔一段时间就要剧疼一阵,实在是难以忍受。她的学生赶上她疼时来看她,大哭了起来。她还说:趁现在我还没疼,你早些走吧。

过了一个星期,她给我来了封信,谢谢我去看她。还说,目前尚无危险之虞……

字迹还是那么俊秀有力，但信中看得出来，她实在是热爱生活，她想活下去，努力地表示她还是和平常人一样……

又过了几个星期，李桄追悼会的通知来了。

有人说，生和死只是个门槛。李桄先一步跨过了这个门槛。但是，她去得太早了，早得连被错划为右派的纠正通知也没能听到。段平泰先生在追悼会上说："在能干、也可以干事业了的时候，她离开了我们……"

古人云：生死两茫茫。李桄离我们越来越远了。现在，人们唱的《燕子》，已经减少了哈萨克族民歌的味道，成了各种各样的《燕子》。但是，它还是李桄带来的那只《燕子》，尽管它长大了，变化了。

听到现在的《燕子》，李桄还认得吗？

一个普通但不平凡的人离开我们已经三十多年了。可是，她身后不寂寞。她的家人，她的朋友都在怀念她。而且，还有《燕子》的歌声一直陪伴着她。我们看着下面的歌词，欣赏着这诗一样的词句，心里默默地唱着这首歌，献给李桄吧：

> 燕子啊！听我唱个我心爱的燕子歌，亲爱的听我对你说一说，燕子啊！
> 燕子啊！你的性情愉快亲切又活泼，你的微笑好像星星在闪烁。
> 眉毛弯弯眼睛亮，脖子匀匀头发长，是我的姑娘，燕子啊！
> 燕子啊！不要忘了你的诺言变了心，我是你的你是我的，燕子啊！

李桄，生于 1932 年 1 月 19 日，卒于 1977 年 2 月 24 日。享年 45 岁。优秀的中国歌唱家。

（2008 年 9 月，为纪念一位老友而作）

乐话闲谈

笑颜

《中国的音乐世界》前言和后记

前 言

在世界上，中国是自古以来少有的充满弦歌和乐声的国家。

在日本，很多人都知道中国自古以来号称为"礼乐之邦"。中国不但从远古起就产生了丰富的音乐和音乐理论，而且也很早就注意到了音乐在生活中的作用。所以，悠久的文化历史，在音乐中也是有同样的表现：正像那人所周知的黄河、长江一样，中国音乐也像是传统的巨大河流——她是由无数的涓涓细流汇集而成的；她的发展伴随着中华民族的历史和命运；她的内容包含着智慧和硕果，也包含着人民的汗水和辛酸。在深邃、宏大和丰富多彩的音乐中，既有欢乐也有忧愁，可以引人入胜，也可以使人感动而涕下。因此，若走进中国音乐的殿堂中，无论是谁，都要被她那丰富的内容而倾倒。

在中国，把知心的朋友称为"知音"。这个词是来自古代的音乐故事——春秋时代，有一位弹琴的名手叫俞伯牙，一直因为没有人能懂得他演奏的音乐而感到遗憾。一天，他偶尔在船上弹琴，被一位叫钟子期的樵夫听到了。当他弹一首名叫《高山》的曲子时，这位樵夫说："好啊！这曲子有泰山的气势。"俞伯牙很感到惊奇，于是，就又弹了一曲《流水》。樵夫听了说："太妙了，就像浩荡的江河！"俞伯牙对这个樵夫佩服不已，觉得只有这个人才能欣赏自己的音乐，真正地理解自己的心情。于是，两人结成了生死之交。从此，人们每每把互相理解、心心相映的知心朋友称为"知音"。对于这个故事以及《高山》、《流水》的乐曲，有不少日本人也是很熟悉的。

在这里,我希望日本的人们在看了这本书之后,能成为中国音乐的欣赏者和爱好者,成为中国音乐的"知音",对中国文化能有更深的理解和兴趣。

说起来,中国有那么多的音乐,从哪里介绍呢? 当然,音乐发展历史的线条比起其他艺术的历史脉络来说,还是清楚得多,也容易选择叙述,而且,很多日本人对于中国古代的文化也很熟悉,相对来讲,对古代音乐更容易理解。因此,在这里也利用这个有利的条件,开始的部分是从远古的音乐来说起的。

中间的部分,是戏曲音乐和说唱音乐。正像日本的净琉璃系统的传统戏剧、说唱音乐在日本历史上的作用一样,中国的戏曲音乐和说唱音乐在中国历史上也发挥了很大的作用。因此,单作为一章,特地向读者提出。而对于当代的音乐,我选择了和生活关系最紧密的民歌作为代表来介绍。这样,不但可以知道优美的民歌,还可以了解到现代中国人某些生活、思想和爱憎等情况在音乐中的反映。

正如大家都知道的那样,音乐本来就是属于文化的一部分。我想,通过这样来介绍,对于音乐在中国文化中的位置,不是更容易了解吗?

以下,读者就随着我的叙述,步入中国的音乐世界吧。

后　记

1988 年 5 月至 8 月,东京的中国研究所要我做中国音乐讲座的时候,我有意地把中国古代的音乐和现代的民间音乐都选择做了介绍,受到了想了解中国音乐真正面貌的听众们的欢迎。更荣幸的是,在田畑佐和子先生的大力推举下,岩波书店给予了大力的支持,约定要我写一本介绍中国音乐的书。这就是这本书的来历。因此,在这里我首先要向田畑先生以及岩波书店的富田武子先生表示感谢。她们这么快就成了中国音乐的知音,使我非常感动。还要提出的是,对于我这个以前惯于写研究文章的人来说,田畑先生流利生动的译文,给我的原文增加了趣味,使日本人看起来也觉得很亲切。在这里,更要向她表示衷心的谢意。

　　为了使读者了解音乐在中国人的生活中都有什么样的作用，在书中引用了一些典故，也东拉西扯地说了不少民风民俗。这些题外话，有时也出了音乐的范畴，读者会不会感兴趣呢？

　　不知读者们看了这本书有什么感想？我想，读者们一定能对中国的音乐有了一些印象吧。这里介绍的中国音乐，的确反映着中国人的心声，是真正的中国民族文化的表现。

　　在这里，还要指出，中国音乐从古到今变化是比较大的。正像本书开始时所讲的那样，中国音乐的发展像一条长河，近代的音乐，好像是长河入海口处之水，这水虽与源头之水有关，但已大不相同。因此，可以说中国音乐的特点是在发展中保存旧有的音乐。

　　与此相反，日本的音乐则不同，它的发展和变化好像是一个从泉水到大湖的形成，虽然也有很大的变异发生，但总能保持着一些原来的状态，在一定程度上相对地稳定不变。因此，可以说日本音乐的特点是在保存旧有之中发展出新的音乐来。

　　在中国出土的唐五代时期的文物中还可以看到，在唐代，琵琶还是用拨子弹奏的，现在日本也还是用拨子弹奏；而在中国，这样的弹奏法现在已经基本没有了。为什么呢？恐怕就是因为中国音乐追求变化的原因吧。再如即使在日本也可以经常看到和听到的那样，中国的民族乐器什么样的西洋乐曲都可以演奏，民族乐队演奏贝多芬的《月光》、柴可夫斯基的《天鹅湖》也并不稀奇，而且还很出色。可是，据我的观察，日本人不喜欢这种所谓的改革和变化。因此，日本的民族乐器不演奏西洋乐曲，好像日本人也没有用自己的民族乐器去演奏那些乐曲的想法。

　　以上所说，也许是中国民族音乐和日本民族音乐二者之间在表现上最明显的不同之处了。这样的想法，是我在日本学习了日本的民间音乐之后才有的。

　　我在日本已经有两年多了，在这一段时间里，我曾向已经九十五岁了的"人间国宝"冈本文弥先生学习了"新内",向义太夫协会副会长竹本朝重先生学习了"义太夫"。以前,在中国只知道日本的雅乐很出名,哪知道日本的民间音乐竟那么优美、丰富,技术上又是那么复杂,而且有牢固的传统继承方法。这一切,真是使我很吃惊。

从而,使我想到的是,若想知道中国音乐和日本音乐的关系以及它们的不同,也必须要从日本民间的音乐中去了解才行。因为,音乐是活的艺术,必须从活的音乐中去了解,才能够得到正确的认识。即使日本音乐受到过中国古代音乐的影响,在漫长的岁月中,也早已成为了真正的日本音乐。再来看二者的关系,也并非简单而会是非常的复杂。所以,我才得出了以上对两国民族音乐不同点的认识。对此,读者们是怎样看的呢?

同样遗憾的是,近代以来,在日本方面,对中国音乐的情况也没有足够的了解。那么,我愿意以这本小书,作为媒介来促进这种了解。

最后,再请读者们注意:中国音乐是非常丰富的,这本书虽然叫做《中国的音乐世界》,但正确地来说,这只是中国音乐世界中的一小部分而已,读者可以"以一斑窥全豹"。若是读后对中国音乐有兴趣了,再想去了解更多的中国音乐——能够达到这个程度,我也就非常满足了。

书中所用的图片,除署名之外,均是引用了中国艺术研究院音乐研究所《中国音乐史》幻灯片的资料。在此,也表示深切的感谢。

（原载《中国的音乐世界》,日本岩波书店,1991 年）

说明　1991 年,我在日本岩波书店出版了一本介绍中国音乐的书,名为《中国的音乐世界》。开始向我约稿的时候,我也没太在意,只是接了下来,在工作之余来写作。我写的是叫做"岩波新书"的读物,是岩波书店出版的普及读物。但是,慢慢地感觉到,这是一件很不简单的事情。岩波书店相当于中国的中华书局和商务印书馆,岩波新书也是各图书馆的必备书。岩波新书虽是普及读物,但却要求由各部门最好的专家来写。日本的各界专家们,都把能写一本岩波新书作为最大的荣誉。我到日本不久,就能得到这样的机会,真是万幸之极了。出书之后,果然反响很大,读者也有不少来信,赞扬和提意见的都有,《朝日新闻》也登载了书评。初版两万四千册很快就卖完了,第二版又印了两千册,也很快售罄。现在,这本书已成绝版,很难买到了。

我从出这本书的过程中最大的感受是日本普通民众的好学精神。日本人很爱读书,编辑对我说,岩波新书是上班族在电车上的读物。一本介绍中国音乐的普通书籍,同样能受到欢迎,我是很有感触的。

2008 年 5 月记

四弦千遍语，一曲万重情

——为"杨宝元琵琶独奏音乐会"所作

从中国琵琶演奏中，可以感到什么呢？我觉得，可以感觉到中国琵琶与日本琵琶的不同，更能感觉到中国音乐中的旋律表现吧。

中国的各种文学艺术形式，比如文学、绘画、音乐等，在其表现中，都体现着一种线性的思维方式。

在文学方面，中国的文章讲究起、承、转、合；中国的小说要求条理清楚，人物的关系明确，还要有头有尾，前因后果要交代得清清楚楚。套一句中国的俗话来说，就是"小猫吃小鱼——有头有尾"，这也是线性思维的典型体现。

中国的传统绘画，也是以线条为主要的表现方法。呈现在画面上的线条，不但体现了画家心中所想象的世界，同时，线条凝聚着一种气韵，包含着律动和美感。唐代画家吴道子的画，线条流利生动，所画人物衣衫上披着长长的飘带，看起好像是被风吹起还在飘动，活生生的，被人们称为"吴带当风"。

中国的音乐学者田青先生，曾作文详述中国音乐的线性思维，在他的表述中，中国音乐是单音音乐，"体现着一种独特的线性思维"。换句话说，是以旋律表现为主的。

确实，中国音乐是线性思维的产物。中国音乐和西洋音乐不同，不是复音音乐，是单音音乐，它的线性思维表现在旋律的使用上。乐曲中的旋律，一直在延续不断地发展着，而且，像画画一样，把所要表现的内容活生生地用旋律描画了出来。不论是江南水乡的恬静幽雅还是北方山河的雄伟壮丽，或是四季风光的变化以及故事的情节、人物的内心波动等等，都是用不同风格的旋律来表现的。

因此，欣赏中国音乐时，像是陷入了旋律的汪洋大海，被旋律包围了起来。可以说，旋律是中国音乐的生命，没有丰富和有特色的旋律，就没有了中国音乐。

西洋音乐有西洋音乐的美，中国音乐有中国音乐的美。中国音乐是以旋律精心雕出了自己的音乐形象，传达出了所要叙述的内容和感情。并且，无论是歌唱还是器乐的演奏，都配合着旋律的宛转起伏，有着许多波折顿挫，而且，加上了很多装饰音，使用了各种技巧，既生动而又细腻地体现着旋律的意义。

对于琵琶，唐代诗人白居易曾有诗句描写说："四弦千遍语，一曲万重情。"意思是说琵琶弹出的旋律像叮咛的话语，包含着千万种深深的情意。琵琶演奏出的音乐，是由五指轻抹、重挑画出来的一幅幅旋律交织的魅力图画。

在欣赏本日的琵琶演奏时，请细细地品味琵琶奏出旋律的味道，我想，大家一定能对中国音乐的真髓有所理解，成为中国音乐的知音。

（1993 年 3 月）

大珠小珠落玉盘

——为"费坚蓉三弦独奏会"所作

若提起三弦,首先使我想起来的就是小时候所见的情景:

> ……咚咚的鼓响伴随着叮铃铃的三弦声,从街上传进了各家各户,把
> 人们吸引了出来。原来,是卖唱的艺人来了。很快,在他们的旁边围起了
> 一圈人。只见鼓打得更欢了,弦子弹得更响了。人来的差不多了,艺人们
> 几句开场白之后,开始了正式的演唱,唱起了各种各样的段子……

小的时候,在北京的胡同中经常可以看到这样的情景。至于天桥那样的地
方,更是集中了许多说唱艺人,演唱着各样的鼓书和单弦等。渐渐地,这样的现
象消失了。艺人们大都进入专业的团体,只有在农村,偶尔还可以看到走村串
巷的卖唱艺人。几年前,在日本曾演过中国电影《老井》,在那部影片中,能看到
乡村艺人演出的实况。我记得,那也是三弦伴奏的说唱音乐,大概是山西、或是
陕西那一带的吧?

三弦,是被大众普遍喜爱的一种乐器。无论是在中国或是在日本,三弦这
种乐器都是大众的乐器。但是,这个乐器也有很长的历史。在唐代的文献中,
已有三弦的名字;在宋代的出土文物中,出现了三弦的演奏图;在元代,则有了
描写三弦演奏的诗句。三弦至少在宋代就在民间得到普遍的使用,明清以来,
随着说唱音乐的大流行,三弦的使用范围更广泛了,全国到处几乎都能听得到
三弦的演奏声。

表面上看来,中国的三弦和日本的三昧线差不多,可是,在音乐的表达上,二者之间的差别是很大的。中国的三弦,主要还是给说唱音乐伴奏的。虽然在一部分器乐合奏中也使用,但是像日本的三昧线那样,在民歌以及古典舞蹈的伴奏中大量使用的情况,在中国的传统音乐中是少见的。但在少数民族音乐中却存在,如西南地区的彝族、撒尼族的三弦,不但给舞蹈伴奏,而且还是手持三弦边弹边舞的呢!

　　此外,日本的三昧弦和日本的琵琶一样,是用拨子演奏的;中国的三弦和中国的琵琶一样,是用手指来演奏的。这种演奏方法带来的音乐上的差异,是在两国的拨弦乐器上最大的不同。以拨子演奏的三昧线,自然是以表现深沉、简单、淳朴的旋律为主,擅长表现人物的情绪及内心的节奏;以灵活手指演奏的中国三弦,就像那灵活的手指一样,当然就以表现多变化的旋律和激烈的节奏为主了,同时,也能擅长表现委婉连绵的旋律。

　　看起来,很大的区别在于演奏方法的不同。因此,可以说,日本三昧线、琵琶的音乐是拨子的音乐,中国三弦、琵琶的音乐则是手指的音乐了。我想,之所以会有这样的不同和差异,不正是由于两国的人们,各自对音乐表现、音乐风格进行追求而形成的吗?

　　现代的中国三弦,和许多的中国民族乐器一样,逐渐从伴奏中走了出来,开始了独奏,也有了独奏的曲目。而且,随着独奏的表现要求,演奏技巧也增多了。比如,传统的演奏法,右手只用两个手指拨弦,现在,可以用五个手指一起弹轮奏的长音;对于左手上的换把、快速的音阶,演奏上也可以飞快自如了。有了这样的演奏技术,什么乐曲也就都能演奏了,不止是中国的乐曲,连西洋乐曲也时而进入了三弦独奏的曲目中。

　　中国、日本都有三弦这种乐器,虽然出自同一源流,但是发展路途却是不一样的。三弦在日本变为“三昧线”,成为纯粹日本民族音乐的代表乐器;中国的三弦,和中国其他民族乐器如琵琶、二胡、唢呐等一样,活跃在不断地改革、发展和变化之中。因此,从今天的三弦演奏中,也可以看出中国音乐在发展上的一些特点吧?

唐代的大诗人白居易在《琵琶行》一诗中,描写琵琶的演奏说:"大珠小珠落玉盘。"这句诗生动地描绘出了弹拨乐器的声响。用这句诗来形容三弦的演奏,也是合适的。那么,在欣赏着轻脆的"珠落玉盘"似的三弦音乐的同时,思考一下日中两国音乐文化的不同表现,不也是很有意思的吗?

（1994 年 3 月）

刘天华——中西结合的典范

——为东京"刘天华诞辰100周年纪念音乐会"所作

　　从历史上看,中国有个特点,那就是传入的文化总要融化在自己的固有文化之中,再发展下去。从印度传来的佛教、从丝绸之路传来的中亚和西方文化都在中国起了变化。音乐上的表现也无例外,就像胡琴、唢呐成了纯粹的中国乐器那样,分不出什么是外来的了。开句玩笑:前些年在陕西省修复一座古塔的时候,发现了藏在古塔内的舍利子,我想,这大概是很少见的传入中国以后没有变化的东西吧。

　　中国的明清时代是个闭守时期,虽然西洋音乐随着传教士已经到了中国,但是怎么也没敲开中国人的心扉。可是,从清末、特别是1919年的五四运动以后,中国人切望地寻求变革,情况有了变化,追求西洋也成了一种风尚。有些人主张全盘西化,可是也有人提出了中西融和的口号。也许后一种思想更符合于中国人的民族性,所以受到承认并得到了发扬。

　　刘天华所做的"国乐改革",就是这种中西融和思想在音乐上的体现。他在最普通的二胡和琵琶这两种乐器上进行实验改革,以西乐的技巧丰富了中国民族乐器的表现力,做得非常成功,在近代音乐史上产生了巨大的影响。刘天华改革中国民族音乐的思想,实际上已成为近几十年来中国民族音乐工作者的指导思想,所以,不但乐器改革了,演奏技巧也提高了,古今中外什么样的乐曲都可以演奏。由此而来的是中国民族音乐的面貌也有了很大的变化,成为今天的这个样子了。说起来,从刘天华的业绩中,也可以看出中国历来吸收外来音乐的方法。

我所经历过的有两件事,是和刘天华先生有关的,写在这里以示纪念。

一、1983 年编写《中国音乐词典》的时候,我担当编写的条目中有刘天华的《梅兰芳歌曲谱》一条。我仔细地看了当时所出版的戏曲唱本,那些唱本中虽然已用简谱记录了唱腔,但都很简略,可是刘天华记录的梅兰芳唱腔,不但使用了五线谱,而且记得相当准确和仔细,能看出梅兰芳的实际演唱来。这一点是其他唱本所不能相比的。戏曲唱腔记录很难,而刘天华记得很精确,使人感到这个人很不简单,在民族音乐上的造诣是很深的。

二、也是与以上有关的一件事——在 60 年代,我曾向给梅兰芳吹过笛子的霍文元先生学习昆曲。那位老先生可以将一百多出戏的曲文、表演动作以及唱腔随口说出和唱出!当然,艺高,说话口气就很大,推崇的人物也不多。但是,我们亲耳听他在课堂上说过他很佩服一位叫刘天华的音乐家。因为刘天华记录梅兰芳的唱腔时,是他给唱的昆曲,有过一段接触。他说:

> 《邯郸记》“扫花”一折中的“赏花时”曲牌,是很难唱的。“翠凤毛翎扎帚叉,闲踏天门扫落花”这两句的调子很不容易找准,我准备给他唱上十遍,可是刘先生只听了两遍就记下来了。这个人了不起!

能得到老艺人的承认,可见他对民族音乐的精通。我想,有这样的基础再去进行改革,也是他能取得成功的一个重要原因吧。

(1995 年 2 月)

说明　1995 年 2 月,由日本中国音乐学习会组织,在东京演出了一场“刘天华诞辰 100 周年纪念音乐会”。参加的演奏者有二胡江建华、琵琶杨宝元、古筝苏宇红,演出了刘天华的大部分作品,演奏水平很高。为了做好音乐会的准备,还出了一本很有水平的音乐会曲目说明书,里边有日本人研究刘天华的文章、中国音乐研究者的说明、演奏者的体会、曲目讲解等。本文,即是其中的一篇纪念文章。

2008 年 5 月记

从小提琴看中国

——为“刘薇、王旦小提琴中国乐曲音乐会”所作

西洋音乐也有民族乐派的存在。比如,俄国的五人集团,捷克的斯米塔那、德沃夏克,挪威的格里格,芬兰的西贝柳斯等,都是民族乐派的作曲家,还可以举出很多。但是,无论如何,这些音乐家的共同特点还是很鲜明的,没有超出西洋音乐的规范和风格。

对中国的音乐家,却很难做出谁是民族乐派这样的结论来。因为,几乎所有的中国音乐家,即使是以西洋音乐的形式来作曲,也是从构思起就要考虑如何表现中国民族的内容,还要想到中国的听众,要让他们听懂。所以,在创作中不是有限度地运用中国音乐素材,而是在采用中国音乐素材的基础上来进行创作的。因此,创作中,对整段民歌、戏曲等曲调的改编甚至是挪用都是不为鲜见的,而纯粹摹仿西洋音乐结构、风格而作曲的,则很少见。这样的作法,使作品中带有着浓郁的中国民族风格,也就不奇怪了。

中国小提琴演奏和创作的先驱者马思聪,从开始创作小提琴乐曲起,就注意到这个问题了。他在早期的内蒙古民歌改编曲中,就已经开始了对中国风格的小提琴曲进行摸索。而以后的作曲家和演奏家们,一直继续对小提琴中国学派的建立做着不懈的努力。而且,努力在西洋乐器上体现中国民族音乐风格,也是四十年来西洋音乐在中国的创作及演奏方面的指南。

50 年代中,出现了像《梁山伯与祝英台》这样纯粹中国式的小提琴协奏曲。内容是中国的四大民间传说之一[1],老幼皆知;曲调是江南的戏曲,人人熟悉。当然,这个作品得到了大众的接受。同时,也可以说,小提琴这个西洋乐器在一

定程度上已经中国民族化了。

再如，也是这次音乐会曲目之一的《翻身道情》，是陕北道情的音乐。道情原本是道教的音乐，后转为民间的说唱音乐了。道情的种类很多，仅与陕北道情邻近的，就有陕南道情、山西晋北道情等。因为陕北道情曲调出色，受人喜欢，所以在1943年土地改革运动中曾填入新词，歌唱农民的翻身心情，从此，被称为"翻身道情"，成为很有名的民歌了。它曾被改编为钢琴曲，又被改编成管乐和弦乐的四重奏，现在，又可听到小提琴的独奏了。这首小提琴独奏乐曲，依旧是那只没有变化的民歌，从曲调到结构都没有变化，是典型的中国北方说唱风的民间歌曲。这样的小提琴独奏乐曲，我想，在其他国家肯定是不多的。

从这次的演奏会中，我们可以看到小提琴中的中国音乐；反过来说，也能看到中国音乐中的小提琴音乐。现在，中国进入了一个新的时期，与世界上现代音乐相差无几的作品也不断涌现了。但是，以今天听到的这些作品为代表，还是可以看出西洋音乐在中国所走过的一段路程吧。

21世纪是亚洲的世纪。而亚洲各国的相互了解，是实现亚洲世纪的关键。中国要了解他的邻国，而邻国也要了解他。这是21世纪到来之前的一个大课题。音乐是文化的表现，也是个窗口。在这个音乐会之后，听众们可以联想到关于中国的什么呢？可以了解到中国人的什么特点呢？我想，这是这个小小音乐会的大意义吧。这几句，是题外话了。

（1995年9月）

注　释：

① 中国的四大民间传说是"孟姜女"、"白蛇传"、"牛郎织女"、"梁山伯与祝英台"。

关于《我的祖国》

——为"刘纯实中国歌曲音乐会"所作

1975 年,我与作曲家王酩、诗人乔羽等一起,到江苏扬州附近的苏北油田去深入生活。当时正值黄梅天,那里的天气极为闷热,我们住在石油工人的帐篷里,帐篷搭在原是水田的地方,非常潮湿,床下面就有蛤蟆在跳。二十年过去了,在那里经过的事大都已淡薄,但是,和诗人乔羽的交往,却仍留在记忆中,成了那一段生活的最深印象。其中,乔羽讲他如何创作《我的祖国》歌词的事,至今我还记得。

乔羽说,《我的祖国》是 1956 年为了电影《上甘岭》作的,当时,导演提出的要求是:"即使电影不演了,这首歌也照样能被人们唱下去。"作曲家刘炽提出的要求是:"你把歌词写得活一些,不要像算盘珠那样呆板的句子。你写得越活,我的曲子就越好写。"这两个要求都相当高,尤其是第一个要求,根本就不是人们主观愿望所能做到的。

但是,人称"乔老爷"(这个称号来自喜剧电影《乔老爷上轿》)的乔羽,确实有两下子。他抓住了对祖国热爱的感情,首先是由对家乡的山、水、人、物的亲切感开始的这一点,写出了一首充满感情而又能引出人们激情阵阵的好歌词!也是一首美丽的抒情诗,而且,确实还是长短有致的句式:

> 一条大河波浪宽,风吹稻花香两岸;
>
> 我家就在岸上住,听惯了艄公的号子,看惯了船上的白帆。
>
> 这是美丽的祖国,是我生长的地方;

在这片辽阔的土地上,到处都有明媚的风光。

　　……

　　作曲家刘炽,也是一位有天才和满肚子都是西北民歌的作曲家,他作的歌曲,很多都得到了流传。《我的祖国》这首歌的旋律,听起来既是新式的歌曲,又使人感到十分亲切,而这亲切感则是来自作曲家赋予它的浓郁的民族风味。当时的演唱者是郭兰英,50 年代中叶正是她风华正茂、歌声非常迷人的时候。好词、好曲、好唱家,使得这首歌很快流传开了,并且一直流传到了现在,真是做到了"即使电影不演了,这首歌也照样能被人们唱下去"。

　　中国的歌曲,能脱离社会环境的很少。现在中国通俗歌大流行,港台歌曲在大陆颇有市场,其实,这也不外乎是与社会环境有关。一位日本友人曾感慨地对我说:"50 年代访问中国时,感受最大的就是人们充满了自信。产品虽然很粗糙,但是听到的是:'这是我们自己亲手做出来的!' 现在,不同啦……"说起来,《我的祖国》这首歌,也是表现了那个时代中国人的一种心气儿吧。

　　当然,随着时代的前进,中国人总会能恢复自己的信心,还会使外国人产生同样的感受的。

　　在今天的演唱会上,除了这首使我想起往事的歌曲外,还有很多在中国现代历史上曾经闪过光辉的歌曲,通过这些歌,不但可熟悉中国的歌唱音乐,也能对中国增加一些了解吧?

　　三国时代的周瑜,相当精通音乐,当时俗语曾有"曲有误,周郎顾"。所以,在中国把听歌也称为"顾曲",听歌的行家则称为"顾曲周郎"。以上介绍的一些情况,希望能对大家了解歌曲的内容有些帮助,同时,更希望各位都能成为欣赏中国歌曲的"顾曲周郎"。

(1996 年 8 月)

中国民族音乐简介

　　中国民族音乐内容丰富，历史悠久，与西洋音乐不同，在形象思维的单旋律表现方面，有着优异的成绩。中国的传统民族音乐是在历史长、地域广、民族多、交流频繁的多元综合过程中发展起来的。从历史到现在，它都处于不断流动、吸收和变化中。它聚集着中国不同地区、不同民族音乐的精华，是华夏各民族共同创造出来的成果。

一、中国的古代音乐

　　随着政治、经济的剧烈变化，中国古代音乐大约曾经历了三个阶段：

　　1. 先秦乐舞阶段：这是以钟、磬为主演奏和伴奏的乐舞阶段。从大量的出土实物和遗留下的文献资料中得知，当时不仅在实践方面已经有很高的水平，在音乐理论和音乐思想方面也有了很成熟的论述。其成就直接指导着后来的汉唐歌舞伎乐的发展。

　　2. 中古歌舞伎乐阶段：歌舞伎乐是以汉代以来的相和大曲、清商乐和隋唐时代的歌舞大曲为代表，受到了当时宫廷及贵族的支持与保护，有着盛大的规模和成就。唐代的歌舞大曲是这一阶段的高峰，其成就及内容，被各种文献广泛地记载着。

　　3. 近世俗乐阶段：宋元杂剧、明清南北曲继承了前代歌舞伎乐的部分精华，以戏曲的形式，取代了歌舞伎乐，成为了深受民众喜爱的俗乐。除戏曲外，近世俗乐的代表性品种还有民间器乐、说唱音乐及时调小曲等。俗乐也是中国传统音乐中的重要组成部分。

近代以来,经过以上三个发展阶段形成的传统音乐,虽受到了强烈的外来冲击,但由于深厚的历史传统和强而有力的民族内聚力以及辽阔地域对于古老文化的蕴藏能力,传统音乐不但没消失,反而在当代又达到一个新的发展高潮,进而走出了国门,引起世界上的广泛注目。

二、现代中国民族音乐的组成

现代的中国民族音乐如按体裁区分,大致可分为五类,即:民歌与歌舞、民族器乐、曲艺音乐、戏曲音乐和仪式音乐。

民歌主要分号子(劳动歌曲)、小调、山歌三大类。如著名的《黄河船夫曲》则是号子的代表歌曲;在全国流行的《茉莉花》、《绣荷包》、《孟姜女调》等即是小调歌曲;青海的《花儿》、山西的《爬山调》则属山歌。歌舞音乐大约可分为秧歌、花鼓、花灯,如东北的《二人转》、安徽的《打花鼓》、云南的《花灯》等。

民族器乐的传统分类为"吹"(笛、箫、笙、唢呐、管子等)、"弹"(古琴、筝、琵琶、三弦等)、"拉"(二胡、京胡、板胡等)、"打"(鼓、板、钹、锣、钟、磬等)四类。代表曲目有:《百鸟朝凤》、《梅花三弄》、《二泉映月》、《春江花月夜》等。

曲艺音乐也叫说唱音乐,分布全国各地,共有二百多种,具有代表性的有京韵大鼓、苏州评弹、四川清音等。

戏曲音乐包括唱腔(声乐)和器乐(伴奏)两个部分。中国传统戏曲约有三百六十多个剧种,在戏曲中,音乐是体现剧种特征最集中、最鲜明的要素。全国性剧种有昆剧和京剧,地方戏几乎各地都有。如评剧、河北梆子、豫剧、秦腔、越剧、黄梅戏、川剧、粤剧等等。除此,还有很多少数民族戏剧,如苗戏、傣剧、彝剧、藏戏等。昆剧《牡丹亭》、《长生殿》;京剧《白蛇传》、《霸王别姬》、《孙悟空大闹天宫》等剧目,不但在国内,在国外也被人们所熟知。

仪式音乐可以分宗教性仪式和非宗教性仪式两类。北京智化寺的"京音乐"、山西"五台山寺庙音乐"是比较出名的佛教音乐代表;山东曲阜孔庙的"祭孔音乐",是非宗教性仪式音乐的代表。

另外,如果按地方色彩分的话,除了少数民族地区以外,中国民族音乐风格可大概分为南方、北方两大片。南方和北方的风格区别很大,概括说来,北方宽阔粗犷,南方秀丽纤细。少数民族音乐,大体可划分为东北、西北、西南、中南和东南四大片,随着民族不同,音乐上的差异也很大。

三、中国民族音乐的现状特点

近百年以来,是中国民族音乐的大发展时期。自五四运动以后,中国的音乐家们就一直进行探索和改革,追求民族音乐现代化,努力使中国民族音乐能立足于世界音乐舞台。特别是近几十年来,在挖掘整理传统音乐的同时,注重中西音乐融合,把西洋音乐的理论及其演奏、演唱的技法都运用在对传统音乐的改革之中。改革的结果不是单纯的西洋化,而是形成了有新形式和新内容的中国民族音乐。这种改革使中国民族音乐有了新的面貌,在世界上也得到了很高的评价和反响。目前,这种改革还在继续,但是,随着时代的发展和人们在思想上的反思,继续这样的做法还是应该有所改变?这是今后中国民族音乐如何发展的一个大的课题。

(原载《东方中国语辞典》,日本东方书店,2004 年)

说明　此文是辞典中所加入的中国文化事项说明插页,所以字数很有限,只给一页的篇幅,并要求阐述中国民族音乐的全貌。勉强为之,尽量说明。

2008 年 5 月记

对近来中国流行歌曲的介绍和简析

一、关于中国歌曲历史的回顾

清末以来的学堂乐歌奠定了中国新音乐的形式,也奠定了新歌曲的形式。从此,中国人的歌唱,特别是城市中的歌唱,从传统的戏曲、说唱、民歌等转向了更加接近现实生活的创作歌曲。

三四十年代出现的救亡歌曲,标志着中国歌曲的创作走向成熟;解放之后几度群众歌曲运动的开展,使得中国的歌曲完全建立了自己的风格。由于中国历史传统习惯上对音乐的实用功能过于重视的原因,歌唱的内容与社会环境总是紧紧地结合在一起,并图解着社会的变化,因此,创作歌曲都有很强的时代特征。

建国以后,歌曲创作更是明确地服从于政治的需要,所以,固然出现了不少好词、好曲,但是也有一些单一的感觉。在歌曲形式和内容上有些雷同,歌词也大多是整齐的句式为主。"文化大革命"结束以后,在歌曲上发生的最大变化,就在于减少了对内容上的限制,歌曲形式多样化了,还有,就是通俗的流行歌曲开始大规模地流行起来了。

本文所述并非中国的全部歌曲,仅对"文化大革命"以后出现的通俗流行歌曲的发展(以下免去通俗,均称流行歌曲)做一简单的分析,而且,内容也仅限于从"文革"后出现起到目前为止的情况,同时,对歌词的某些特点也做些探讨。

二、关于流行歌曲

在以前,中国没有演歌这个名词,流行歌曲的概念也很模糊。80 年代中,对这种大众喜欢的通俗性的流行歌曲定义是什么,音乐界讨论了相当的一阵子。正式承认它的存在,已经是 80 年代的末期了。实际上,对它的概念很难下定论,但是,要是对其做说明的话,只能说,中国的流行歌曲是与革命歌曲、艺术歌曲、民歌等有不同的内容,形式上也比较自由的一种大众歌曲。

根据音乐理论者们对流行音乐进行的社会调查结果,他们的结论是:"流行音乐是指那些在城市产生的、具有一定社会流传范围和一定的商品价值的音乐。"商品经济在中国是新时代的新事物,但其势已是不可阻挡。因此,这种属于流行音乐范畴里的流行歌曲,虽然在解放后的几十年中曾被压制和禁止,但自从它被恢复以来,也随着商品经济的发展而发展,并且发展速度极快,现在,已经是影响最大的歌唱种类了。

但是,流行歌曲和中国的其他艺术形式一样,虽然有着外来的强烈影响,但也逐渐转为带有很强的中国特色了。因此,从近来的流行歌曲中,依然可看出社会环境变化在音乐上的反映以及中国文化上的一些特点。

三、近来流行歌曲的回顾

1. 大约 70 年代末期,曾被认为是资产阶级黄色歌曲的流行歌曲,又以港台歌曲的面目重新回到了大陆,80 年代初,传播范围已经遍及大陆各地。歌曲的内容可分为几种,其中,有以邓丽君为代表所唱的港台"时代曲",也有中国三四十年代曾经流行过的旧曲如《夜来香》、《何日君再来》等。在传入的歌曲中,台湾的校园歌曲是大陆所没有的,给了大陆的人们、特别是年轻人很大启发。这些歌曲广泛流传的原因,主要是出于对其有新鲜的感觉。长期处于所谓革命歌曲的一统天下中,突然听到柔软、华丽的曲调,亲切、温柔的唱法,会感到新鲜和可亲也是很必然的,毫不奇怪。

此外,有些港台歌曲也是以歌唱中华民族为主题的,如台湾侯德健的《龙的传人》,香港张明敏唱的《我的中国心》、《垄上行》,这些歌颂中华民族的歌曲,也因符合中国人爱国的心情而被赞颂,传唱范围也颇为广泛,也是很自然地被人们接受的歌曲。

在同一时期,国内的歌曲作者们,也因受到外来影响,写了一些抒情歌曲,如《乡恋》、《军港之夜》等,但在当时人们思想尚未转变的情况下,即使是这样的歌曲,也还曾受到模仿港台歌曲的批评。但总的说来,大众喜欢的流行歌曲在这个时期已是阻挡不住的潮流了。

2. 进入 80 年代中期,模仿港台歌曲已不能满足人们的需要,创作大陆风格流行歌曲的时机已经成熟,所以,这个时期的流行歌曲是以大陆人自己的创作为主的。

特别应该提出的是,从 1986 年初起,以中国西北部音乐为歌曲风格的流行歌曲大大流行,被称为"西北风",流行范围扩展至全国。到了 1988 年左右,流行歌曲把自解放以来一直被提倡以及人们已经习惯了的革命歌曲几乎都挤到了一旁,中国的歌坛起了极大的变化。同时,大量出现的电视片主题曲,也成了流行歌曲的一部分,加快了这种歌曲的推广并扩大了传唱的范围。而且,这个时期出现了很多地方音乐风格很强的作品,从内容到音乐风格都与港台歌曲很不相同了。

大陆的流行歌曲与港台流行歌曲的最大不同,不仅是表现在音乐上,更是表现在歌词的内容上。虽同是中国人,但是大陆的人在心态上充满着责任感和历史感,有遭受过各种磨难的心情与强烈的忧患意识以及对贫困的深刻体验。而且,这个时期在中国大陆又正是人们对过去反思、对将来憧憬的时候,所以,歌曲反映了 80 年代以来人们关心社会,以及人心思变和对历史反思这样的思潮。

"西北风"是以歌手崔健的《一无所有》作为开始的,这是一首带有反思意味的歌曲。其后,以关心祖国、故乡的未来为题而且是表现非常鲜明的歌曲大量出现,使"西北风"成为了中国大陆流行歌曲的第一个高潮。中国西北地方音乐中所有的那种高亢、苍凉、激越的音调能给人以振奋和自信的力量,从而让精神上的负担得到释放和宣泄。这样的歌曲,自然而然地得到了年轻人的青睐。

3. "西北风"整整刮了四年,进入 90 年代后,一般大众的喜好和兴趣开始有了转变,人们在歌曲的欣赏上,又返回到关注港台歌曲的方面去了。到了 1993

年,大陆的歌坛被人们描写成"港台歌星天王们的经济特区",大陆也出现了所谓的"追星族"。这是继80年代初期以来又一个港台歌曲的蓬勃活跃时期,但在这个时期中,大陆歌手与港台歌手之间,演唱上有了近似之处,区别不大了。在大陆的流行歌曲中,激昂的言辞也少见了,歌词中开始对日常生活方面进行着事无巨细的描写。即使看起来像是有些含义的歌曲如艾敬的《我的一九九七》,也如歌曲的题目中所标榜"我的"这两个字一样,主要是表现了一种个人的心态。这种状态,一直继续到现在。目前,很难在流行歌曲中看到"西北风"中那样激烈的歌曲。其实,从歌曲只是一种娱乐的手段上来看的话,目前的歌曲倒是处于这样的状态。但是,随着时代的发展变化,即将要来到的歌曲高潮,也一定会同样带有那个时期的时代特色。这一点,是肯定的。

四、对流行歌曲词句的分析

歌曲的词称作声诗,是诗的一种,是可以歌唱的诗,它也有多种的形式。在一般的情况下,中国创作歌曲的歌词大概可以分成以下几类:

1. 进行曲型——整齐的句式、分节歌的形式为主。

2. 民歌型——词句模仿民谣风格、形式较短小。

3. 戏曲说唱型——模仿戏曲、说唱的唱段,上下句对偶形式,叙说一个完整的故事,可以有较长的篇幅。

4. 新诗型——"五四"以来诗人们所作艺术歌词的继续,词句讲究,文学性强。

在最近被人们所热衷的流行歌曲中,这四类歌词虽然都有,但是,引人夺目的是"以大白话入词"这类的歌词。这些歌词,和人们以前所熟悉的不同,风格大大改变了。因为流行歌曲的词作者很少是专业的诗人,大多是业余的,或是歌手自己信手而来,因此,歌词中大量使用大白话,就成了流行歌曲的一个代表特色了。本文不能把各种的歌词都做论述,在此,只把这种很有特色的白话歌词稍作介绍和评述。以下,以几首最近流行的歌曲为例,来看看这个现象:

《我想去桂林》　陈凯词　张全复曲

在校园的时候曾经梦想去桂林,到那山水甲天下的阳朔仙境;

漓江的水呀常在我心里流,去那美丽地方是我一生的祈望。

有位老爷爷他退休有钱有时间,他给我描绘了那幅美妙画卷;

刘三姐的歌声和动人的传说,亲临其境是老爷爷一生的心愿。

我想去桂林呀,我想去桂林,可是有时间的时候我却没有钱;

我想去桂林呀,我想去桂林,可是有了钱的时候我却没时间。

　　这是上海 1995 年评选出的十大金曲之一。曲调是民谣风,有些像秧歌的曲调,又好像是半说半唱,很容易上口。但歌词缺少回味之处,只能记住"我想去桂林……"。这个歌曲的词,文学性虽不强,但有轻松的感觉,也可算是一首"顺口溜"。即使如此,能得奖,就说明听这样的歌使人能有愉快的感觉吧。

《心情不错》　甲丁词　卞留念曲

　　这一年总的说来高兴的事挺多,家人不错、朋友不错、自己也不错。

　　看日历总不忍心把最后一页翻过,因为要告别快乐的一年都有点舍不得。

　　上帝们多少能分清些真货假货,饭店的菜单又招回不少南北的回头客。

　　虽然街道大妈每天挺呀挺忙活,可家里没有人的时候门还是别忘了锁。

　　不清楚是空调生产越来越少,还是我们越来越怕热?

　　不清楚是装菜篮子越来越大,还是吃的花样越来越多?

　　不清楚是生活改变了我们,还是我们改变着生活?

　　这一年总的说来高兴的事挺多,身体不错、工作不错、心情也不错。

　　刚喝完年根的团圆酒又各赶各的路,因为要告别快乐的一年都有点舍不得。

这是很走红的歌手孙悦唱的一首歌,现在经常在电视中放送。歌曲表现了人们在生活上有了些富裕之后的心情。歌词是押了韵的白话,句子都不短,这样的词句,配合着有些说唱音乐风格的曲调,倒是有些特点,听起来不俗。

<h3 style="text-align:center">《九月九的酒》　李少民词曲</h3>

　　又是九月九,重阳夜难聚首,思乡的人儿漂流在外头。

　　又是九月九,愁更愁情更忧,回家的打算始终在心头。

　　走走走走走呀走,走到九月九,他乡没有烈酒没有问候。

　　走走走走走呀走,走到九月九,家中才有自由才有九月九。

　　亲人和朋友,举起杯倒满酒,饮尽这乡愁,醉倒在家门口。

　　走走走走走呀走,走到九月九,他乡没有烈酒没有问候。

　　走走走走走呀走,走到九月九,家中才有自由才有九月九。

　　这首的歌内容与现在中国农民走出家门去打工而形成的民工潮,以及改革开放后人们可以到各地流动的情况有关,它反映了随着出门在外的人增多,思念家乡也成了普遍的现象。曲调是北方民谣风,词句虽然比较整齐,但像是流浪者的口语。如"走走走走走呀走"这种歌词,以前在正式的歌曲中是少见的。这首歌,也是在上海被评为十大金曲之一,可见很受欢迎。

<h3 style="text-align:center">《中华民谣》　冯小泉、张晓松词　冯小泉曲</h3>

　　朝花夕拾杯中酒,寂寞的我在风雨之后,

　　醉人的笑容你有没有,大雁飞过菊花插满头。

　　时光背影如此悠悠,往日的岁月又上心头,

　　朝来夕去的人海中,远方的人向你挥挥手。

　　山外青山楼外楼,青山与小楼已不再有,

　　紧闭的窗前你别等候,大雁飞过菊花香满楼。

　　南北的路你要走一走,千万条路你千万莫回头,苍茫的风雨里何处游,让长江之水天际流。

听一听看一看想一想,时光呀流水匆匆过,

哭一哭笑一笑不用说,人生能有几回合?

　　这首歌的流行程度可说是令人吃惊,也许是人们喜欢它的这种悠闲的情调,谁都可以很容易地哼出它的调子来。但是,歌词的意思很难说明,是惋惜?是潇洒?好像没有什么确切的含义,甚至有的句子也很难解读。歌名也起得挺有意思,干脆就叫一个很抽象的《中华民谣》。但是,人们爱唱歌,似乎并不考虑它有多深的内容含义等方面的事情了。这也是流行歌曲的一种魅力吧。

　　白话增多,形式上再自由些,就形成为一种散文式的歌词了。因此,除了以上所指出的四种歌词的形式以外,应再加上一种"口语散文体"的。这种歌词,像前面所引《心情不错》就是个例子。再如,下面的一首:

《祝你平安》　刘青词曲

你的心情,现在好吗?你的脸上,还有微笑吗?

人生自古就有许多愁和苦,请你多一些开心,少一些烦恼。

祝你平安,祝你平安!让那快乐围绕在你身边。

祝你平安,祝你平安!你永远都幸福,是我最大的心愿。

你的所得,还那样少吗?你的付出,还那样多吗?

生活的路,总有一些不平事,请你不必太在意,洒脱一些过得好。

祝你平安,祝你平安!让那快乐围绕在你身边。

祝你平安,祝你平安!你永远都幸福,是我最大的心愿。

　　这首歌曲反映了现在中国人平和心情的一个方面,使人感到亲切和温暖。歌词反映出人们开始注意所得和付出的比例、注意生活要潇洒、心情要愉快,也希望长久的平安和幸福。这首歌曲很受欢迎,歌词既是白话,形式也近似散文了。

以上举的例子,都是很受欢迎的歌曲,有一定代表性,可以看出近来流行歌曲歌词的基本状况了。

　　对于流行歌曲究竟如何来看,争论不一,有人评论流行歌曲的创作与表现是"语言的港(香港)化与音乐风格的雷同化"。这当然是贬义,内在的意思是说歌词与诗的距离越来越远,歌曲数量虽多,音乐风格却少得可怜。但这是一部分专业评论家的意见,而听、唱流行歌曲的人们,注意的则是歌曲是否合自己的心意,是否顺口、好听和好唱。也就是说,被评论家承认还是不承认都无所谓,这些流行歌曲的存在,就是事实,说明已经站住脚、扎下根了。

结　语

　　如何看待流行歌曲的歌词,是目前还在探讨的一个问题。我想,从以下几个方面来看,大概是可以的吧。

1. 从文字的角度

　　白话入歌词不是现在才有的事,它与中国古典诗词中的俗语入词道理是相同的。唐诗、宋词之中,偶尔有俗语掺入时,称为"俗语入词"或"俗语入诗"。到了元代,俗语入词成了风气,而且成为元曲的一大特色。正是因为元曲中用了不少当时的口语,所以,这些口语在今天倒成很难解读的了。不同的是,以前的白话入词,歌词的形式没有改变,在词牌和曲牌的规则下写作,必须遵守其写作规律;而现在则不同,白话入词,歌词的形式也自由起来,所以渐渐趋于散文的形式了。

　　这是不是歌词发展到现在的一种必然呢?虽然它是以流行歌曲的形式表现出来的,但歌词仍是像前面所说的那样,与社会生活总是有着关联。时代的快速发展,使含蓄、曲折、委婉的表现形式在一定的程度上会让位于有话直说、爽快、清楚的白话及散文似的表现形式了。从这个角度上对其进行观察和研究,应该是很有意思的。

　　大量的流行歌曲中,也有不少粗制滥造的作品,语句不顺、文法不通的也时而可见。有的句子连教了几十年书的语文教师也无法解释,只能连连摇头而已。当然,这属于歌词语言中的糟粕,但这不属本文所论及的范围,在此从略了。

2. 从音乐的角度

歌曲本身就是音乐与诗(歌词)的结合,体现了语言与音乐的关系。由于词句的变化,也必然会促进音乐的变化,严谨的曲式结构也会由于歌词的散文化而趋于自由。对中国歌曲历史来讲,这是一个很有意义的现象。音乐与歌词配合关系上的灵活性,使各种各样的歌词都能唱出来,而且补充了歌词中被淡化了的诗意。所以,从流行歌曲能促进音乐的变化这一点上来看,也是值得研究的。

3. 从语言文字与音乐关系的角度

语言文字与音乐的配合,是研究一些文学形式产生原因时的课题。宋词的特点,是由于为唐代以来传入的外来歌曲中长短不一的乐句填词而形成的,所以宋词是长短句的结构。当然,这是一般常见的说法。但实际的情况是,长短不一的乐句不一定非得配上长短句的歌词,反过来讲,长短句的歌词也不一定非得要长短不齐的乐句来配合。音乐的适应性是很强的,并不要求语言一定要适应它。二者之间的关系不但是很灵活的,而且,音乐对各种词句都能配合——就像对近来流行歌曲的歌词一样。这些,可以帮助我们理解语言和音乐的关系,进一步去探讨一些古代文学形式的形成原因。

李白诗中说:"今人不见古时月,今月曾经照古人。"以一种现象作为古今文化中的一个共同点,再去进行比较研究,也是可行的一种研究方法吧。

从以上的三个方面来看现在流行歌曲的歌词,可得出的结论也是很有意思的。本文限于篇幅,在此,只是先提出其研究的价值而已。

(原载《中国语》1996 年 11 月号,内山书店)

说明 在 20 世纪 80 年代末到日本时,当时在日本流行的中国歌曲主要是邓丽君的歌曲,那里人们最熟悉的就是《夜来香》、《何日君再来》这两首歌。甚至，连《苏州之夜》那样的歌，也还有人在唱。大陆的歌曲，仅有《大海，我的故乡》及民歌《康定情歌》、《草原情歌》等很少的几首被人们所知。90 年代后，随着日本来华留学生的增多，情况才有所改变，大陆年轻人喜欢的歌曲及歌手，被留学生们带回了日本。但是，总的来说，日本人还是对大陆的歌曲缺少了解。1996 年，内山书店的杂志《中国语》来约稿，希望介绍一些现在的中国流行歌曲，考虑到这是一本语学杂志，所以在介绍时强调了流行歌曲歌词的特点和其可研究性，希望提起读者的兴趣。现在看来，所介绍歌曲的情况虽然已经过时，但文章还有可读性，而且，是当时情况的纪录。故此，也收入文集。

2008 年 5 月记

他山之石，可以攻玉（书评）

《中国音乐的现在——从传统音乐到流行音乐》

增山贤治著

东京书籍出版社 1994 年 3 月出版

关于这本书的内容，作者在后记中是这样写的：

　　本书是由八章关于中国音乐历史及乐器的理解要点及简洁的三篇现地调查结果报告构成。

书中各章次序如下：

一　中国音乐的历史进程

二　丰富的乐器，多彩的乐曲

三　民谣和民俗文艺

四　说故事的说唱音乐

五　戏曲音乐

六　道教、佛教、巫神等音乐

七　香港、台湾及东南亚华人社会的传统音乐

八　中华文化圈的流行音乐

从一个中国音乐研究者的立场上来看，感到作者对中国音乐钻研功力是很

深的,涉及音乐的范围也很广,在国外的中国音乐研究者之中,是很难得的。在介绍中国音乐的书还很少的情况下,有这样一本全面地介绍中国音乐的书得到出版,是一件很使人高兴和值得庆贺的事情。

中国音乐所包括的基本内容,书中大体上都谈到了。通过本书可以对中国音乐有全面的理解,我想这是毫无疑问的。而且,通过这本书的内容,看得出作者对现在中国音乐研究的成果和音乐方面的出版物也相当熟悉,掌握了中国目前音乐研究的基本情况,因此,在选择介绍内容及说明文字上,是准确和简明的。我想,这是本书的一个很大特点。

除了介绍和说明的部分之外,作者还根据自己的体验,对某些音乐及现象做了具体的评论,是很有启发意义的。比如,作者对京剧乐器的介绍,对香港音乐活动的介绍,对潮剧、粤剧的介绍,对中国民族器乐演奏现状上所存在的问题等等论述,都是出于作者的实践经验而来。由于不是书本知识的辗转介绍,所以,读起来有详细而真切的感觉。这一点,在外国学者出版的中国音乐介绍读物中,是很少有的。

作者在前言和后记中强调地说明了自己的写作意图,而且,提出了读者应注意的问题。在此,以本书的前言为评论的中心,谈谈自己对作者写作意图的理解,也帮助读者理解此书的内容。

作者在前言中概括了五点向读者提示了本书的主要观点:

1. "用冷静的观点来看中国音乐"

在这一节中,作者写了以下的一段话:

不管中国政治、经济如何变化,中国音乐的艺术价值是不易改变的。不要对于由于中国政治动向、文化政策上的变更而产生的传统音乐的姿态变化、对新作评价等产生迷惑,要以认真、公平的立场来看待中国音乐,这是最重要的。

这种对中国音乐的看法是很实际和符合中国文化现实特点的。

中国自古以来,儒家就主张文以载道,提倡礼乐治国。因此,哪个朝代的文化艺术也脱离不了和政治的紧密依附关系,而且,各时期经济、政治的变化也必然反映到文化艺术上。正如研究中国历史的人们所知道的那样,中国的艺术在历史上呈现出的阶段性是非常强的,每个朝代的艺术,都有从内容到形式上的独特性。音乐也是同样,按照中国学者的说法是:"中国民族音乐传统是一条随着社会生活演进而常变常新的河流。"因此,以传统音乐形态的固有尺度去衡量中国近代和当代的音乐作品是不行的。大概正是从这一点出发,作者提出了要"用冷静的观点来看中国音乐"和"以认真、公平的立场来看待中国音乐"这样的要求。我想,对于要了解中国艺术的人们来说,这是一条很中肯的建议了。

2."要理解传统音乐"

在这一节中,作者着重提出:

> 对一个国家的音乐的理解,要先理解其传统的音乐才成。对中国,当然也不能例外。

作者指出的这一点很重要,如不这样做,不可能对其民族性有所了解。

正是出于这样的想法,书中是以介绍中国传统音乐为主的。但是,在介绍的说明中,又不失遗漏地对现状做了介绍和评论。评论的方面大都是作者自身的感受。而且,所附照片也均系作者近期所摄。看来,作者确实是对传统音乐的现状有着很大的关心,并是以现状来说明中国的传统音乐的。

作者还做了一个很有意思的说明。他指出:"在中国,民族音乐几乎都被指为是自己国家的音乐,而且还有时特指少数民族的音乐。"因此,作者为了区别于日本对民族音乐的解释,在书中对中国传统音乐统称为"中国音乐"。

正名,确是做学问时的一个基本问题。虽然以西洋音乐为比较主体的"比较音乐学"改称为"民族音乐学"了,但是,民族音乐的对面仍然是西洋音乐。大概这样的理解也是一般的吧。在中国,以前称中国音乐为"民间音乐"、"民族音乐"的较多,这也是为了和西洋音乐有所区别。随着对世界上民族音乐学研究方法了解的加深和以自己的传统音乐属于民族音乐的范围这样的理解出发，自然而然地把中国的音乐就称为中国民族音乐了。这样的称呼是随处可见的。比如，前不久上海音乐出版社出版的大部头的中国音乐丛书，就题为《中国民族音乐大系》。

关于民族音乐、民间音乐、中国音乐这些名词的使用和名词的内涵，在中国国内也进行过相当激烈的讨论。有人提出，"不论是民族乐器还是交响乐、钢琴、小提琴，不管利用什么形式，只要是中国音乐内容的作品，就是中国音乐，而不能称为其他"。因此，中国艺术研究院的中国音乐研究所的季刊《中国音乐学》定名时，曾有过一次激烈的讨论。开始定为《中国民族音乐学》，后因刊物内容不仅是中国的传统音乐，也包括对西洋音乐等的研究，所以，定为《中国音乐学》了。意思是说这本刊物是"中国的音乐学研究的理论刊物"。

本书的作者把中国的传统音乐定名为中国音乐，是反映了国外一些专家在这方面的看法，对我们中国学者来说，是有参考价值的。但是，如何正名的问题还是一个值得研究的课题，我想读者也会对此有兴趣的吧。

3."在音乐上要丢掉先入观，建立广阔的视点，广泛地去搜集资料"

这一段的提示是很重要的。作者在文中指出：

> 对中国音乐要全面地看，要丢掉各种偏见。提到中国音乐，容易使人想到二胡、琵琶、民族器乐合奏等，其实，从以京剧为代表的戏曲音乐、说唱音乐以及道教和佛教的音乐、直到皮影戏等，都是中国音乐。

对中国音乐的了解不局限于某几种上，对于一个外国人来说，也是很有见地的看法。

中国音乐说起来是一个名词，但是细分起来是很了不得的。戏曲有几百种，说唱有几百种；地区不同、方言不同都使得音乐不同。作者在自己多年来研究中国音乐的基础上，提出了这个忠告，是有其道理的。作者在书中几次提到，现在来日本的中国演奏家很多，但音乐的种类却是不多，曲目也有限，因此，作者扣心人们对中国音乐的理解过于狭窄,只看到一斑而不及全豹。这一点是作者写作本书的起因,所以,在书中介绍了种类相当多的音乐,从中,是可以得到对中国音乐的整体印象来的。

4. **"要注意东南亚华人社会的中国音乐。同时,要把中国音乐不仅看作是亚洲音乐,更要作为世界诸民族音乐的一种来看"**

在这一段中,作者在文中主要对海外华人和港台的音乐进行分析,给予了很重要的位置。

海外的中国人以前叫做华侨,现在都改变了称呼叫做"华人"了。随着其在经济上的重要地位被人们承认以来,其文化上的表现也开始得到了人们的注意。作者有着在东南亚调查和在香港住过的经历和经验,能注意到这一点并很深刻地介绍了这些地区音乐的状况,看了之后很有收获。作者对香港音乐状况的说明相当详细和简明,没有深刻的感受是不能写出的。对潮剧和粤剧的仔细介绍也包含在这部分之中,看得出来,作者做了精心的调查,有着很深的体会。作者对台湾的音乐、对港台的流行音乐都做了仔细地分析和评价,与一般介绍中国音乐的书籍相比,内容是丰富多了。

在中国国内,以前对于海外、港台音乐的重视是不够的。虽然现代流行音乐的传入是来自港台,但也就仅此而已。作者提出"香港是中国音乐的宝库"、"中华音乐文化圈的流行音乐"等这样的说法,当然,这是来自作者本人的亲身体会,但对于我们中国音乐研究者们来说,也是有去探讨的价值的。

5. **"地域性的理解,是认识中国音乐的第一步"**

文中,作者从另一个角度,也就是地域性的角度上又一次地强调要全面地了解中国音乐。

中国音乐不仅有历史长久的特色,由于地域广大,中国的地理文化在音乐上的表现也是很有特色的。地方音乐各自呈现独特的特性,丰富多彩。以汉族的音乐来说,历来有南北两大片之分:北方激昂、强烈;南方绮丽、柔和。这些特点,是必须对中国音乐有全面的掌握才能知道的。作者很注意这样的视点,所以书中介绍的内容,也尽量注意到了这一点。以戏剧音乐为例,不仅介绍了古

典的昆曲、全国性的京剧,也介绍了西北地区的秦腔和江苏的越剧、安徽的黄梅
戏,还在后面的章节中仔细介绍了广东的潮剧和粤剧,引导读者从地区着眼了
解中国音乐。

以上五点,是作者特意向读者提出理解中国音乐的忠告。

虽然书中某些部分有作者自我感觉式的介绍,但我觉得这也无妨,也是有
意义的。因为,那些都是作者的心得,读者可以从中得到启发和联想。更值得
我们向作者表示敬意的是,书后还附有音响的目录和名词的索引,能给读者和
研究者查阅时带来很大的方便。对于研究和想了解中国音乐的人来说,本书无
疑会提供多方面的帮助。在此,衷心地希望本书能获得很多的读者。

现在,不同于以前,中国音乐的研究队伍已经很庞大,从民族音乐学的角度
来看,研究上也有了很大的进展。配合中国地广、人多、历史久的特点,音乐社
会学、音乐地理学、音乐语言学、音乐考古学等学科不但被提出,研究的进展也
是相当大的。很遗憾的是,研究的成果被介绍到国外的还很少;而且,在国外被
介绍的,往往是那些国外的研究者把自己下了心血学习的部分很仔细地加以描
述。这样做的结果是:介绍者介绍得兴高采烈,而读者却觉得莫名其妙——没
有中国音乐实际经验的读者还是很难理解。我想,如何把自己国家的音乐向外
国人做介绍,这是个大问题;而在介绍他国的音乐时,怎样做到易读易懂,对于
中国和日本两国的学者来说,也都是一个很重要的探讨课题。我们在对外介绍
中国文化或中国音乐时,很容易陷入文字之中,不可自拔。本书的作者采取了
重点提示的方法,我认为这很有意义,是可以借鉴的。

中国人与外国人文化背景不同,心理素质不同,因而思想方法也不同。国
外的学者,很重视中国学者不大注意的空白点,探索的问题往往有新角度和新
观点,这也是中国人所常忽视,同时也是需要的。因此,"他山之石,可以攻玉"
这句话,可以说是我做为一个中国读者读后的感想吧。

（原载日本《东洋音乐研究》第 60 号,1995 年 8 月）

难得的知己与新风（书评）

《雾里看花——中国戏剧的可能性》

杉山太郎等著

中国戏剧出版社 2003 年 9 月出版

《雾里看花——中国戏剧的可能性》是杉山太郎、伊藤茂和中山文三位先生写的关于中国戏剧的文章和通信。看了之后，既有熟识的感觉，又觉得很新鲜。这本书，给中国的剧坛以及中国的戏剧评论界带来了一股新风。这样说，是一点也不过分的。

雾里看花，并不是贬义。雾里看花，花是另一种姿态，也很美。我很欣赏作者起的这个名字，既有谦虚的意思，又有从另一个角度对中国戏曲进行评论和介绍的意思。

看中国的戏剧艺术，可以采取各种不同的做法。有的人喜欢中国的戏剧，从实践出发，自己也去唱几句，登台演一演。像东京的日本人京剧爱好者们组织了剧团，就是这样做的。

在中国戏曲的研究方面，也分有各种做法。有的人注意过去，辛辛苦苦地整理和分析埋在故纸堆中的资料；而现在，又有不少国外和中国国内的戏曲研究者们，从西洋比较文化的观点出发，把注意力放到了目连戏、傩戏和一些其他保存在民间风俗中的所谓宗族祭祀的戏剧仪式上，并且对舞台遗址和少数民族的一些风俗等，进行了详细的野外调查，下了很大的功夫，从而，也举起了中国戏剧研究新方向的大旗。这样的研究，当然也是有意义的。

但是，我们知道，中国是个文明古国，它的文化艺术传统，像一条一直在流动的长河，一条汹涌奔流的大河，自古以来永远是在发展着的。对它来说，停顿就是消亡——这就是中国文化的最大特点。现在，这个对中国文化传统的基本看法，得到了中国文化研究者在总体上的认同。所以，即使是研究中国戏剧，若不把主要的精力放在探讨现代戏剧和了解当代中国戏剧的现状和其与社会生活、政治等的关系上，由此再去探讨其特点的话，则很难对中国的戏剧文化情况有全面的了解，也分不清楚和很可能根本找不到传统的主流。

在中国，历史上残留的点点滴滴当然存在，但对于中国戏剧的整体来说，那不是主流，与现代中国社会的关系也不那么密切。眼光若是集中于那里的话，对了解中国戏剧文化的真髓，是会有一定距离的。特别是全力于寻找在中国文化中相对停滞的东西，在那个基础上来进行研究，则很难得出对中国文化的正确结论。

看了这本书，我感到，杉山太郎、伊藤茂、中山文这三位日本学者，对中国戏剧的研究和了解，采取的方法是非常正确的。他们了解中国的戏剧，采用的是一个很普通的方法，也是相当传统的方法——他们是从看戏开始了解中国的戏剧的。他们看了很多很多的戏，看的数目多到了使人惊奇的地步，达到了几百出以上！我们绝不能小看他们在看戏上所费的功夫，正是因为看了那么多的戏，他们才紧紧地跟上了中国戏剧的前进步伐，了解到了中国戏剧最近发展的情况，了解了中国戏剧的演员们，也了解了中国戏剧的观众们。

他们真诚地热爱中国戏剧，所以成为了中国戏剧中的一分子，也成了与中国戏剧共呼吸的忠实观众。他们得到的成绩是很了不起的！因为，这是连我们中国人自己也很难做得到的事情。说老实话，在中国的戏剧工作者中，能有多少人，能达到像他们那样熟知每年的中国戏剧的情况呢？我看是不多的。他们确实是中国戏曲难得的知己！

从以下的几个方面来看，可以清楚地看出这三位作者和他们的文章对于中国戏剧界的密切关系和重要性：

1. 作为外国人来说，他们做到了能和中国戏剧发展同一步伐，有了和中国观众一样的对戏剧的感觉。

对于一个国家的艺术，把它当古董来看，它是静止的，但如果注意到了它的发展,知道了它所演的内容和它的追求目标,你就可以看到一个活生生的艺术了。这种境地,只有投身进去了,才能达得到。从他们的书中,完全可以感受到这一点。从看戏中,他们知道了中国观众对自己戏剧的要求,也知道了演员们的追求和想法。

杉山太郎在文章中写道:

> 我曾听访日的中国京剧团的演员说过,中国的传统戏剧,如果今天的演出还是一如既往,毫无变化,就没有价值。正因为有新的尝试,才承认其价值。这也是笔者的立场。(原书第 7 页)

听过这样说法的人当然是很多的。但是,能够出自内心地同意这样的想法,在外国研究家的论著中是不多见的。这是因为作者深切地了解了中国的戏剧,得出了与中国戏剧演员同样的想法。

2. 作者们对中国的戏剧没有隔阂,没有所谓异文化的感觉。他们不仅没有语言的障碍,而且还是中国戏剧的行家里手,对中国戏剧有鉴赏,有评论,还有批评。他们对中国的戏剧有深厚的感情,对中国的戏剧有自己的理解。这个理解虽然是和中国的学者不同,却是相当有意思的。比如,对越剧用女子表现男性的看法,书中说道:

> 越剧的思想性,孕育了作为女性戏剧的越剧。女性在与社会的封建体制对峙的时候,需要携手并肩、志同道合、共同斗争的男性。但是,现实世界是男性社会,这样的男性并不存在。登临越剧舞台的"才子",是与女性共同斗争的同志,是现实中不存在的男性,是女性梦想的结晶,仅仅存在于舞台上。而且,这种男性既然不会存在,就必须由女小生来扮演。(原书第 13 页)

这种充满了对越剧的感情和作者对越剧理想化的看法,实在是使人很感动。

他们对中国主要的戏曲和话剧，都给予了关注。指出了每一年、每一次戏剧汇演的演出剧目和演出特点。他们仔细地注意到了随着社会的变动而出现的大量演外国戏的情况，注意到了军旅戏的演出情况，注意到了小剧场的活动。他们花费了大量的心血，才有资格和权利介绍出这些情况来。正是因此，他们了解得才全面，他们感叹道：

中国太大，中国戏剧的世界也很大——要把握中国戏剧的全貌，必须设定时空的坐标。（原书第168页）

这样的看法，确实是体会到了中国戏剧的三昧。就是对中国的戏剧研究者来说，这也是个很中肯的建议和提醒。

中山文先生的文中还这样写道：

"新编戏曲"一方面坚守古典的形式，一方面贴切地表现现代生活，这是我到中国来的最大发现。而且，我还发现，只要演出者是当代的人，古典戏曲本身也可以进行当代的解释。这种戏剧观，在日本是不可想象的。（原书第239页）

中国的古典戏剧，在某种意义上来说，是现代的。在中国，纯粹古典的舞台艺术，大概是不存在的。从外国人的眼中，能注意到了这一点，是很难得的。

3. 中国需要了解外国的艺术，但中国更希望外国能了解中国的艺术。这三位日本学者，在向外国介绍中国文化艺术方面，有着很大的贡献。

现在，中国进入了一个历史上前所未有的开放时代。中国要知道外国的事情，这是当然的，但相对来说，使外国了解中国，是一件更加难和更加迫切的事情。

中国的戏剧文化，是中国社会现状的反映。上面已经说过，在某种意义上来说，纯粹的古典艺术在中国是不存在的，不改革，不前进，就要被淘汰。这就是中国古典艺术的现实。而进入中国艺术的世界,能了解到这一点,并不是一件容易的事情。这本书的三位作者,深入到了中国的戏剧世界中,抓住了它瞬间的发展变化,把中国戏剧的真面目介绍了出来。所以,我觉得,像他们这样的学者加艺术评论家,正是中国戏曲、也是中国文化所需要的知音和介绍者。

在文化交流中,充分了解对方的艺术精华所在,是绝对必要的。但是,仅仅依靠自己的爱好,从旁观的角度出发,介绍的范围大概都是比较狭窄的。全面了解和介绍众多的剧目,这才是一条正确的路。这条路虽然很难,但是这样做,不仅可知道它的过去,也能了解它的现在,而且,还能对它的将来产生希望。三位日本的学者,能达到这一点,是很使人佩服的,因为这不是一般只研究表面现象和只是看资料的人所能达到的境地。

这本书虽是向日本的读者正确、全面地介绍中国的戏剧情况,但正像本文开始所说的那样,这些文章在看法和写法上究竟与中国人写的有些不同,的确是吹去的一股新风,很值得中国戏剧界来借鉴。随着时间的推移,我想,他们的功绩以后一定会被人们所承认,也一定会给予极高的评价的。

山杉太郎先生已经故去,失去了这样一位中国戏剧的知音,使人非常痛心。希望伊藤茂和中山文两位先生再接再厉,继续紧跟中国戏剧发展的步伐,把更多的中国戏剧的情况,介绍到日本来。

以上,这就是我读了这本书的一些感想。

如果说有些不足的话,那就是原文是为日本人写的介绍文章和三位作者之间的通信交流,对此,在成书之时,如果能进行一些编辑和剪裁的工作,使得内容更加集中,前后减少重复,那就更好了。当然,比起内容来,这只是个小小的不足而已。

（原载日本《中国研究月报》第 677 号,2004 年 7 月）

二、乐文与乐论

白与黑

语言与音乐

陶醉

略谈现代民歌、戏曲、曲艺中的衬字

　　无论是中国古代的民歌、戏曲、曲艺,或是现代的民歌、戏曲、曲艺,都是属于俗文学范畴之内的。之所以冠为"俗",就是以区别正统的、传统的文学品种。也正是由于它和生活的距离很近,所以在它的表现中有不少生活语言现象的反映。衬字,就是这种表现之一。

　　所谓衬字,也就是指在唱词中除了主要词句外所附加的字,就叫做衬字。在同样的情况下,附加的部分成为词组就是衬词;成为句子就是衬句。因为它们是附加的成分,所以就都冠以"衬"字。这个"衬"字,就是托衬、陪衬的意思。经常听到有人说:"看着唱词也听不懂中国戏、中国歌唱的是什么。"这是怎么回事呢? 原来,在唱的时候,唱词中有了上述的附加成分,使得基本唱词发生了变化,简单的唱词变为复杂了。不知道这一点,当然也就不易听懂。因此,要理解听到、看到的是什么,对于衬字的了解,也是必须具备的一个条件。

　　在中国古代俗文学的韵文中,从唐代的曲子词兴起开始,词句中的衬字就受到了重视,而且这也成为俗文学中的一个特别重要的特点。衬字虽然在俗文学作品中只是处于附属的地位,在文学、语法等方面的重要性也并不显著,但是,在实际的表现上,衬字确是占有很重要的位置。

　　关于古代俗文学韵文中的衬字,以前随着对"曲"的研究和整理,已经被提出过了。在明清时代的曲谱中(明末的南北曲曲谱及清代所出版的曲谱)曲子都被分别标出了"正"、"衬"的字样,"正"就是正格的意思;"衬"就是衬字的意思。从那时起,一直被认为是曲的格律并被标写、引用在各种论述曲的著作中。

　　古代曲中的衬字,基本上说来,就是在规整的句子中插入一些字,这些字就被称为是衬字,而这些衬字则使得曲子显得生动活泼、增加情趣。这些衬字有些是虚字,但也有起着实在意义的。比如,元曲的衬字是很有名的,可以举一些来做例子。

《玉交枝·闲适》　乔梦符

自种瓜,自采茶,炉内炼丹砂。(看)一卷《道德经》,(讲)一会渔樵话。闭上槿树篱,(醉)卧在葫芦架,(尽)清闲自在煞。

以上括号中的字就是衬字。虽说是衬字,但还有其实在的意义,并不是可有可无的。再如:

《百字知秋令》　王和卿

绛蜡烧(半明不灭)寒灰(看时看节)落,沉烟烬(细里末里)微分(即里渐里)消,(碧纱窗外)风弄雨(昔留昔零)打芭蕉。(恼碎芳心)砌下(啾啾唧唧)寒蛩闹,(惊回幽梦)檐间(丁丁当当)铁马敲。(半欹单枕)叫我(乞留乞良)挨彻今宵,(只被这一弄儿凄凉)断送的(愁人)登时(间)病了。

这首曲子,共一百个字,正格的字只有四十一个,而衬字则有五十九个。虽然按照曲谱标出了正、衬之分,但是,衬字在其中所起的作用是很大的,已经到了不可去掉的地步。

对于元、明、清曲子中的衬字,由于其处于已经是过去的作品和已经定型化了的形式中,因此,只要是查看各曲谱所载的"正"、"衬"例子,就可以明白,不用做过多的说明。在这里,主要是想把现代的民歌、戏曲、曲艺中的衬字的情况稍做介绍,以便在接触到具体的作品时,能对其内容、趣味增强理解。

现代民歌中的衬字、衬词

衬字不仅是在古代的作品中存在,在现代的戏曲、曲艺和民谣的词句中,也非常频繁地被使用着。而且,比元、明、清散曲中文人所写出来的衬字更加接近生活语言,更加有趣。可以说,在现代的俗文学作品中,衬字的运用是非常重要的一个环节。它之所以重要,就在于如果不了解它,那么,对于现代的俗文学作品的内容、表现上的特点以至于地方风格等等方面,就不能有很好的理解。所以,在对中国俗文学,特别是涉及到现代的作品,对其进行研究时,要对这个特殊的现象加以重视。

其实,现代民歌中的衬字虽然种类繁多,但并不复杂。如果说,在古代的作品中,有时确实存在着"正""衬"相混、不好分辨的情况,那么,在现代的作品中这种情况是不多的。只要对其稍有所了解,再遇到时并不难分辨。

总的说来,在现代的民歌等作品中的衬字,其最主要的作用,就是在歌曲中加强唱词的语气和活泼了字句。生活气息浓的民歌,基本上就要带有衬字。使用了衬字,表现上便富有生活气息,语言显得活泼、生动,听起来亲切。当然,不使用衬字的歌曲也不少,但是,与人们日常生活关系最深、又反映着日常生活内容的那些民歌,却几乎都使用着衬字。要是少了衬字,则生活气息不浓,情绪不活泼,显得古板,就好像一个人说话只有书本上的腔调,不会日常的会话一样。

民歌内容的广泛,也就决定了衬字的种类是多样的。通常在口语中表现为加强语气的助词,在歌曲的衬词中基本上都有所体现。在口语中经常使用的"啊、咳、哎、咿、哟、嗨"、"这个、那个、这么、那么"等语气助词都被使用在衬字中。并且,由以上的那些虚字发展出各种各样的多音节衬词。比如"哎咳哟"、"呀儿哟"、"衣呀咳"、"呀呼咳"等或更长的词组。这些衬词词组大都用在句尾或是用在句子的连接上。此外,除了表现语气的感叹词之外,在衬字的组成中还有摹仿乐器、摹仿自然声音的象声词词组以及由部分唱词重复而成的衬句等,相当丰富。

以下,就以各种衬字的具体例子来介绍民歌中的衬字,以及由衬字发展成为的衬词、衬句等。

首先,可以用最简单、原始的衬字形态——出现在劳动号子之类的歌曲中

的衬字来作为代表进行说明。在现代的民歌中,依然不乏劳动号子这样的歌曲。如:

《黄河船夫曲》 陕北民歌

你晓得天下黄河几十几道湾(咳)?几十几道湾上几十几条船(咳)?

几十几条船上几十几根杆(咳)?几十几个(哪)艄公(哟啊)要把船来扳?

这首有名的黄河船夫号子所用的衬字,较为简单,是属于感叹式的、加强语气的衬字。这样的衬字是劳动歌曲所必需的,它能统一劳动的节奏,而且也表现出了劳动歌曲的雄壮有力的特点。

比这种简单的感叹词稍微复杂一些,单独的衬字就成了衬词或衬句,如下例中的"咳呀呀咳咳",就比上例复杂些了。

《川江平水号子》 四川重庆民歌

"领"——咳呀呀咳咳!

"和"——咳咳!

"领"——咳呀呀咳咳!

"和"——咳咳!

"领"——(咳咳)清风吹来凉悠悠,

"和"——咳咳!

"领"——连手推船下(哟)涪州。

"和"——咳咳!

"领"——有钱人在家中坐,

"和"——咳咳!

"领"——哪知道穷人的忧(哦)和愁(啊)!

"和"——咳咳!

虽然劳动歌曲中简单相和式的衬字至今仍然是民歌中衬字的一种,但是现代民歌中衬字更多的表现,还是在于增强语气,使语句生动活泼。关于这一点,先从简单的例子说起。如下例:

《沂蒙山小调》 山东民歌

人人都说沂蒙山好,沂蒙山上好风光。
青山绿水多好看,风吹草低见牛羊。

这是基本的唱词,很简单和规整。但是,实际上唱起来就成了这样了:

人人(那个)都说(哎)沂蒙山好,沂蒙(那个)山上(哎)好风光。
青山(那个)绿水(哎)多好看,风吹(那个)草低(儿)见牛羊。

这是由于演唱中抒情的直接需要而加上的语气衬词"那个"、"哎",听起来就显得活泼了,而且语气也亲切。类似这样的传统民歌比比皆是。再如:

《赶牲灵》 陕北民歌

基本唱词: 走头头的骡子儿三盏盏的灯,带上的铃子哇哇的声。
加上衬字: 走头头的(那个)骡子儿(哟)三盏盏的(那个)灯,
　　　　　(哎呀)带上的(那个)铃子(哟噢)哇哇的(那个)声。

这是有名的陕北"信天游",基本的歌词只有两句,在正式出版的书中,也只是记有两句规整的词,没有衬字。但是,我们听到的演唱,却总是有衬字的。经过这样加上衬字的处理之后,这只有两句词的简单歌曲,就成为了感情真挚、感人至深的歌曲了。

从这里可以看出,民歌中的衬字能使简单、朴素的词句增强生命力,变得有生气、焕发出光彩来。再如:

《月芽五更》　黑龙江民歌

基本唱词：　一更里进绣兰房，樱桃口哭坏梅香。银灯掌上，
　　　　　　灯影儿沉沉，灯影儿沉沉，才把门关上。

加上衬字：　一（呀）更（哎）里（呀）进绣兰（哎）房（呀啊），
　　　　　　樱（哎）桃口（啊）哭坏梅香（哎）。
　　　　　　银灯掌（哎）上（哪啊），
　　　　　　灯影儿（那个）沉沉（呀），灯影儿（那个）沉沉（呀），
　　　　　　（哎呀）才把（那个）门（哎）、门（哎）、门（呀么）门关上
　　　　　　（哪哎啊呀哎呀）。

　　《月芽五更》是一首抒情的民歌，描写了静夜中的思念心情。这首歌中的衬词，都是感叹词和助词，加强了唱词所表现的感叹情绪。正像我们日常的说话一样，感叹词、助词总是集中于口气、语调被强调的地方。而且，对于造成这种歌曲的婉转风格来说，衬词中的"那个"、"哎呀"大量使用，也起了较大的作用。

　　民歌在世代的传唱中不断地被进行加工，衬字的表现也随之逐渐趋于复杂，配合着唱词的情绪，衬字也呈现出了多种多样的姿态。不但在句中有衬字、衬词，甚至在句尾还经常出现一些较为复杂的衬句。如下面的三首民歌就是如此，不止是使用了"哎咳哟"之类的衬词，还使用了更长一些的句尾衬句"那咿呀呼咳"等。

《游春》　河南商城民歌

基本唱词：　正月里来正月正，姐妹们换上一身新，村外去游春。
　　　　　　姐妹游春玩一天，村外一片好美景，真正喜爱人。

加上衬字：　正月（呀）里（呀）来正（唻哎）月正（唻哎咳哟），
　　　　　　姐妹们换上一身新（哪），村外去游春（唻哎咳哟）。
　　　　　　姐妹（呀）游春（哪）玩（唻哎）一天（唻哎咳哟），
　　　　　　村外（哪）一片好美景（哪），真正喜爱人（唻哎咳哟）。

《小看戏》　吉林民歌

基本唱词：　姐儿巧打扮，要把戏来观，模样儿长得赛如天仙，

　　　　　　打扮起来多么体面，打扮起来多么体面。

加上衬字：　姐儿巧打扮(哪)，要把戏来观，

　　　　　　模样儿(那个)长得(哟)赛如(那)天仙(哪哎哟)，

　　　　　　打扮起来多么体面(哪)(衣得儿，衣得儿，哟哟哟哟，得儿

　　　　　　嘟叮当，哎哟)。

　　　　　　打扮起来多么体面(哪)。

《放风筝》　河北民歌

基本唱词：　三月里来是清明，姐姐妹妹又去观青，

　　　　　　稍带着放风筝，稍带着放风筝。

加上衬字：　三(哎哎咳哎咳)月里来(吅)是(哎)清(哎)明(哎咳那

　　　　　　咿呀呼)，

　　　　　　姐(吅)姐(那个)妹妹又去观青，

　　　　　　稍带着放(哎)风筝(那咿呀呼咳呼咳，哼哎那咿呀呼咳呼

　　　　　　咳哎咳)。

　　　　　　稍带着放(哎)风筝(了那咿呀呼咳呼咳)。

　　"那咿呀呼咳呼咳"实际上就是"咳呼咳"的变化。这种较长的衬句，在一些历史悠久的歌曲中，也可遇到。如下面是一首较古老的民歌，流传很广，有着很长的句尾衬句，而且明显地带有一种唱和形式的意思，有特殊的风格：

《王大娘钉缸》　河南民歌

基本唱词：　挑子一担响叮当，担上挑子走四方。

　　　　　　南庄北庄都去过，如今要去王家庄。

加上衬字：　挑子一担响叮当(呀儿哟，咿个呀儿哟，呀儿哟，呀儿哟，

咿个呀儿哟），

担上挑子走四方（呀儿哟，咿呀儿哟，咿个呀儿哟，呀儿哟，呀儿哟，咿个呀儿哟）。

南庄北庄都去过（呀儿哟，咿个呀儿哟，呀儿哟，呀儿哟，咿个呀儿哟），

如今要去王家庄（呀儿哟，咿呀儿哟，咿个呀儿哟，呀儿哟，呀儿哟，咿个呀儿哟）。

　　再如，从明代就出现的民间曲艺形式"莲花落"，它的衬词形式，也属与上例一类的。在现代的民歌中依然有所遗留，在衬词中还有"莲花落"这样的语句：

《十个字》　河北南皮民歌

基本唱词：　写了一个一字一趟街，吕蒙正挎篮又去赶斋，
　　　　　　张飞提刀卖狗肉，刘备四川卖过草鞋。
　　　　　　写了一个二字两头平，二十八宿数罗成，
　　　　　　虽说他十二年岁小，夜打登州救过秦琼。

加上衬字：　写了一个一字一趟街，吕蒙正挎篮又去赶斋（俩哈咳，一个俩咳，俩哈咳哈咳），
　　　　　　张飞提刀卖狗肉，刘备四川卖过草鞋（俩哈咳，哼咳，俩哈一个俩咳）。
　　　　　　写了一个二字两头平，二十（那个）八宿数（着）罗成，
　　　　　　虽说他十二年岁小，夜打登州救过秦琼（哎）（哼了一个哼哎，哈了一个哈呀，哼了一个哼哎，哈了一个哈，哼哈落莲花，哈了一个梅花落莲花）。

　　固定在句尾的衬词，还有"杨柳青"的词句，这也是从清朝末年就开始流行的了：

《青阳扇》 江苏民歌

基本唱词： 一把扇子七寸长，一人扇风二人凉，二人凉。

加上衬字： 一把扇子七寸长，一人扇风二人凉（杨，杨柳青，松，崩，哎哎呀），二人凉。

在民歌中还有一种衬字也很有趣，那是在一般衬字的基础上又加入口中吐字的技巧来作为衬字，好像"绕口令"一样，富有民间风味。这种类型的衬字在元、明、清散曲中是很少见到的。如：

《包楞调》 山东成武民歌

基本唱词： 月亮儿出来了白楞楞，太阳出来了满天红，
葵花朵朵向太阳，条条道路通北京。

加上衬字： 月亮儿（那个）出来了白楞楞（楞楞楞，楞楞楞楞楞楞楞，
楞楞楞，楞楞楞，楞楞），太阳（咪）出来了满（么）天红，
葵花朵朵向太（咪）阳，条条（咪哎）道路通北京（楞楞
楞）。

这样的衬字，也真是没有什么实际意义，只是"楞楞楞……"的重复句尾的一个"楞"字，并以飞快的吐字造成轻松、愉快的气氛。舌头不灵活，那是没法唱的，所以民歌的名称就叫《包楞调》。在实际的演唱中，却也是很好听。再如：

《边区十唱》 陇东民歌

基本唱词： 边区人民大生产，全民男女齐动员。

加上衬字： 边区人民（呀么呼咳）大生产（呀么呼咳），全民（那个）男
男女女（喊哩哩哩，嚓拉拉拉，嚓啰啰啰咳）齐动员（呀么
呼咳）。

这首歌词中的"喊哩哩哩,嚓拉拉拉,嗦啰啰啰咳",也没有什么实在意思,可是,像喊号子一样,使歌曲显得特别的红火、热闹,唱起来也很带劲。

　　再有,许多地区都有一些以用舌头打"得儿"(花舌音、打"嘟噜")来作为衬字的民歌,其作用,也是为了使唱词显得活泼生动。如:

《对花》　河北晋县民歌

基本唱词：正月里来什么样子花开? 正月里开了一朵迎春花,
　　　　　迎春开花未曾见过它,小妹妹一心要戴迎春花。

加上衬字：正(得儿)月(得儿)里(得儿)来什么样子花(得儿)开?
　　　　　正月里开了一朵迎(得儿)春花,
　　　　　迎(得儿)春(得儿)开(得儿)花(得儿)未曾见过它
　　　　　(得儿),
　　　　　小(得儿)妹妹一心要戴迎(得儿)春花。
　　　　　(七不楞冬青冬青,得儿嗦,八不楞冬嗦得儿嗦,得儿花
　　　　　红,得儿嗦,得儿嗦,得儿嗦得儿嗦)

　　这首歌词中所出现的"七不楞冬青冬青……"一段是摹仿锣鼓的声音,这就是象声性的衬字。这也是一种类型的衬词。这类衬词随着内容的需要,还可以摹仿多种声音。再如下面的一首:

《蛤蟆调》　云南嵩明民歌

一个(尼)蛤蟆(呀)一张嘴,两支(尼)小眼(来)四支腿,
四支小脚(皮了贴了)跳下水(呀)(蛤蟆咕咚漂,衣儿哟,漂咕咚)。

　　这是摹仿青蛙跳入水中的声音"咕咚"而使用的衬词。再如摹仿鸟叫声音的:

《斑鸠调》 江西民歌

斑鸠(里格)叫(咧)起"几里咕噜、几里咕噜"……

　　还要强调一点是,从衬字的使用中也能看出地方语言的色彩来。地区不同,有时使用的衬字也有些区别。这些不同的衬字,不但反映了地方语言的特点,而且歌曲等歌唱艺术的地方特点也在此有所表现。比如,以上的例子中,大都是北方的歌曲为多,那么,再看看南方的几首吧:

《摘葡萄》 四川民歌

基本唱词:　那山没得这山高,这山有一树好葡萄,

　　　　　　我心想摘个葡萄吃,人又矮来树又高。

加上衬字:　那山没得(呃)这山高(罗),这山(么)有一树(罗)好葡

　　　　　　萄(罗),

　　　　　　我心想(么)摘个(哎)葡萄(哎)吃(罗),(那个)人又矮

　　　　　　来(么)树又高(罗)。

　　如果读者会些四川话,就请把加上衬字的歌词用四川话来念一念,就可以发现,和四川的口语是完全一样的。"么"、"罗"这样的衬字在北方的民歌中是用得不多的。再如:

《月儿弯弯照九州》 苏州民歌

基本唱词:　月儿弯弯照九州,几家欢乐几家愁?

　　　　　　几家骨肉团圆叙? 几家飘流在他州?

加上衬字:　月儿弯弯(么)照九(子格)州,几家欢乐几家(子格)愁?

　　　　　　几家骨肉(么)团圆(子格)叙(虐)? 几家飘流在他(子

　　　　　　格)州?

这是一支古代流传下来的民歌,据说产生于南宋的末年,当时称为"吴歌",一直传唱至今。一般用苏州话演唱,所以,使用的是"子格"、"虐"等吴语方言助词作为衬字。

　　总之,现代中国民歌中的衬字、衬词真是种类繁多,不胜可数。在其中,有的真是精彩之极。有了衬词的衬托,歌词中那浓郁的生活气息、人们的欢乐及感叹的情绪,都被更加富有生气地表现出来了。

说唱和戏曲中的衬字、衬词

　　在了解了歌曲中的衬字的情况之后,对于戏曲、说唱中的衬字也大体上可以理解了。现代戏曲和曲艺中衬字的使用虽然也是相当普遍,但戏曲、曲艺与生活的关系是不如民歌与生活的关系那样近、那样直接的,所以,衬字的种类没有民歌中的多。但即使衬字的使用方法稍有些不同,仔细分析一下仍是差不多。比如,以下戏曲唱段中使用的一些衬字:

《拷红》 河南豫剧

基本唱词:　在绣楼我奉了我那小姐言命,到书院去探那先生的病情。
　　　　　　上绣楼我要把小姐吓哄(嗯)。

加上衬字:　在绣楼我奉了(哪哈呀哈嗯嗨)我那小姐言命(哪嗨呀),
　　　　　　到书院去探那先生的病情。上绣楼我要把小姐吓哄(嗯)。

　　"哪哈呀哈嗯嗨"也是和"哎咳哟"之类的衬词相同的,因为是河南地方戏,所以用河南语言中常出现的"呀哈嗯嗨"作为衬字了。再者,说唱中也大致如此,如下面的唱段:

《马前泼水》 河南坠子

基本唱词:　有崔氏越想好心焦,细思量,无有头的日子真正难熬。

一伸手拉住买臣的手,你可变了,伴装着泥塑与木雕。

加上衬字：　有崔氏越想好心焦,细思量,无有头的日子(呐)真正难熬。

　　　　　　一伸手拉住(那个)买臣的手(哇),你可变了,伴装着泥塑与木雕。

　　在唱段中,遇到需要加强语气时,也经常用"哪"、"呀"这样的衬字。如下例：

《花木兰》　河南豫剧

　　若非是突力子兴兵为侵(哪),女儿我怎能够远离家门?

　　有了这个"哪"字,唱起来就显得有力多了。

　　在唱词中衬字是不可缺少的这一点上,戏曲、曲艺中反映得也很明显。而且,在有些剧种中,衬字所起的作用达到了相当重要的程度。比如众所周知,在著名的地方戏川剧的帮腔中,就大量使用了衬字来进行帮腔。所谓帮腔,即是在舞台上演员演唱之中,夹杂着由侧幕旁伴奏者(现改为专职的伴唱者)来进行的伴唱。在帮腔中,有的时候唱出具体的唱词,有时则没有具体的唱词而只是唱出虚词而已。即使是有具体的唱词,也要加上许许多多的衬字,听上去很有特点,既夸大了语气,又通过唱出的虚词,把人物的内心活动交代得清清楚楚,使人格外地易于理解,听上去也十分满足。如下面的一段：

《红梅记》　川剧

基本唱词：　帮腔:时来风雨不暂停,且喜今朝是初晴。

　　　　　　唱:两两黄莺相叫应,

　　　　　　帮腔:早被它唤起春情。

　　　　　　唱:春色满园关不尽,

　　　　　　帮腔:一枝红杏出墙垠;

唱:不是杏,

　　　　　　帮腔:是红梅。

　　　　　　唱:一夜东风至,

　　　　　　帮腔:吹放满园春。

加上衬字:　帮腔:(呃)时来风雨不(呵呃)暂停(呃呵呃,呵呃呵,呃),且
　　　　　　喜今(呃)朝(呵呃,呃咿一)是(呵呃)初晴(呃呵)。

　　　　　　唱:两两黄莺相叫应,

　　　　　　帮腔:(呃)早被它唤起春情(呃呵呃,呵呃呵)。

　　　　　　唱:春色满园关不尽,

　　　　　　帮腔:(呃)一枝红(呵)杏出墙垠(呃呵);

　　　　　　唱:不是杏,

　　　　　　帮腔:是(呃)红(哝)梅(呃呵呃,呵呃呵)。

　　　　　　唱:一夜东风至,

　　　　　　帮腔:(呵)吹放满园(哪呵)春(哪呵)。

　　戏曲、说唱中经常使用较长的叙述性唱段,所以,在衬词的使用上也有些不同于一般歌曲衬词的地方。比如,在有些曲艺和戏曲的唱段中,依然保持了元散曲中的那种以衬字、衬词来增加唱词乐趣的做法,这在歌曲中则是少见的。如下面的唱段,就有这样的特色,仅看唱词,就能给人以有声有色之感:

　　　　　　　　《风雨归舟》　　北京单弦

　　解职入深山,隐云峰,受享清闲。闷来时,抚琴饮酒山崖前。

　　忽见那,西北天间风儿起,乌云滚滚黑漫漫。唤童儿收拾瑶琴,置好琴弦。

　　忽然风雨骤,遍野起云烟,(巴答答的)冰雹把山花儿打,(咕噜噜的)沉雷震山川,风吹角铃(当嘟嘟地)响,(唰啦啦的)大雨似涌泉。山洼溪水满,涧下似深潭。煞时间雨住风儿盘旋,天晴雨过,风消云散。

　　急忙忙驾小船,登舟离岸去河间。抬头看,望东南,云走山头碧亮亮的

天。长虹倒挂天边外,碧绿绿的荷叶衬红莲。打(了)来(的)(滴了溜的)金丝鲤,(唰啦啦)放下钓鱼竿。摇桨船拢岸,系舟于山前。唤童儿放划缆,收拾蓑衣和鱼竿。一半鱼儿和水煮,一半到长街换酒钱。

"巴答答的冰雹"、"咕噜噜的沉雷"、"角铃当啷啷地响"、"唰啦啦的大雨"、"滴了溜的金丝鲤"等这些象声词的衬字的运用,给这段唱增色不少,使其相当有名,流传很广。

另外,还想在这里介绍一种在戏曲和说唱的演唱中常用的特殊的衬字。这是为了使唱词中有些字的发音更加明亮,在唱时加入的衬字。说起来并没有什么意义,只是唱起来顺嘴而已。但是,如果对其不了解,听起来就会有迷惑之感了。比如京剧:

《击鼓骂曹》 京剧

基本唱词：　相府门前杀气高,威风凛凛摆枪刀,
　　　　　　画阁雕梁龙凤绕,亚似天子九龙朝。

加上衬字：　相府(哇)门前杀气高,威风凛凛摆枪(啊)刀,
　　　　　　画阁雕(哇)梁龙凤(啊)绕,亚似天(呐)子九龙朝。

《锁五龙》 京剧

基本唱词：　号令一声绑帐外,不由得豪杰笑开怀。

加上衬字：　号(哇)令一声(呐)绑帐(呃)外,不由得豪(哇)杰笑开怀。

《姚期》 京剧

基本唱词：　小奴才做事儿真胆大,压死了国丈你犯王法。
　　　　　　人来与爷忙绑下,也免得万岁爷来锁拿。

加上衬字：　小(哇)奴才做事儿真(呐)胆大,压死了国丈你犯王(呃)法。
　　　　　　人来与(呀)爷忙绑下,也免得万岁(呀)爷来锁拿。

这些衬字用得虽然简单，但却造成了有趣、生动的效果。而且，它的使用并非自由，也是有一定规律的：从衬字前面那个字的韵母来看，若是闭口或半闭口（wu、ou、ao）的字，那么，就用"哇"（wa）来当衬字，由闭口改为张口，使音洪亮起来；韵母若是齐齿音（yi、ai、ei）的，就用"呀"（ya）来当衬字，把 i 变为 a，音色更加响亮；若是韵母以 en、an 来结束，那就用"呐"（na）来当衬字，把 n 变为 a，也能使发音明亮；韵母是 ong、ang 的字后，就用"啊"（a）或是"呃"（e）来当衬字，同样也使发音发生变化。这种加衬字的大概转换规律，可以由以下的例子中看出来（例子全部取于京剧）：

wu……wa	"伍云头上换儒（哇）巾"	——《文昭关》
yi……ya	"叫一声贤德妻细（呀）听我言"	——《朱痕记》
ai……ya	"头带（呀）着紫金冠齐眉盖顶"	——《战太平》
ei……ya	"俺诸葛怎比得前辈（呀）的先生"	——《空城计》
ao……wa	"哭罢了（哇）老娘亲把锦棠来喊"	——《朱痕记》
ou……wa	"抬头（哇）只见儿的老娘亲"	——《洪羊洞》
an……na	"我本是卧龙岗散淡（呐）的人"	——《空城计》
en……na	"怒在心头难消恨（呐）"	——《斩马谡》
ang……a、e	"他二人在洪羊（呃）洞丧（呃）命"	——《洪羊洞》
ong……a、e	"东西战南北剿博古通（呃）今"	——《空城计》

特别要注意的是，这种衬字，在京剧的演唱中，只在于男声上使用，女声基本不用。这也是很有意思的一个现象。

懂得了这一点，在欣赏中国的京剧等戏剧时很有好处，若是自己想学唱，那就更会有帮助了。

作为本文的结束，再介绍一个有意思的现象吧：在中国现代的流行歌曲中，民族风格较强的曲子，往往也用上了这种加衬字的方法。同样，这种作法也使得流行歌曲的民族色彩显得很强烈了。比如，电影《红高粱》中的插曲"妹妹曲"就用了加衬字的演唱方法,使得这首歌不但地方味儿十足,而且又带有强烈、豪放的感情。在一般的出版物中,只是刊登出了基本的唱词,可是,只是按照基本唱词去唱,绝对唱不出味道来。这一点,看看下面的例子肯定就能明白的。而且,有兴趣的话,不妨对照着录音听一听。

《妹妹曲》 电影《红高粱》插曲

基本唱词: 哎……妹妹你大胆地往前走,
往前走,莫回头!
通天的大路,九千、九百、九千九百九!

加上衬字: 哎……妹妹你大胆地往前走(哇),
往前走,莫回(呀)头!
通天的大路,九千、九百、九千九百九(哇)!

(1990 年 8 月于东京外国语大学,原载日本《中国俗文学研究》第 8 号)

关于"儿"字在艺术语言中的使用及发音

引　言

在一次讨论会上,有人在发言中指出歌词有一定的读音规则,比如歌词中"的"(de)一般全发音为"di"。但是,也有人认为只有在戏曲中才是那样的。从那以后,我就开始注意这个现象,发现确实在歌唱中,把"的"基本上都唱为"di"。不管是什么乐种,很少有例外,就是现代的歌曲——从流行歌曲到合唱团的大合唱,都是这样唱的。比如:中央歌剧院合唱队演唱的大合唱《我的祖国》(乔羽词):

　　　　这是英雄的(di)祖国,是我生长的(di)地方;
　　　　在这片古老的(di)土地上,到处都有青春的(di)力量。

在这首很雄壮的合唱歌曲中,"的"发音全是"di"。再如《钻探队员之歌》(佟志贤词)也是同样:

　　　　是那山谷的(di)风,吹动了我们的(di)红旗;
　　　　是那狂暴的(di)雨,洗刷了我们的(di)帐篷。

人们都很熟的《松花江上》(张寒晖词)这首歌也是同样:

我的(di)家在东北松花江上,那里有森林煤矿,

还有那满山遍野的(di)大豆高粱。

再如,很受人们欢迎的日本歌曲《四季歌》的中文译词,在唱的时候,"的"也是全发成"di":

喜爱春天的(di)人儿是心地纯洁的(di)人,像紫罗兰花儿一样是我的(di)友人。

喜爱夏天的(di)人儿是意志坚强的(di)人,像冲击岩石的(di)波浪一样是我的(di)父亲。

不妨试一下,以上这些歌中"的"若是唱成"de"的话,则是很难听的。唱的时候,从发音以及听的感觉来说,非唱"di"不可。这可以说是一个发音的规则吧。

不仅是"的"这一个字的发音有这样的现象,歌词中的"了"字,普通都发音为"liǎo",不发"le",这也是一个发音特点。比如:

《塞外村女》 唐纳词

采了(liǎo)蘑菇把磨推,头昏眼花身又累。

有钱人家里团圆坐,羊羔美酒笑颜开。

现代歌曲:

《小茉莉》 邱晨词

月亮下的细语都睡着,都睡着,我的茉莉也睡了(liǎo),也睡了(liǎo)。

寄给她一份美梦,好让她不忘记我。

小茉莉请不要把我忘记,太阳出来了(liǎo),我会来探望你。

民歌也是如此。如河北民歌《小白菜》：

小白菜呀，地里黄呀，三两岁上，没了(liǎo)娘呀。

陕西民歌《信天游》：

鸡娃子叫来狗娃子咬，当红军的哥哥回来了(liǎo)。

以上歌词中的"了"，都要发成"liǎo"。即使是文学大师有名的作品，朗读时发音是"le"，但歌唱时的发音，也还是"liǎo"。如郭沫若的名作《湘累》：

泪珠儿要流尽了(liǎo)，爱人呀，还不回来呀？
我们从春望到秋，从秋望到夏，望到水枯石烂了(liǎo)！爱人呀，回不回来呀？
……
我们为了(liǎo)他——泪珠儿要流尽了(liǎo)，我们为了(liǎo)他——寸心儿早破碎了(liǎo)。
层层锁着的九嶷山上的白云哟！微微波着的洞庭湖中的流水哟！
你们知不知道他？知不知道他的所在哟？
……
九嶷山上的白云有聚有消，洞庭湖中的流水有汐有潮。
我们心中的愁云呀，啊！我们眼中的泪涛呀，啊！
永远不能消，永远只是潮！
……
太阳照着洞庭波，我们魂儿战栗不敢歌。
待到日西斜，起看篁中昨宵泪已经开了(liǎo)花！
啊，爱人呀！泪花儿怕要开谢了(liǎo)，你回不回来哟？

这首歌中,用了八个"了"字,在歌唱的时候,全是唱成以上所标的"liǎo"。

以上,都不是为了看而写的诗,而是可唱的歌词,并且,这些歌现在也是在被演唱的优秀歌曲。在这些歌曲中,"的"都非得唱为"di"、"了"都非得唱为"liǎo"不可,不能唱出"de"和"le"来。这是约定俗成的,谁也不可能做出必须按照普通话发音来唱的硬性规定。

由此可见,艺术语言的发音,确有其独特之处,唱和说确有不同。本文就对这个现象进行一些探讨。

一、艺术语言及本文所言及的内容

艺术语言,在语言学里是一个特殊的领域。在艺术表演作品中,根据内容、体裁和表演的需要,有着一定的语言运用方法,而且,在发音上也有些特点,总起来可以说,艺术语言及其表现都有独特之处。

艺术语言虽然是能独立存在的,但是艺术语言的范畴比较广,它包括所有不同的说、唱艺术所使用的语言,同时,也应该包括诗歌的语言在内。因此,若探讨起来,内容应是相当博大的。但是,本文这里所探讨的,仅就歌词一项而言,而且只对歌词中个别字的用法和读法来进行探讨。

本文在此想着重提出的是和口语正相反的一个现象:歌词中的"儿"字,除了故意强调地方特点的歌曲之外,所谓"儿化音"的音变现象,在唱的时候并不儿化,都是唱出一个清清楚楚的"儿"字来的。这个现象,不只是为了在发音上求得清晰,而且,在语言的表现上也有一定的意图。因此,本文对这种与现代普通话口语发音有相反现象的事实做一探讨。

二、关于"儿"字及其发音

人们熟知,"儿"这个字,除了它本身的固有意义之外,还经常作为后缀词来使用,它可以与前面的字(不论名词、量词、动词)一起构成名词。这样一来,可以使带儿的名词，比不带儿的名词显得轻松、亲切。

在介绍普通话的读物中，把带儿的名词，一般称为有音变现象的"儿化"名词，并特别指出读的时候儿字与前面的字连读成一个音节。在现代北京话中，儿话的读音是一个极大的特点。而且，在语言学的著作中，把儿化的发音确定为还在发展着的一种语音现象。也就是说，以后儿化的现象可能还会增多或带儿字的名词会向减少的方面发展。

但是，无论如何，带儿字的名词，在日常的会话中，几乎都是被连读的，这在目前来说，是一个众所周知的语言现象。

1. 艺术语言中的"儿"字

很多人对一个与此相反的现象没有注意到——在艺术语言之中，从很早（至少从宋元时代起）至今，带儿的名词，发音却是以固定形态存在着，没有大的变化，同时，也没有受日常生活中语音连读变化的影响，无论是单音节还是复音节中的带儿字的名词，儿字绝不和前面的字连读，依然保持了独立的发音。儿字在被念出或被唱出（绝大部分是被唱出）时，所形成的独特丰韵，是歌词不可少的部分，有时听起来甚至是妙不可言的。

在语音学的著作中，对此很少言及，只是极少的人曾一笔带过。比如周殿福先生曾在《艺术语言发声基础》一书中指出：

> "纸儿"读 zhi'er，不读 zhir；"绳儿"读 sheng'er，不读 shengr。这种语言现象，在北京人的生活语言里早已消失了，只是在歌唱里和儿歌里还存在着，例如"马儿"唱成 ma'er，不唱作 mar；"青儿"念成 qing'er，不念成 qingr。

但是很遗憾，笔者还未见到对此的专论。从语音学的角度及俗文学的角度来看，这确实是一种很有意思的现象，因此，觉得有必要提出来并值得探讨。本文就古典的韵文（主要是元曲）中的儿字用法和现代戏曲、曲艺、歌曲中儿字的发音做一探讨，以供俗文学研究者参考。

2. 唐宋诗词中的"儿"字

据手头的材料来看,早在唐代的诗歌中,儿字已作为一种增强名词描写性的后缀字来使用了。

比如,唐诗中被人熟知的金昌绪《春怨》:

> 打起黄莺儿,莫叫枝上啼。啼时惊妾梦,不得到辽西。

黄莺加上儿字显得亲切多了,活泼了诗的语言。再如,杜甫的《水槛遣心》:

> 细雨鱼儿出,微风燕子斜。

皇甫嵩《采莲子》:

> 晚来弄水船头湿,更脱红裙裹鸭儿。

这些,都是在组词中出现的儿字,在诗中都占着一个音节,当然,发音的时候也就不可能存在儿化的读法。同是杜甫诗,再举一例《城西陂泛舟》,是不用儿字的:

> 鱼吹细浪摇歌扇,燕蹴飞花落舞筵。

比较起来,"鱼儿"比单是一个"鱼"字活泼可亲得多了。可见,从古以来,儿字的使用就是口语中使语气亲切的表现手段。

宋词中,生活用语入词中的现象比唐诗增多,因此儿字的使用比唐诗活泼。但使用的数量还是有限。以胡云翼所编的《宋词选》(收宋词 292 首)为例分析来看,在全书中,只有以下几首中出现了"儿"字:

《声声慢》 李清照

满地黄花堆积,憔悴损,如今有谁堪摘? 守着窗儿,独自怎生得黑! 梧桐更兼细雨,到黄昏,点点滴滴。这次第,怎一个愁字了得!

《永遇乐》 李清照

铺翠冠儿,捻金雪柳,簇带争济楚。如今憔悴,风鬟雾鬓,怕见夜间出去。不如向帘儿底下,听人笑语。

《丑奴儿近》 辛弃疾

千峰云起,骤雨一霎儿价。更远树斜阳,风景怎生图画?

《御街行》 无名氏

雁儿略住,听我些儿事。塔儿南畔城儿里,第三个桥儿外,濒河西岸小红楼,门外梧桐雕砌。请教且与,低声飞过,那里有、人人无寐。

《九张机》 无名氏

三张机,中心有朵小花儿,娇红嫩绿春明媚。

总的看起来,儿字的使用还是不多,只不过是"窗儿"、"冠儿"、"帘儿"、"一霎儿"、"雁儿"、"塔儿"、"城儿"、"桥儿"、"花儿"这几个而已。虽然如此,仍可以看出儿字在词中的出现,不但显得生活气息浓,而且还有一种细腻的亲切感。

三、元曲中"儿"字的使用

1. 元曲中"儿"字的使用

到了元曲中,情况截然不同了,无论是在元杂剧或是元散曲中,都大量地使用了儿字。在元杂剧一折戏的唱词中看不到儿字是很少的。儿字的使用，像是大河开闸一样，一泻不止，几乎无处不见。随手拈一出戏来看：

《窦娥冤·第一折》　关汉卿

〔一半儿〕为什么泪漫漫不住点儿流？莫不是为索债与人家惹争斗？
　　　　我这里连忙迎接慌问候，他那里要说缘由。则见他一半儿徘
　　　　徊一半儿丑。

〔赚煞〕我想这妇人每休信那男儿口，婆婆也，怕没的贞心儿自守，到今
　　　　日招着个村老子，领着个半死囚。

《窦娥冤·第三折》　关汉卿

〔耍孩儿〕不是我窦娥罚下这等无头愿，委实的冤情不浅；若没些儿灵
　　　　圣与世人传，也不见得湛湛青天。

〔煞尾〕浮云为我阴，悲风为我旋，三桩儿誓愿明题遍。

《西厢记·第四本第三折》　王实甫

〔叨叨令〕见安排着车儿、马儿，不由人熬熬煎煎的气。有什么心情花
　　　　儿、靥儿，打扮的娇娇滴滴的媚。准备着被儿、枕儿，则索昏
　　　　昏沉沉的睡。从今后衫儿、袖儿，都揾做重重叠叠的泪。兀
　　　　的不闷杀人也么哥，兀的不闷杀人也么哥！久已后书儿、信
　　　　儿，索与我恓恓惶惶的寄。

〔上小楼·幺篇〕年少呵轻远别，情薄呵易弃掷。全不想腿儿相挨，脸
　　　　儿相偎，手儿相携。你与俺崔相国做女婿，妻荣夫贵，
　　　　但得一个并头莲，煞强如状元及第。

〔收尾〕四围山色中，一鞭残照里。遍人间烦恼填胸臆。量这些大小的
　　　　车儿如何载得起？

《货郎担·第四折》 无名氏

〔梁州第七〕我本是穷乡寡妇,没甚的艳色娇姿,又不会卖风流,弄粉调
　　　脂;又不会按宫商,品竹弹丝;无过是赶几处沸腾腾热闹场
　　　儿,摇几下桑琅琅蛇皮鼓儿,唱几句韵悠悠信口腔儿。

元杂剧中,使用儿字的例子太多了,可以说是举不胜举。

当然,儿字的增多是因为元曲的特点是口语入词,随着口语的运用,儿字才
大量出现的。同时,大概也与元杂剧流行中心所在地的方言有关。元杂剧早期
主要的流行地在现在的河北一带,这一带至今在口语中仍用着很多儿字。笔者
曾去过河北保定地区,那里的方言儿字用得相当多,如:开门儿 kāimènēr、吃面
条儿 chīmiàntiàoēr、小孩儿 xiāohàiēr 等。

以上的拼音声调,是按那里方言的声调感觉标出的。在这里,儿字都不是
儿化的读法,而是占一个音节。元曲是以当时的"中原音"为标准音,以那样的
"口语"入词,儿字在元曲中大量出现的情况,也应该是当然的了。

元散曲中儿字的使用也与元杂剧是一样的。散曲是歌唱的曲词,写的目
的大都是为了唱,因此,作为歌词来说很有代表性。以下,略举数例来看
一下:

《折桂令·忆别》 刘庭信

情儿分儿你心里记者,病儿痛儿我身上添些,家儿活儿既是抛撇,书儿
信儿是必休绝,花儿草儿打听得风声,车儿马儿我亲自来也!

《牛诉冤·耍孩儿》 姚守中

筋儿铺了弓,皮儿挽做鼓。骨头儿卖与钗环铺,黑角儿做就乌犀带,
花蹄儿开成玳瑁梳。无一件抛残物,好材儿卖与了靴匠,碎皮儿回与
田夫。

《寄香罗帕·离亭煞》　赵明道

用工夫度线金针刺,无包弹拈锹银丝细。气命儿般敬重看承,心肝儿般爱怜收拾。止不过包胆茶胧罗笠,说不尽千般旖旎。忙揣在手儿中,荒笼在袖儿里。

《崔张十六事·普天乐》　关汉卿

若得来心肝儿敬重,眼皮儿上供养,手掌儿里高擎。

《笑靥儿·清江引》　乔吉

凤酥不将腮斗儿匀,巧情含娇俊。红镌玉有痕,暖嵌花生晕,旋窝儿粉香都是春。

《歌姬·天净沙》　乔吉

眉儿初月弯弯,鞋儿瘦玉悭悭,脸儿孜孜耐看。

《题情·碧玉箫》　乔吉

忙里偷闲,满口儿诉愁烦。天上人间,对面儿隔关山。

《塞鸿秋》　无名氏

影儿孤房儿静灯儿照,枕儿倚床儿卧帏屏儿上靠,心儿里思意儿里想人儿俏,不能够床儿上被儿里怀儿抱。怎生睡今宵,梦儿里添烦恼,几时睡得更儿尽月儿落鸡儿叫。

《塞鸿秋》　无名氏

一对紫燕儿雕梁上肩相并,一对粉蝶儿花丛上偏相趁,一对鸳鸯儿水面上相交颈,一对儿虎猫儿绣凳上相偎定。觑了动人情,不由人心儿硬,冷清清偏俺合孤另。

元散曲中儿字使用的例子与元杂剧一样,也是举不胜举的。从遗留下来的元杂剧的曲谱和元散曲的曲谱来看,儿字不仅有的是作为正字存在,单占着一个音节,而且,在乐曲中都占有一定的音字(旋律)和节拍数值。因此,可以断定说儿字的发音是独立存在的,没有儿化的发音现象。关于这一点,在后面还要更详细地论述。

2. 元散曲"儿"字使用汇集

笔者以元代纯歌唱的曲词——散曲作为代表,进行了儿字使用情况的整理,结果是很惊人的,想不到仅仅是在元散曲中就用了那么多的儿字! 以下,即是将现存全部元散曲中儿字的使用进行整理的结果,从中可看出元曲中儿字使用频繁的现象以及儿字的使用到了什么程度(根据隋树森《全元散曲》一书整理。按汉语拼音音序排列,出处省略):

A　挨窗儿　鞍儿　暗号儿　袄儿

B　芭蕉叶儿　白执扇儿　百事儿　百倍儿　败旗儿　败叶儿　般般儿　板儿　板搂儿　瓣儿　半点儿　半痕儿　半晌儿　半米儿　半句儿　半缕儿　半步儿　半星儿　半字儿　半张儿　半霎儿　半扇儿　半分儿　帮儿　宝簪儿　鲍儿　薄刀儿　鸨儿　北斗杓儿　北斗柄儿　被儿　被窝儿　背地里些儿　比目鱼儿　笔尖儿　辫儿　病儿　卜钱儿　不敛儿　步骤儿

C　材儿　才貌儿　彩绳儿　残妆儿　草儿　草本儿　参儿　参星儿　场儿　场户儿　窗儿　床儿　车儿　秤儿　痴心儿　痴儿　迟些儿　翅儿　扯脖儿　扯嗉儿　彻心儿　愁窨儿　船儿　钏儿　钞儿　春衫袖儿　词儿　从头儿　促织儿

D　搭儿　打哄儿　大字儿　呆心儿　刀儿　刀麻儿　道儿　胆落儿　胆儿　担儿　弹丸儿　但些儿　灯儿　灯花儿　灯花影儿　低声儿　笛儿　底儿　底样儿　地皮儿　钿窝儿　东风儿　动静儿　冻损儿　斗牛儿　独强性儿　肚儿　对面儿　多般儿

E　额儿　鹅儿　耳朵儿　耳轮儿　耳垂儿

F　番鼓儿　凡事儿　范儿　房儿　放声儿　分儿　锋儿　蜂窝儿
蜂蝶儿　丰韵儿　风儿　风雨儿　风声儿　风月担儿　凤头儿
封皮儿　粉窝儿　粉缸儿　粉睑儿　粉蝶儿　富家儿　妇名儿

G　改样儿　甘心儿　隔墙儿　根儿　更儿　过道儿　过肩儿　狗儿
钩儿　孤帏儿　孤雁儿　孤房儿　骨头儿　鼓儿　瓜儿　卦爻儿
怪胆儿　怪名儿　拐儿　关西店儿　龟卦儿　鬼病儿

H　花朵儿　花儿　花瓣儿　花担儿　花藤轿儿　花蹄儿　花影儿
话儿　话头儿　画眉儿　画船儿　孩儿　海鹤儿　寒蛩儿　寒雁
儿　汗浸儿　好材儿　好话儿　盒儿　鹤袖儿　黑角儿　横枝儿
红绣鞋儿　红叶儿　葫芦儿　蝴蝶儿　虎猫儿　怀儿里　怀儿
怀抱儿　怀儿中　浑身儿　环儿　黄菊儿　黄花儿　谎话儿　谎
勤儿　活儿　火块儿　昏月儿　魂灵儿　讳名儿

J　鸡儿　疾些儿　几般儿　几对儿家　几声儿　几回儿　几场儿
记事儿　即世儿　家儿　家私儿　家缘儿　颊睑儿　假意儿　嫁
字儿　尖刀儿　尖儿　肩儿　简帖儿　酱瓮儿　娇儿　角力儿
角门儿　脚儿　脚跟儿　脚尖儿　脚步儿　接俏儿　解数儿　斤
两儿　金钏儿　金盏儿　金篦儿　金帐儿　锦儿　锦窖儿　锦被
儿　尽意儿　尽情儿　尽世儿　精神儿　晴儿　镜儿　净瓶儿
九儿　酒儿　酒旗儿　局儿　局面儿　句儿　俊庞儿　俊名儿
俊儿儿

K　看门儿　科范儿　客房儿　客院儿　可人儿　啃儿　口儿　口儿
食　傀儡儿

L　篮儿　帘儿　脸脑儿　脸儿　脸戏儿　两句儿　两般儿　两口儿
两朵儿　两件儿　两桩儿　两口儿家　两家儿　两点儿　两遭儿
两叶眉儿　老儿　老卜儿　乐心儿　类儿　泪珠儿　泪点儿　泪
行儿　冷句儿　冷诨儿　冷眼儿　冷风儿　离端儿　笠檐儿　连

理树儿　凉月儿　凉风儿　劣性儿　灵儿　灵鹊儿　灵角儿　凌波袜儿　领儿　柳丝儿　柳条儿　柳叶眉儿　六老儿　六踢儿　六片儿　里钩儿　漏船儿　露声儿　露珠儿　鹿顶车儿　路儿　落儿　罗扇儿　驴儿　绿叶儿　绿豆皮儿

M　马儿　马蹄儿　马上儿　满口儿　茅庵儿　面瓮儿　面皮儿　面花儿　眉儿　美名儿　美意儿　美脸儿　每声儿价　门儿　门面儿　门扇儿　闷弓儿　梦儿　梦魂儿　梦儿里　觅缝儿　米虫儿　描笔儿　明钟儿　明滴溜参儿　名分儿　摸盆儿　魔合罗儿　磨儿　磨杆儿　模样儿　木瓜儿　木猫儿　木头车儿　牧童儿　牧羊儿

N　那搭儿　那些儿　耐心儿　闹竿儿　难字儿　男儿　年纪儿　弄儿　泥狗儿　泥牛儿　牛炊儿　钮儿　暖水儿　女儿　女孩儿

O　藕芽儿　藕尖儿

P　帕儿　庞儿　炮架儿　皮儿　瓶儿　破题儿

Q　七件儿　乞儿　齐声儿　起初儿　气命儿　千般儿　钱山儿　钱龙儿　腔儿　敲鼓儿　悄声儿　跷根儿　跷儿　俏名儿　俏勤儿　俏人儿　俏心儿　俏字儿　衾儿　勤儿　亲心儿　青哥儿　青绫被儿　青铜镜儿　情睄儿　情儿　秋声儿　秋蝉儿　取意儿　全场儿　裙刀儿　裙儿　裙腰儿

R　热气儿　热句儿　热心儿　人儿　忍些儿　褥子儿　软地儿　软火儿

S　腮儿　腮斗儿　三般儿　三千般儿　霎儿　色儿　色色儿　杉儿　扇儿　扇面儿　杓儿　舌儿　舌尖儿　身段儿　身材儿　身子儿　笙儿　声誉儿　诗卷儿　诗囊儿　石磨儿　实心儿　手儿　手梢儿　手腕儿　手心儿　瘦影儿　书儿　梳儿　舒心儿　数种儿　漱口儿　耍性儿　睡魂儿　顺毛儿　说些儿　锁腰儿　宿鸟儿　随机儿　碎皮儿　所事儿　碎砖儿　碎裙儿　四翩儿　四头儿

厕儿　酸溜意儿　私情儿

T　他生儿　踏斗儿　踏歌儿　苔钱儿　唐土儿　套儿　梯儿　题名儿　体儿　甜口儿　挑尖儿　挑舌儿　铁板儿　铁马儿　铁球儿　铜斗儿　痛儿　偷情儿　偷儿　头儿　透心儿　兔羔儿　团栾儿　拖儿　驼儿　唾津儿

W　袜儿　温存心儿　窝儿　卧房儿　梧桐树儿　梧叶儿　无些儿　武陵儿

X　溪涧花儿　鹨鹣儿　膝儿　喜珠儿　喜鹊儿　闲话儿　险些儿　线儿　线脚儿　香桌儿　想些儿　像儿　小胆儿　小姑儿　小局断儿　小孔儿　小名儿　小心儿　小心肠儿　小意儿　小鱼儿　笑话儿　笑脸儿　些儿　蝎虎儿　鞋儿　鞋灯儿　鞋底儿　心儿　心肠儿　心肝儿　心窝儿　心心儿里　新船儿　新月儿　信儿　行马儿　性儿　性格儿　性情儿　性子儿　袖儿　绣袄儿　绣帮儿　绣裙儿　绣针儿　虚脾儿　虚科儿　虚名儿　虚心儿　旋窝儿　雪儿　雪花儿　雪狮儿　寻缝儿

Y　牙儿　牙缝儿　哑谜儿　胭脂叶儿　盐堆儿　盐瓶儿　蜓儿　眼儿　眼底儿　眼睛儿　眼脑儿　眼皮儿　雁儿　燕儿　羊儿　腰儿　药篮儿　野味儿　叶儿　业环儿　业眼儿　靥儿　一半儿　一对儿　一会儿　一句儿　一弄儿　一片儿　一世儿　一扇儿　一搭儿　一朵儿　一操儿　一合儿　一撮儿　一更儿　一合儿　一泓儿　一捻儿　一身儿　一时儿　一团儿　一遭儿　衣钮儿　倚门儿　意头儿　意儿　意思儿　意意儿　义秧儿　檿桑儿　银缸儿　莺儿　应付些儿　蝇血儿　影儿　蛹儿　游锋儿　鱼儿　鱼书儿　语音儿　雨声儿　玉盘儿　玉盆儿　玉人儿　鸳鸯儿　鸳鸯鸟儿　鸳鸯帐儿　鸳枕儿　愿心儿　月儿　月明儿　月牙儿　云儿

Z　凿膝儿　早些儿　寨儿　盏儿　占场儿　招牌儿　折瘸儿　这等

儿　这些儿　真心儿　针脚儿　林儿　林头儿　阵马儿　症候儿
争些儿　枝节儿　直钩儿　指尖儿　纸条儿　纸鹞儿　咒儿　蛛
丝儿　逐户儿　柱儿　住宅儿　转关儿　砖瓮儿　姿色儿　紫燕
儿　字儿　自保儿　走马儿　足窝儿　罪名儿　醉眼儿　作耍儿
做心儿

四、元曲中"儿"字使用的特色

总观元散曲中带儿字尾的词,其使用的方法和现代语言中带儿字尾词的用法是很相近的。当然,仅是在一种歌词形式中被使用的数量,是不能和在现实语言中所使用的数量相比的,肯定有着很大的数字差距。现代北京话中的儿化词,也就是带儿字尾的词,在《北京话儿化辞典》一书中,虽已有近七千个之多,但这还不是使用在生活语言中的全部。比如,"笑脸儿"、"泪珠儿"、"词儿"等这样在日常生活中常用的词,那本辞典就未收入。现代专门的辞典尚且如此,由此而断定,元曲中所使用的带儿字尾的词,肯定也仅是当时语言中很少的一部分而已,带儿字尾的词,在当时一定是相当流行的,所以会在艺术形式语言中有所表现。关于这一点,以下还要论述。

另外,元散曲是可歌唱的唱词。从歌曲对于歌词的要求来看,不一定要求词的内容多么有意义或多么文雅,但是一定要上口。而在这一点上,带有儿字尾的词不但念起来上口,唱起来也是很顺口的。比如,"门外"当然不如"门儿外"唱起来顺口,曲调容易搭配得顺当;"风吹"也不如"风儿吹"唱起来轻松;"女孩儿"这三个字唱起来当然比仅仅"女孩"两个字要显得温和,有亲切的感觉。总之,唱时随着字的吐出,所要强调的感情容易突出。因为多了一个儿字,音节上也多了一个,不那么直了,听者的感觉也当然不同了。这一点,也是儿字在歌词中大量出现的一个原因吧。

另外,现代语言学家对儿字的使用总结出的几条语法功能作用,在元散曲中大概都有表现。比如,以增加儿字尾作为语气上的表现,增强了委婉、欢喜的心情的有：

　　　　精神儿　喜珠儿　热句儿　舒心儿　乐心儿　可人儿　女孩儿　喜
鹊儿　连理树儿　比目鱼儿　可人儿……

形容细、小、薄、微的性质和形状的有：

　　　　衣钮儿　纸条儿　针脚儿　眼皮儿　雪花儿　悄声儿　泪点儿　一
捻儿　一弄儿　半星儿……

确定名词性质的有：

　　　　词儿　帮儿　皮儿　字儿　尖儿　钩儿　底儿……

除上述之外，元散曲中带儿字尾词的使用，还有以下明显的三点是值得提
出来的：

1. 在表现女人的娇态上或表现情态的流露时，使用带儿字尾的词是比较
多的。

可能是来源于民间情歌的原因或受到了其影响，在调情一类内容的散曲作
品中，使用这种词的较多。这一点，在以后明清的散曲、小调中也有同样的表
现。如以下诸段的表现：

《闺情·耍鲍老》　荆干臣

手抵着牙儿自思想，意踌躇魂荡漾。

《闺怨·寄生草》　关汉卿

为甚忧，为甚愁？为萧郎一去经今久。玉台宝鉴生尘垢，绿窗冷落闲

针绣。岂知人玉腕儿钏儿松？岂知人两叶眉儿皱？

《商调·水仙子·尾声》　马致远

……哭的来困也意如痴，空抱定一个春罗扇儿睡。

《美妓·倘秀才》　吴昌龄

……妆梳诸样巧，笑语暗生春，他有那千般儿可人。

《仙吕·三番玉楼人》　无名氏

风摆檐间马，雨打响碧窗纱。枕剩衾寒没乱煞，不着我题名儿骂。暗想他，忒情杂。等来家，好生的歹斗咱。我将那厮脸儿上不抓，耳轮儿揪罢，我问你昨晚宿谁家。

《中吕·红绣鞋》　无名氏

手约开红罗帐，款抬身擦下牙床，低欢会共你着银釭。轻轻的鞋底儿放，脚不敢把地皮儿汤，又早被这告舌头门扇儿响。

《中吕·红绣鞋》　无名氏

窗外雨声声不住，枕边泪点点长吁，雨声泪点急相逐。雨声儿添凄惨，泪点儿助长吁。枕边泪倒多如窗外雨。

最后这一首，我以为是写得相当精彩、别致，不落俗套。既有文雅的情趣，又有口语式的自然。在这首曲子中，两个儿字的出现起了很大调剂的作用。可以看到"雨声儿添凄惨，泪点儿助长吁"这两句中两个儿字，使感情的流露更加自然，更加情深，读来很感人。相比起来，若仅是"雨声添凄惨，泪点助长吁"而已，则显得生硬。起码，对于作曲者和演唱者来说，有没有这两个儿字，关系并非小可，而是差远了。

这种使用方法，在明清时代也还是依旧的。比如，在明代著名小说《金瓶梅》中,由于是对男女之情的叙述,使用带儿字尾的词目的很明确。由此,也可以印证以上所说对妇女描写时的侧重使用。如潘金莲第一次和西门庆见面时,西门庆眼中潘金莲的印象是:

> 但见他:黑鬒鬒鸦翎的鬓儿,翠弯弯如新月的眉儿,清冷冷杏子眼儿,香喷喷樱桃口儿,直隆隆琼瑶鼻儿,粉浓浓红艳腮儿,娇滴滴银盆脸儿,轻袅袅花朵身儿,玉纤纤葱枝手儿,一捻捻杨柳腰儿,软浓浓粉白肚儿,窄星星尖跷脚儿……

——《金瓶梅》第二回

这段虽不是唱词而是念诵的排比句,但是,作为这种词的使用来说,是很有代表性的。进行这种描写时,儿字似乎是不可少的。

2. 儿字的使用,形成了曲词的一定风格。

带儿字尾的词,在整个词中成为了一种语言的表现色彩。这是元曲的一个特征式表现,与唐诗、宋词绝然不同。还是元曲以俗语入词的原因吧,不仅儿字时常出现,甚至,还有以儿字尾的词为主要用语的篇章。比如:

双调《折桂令·题情》　刘庭信

心儿疼胜似刀剜,朝也般般,暮也般般。愁在眉端,左也攒攒,右也攒攒。梦儿成良宵短短,影儿孤长夜漫漫,人儿远地阔天宽,信儿稀雨涩云悭,病儿沉月苦风酸。

双调《新水令套曲·雁儿落》　赵君祥

被儿冷龙涎不索熏,人儿远龟卦何须问。路儿阻鱼笺断往来,心儿邪鹊语难凭信。

句首的名词几乎都是儿字起头,当然也就成为一种风格了。而且,在唱词中,每个字都要配合着一定的音谱,占有一定的节拍,所以,儿字在听觉上也不是可以轻轻放过,很引人注意。

大量使用儿字尾的词,是从元曲开始的,这也是元曲的特色之一。我想,这样看是不过分的。

3. 从儿字使用上,可体验出元曲的地域特点来。

儿字的使用,在相当程度上反映了方言的特点。在上篇已经提到过,现在在河北唐山、易县、保定一带,儿字的使用很多,而且是不儿化的,儿字保持着一个音节的发音。河南、山西一代的方言中,也有很多带儿字尾的词。儿字固然是语气上的表现,但也是方言的习惯。把门称为门儿(不是儿化音),并不是对门有什么亲切的感情,方言就这么说而已。对此,笔者曾有个经验是很有意思的。"文化大革命"中,曾有一度军宣队进驻学校,有一位排长是河北保定地区的人,他在给学生点名的时候,把所有的人名后边都加上了一个儿字。比如:"黄乃强"、"林燕"他说成"黄乃强儿"、"林燕儿",而且是不儿化。最后,学生叫他的时候也把他戏称为"排长儿"。

还有个现象也是值得注意的:南曲在演唱时,并不是全用南方方言来唱的。比如儿字,现在吴语口语中的发音为"ní",可是在南曲演唱时仍唱为"ér",卷舌音。在《牡丹亭·游园》的一折中,南曲"步步娇"里"可知我这一生儿爱好是天然"这一句中的儿字,唱的就是"ér"。这种例子很多,只要会些昆曲的人,都可以举出不少例子来。艺术语言中用北方官话的发音,也是一个应该注意和很有意思的现象。

元曲是以北曲为中心的,流行地区主要是在今天的华北地区。在元曲中,出现了大量的使用儿字尾的词,也是当时方言的一种体现。把儿字的使用说是方言特点,不如说当时中原地区的官话也是有着这样的特点更为合适。

北曲中的儿字使用要比南曲中的多得多。这既可看出北曲的流行地是在北方,同时又可从反面来看,说明只有北曲才大量地使用儿字。但是,这个问题比较复杂,因为带儿字尾的词在不少南方方言中都有,并不是罕见的,可是,为什么在北曲中大量使用,而南曲中却用得不多呢? 这还是个需要研究的问题。

这里,我只能指出的是:与现在的民歌、戏曲、说唱的艺术形式相联系着来看,北方的艺术语言中,带儿字尾的词使用得多。

五、关于"儿"字在演唱时的发音

儿字在唱时,都是占有一个音节,发音不是儿化的。

在近现代的音乐作品中,儿字是如何唱的,可以直接听得到,所占一个音节的情况,不需在此多做解释。但是,在元曲中,确实是每个儿字都单独地发音吗?都独自占有一定的节拍吗?这一点,是要加以讨论的。

元曲(元杂剧和元散曲)都还有一些乐谱存留下来,主要保存在清代的《九宫大成南北词宫谱》这本有四千多支曲谱的巨型曲谱集中。从所载的元曲乐谱中,我们可以看到儿字是怎样被演唱的。

在现存元曲的乐谱中,儿字唱成儿化音、发成一个音的情况是没有的。这一点,通过以下的曲例来说明(《九宫大成南北词宫谱》用的是工尺谱,上、尺、工、凡、六、五、一,等于西洋乐谱的 do、re、mi、fa、sol、la、si 七个音。另外,乐谱中还有板眼的节奏记号。本文仅把工尺谱列出,板眼记号从略)。

八声甘州(无名套曲残套)　王嘉宾
《穿窗月》(《九宫大成》卷五)

五	工	尺	工尺	合	上	一四	上
花	星	儿	照,	彩	云	儿	飘,

尺	工	尺	上尺	工	尺工	尺上四	合四上
不	提	防	好	处	成	烦	恼。

醉花阴（无名套曲残套）　侯克中

《水仙子》(《九宫大成》卷七三)

上一四　上尺　工 尺 上一　四 合四　合凡工　四　五　六凡
并　　不　　曾半霎　儿 不　志　　诚，气　命

工 尺　工六凡 工　上尺　上 工 合　四合四　合凡 工
儿 般 看　承，心　肝 儿 般 看　　敬。

《**一半儿**》　张可久

《野桥酬耿子春》(《九宫大成》卷五)

上 尺 合　合四　上尺工　六五　六　五六　凡工 工　上尺　工
晓 风 杨 柳　赤　栏　桥。放　诗　豪，一　半

尺工　六五　六　上尺　上一　四　上尺
儿　行　书，一　半　儿　草。

在以后的明清传奇中，也是同样，只要有儿字，绝不是儿化音。即使在南曲
中也不例外。如：

《**牡丹亭·游园·醉扶归**》　汤显祖　（天韵社曲谱）

四上　六六工　尺　尺　上尺上　四　四　上尺　上　尺　工工尺
你道 翠　　生 生 出　　落 的 裙

上　尺尺上　四　上　尺工尺上　四　上六　尺尺　尺 尺 工
衫　　儿 茜，　　艳　晶 晶 花 簪

尺　尺上　四　六　五五六　四　四合　上　尺尺上　四
　　　　八　　　　　宝　　　　　　　　　填。

四上　四上　尺尺　上尺工工　尺工尺上　四　合　上　尺　五
可知　我这　一生　儿　　爱　　好

六上五六　工尺　上　尺　上尺尺上四　合　四
是　　　　天　　　　　　然。

　　以上所举的例子，都是不但有乐谱传流，也是可以演唱的。从乐谱和实际的演唱两方面核对来看，儿字都是各占着一定的节拍，单做一个音节，不是儿化，这是肯定无疑的事实了。

　　现在遗留下来的其他曲谱如南戏、元杂剧、明清传奇等，都也与此相同。至于现代的作品，如昆曲中的南北曲，则更无问题。所以，以下对此则不再做论述了。

六、明清戏曲、散曲、小调中"儿"字的使用

　　明清时代的戏曲、散曲、小调歌曲等的唱词中，也是继续着宋元时代以来对儿字的用法。但是，明清戏曲的词句趋于雅致，而且南北曲的风格也有不同，儿字的使用则集中于北曲曲牌中更加明显。但总的来看，明清传奇中儿字的使用不如在元曲里那样显著了。这大概是与明清传奇已进入戏剧文学风格更加统一、趋向典雅的阶段有关。尽管如此，儿字也是不难见到的。如：

《玉簪记·琴挑·朝元歌》　高濂

云掩柴门，钟儿磬儿在枕上听。

《玉簪记·秋江·小桃红》

这别离中生出一种苦难言,恨拆散在霎时间。都则为心儿里,眼儿边,血儿流,把你的香肌减。

《牡丹亭·惊梦·绵搭絮》　汤显祖

雨香云片,才到梦儿边,无奈高堂,唤醒纱窗睡不便。

在明清时代剧作家写的北曲中,也有一连串使用儿字的作品,很像元曲。如:

《中山狼》第二折《叨叨令》　康海

只见他笑溶溶的脸儿都变做赤留血律的色,提着那明晃晃的剑儿怕不是卒溜急刺的快。把一个骨碌碌的车儿止不住匹丢扑答的拍,却教俺战笃笃的魂儿早不觉滴羞跌屑的骇。兀的不闪杀人也么哥! 兀的不闪杀人也么哥! 您便是古都都的嘴儿使不着乞留兀良的赖。

在清代洪昇写的《长生殿·哭像》一折中,有一段唐明皇回想马嵬坡兵乱时情景的唱词,形象地反映了马嵬坡当时的情景和唐明皇的心情,儿字用得很精彩,颇俱元杂剧的丰韵:

《叨叨令》

不摧他车儿马儿,一谜家延延挨挨的望;硬执着言儿语儿,一会里喧喧腾腾的谤;更排些戈儿戟儿,不哄中重重叠叠的上;生逼个身儿命儿,一霎时惊惊惶惶的丧。兀的不痛杀人也么哥,兀的不痛杀人也么哥! 闪的我形儿影儿,这一个孤孤凄凄的样。

此外,文人所写的小曲中,儿字的使用也还是很自由的。如:

《挂枝儿》 刘效祖

秋海棠喜庭荫偏生娇艳,桂花儿趁西风越弄香妍,金沙叶银钮丝凌霜堪羡。

开一尊新酿酒,打叠起绣花衾。听一会窗儿外的芭蕉也,又把细雨声儿显。

在清代的小调歌曲中,有些歌词近似口语,其中有些儿字的使用颇为活泼:

《纱窗调》

纱窗儿外呀,铁马儿响叮当。姐儿问声谁呀,隔壁的王大娘。

《小曲》

小亲人儿心上爱,爱只爱性情乖,因此上厌厌病儿牵缠害。一见你魂灵儿飞在云霄外,一刻儿不见你放不下怀,要不想除非你在俺不在。

《西曲·愿郎君》

愿郎君茶蘼架下牢牢记,休为那风儿雨儿误了佳期。长念着夜儿深,花荫有个人儿立。紧防着花儿柳儿,引逗的你意醉心迷。再叮咛此事儿,盲儿语儿不可轻提。须教那月轮儿不空移,莫抛的莺儿独唤,燕儿孤栖!须要你情儿密,盟儿誓儿,切莫将人弃。

《西曲·寄生草》

人儿人儿今何在,花儿花儿为谁开?雁儿雁儿因何不把书来带?心儿心儿从今又把相思害,泪儿泪儿滚将下来。天吓天吓,无限的凄凉,教奴怎么耐?

《凄凉调》

　　到春来，又到春来，芍药牡丹一朵一朵儿开。蝴蝶儿飞，飞得奴家魂不在。

这样的例子还是很多的，暂举到此。

七、现代民歌、戏曲说唱等形式中"儿"字的使用

1. 现代民歌歌词中的"儿"字

　　各地方言的民歌唱词中，儿字的使用情况是不一致的。虽然在南北东西各地的文艺作品中，都可以找到有用带儿字尾的歌词，比如像花儿、鸟儿、歌儿等这些带儿字尾的词，常被使用，但是，实际上北方歌曲的唱词中带儿字尾的词是比较多的，南方虽有，但不是很多。最多见的，可说是河北、山西、河南等地的民歌、戏曲的唱词了，在其中很容易找出带儿字的例子来。相反，在福建、广东的民歌集中，很难找到用儿字的歌曲。以下，略举数例以做说明。如：

《摇篮曲》　东北民歌

　　月儿明，风儿静，树叶儿遮窗棂，蛐蛐儿，叫铮铮，好比那琴弦声。琴声儿轻，调儿动听，摇篮儿轻摆动，娘的宝宝，闭上眼睛，睡了那个睡在梦中。

　　小鸽儿，高高的飞，咕咕地叫连声，小宝宝，睡梦中，微微地露了笑容。眉儿那个青，脸儿那个红，好似个小英雄。小英雄，小英雄，为了报国立大功。小英雄，小英雄，为了报国立大功。

　　露水儿，撒花儿，窗前的花儿红。花儿开，花儿落，宝宝你就要长成。月儿那个明，风儿那个静，蛐蛐儿叫连声，娘的宝宝，闭上眼睛，睡了那个睡在梦中。

　　上面这首虽是东北地区的民歌，但东北民歌大都是来源于河北与山东两地。所以，也可看做是与两个省有关的例子。

《织布》 河北昌黎民歌

一更(呀)里来(呀啊)月牙升(啊),佳人(啦)织布(啦)我掌(儿)上灯(啊)。掌上灯儿(是)忙把布儿织(啊),只觉着(哇)肚内空,要吃点心(那个)吃不成(啊),(哎)忍饥(呀)挨饿(呀)我来把(那)机儿蹬(啊哎哎呀哎),忍饥(呀)挨饿(呀)我来把(那)机儿蹬。

《穷人小调》 河南新县民歌

鼓儿不要打,锣儿不要敲。听我来唱的穷人调。……

《箫》 山东民歌

一根紫竹直苗苗,送给宝宝做管箫。箫儿对正口,口儿对正箫,箫中吹出新时调。小宝宝,呜的呜的学会了。

现在,河南、山东等地有些地区有儿化的发音,但又和北京的儿化音有所不同,是北京话中少有的儿化音。这个特点在歌词中也有体现。作为特殊的例子,虽与本文所论无关,也列在下面,供参考。如:

《懒婆娘骂鸡》 河南镇平民歌

懒婆娘听了这金鸡叫,她阵阵恶气都往上涌,开口就把(那个)金鸡骂,叫明儿你咋不会小声叫,你把老娘我聒醒了,老娘我一会起去了,我麻绳儿搓(那)一个次次儿哩,我把你栓(那)一个紧紧儿哩,我把刀磨(那)一个快快儿哩,我把你杀(那)一个死死儿哩,我把你熬(那)一个烂烂儿哩,我把你吃(那)一个净净儿哩,明天再没有打(哟)呜儿鸡(呀),老娘我睡一个日(呀)偏西(呀)。

再如西北民歌:

《东海岸》　甘肃庄浪民歌

东海岸上一树儿椒,什么人担水什么人浇?水龙王担水旱龙王浇,大伙浇来又浇去,浇树浇活了。

《苦女子》　陕西勉县民歌

正月里草发芽,爹妈叫我去烧茶,听见狗儿汪汪叫,害怕媒人到我家。

《绣花灯》　山西祁太民歌

正月里来正月儿正,家家户户绣花灯。金线银线五彩线,手儿巧,心儿灵,飞针走线忙不停,绣得那花灯爱煞人。

《绣荷包》　山西民歌

初一到十五,十五的月儿高,那春风摆动杨呀杨柳梢。
年年走口外,月月不回来,家留下九妹挂呀挂心怀。
三月桃花开,情人捎书来,捎书书带信信要一个荷包袋。
你要荷包袋,你也就该回来,回来你不回来,绸绸你捎回来。
剪子拿出来,手把个样儿裁,情哥你不回来,实实的不应该。
姑娘回绣房,两眼泪汪汪。我的那情哥你几时才回来?

就是在湖南、湖北的民歌中,也可看到使用儿字很生动的歌曲:

《四季花开》　湖南民歌

春季花儿开,花开一朵来,一对阳雀飞过山儿来。飞呀,飞呀,飞过山来看,看见桃花开,阳雀鸟儿赞花来,夏季花儿开。

秋季花儿开,花开三朵来,一对斑鸠飞过山儿来。飞呀,飞呀,飞过山来看,看见梨花开,斑鸠鸟儿赞花来,冬季花儿开。

《门口在过兵》　湖北民歌

睡到半夜深,门口在过兵。婆婆忙起床,隔着门儿听。只听脚板儿响,不见人做声。伢们不要怕,这是贺龙军。

在江浙一带的民歌中,也可看到一些带有儿字的歌曲:

《小九连环》　苏南民歌

花儿呀恋呀恋蝴蝶,蝴蝶么恋着花呀,环儿连心心连环,哥妹永不分。同唱艳阳天,咿呀得儿哟呀,得儿哟呀。

江浙方言中自古有带儿字尾词,是众所周知的实际情况,早在《梦粱录》所列"小儿戏耍家事"条中,就有"鼓儿"、"板儿"、"旗儿"、"马儿"等很多带儿字的词语;明清时代江苏的吴歌中,也有很多带儿字尾的词。明末冯梦龙所辑《山歌》中,包含有大量带儿字尾的词,如"筷儿"、"姐儿"、"钩儿"、"鱼儿"等。而且,据说现在杭州语言中带儿字尾的词,至少可以搜集到两千多个。但是,笔者所要进行判断的是,在实际演唱的时候,儿字是占一个音节,还是被儿化了? 古代的吴歌,个别有乐谱遗留,如"月儿弯弯照九州,几家欢乐几家愁……",这首吴歌,唱时确实不是儿化的。但是,在现代的江浙民歌中例子却不大好找。虽如此,但也并不是没有。如下例:

《招宝山外渔歌》　浙江镇海民歌

张大哥,李大哥,大家一道来唱山歌。唱山歌,唱个什么歌,招宝山外打鱼人的歌。你理网,我把舵,一面做生活一面来唱歌。风儿在飘,船儿在摇,一阵风儿一层波。金鸡虎蹲两面过,天连水来水连波。

张大哥你起下帆儿把住舵,李大哥你撒起网儿摇起橹,这里的鱼儿大又多。你摇着橹儿慢慢走,我拉着网头慢慢拖。

张大哥你放下舵儿一同来拖,李大哥你紧拉着绳儿用力拖,杀啦啦啦杀啦啦啦大鱼小鱼入网喽。

昨天的鱼儿打得多,今朝子收成亦勿错,鱼儿满筐箩。两重租税两重课,再加海盗多折磨,鱼价便宜米价大,叫我怎样养老婆?

　　以上,以现代民歌中用儿字的情况来统计,也可看出儿字的使用一是与方言有关(指儿字的发音在生活语言中仍是占一个音节的方言);二是与歌词情趣、所要表现的内容有关。比较起来,第二点似乎是更重要,所以在各地民歌中或多或少都有使用带儿字尾的歌词。

　　有意思的是,在维吾尔族、蒙古族、藏族歌曲等汉译歌词中,竟也有不少带儿字尾的词出现。比如下面的一首:

《你送我一枝玫瑰花》　　*新疆民歌*

　　百灵鸟儿从手中飞去,落到美丽的花园里,

　　花儿一样可爱的百灵鸟儿,梳着你的美发。

　　这当然不是原有的,这是翻译者所做的事——把汉语的表现特点带入到少数民族的歌曲中了。

　　2. 戏曲说唱歌词中的"儿"字

　　在现代戏曲曲艺中,唱词的用韵没有沿用前代的曲韵,而是新有了"十三辙"这样的独立体系。十三辙之中,有些辙口可以把儿字唱成儿化音,也就是所谓的小辙口,如"小人辰"、"小油求"等。小辙口在个别的曲段中使用着,并不是大量出现,它主要是北方的、特别是北京话中儿化音在唱词中的表现。这种情况与本文所述不同,暂从略。本文所要说的,还是现代戏曲、曲艺在歌词中所用的带儿字尾的词,儿字仍不被儿化,而是被单唱出的表现。

　　在现代的大部分戏曲中,所用的唱词大都是三三四的形式,常用半文半白的语体,唱词中使用带儿字尾的词,唱时也是分开来唱的,不儿化。比如以下的例子:

京剧《文昭关》 伍子胥唱

……我好比哀哀长空雁,我好比龙游在浅沙滩,我好比鱼儿吞了钩线,我好比波浪中失舵的舟船。

京剧《三家店》 秦叔宝唱

将身儿来至在大街口,尊一声列位宾朋听从头。

一不是强盗与贼寇,二不是歹人把城偷。

评剧《花为媒》 张五可唱

……下身穿八幅裙捏百褶是云霞绉,俱都是锦绣罗缎绸。裙下边又把小红鞋儿露,满都是花儿金丝线锁口,五彩的丝绒线儿又把底儿收。个头儿不高不矮,人家不胖又不瘦,模样长得好哇面带忠厚,她的性情温柔。

现代京剧《红灯记》 李铁梅唱

……爹爹呀,你的财宝车儿载,船儿装。千车载不尽,万船装不完。铁梅我定要把它好好保留在身边!

在曲艺作品中,北方的曲艺形式如京韵大鼓、西河大鼓、单弦牌子曲等,在唱词中使用带儿字尾的词较多。同民歌的情况一样,虽然江浙地区这样的词很多,但在地方曲艺作品的唱词中,却使用不多。比如在江浙一带流行的弹词,很少能找出几个例子来。而在北方的曲艺中则不同,例子可信手而来。如北京单弦的前身子弟书中的几段:

子弟书《翠屏山》 罗松窗词

妻儿貌美芳年幼,小字儿巧云本姓潘。模样儿风流骨格儿俏,小脚儿周正指头儿尖。半路儿失节从头儿改嫁,一家儿和顺两口儿投缘。

而且，用一大串带儿字尾的词，也很有风格：

《黛玉悲秋》　韩小窗词

金陵春色美无穷，黛玉的丰姿迥不同。生成的倾国倾城人难比，只无奈多病体不宁。更兼她秉性儿高心性儿灵，举止儿端庄心地儿聪明。针工儿习熟活计儿巧，书卷儿博通诗赋儿能。吃亏了模样儿风流身体儿弱，心思儿仔细气质儿清。只落得形容儿瘦却情思儿倦，茶饭儿懒餐病势儿增。渐渐地梦魂儿颠倒精神儿减，粉脸儿香消衣带儿松。到秋来时光儿萧条柔肠儿断，风月儿凄凉愁绪儿萦。

《露泪缘》　韩小窗词

黛玉回到潇湘馆，一病恹恹不起床。药儿也不服，参儿也不用，饭儿也不进，粥儿也不尝。白日里神魂颠倒偏思睡，到晚来彻夜无眠恨漏长；有时节五内如焚浑身热，有时节冷汗枯煎又怕凉；瘦的个柳腰儿无有一把，病的个粉脸儿更带焦黄；咳嗽不断莺声儿哑，娇喘难停粉鼻儿张；樱唇儿迸裂成了白纸，泪珠儿干枯塌了眼眶；孽病儿堪连日的害，怯身儿禁不时的伤。自知病体儿支不住，小命儿活在人间也不久长。

可是，在内容较沉重的段子中，就不大用儿字。比如子弟书《追信》（梁霜毫作），共五回书，篇幅不算短，但是仅在最后一句"空对着一天星斗月儿斜残"中，用了一个儿字。这当然是和作者的喜好有关，但也说明尤其是在北京话的唱词中，儿字的使用是不能离开内容的。

现在仍在经常被演唱的京韵大鼓的段子《剑阁闻铃》，一连串的儿字被唱得很是动人。

《剑阁闻铃》　骆玉笙演唱

……到如今言犹在耳人何处，几度思量几恸情。窗儿外铃声儿断续雨声更紧，房儿内残灯儿半灭御榻如冰。柔肠九转百结，百结欲断；泪珠儿千行万点，万点通红。这君王一夜无眠悲哀到晓，猛听得内宦启奏请驾登程。

在新创作的唱段中，依然如此。如下例：

《四季相思》　北京曲剧

春季里相思艳阳天，桃花似锦柳如棉。画梁呢喃双飞燕，心上的人儿呀，心上的人儿作客在外边，相思泪涟涟。

夏季里相思荷花透水香，蝴蝶飞舞采花忙。池塘内鸳鸯戏水多欢畅，心上的人儿呀，心上的人儿一去不知在何方，相思泪汪汪。

秋季里相思丹桂花儿飘，梧桐叶落雨露儿掉。孤燕声声连，寒虫儿吱吱叫，心上的人儿呀，心上的人儿路远山又遥，相思泪儿浇。

冬季里相思蜡梅花儿开，雪花飘飘落尘埃。寒风吹来透骨冷，心上的人儿呀，心上的人儿一去不回来，相思泪哀哀。

八、新歌曲歌词中"儿"字的使用

由于带儿字尾的词在唱词中使用有很长的历史，而且表现的功能也很明显，所以，自然地就出现在现代的创作作品中。在五四运动以后逐渐出现的中国新歌曲的歌词中，一些具有深厚古典文学修养的老作家，很自然地采取了词曲中使用带儿字尾的词。从那以后，以至于现在活跃在歌坛上的歌词作者们，也时常在自己的歌词中使用带儿字尾的词。在写作的歌词中，大都是以带儿字尾的词来表示亲切的语气，似乎没有什么例外。如下面所列从"五四"时代以来歌词的例子：

《月明之夜》　黎锦晖词

云儿飘，星儿耀耀。海，早息了风潮。声儿静，夜儿悄悄。爱奏乐的虫,爱唱歌的鸟,爱说话的人,都一起睡着了。待我细细的观瞧。趁此夜深人静时,散下些快乐的材料。

酣儿起,梦儿迢迢,人都含着微笑。嘴儿开,心儿跳跳,疼爱你的人,佩服你的人,帮助你的人,都一齐入梦了。大家好好的睡觉,不要等到梦醒时,失掉了甜美的欢笑。

《渔光曲》　安娥词

云儿飘在海空,鱼儿藏在水中;早晨太阳里晒鱼网,迎面吹过来大海风。

《日落西山》　田汉词

日落西山满天霞,对面山上来了一个俏冤家,眉儿弯弯眼儿大,头上插了一朵小茶花……

《南泥湾》　贺敬之词

花篮的花儿香,听我来唱一唱……

《我的祖国》　乔羽词

姑娘好像花儿一样,小伙儿心胸多宽广……

《边疆的泉水清又纯》　凯传词

边疆的泉水清又纯,边疆的歌儿暖人心。清清泉水流不尽,声声赞歌唱亲人。

《绣红旗》　阎肃词

线儿长,针儿密,含着热泪绣红旗。热泪随着针线走,与其说是悲,不如说是喜!……

《年轻的朋友来相会》　张枚同词

年轻的朋友们,大家来相会,荡起小船儿,暖风轻轻吹,花儿香,鸟儿鸣,春光惹人醉,欢歌笑语绕着彩云飞。

《我们的生活充满阳光》　电影《甜蜜的事业》插曲

幸福的花儿心中开放,爱情的歌儿随风飘荡。我们的心儿飞向远方,憧憬那美好的革命理想。

结 束 语

以上虽然只做了脉络性的叙述,材料也还不够齐全,但是,带儿字尾的词在唱词中的使用的大概情况,还是可以从所述中得到了解的。我想,是否由此可以得出以下的一些结论,以供进一步地研究呢?

1. 带儿字尾的词在唱词中的使用,是与诗词发展过程中所谓"俗语入词"的历史有着很大的关系。

从前述中可以看出,带儿字尾的词大量的使用,是在宋元时代以后的事情。特别是在元曲中得到大量的应用,这当然是和唱词的形式和表现方法、表现内容等方面的改变有关。宋元以后,中国文化史上起了很大的变化,在表演艺术上,从偏重贵族的庄园文艺转为重视街头瓦舍的大众文艺了。因此,随之而兴起的曲艺和戏曲,必然也要在语言的使用上附和大众的喜好才成。歌词俗化的一个表现是俗语的大量使用,这种词在歌词中的出现和被频繁使用,当然是和这个情况有关的。

元曲中带儿字尾词的使用,达到了一个高潮。在其之后虽还有,但却不及元曲使用之盛。从此点来看元曲,也可得出元曲确实不负"俗"的称呼。

2. 带儿字尾词的使用,使歌词的表现有着一种特殊的活力。具体说来,可以使曲词有一种特殊的韵味,其魅力是没有儿字的词句所达不到的。但需要指出的是,这个"儿"字的使用在某种程度上也是很奇妙的。比如,儿字尾的词是北京话的一大特征,但把这个特征掌握到手也并不是很容易的。当然,儿字有亲切的感觉,在强调语调轻松和亲切时,就必然要使用儿字;但若是当面称呼老人为老头儿,则又是不礼貌的表现了。这种情况表明,儿字的功能也有其亲热和轻松的反面。所以,儿字的使用,有时也带有些调侃的意味。这个特点,在曲词中的表现也是很鲜明的。因此,在有调笑意味的曲词中,也少不了用儿字尾的词来烘托。这个传统,不但在今天的曲词中有,竟然在文章的写作中也有体现。比如,在近来看到的报刊文章中,把偷税漏税者不顾法规、依旧逃税的心理,用曲词式的话来说出是:"税儿我自逃。"由此例可看出儿字的调侃味道了。亲切也好,调侃也好,使用都是为了增加可唱、可读的趣味。

3. 曲词中的儿字唱出时,基本上都占有着一定的节拍,不儿化。这一点,从古至今,都是一样的。纠其原因,大概是儿字在被唱出的时候,有着特殊的感觉,或说是一种语音美感,所以才能保持了不儿化,有独自发音的独立性。

其实,在读曲词时也能得到那样的感觉。曲词被唱出时,其感觉只会更加深刻而已。娓娓的唱腔中,那样的感觉可以使表达的意义更加深入。

宋词在后期有多少是可以唱的,或在当时还在唱着的,现在很难知道了。但是可以说,宋词的音乐是不能允许歌词过于俗的吧。元曲却不同,首先能肯定的是,元曲的写作目的是为了要在舞台上表演,也就是说,是为实际的演唱而写。依此看来,儿字在元曲中得到大量的使用,也是歌唱表现的需要。换句话说,因为元曲的音乐能容下那么多带儿字尾的词,所以儿字才会被大量的使用。这既是说明了词曲和音乐的关系,也可说明为什么在元曲中才开始出现了那么多的带儿字尾的词。

从上述可看出,音乐确是使歌词发生变化的原因。

4. 基于儿字有这样的表现功能,在现代的歌唱曲词中,虽然罕见有像古代那样对女性的特殊描写,但用带儿字尾的词来表现心态、情态,却还是常见的。而且,这种写法,今后也还将继续下去的。同时,带儿字尾的词,在唱的时候不儿化,这一点,在今后也还要继续地存在下去,不会有变化吧。

本文即要结束之时,听到在现在的流行歌手们,把"的"唱为"de"不唱"di"的人已经很多了,特别是台湾、香港的歌手,用这种发音的较多。当然,随着时代的变化,以及人们交流中语音的变化,"的"很可能不唱为"di"了,但是儿字的单唱,不儿化,可能会一直地继续下去的。

（1994 年 9 月）

参考书目：

《中国俗文学史》　郑振铎著,作家出版社,1954 年 2 月。

《元曲选》　臧晋叔编,中华书局,1961 年 11 月。

《全元散曲》　隋树森编,中华书局,1981 年 1 月。

《汉语八百词》　吕叔湘主编,商务印书馆,1991 年 2 月。

《唐诗三百首》　喻守真编,中华书局,1980 年 8 月。

《子弟书丛钞》　关得栋、周中明编,上海古籍出版社,1984 年 12 月。

《北京话儿化辞典》　贾采珠编,语文出版社,1990 年 9 月。

《金瓶梅词话》　人民文学出版社,1991 年。

《艺术语言发声基础》　周殿福著,中国社会科学出版社,1980 年 5 月。

《汉语方言学导论》　游汝杰著,上海教育出版社,1992 年 11 月。

《宋词选》　胡云翼编,中华书局,1962 年。

《中国民歌》(1—4)　上海文艺出版社,1985 年 7 月。

《当代流行歌曲200 首》　中国青年出版社,1990 年。

《儿歌三百首》　阮可章编,上海文艺出版社,1991 年 4 月。

《京剧大观》　北京出版社,1986 年 12 月。

（原载日本《中国俗文学研究》第 11、12 号）

略论填词

——兼谈现代声诗

绪　论

本文所论填词,不是传统词曲写作时那种按照格律写作的填词,而是现代歌曲、戏曲说唱、民歌等歌词写作中的一个重要手段。本文是笔者继《略谈现代民歌、戏曲、曲艺中的衬字》、《关于"儿"字在艺术语言中的使用及发音》发表之后,同样对语言与音乐关系的论述,以作为对这一内容从各方面进行的探讨之一。

1. 关于歌词的所属

歌词的写作,在中国曾是很难划分领域的一个专业,歌词作者分属于作家协会和音乐家协会,对此,歌词作者们曾几度发出呼吁,希望对自己的所属能给予明确。其实,无论是古代还是现代的歌词,都是诗的一种,属于文学的范畴。古代的歌词既然已成为现代文学界所承认的典范和研究的对象,那么,从文学的角度上来分析现代的歌词,也是当然的事情了。特别是近来中国歌曲,有了很大的发展和变化,突破了过去的一些条条框框,在思想上及写作的方法上都得到了解放,出现了各种各样的新歌词。对于这种新歌词,无论是出于文学,或是出于音乐的角度,从哪方面上来说都需要对其进行认真地研究。在研究中,可以探讨音乐和文学以及和语言的关系,以此类推,再来看诗词曲等古代诗歌的发生和发展,也是一项可行的逆向研究方法。

诗歌既然是与音乐有关的,而我们已经肯定现代的歌词也是诗歌,那么,在此论及现代歌词的一些特点,也可以说是对诗歌原理所做的探讨。

2. 关于声诗

按照任二北先生的意见,诗分为声诗和徒诗两种。声诗是可以演唱的歌词,徒诗是文字性的产物,供案头阅读欣赏的。二者最大的差别是在于给音乐的展开留有多大的余地这一点上。徒诗尽管使人联想无穷,但没有非得唱起来的必要,不一定能引起人们的音乐感觉来;而声诗在某种意义上来说,是需要借助于音乐而显示其生命力的。因此,把唱熟了的歌词还原为书面上的词句时,则未必是十分精彩;相反,徒诗中精彩的篇章字句要是愣给配上乐曲,也会觉得多余。至于"鸟宿池边树,僧敲月下门"这种着力在文字上进行推敲的诗句,当然从开始起就不是声诗了。

历代的诗词,虽然大都开始于声诗,但后来声诗徒诗分道扬镳,各走各的路了,徒诗在诗的语言上着力表现,成为纯文学的形式,写诗不考虑音乐,几乎是理所当然的了;声诗却以和音乐结合着的歌词、唱词的形式为表现,也如一股浩荡的洪流,奔腾不息地发展了下来。

从《诗经》开始算起,楚辞、汉乐府诗、唐诗、宋词、元曲及明清传奇、明清小曲、小调等,其中可唱之曲,都可称之为声诗。此外,现代的新歌曲的歌词以及民歌、戏曲、说唱的唱词,也都是在声诗的范畴内,尤其是后者,也就是流传于民间的民歌、戏曲、说唱等的唱词,不但不能把它们排除于声诗之外,而且还应该把它们看做是声诗的一个重要组成部分。这一点,在下文中将要进行强调论述。

3. 本文所论的内容

本文,即是对声诗的重要创作手段——填词这种方法在现代歌唱作品中的应用进行初步考察,并提出了自己的看法,以求得在汉语与音乐的关系上以及在诗歌产生等某些问题上,为进一步进行研究的人们提供一些参考材料和应该考虑的问题点。

一、产生于填词的新声诗及其发展状况

1. 关于新声诗

新的歌词与传统的戏曲说唱、民歌的歌词一起,共同构成了现代的声诗。因此,现代的声诗从种类上可分为新歌曲的歌词与传统的戏曲说唱、民歌的歌词两种。其中,新歌词的形式与传统歌唱的歌词有明显不同,它的产生与现代音乐、特别是与现代歌唱音乐的发展历史是分不开的。

中国古代有诗、词、曲的歌唱,也有民谣、戏曲、说唱等,但缺少合唱的大众歌曲,现在经常唱的合唱歌曲,是外来的西洋歌曲形式;现在流行的由作曲家创作出的独唱歌曲,也是外来的形式,是近代才在中国出现的。本文以下所要论述的是,这种新歌曲的歌词,也就是新声诗,它的产生,与填词这种手段有着紧密的关系。

2. 新声诗与填词

清末以来在新兴的学校中所出现的学堂乐歌,应算是大众歌唱形式的开始,也是新声诗的启蒙。这种歌曲的出现,在中国近代史上是一个重要的文化现象,具有着很大的社会影响和重要的意义。并且,它不仅是从文人开始的,同时也是被文人们所非常重视的一种新的文学和音乐的形式。

所谓的学堂乐歌,就是在学校中教唱的歌曲。有意思的是,学堂乐歌虽可称为是新的形式,但它的产生,却是利用了一条传统的老路——填词。它是利用当时流行的西洋歌曲曲调,填上了汉语的新词所创作成的。

在中国,依调填词,按谱寻声是一种有着悠久传统的写作方法。律诗的写作虽可以说是不同,但从写作方法上来看,不能出规定的格律之外,所以,也还算是在填写方式之内。自宋代以来,词、曲的写作,更是把填写的方法和规定加以强调,词律、曲律的规则颇为严格。而且,在很长的历史时期内,填词写曲成了文人所必须具备的条件之一,直至近代都是如此。因为有这样的写作传统,因此,在清末民初的文人学者中,能填词者甚多。相反来看,对于那个时代的文人们来说，按曲填词也是信手而来的写作方法。正是因为有这样的基础，中国的学堂乐歌一出现，在现成的外国歌曲面前，自然而然地就采用了填词的手法。

初期学堂乐歌的歌词虽然具有着新内容，但由于是出自惯于写古典诗的作家之手，所以仍不乏传统诗的味道。比如清末著名思想家黄遵宪所作的军歌，就是如此之作：

《出军歌》之五、六首　黄遵宪词

怒搅海翻喜山撼，万鬼同一胆。弱肉磨牙争欲啖，四邻虎眈眈。

今日死生求出险，敢！敢！敢！

剖我心肝挖我眼，勒我供贡献。计口缗钱四万万，民实何仇怨。

国势衰微人种贱，战！战！战！

这是诗人在外国的军歌和曲调熏陶的环境下所创作的诗句，表现了其忧国的情感，后由李叔同选取了适当的曲调，配合在一起，成为流行一时、激动人心的爱国歌曲。歌词中除仍有古诗的味道之外，还出现了进行曲副歌式的词句。

在当时，出于唤醒民众的目的，很多先进的文人也利用了学堂乐歌这种形式，积极地加入了新歌词的创作，写出了不少新歌词。比如，下面的一首即是由女革命家秋瑾所作：

《勉女权》　秋瑾词

吾辈爱自由，勉励自由一杯酒。男女平权天赋就，岂甘居牛后。

愿奋然自拔，一洗从前羞耻垢。若安作同俦，恢复江山劳素手。

旧习最堪羞，女子竟同牛马偶。曙光新放文明侯，独立占头筹。

愿奴隶根除，智识学问历练旧。责任上肩头，国民女杰期无负。

填词歌曲的阶段总的来说并不太长，但由于中国新音乐家还不多，外国歌曲的曲调还是足足地风行了一阵。就是在五四运动以后，继续受这种填词方法影响所出现的歌曲，也为数不少，有的歌曲传播范围还相当广。比如，据说是用日本小山作之助的歌曲《寄宿舍的古钓瓶》所填词的《中国男儿》，它的曲调一直流传了很久，可见其影响之大：

《中国男儿》　石更填词

中国男儿，中国男儿，要将只手撑天空。

睡狮千年，睡狮千年，一夫振臂万夫雄。

长江大河，亚洲之东，峨峨昆仑，翼翼长城，天府之国，取多用宏，

黄帝之胄神明种。风虎云龙，万国来同，天之骄子吾纵横。

我有宝刀，慷慨从戎，击楫中流，泱泱大风，决胜疆场，气贯长虹，

古今多少奇丈夫。碎首黄尘，燕然勒功，至今热血犹殷红。

以文字来寄托心意、抒发感情，更是文人们的擅长，因此，除了以上雄纠纠、志气昂扬的歌曲之外，也有偏重于抒情的歌曲。富有诗情画意的歌词杰作，不断涌出。比如：

《送别》　李叔同填词

长亭外，古道边，芳草碧连天，晚风拂柳笛声残，夕阳山外山。

天之涯，地之角，知交半零落，一觚浊酒尽余欢，今宵别梦寒。

这首歌曲在日本也有填词之作，叫做《旅愁》，写的是离家在外对家乡的思念。从这首歌词中可以看到，虽有相似的情绪，但这不是原日文歌词的翻译，而是填词者根据自己的感受新创作类似阳关三叠似的送别之作，只利用了原有歌曲基础的一半，那就是曲调而已。

在以前人们的概念中，对于填词，总以为必须要按照曲调的形式和表现的内容、也就是要按照旋律的特点来填写，其实，这也是一种片面的看法。请看下面的一例：

《卖花女》　刘大白填词

春寒料峭,女郎窈窕,一声叫破春城晓:

"花儿真好,价儿真巧,春光贱卖凭人要。"

东家嫌少,西家嫌小,楼头娇骂嫌迟了!

春风潦草,花心懊恼,明朝又叹飘零早!

江南春早,江南花好,卖花声里春眠觉。

杏花红了,梨花白了,街头巷底声声叫。

浓妆也要,淡妆也要,金钱买得春多少?

买花人笑,卖花人恼,红颜一例如春老!

非常有趣的是,这首歌曲的曲调用的是贝多芬为诗人歌德的诗配写的歌曲《土拨鼠》:

《土拨鼠》　歌德诗　贝多芬曲

我曾走过许多地方,把土拨鼠带在身旁,

为了生活我到处流浪,带土拨鼠在身旁。

啊土拨鼠,啊土拨鼠,这土拨鼠陪在我身旁,

啊土拨鼠,啊土拨鼠,这土拨鼠陪在我身旁。

原诗、原曲都稍有些诙谐,而刘大白的词却是感情纤细又带着同情与伤感,是四七言的形式,诗词小品的韵味浓郁。西洋的《土拨鼠》的曲调能被中国的《卖花女》利用,由此可见,填词不一定非遵循原曲调所规定的情绪,可以走得很远,甚至完全不同。当然,在演唱时的表现是完全不同的。

仅从上面几例来看,可感觉到填词歌曲的成功,虽然来自中国的传统填词方法,但也不能无视作者们所具有的深厚填词功底。有基础和人材,因此,在新声诗出现之时以这种方法作为过渡,既自然、也恰当。

3. 新声诗的确立与发展

五四运动以后,随着学习西洋音乐的人数增多和作曲家们技术上的成熟,

由作曲而产生的中国艺术歌曲也多了起来,出现不少著名的歌曲。同时,歌词的写作也逐渐脱离了填词的阶段,创作的风格趋向于白话文的新诗,也有了不少好作品。而这些作品,由于文学成就和音乐上的造诣都很高,因此受到了人们的欢迎,从而,也在实际上宣告了新声诗的形式已经完全成立。如以下的数例即是代表性作品,从艺术水平上来看,是很出色的:

《玫瑰三愿》　龙七词　黄自曲

玫瑰花,玫瑰花,烂开在碧栏杆下。

玫瑰花,玫瑰花,烂开在碧栏杆下。

我愿那妒我的无情风雨莫吹打;

我愿那爱我的多情游客莫攀摘;

我愿那红颜常好不凋谢,好叫我留住芳华。

《问》　易韦斋词　萧友梅曲

你知道,你是谁? 你知道,年华如水。

你知道,秋声添得几分憔悴?

垂、垂! 垂、垂!

你知道,今日的江山,有多少凄惶的泪?

你想想呵,

对! 对! 对!

　　这些歌词的作者对中国古典文学的掌握程度是很深的,白话的新词中,仍有旧词的缕缕痕迹和韵味,但在内容上,反映了30年代人们的爱美意识和以爱花为题表现出对弱者同情的心情。这些,引起了同时代人们的同感和共鸣,所以不但被歌唱一时,至今在乐坛上仍可听到。

　　被称为是五四新文化运动主将们的胡适、刘半农等人写的新诗,有的也作为声诗由作曲家被之管弦。如:

《也是微云》 胡适词 赵元任曲

也是微云,也是微云过后月光明。

只不见去年的游伴,只没有当日的心情。

不愿勾起相思,不敢出门看月;

偏偏月进窗来,害我相思一夜。

《教我如何不想他》 刘半农词 赵元任曲

天上飘着些微云,地上吹着些微风。

啊! 微风吹动了我头发,

教我如何不想他?

月光恋爱着海洋,海洋恋爱着月光。

啊! 这般蜜也似的银夜,

教我如何不想他?

水面落花慢慢流,水底鱼儿慢慢游。

啊! 燕子,你说些什么话?

教我如何不想他?

枯树在冷风里摇,野火在暮色中烧。

啊! 西天还有些残霞,

教我如何不想他?

看得出来,这些白话文的主将们,面面俱佳,创作的歌词,诗意盎然,经得起琢磨。当然,这些词句文人气颇浓,像是沙龙式的文学作品。

此外,还有一些文人在"国语运动"中以歌曲的形式普及白话文,也使得新声诗的影响更加扩大了。像黎锦晖和陶行知两位教育家在推行"国语运动"中,运用歌曲的形式写社会教育歌曲和儿童歌舞剧,贡献都是相当大的,不但影响范围广,同时,对新声诗的发展也起了推动的作用。

历史发展到了 30 年代,出现了救亡歌曲,这种歌曲是在新的社会潮流下产生的，是更加大众化的群众歌曲，既不同于清末以来的学堂乐歌，也不是城市小调式的流行歌曲，而是一种充满时代战斗和奋斗气息的新歌曲。可以说，撼动时代的忧国迫切感不仅反映在歌词内容中，同时也反映在歌词的写法上了。比如下面的《毕业歌》：

《毕业歌》　田汉词　聂耳曲

同学们，大家起来，担负起天下的兴亡！

听吧，满耳是大众的嗟伤；看吧，一年年国土的沦丧！

我们是要选择"战"还是"降"？

我们要做主人去拼死在疆场，我们不愿做奴隶而青云直上！

我们今天是桃李芬芳，明天是社会的栋梁；

我们今天是弦歌在一堂，明天要掀起民族自救的巨浪。

巨浪，巨浪，不断的增涨！

同学们！同学们！快拿出力量，担负起天下的兴亡！

这充满激情、像是脱口而出的词句，表现出了诗人的天才、热情及背负着强烈的时代责任感。那个时代的作品时代气息都很浓，即使是稍为复杂或艺术性强的歌曲，和以前的相比，词句上也有了一些气质上的改变，更偏重于表现时代的重压和着意使用当时的口语。如：

《铁蹄下的歌女》　许幸之词　聂耳曲

我们到处卖唱，我们到处献舞，

谁不知道国家将亡，为什么被人当作商女？

为了饥寒交迫，我们到处哀歌，

尝尽了人生的滋味，舞女是永远的漂流。

谁甘心做人的奴隶？谁愿意让乡土沦丧？

可怜是铁蹄下的歌女，被鞭挞得遍体鳞伤。

在三四十年代逐渐兴起的群众歌咏潮流中,群众歌曲深入到了社会的各个阶层,流行范围大大超过前代。在那时确定下来的群众歌曲风格,不仅风靡于当时,更重要的是它开创了一代之风,成为了在其之后群众歌曲歌词样式的楷模。下面两例是40年代创作的群众歌曲,很有代表性:

《团结就是力量》　牧虹词　卢肃曲

团结就是力量! 团结就是力量!

这力量是铁,这力量是钢,比铁还硬,比钢还强。

向着法西斯蒂开火,让一切不民主的制度死亡。

向着太阳,向着自由,向着新中国发出万丈光芒!

《咱们工人有力量》　马可词曲

咱们工人有力量,咳! 咱们工人有力量!

每天每日工作忙,咳! 每天每日工作忙!

盖成了高楼大厦,修起了铁路煤矿,改造得世界变了样!

咳! 发动了机器隆隆的响,举起了铁锤响叮当!

造成了犁锄好生产,造成了枪炮送前方!

咳咳咳咳、咳呀! 咱们的脸上发红光,咱们的汗珠往下淌。

为什么? 为了求解放! 为什么? 为了求解放!

咳! 咳! 咳! 咳! 为了咱全中国彻底解放!

以上两首歌曲,唱起来都很带劲儿,能使人心沸腾起来,非常受欢迎,所以影响很大,一直唱到了50年代的中期。作为优秀的历史歌曲,至今还可以听到。

4. 当代新声诗的状况

50年代以后,中国歌曲的发展速度和规模都超过了历史上的任何时期,词、曲的写作也都有了一支强大队伍。歌词创作已经完全独立,填词的歌曲,已经销声匿迹,几乎看不到了。虽然历史进入了一个以政治要求统率一切的时代,但总的说来,既是好词又是好歌的声诗作品,仍有很多,也可以说是层出不穷了吧。

50 年代以后的中国歌曲在歌词上可分为以下几种类型:

第一类:进行曲

中国 50 年代初期的歌曲,是以战斗性强、比较激昂的进行曲歌曲为主,这也是由当时的社会生活环境所决定的。那些进行曲,不但在内容上政治性强,在形式上也继承了三四十年代救亡歌曲和苏联革命歌曲的写作特点。歌词的格式和填词之作已完全不同,古诗的感觉一扫而空,在内容上,也充满着建国初期意气风发之感。比如,那时候的代表歌曲:

《歌唱祖国》　王莘词曲

五星红旗迎风飘扬,胜利歌声多么响亮。

歌唱我们亲爱的祖国,从今走向繁荣富强。

越过高山,越过平原,跨过奔腾的黄河长江。

宽广美丽的土地,是我们亲爱的家乡。

英雄的人民,站起来了,我们团结友爱坚强如钢。

五星红旗迎风飘扬,胜利歌声多么响亮。

歌唱我们亲爱的祖国,从今走向繁荣富强。

配合政治运动和重大历史事件的歌曲,也相当地多了起来。如下两例,是抗美援朝时期出现的歌曲。前一首,据作者说是在赴朝途中露宿鸭绿江边,面对开赴对岸的部队触发了灵感而写成的。此曲在当时唱遍了全国:

《中国人民志愿军战歌》　麻扶摇词　周巍峙曲

雄纠纠,气昂昂,跨过鸭绿江! 保和平,卫祖国,就是保家乡!

中国好儿女,齐心团结紧,抗美援朝打败美国野心狼!

《全世界人民团结紧》　蔡孑人词　张凤曲

咳啦啦啦啦,咳啦啦啦啦! 咳啦啦啦啦,咳啦啦啦啦!

天空出彩霞呀,地上开红花呀!

中朝人民力量大,打败了美国兵呀,

全世界人民拍手笑,帝国主义害了怕呀!

咳啦啦啦啦,咳啦啦啦啦! 咳啦啦啦啦,咳啦啦啦啦!

全世界人民团结紧,把反动势力连根拔,(那个)连根拔!

　　这后一首《全世界人民团结紧》,是首儿歌体的歌曲,相当上口,在当时,男女老少都能顺口地哼出来。笔者曾与词作者是同事,他生性慈祥,而且总是带有些童心稚气,难怪他能把相当重大的题材写成这样一首很轻松的作品。看来,作者的本身气质,也会给新声诗带来不同的色彩风格。

　　当时,反映建设内容的歌曲也出现了很多,歌词中往往焕发出一股欣欣向荣的气氛和奋发图强的气概。如:

《我们要和时间赛跑》　袁水拍词　瞿希贤曲

火车在飞奔,车轮在歌唱,装载着木材和食粮,运来了地下的矿藏,

多装快跑,快跑多装,把原料送到工厂,把机器送到农庄。

我们的力量移山倒海,劳动的热情无比高涨。

我们要和时间赛跑,走向工业化的光明大道;

我们要和时间赛跑,迎接伟大的建设高潮。

　　这首歌曲,与苏联歌曲在风格上很相似,看得出来是受其影响而创作的。同时,作词是不是也受了马雅可夫斯基之类的苏联诗人的影响,也很难说。因为,当时的中国青年正醉心于其中。不过,这首歌曲虽有些洋味儿,但非常意气风发,很受年轻人的喜欢。

　　50 年代后期,唱遍大江南北的《社会主义好》,歌词的内容更偏于政治方面

的表现了：

《社会主义好》　希扬词　李焕之曲

社会主义好，社会主义好，社会主义国家人民地位高。

反动派，被打倒，帝国主义夹着尾巴逃跑了。

全国人民大团结，掀起了社会主义建设高潮。

……

这样的歌曲，词虽然是口号式的，但是在曲调上却有着很强的民族风格。也就是说，作为外来形式的进行曲，在音乐上已经完全中国化了。当然，这也与当时中国音乐发展上的全面民族化有关。毛泽东曾特地同音乐工作者谈话，提出了"洋为中用"的口号，这对音乐界以及全体文化界的人士来说是指导性的方针政策，影响极大。所以，在五六十年代，这种风格的歌曲出现了很多，基本上成了群众歌曲的主流。

第二类：民歌型的歌曲

如果说，新歌曲刚刚出现时是从古典诗歌中吸取了大量营养的话，那么，在50年代以后，从民歌中吸取营养、采用其写作方法，就成了一股风气。当时，向民间学习也是音乐界、文学界的一项重要的工作内容，当然也就会产生这样的结果。

民歌中不但有很多好曲调，好词也同样触目皆是。而且，各地民歌随着地理、人情的不同，风格上也是五彩缤纷、多种多样的。这一点，对歌词的写作也很有影响和帮助。比如，下一例就是摹仿陕北民歌"信天游"而写的歌曲，陕北风味儿十足：

《九里里山圪塔十里里沟》　许敏歧词　吕远曲

九里里山圪塔十里里沟，一行行青杨一排排柳，

毛驴儿结帮柳林下过，花布的褡子晃悠悠。

九里里山圪塔十里里沟，一弯弯水库一洼洼油，

　　羊羔羔叼着野花大坝上逗，绿坝绣上了朵朵白绣球。

　　九里里山圪塔十里里沟，一排排窑洞一层层楼，

　　玉茭窗边金闪闪，谷垛垛顶着红日头，花鹅成群篱边叫，牵住行人衣袖袖。

　　赶驴的大哥啊！请你唱着歌儿紧催鞭，沿着红军哥哥踏出的小路走。

　　这望不尽的圪塔望不尽的沟，幸福的生活就在沟里头。

　　词句很美，能把人带到山沟跌宕的陕西风景中去。词中虽也有一些"套词"，离不了时代所规定的必写内容，但是，还应算是一首有优美民歌风的好歌，唱起来、听起来都很有味道。这种歌曲，也给新声诗增加了地方的风格与新鲜的色彩。

　　更加明显地脱胎于民谣的歌曲，在当时也产生了不少。这种歌曲歌词通俗易懂，曲调顺口易唱。比如下例：

《社员都是向阳花》　张士燮词　王玉西曲

　　公社是棵常青藤，社员都是藤上的瓜；

　　瓜儿连着藤，藤儿牵着瓜，藤儿越肥瓜越甜，藤儿越壮瓜越大。

　　公社的青藤连万家，齐心合力种庄稼；

　　手勤庄稼好，心齐力量大，集体经济大发展，社员心里乐开花。

　　这首歌，曲调用的是河北一带的民歌《画扇面》，旋律极为通顺，听一遍就能哼出来。词的创作也是用的从《诗经》就开始有的"比"、"兴"手法，这在民歌里是常见的，所以也好记。虽然，随着斗转星移的历史变化，词的内容已经过时了，但是，作为歌曲民族化的代表以及作为新声诗的一个种类来说，从哪一方面来看，这样的歌曲都还是具有一定历史意义的。

　　第三类：戏曲说唱型的歌曲

　　戏曲说唱型的歌曲的出现，与解放后戏曲、说唱艺术的大发展，社会地位大

提高,其影响遍及全国是有很大关系的。而且,政府对音乐工作者提出"民族化"的方针政策,也促使词、曲作者在对戏曲、说唱的学习上下了很大的功夫,所以,产生了大量戏曲说唱风格的歌曲。虽然歌词的句式不是戏曲、说唱唱词那种固定的句式,但整个的叙述方法是戏曲或说唱式的。比如下例:

《八月十五月儿明》 　吕远词曲

八月十五月儿明,连队里的战士分了月饼。雷锋把月饼放在床头,一个人静悄悄走出了房门。

朗朗月色阵阵秋风,营房里隐隐传出来同志们的欢笑声。幸福的时刻想起了从前,他心里像黄河滚滚翻腾。

解放前在湖南的望城,天是苦雨天,风是顶头风,饥一顿、饿一顿,长到了八岁,全家人没吃过一口月饼。国民党、日本兵,逼死了爹爹,哥哥他当童工一命丧生,妈妈她受凌辱悬梁自尽,丢下个小雷锋孤苦伶仃。

自从来了共产党,雷锋从此得新生。入学戴上了红领巾,枯黄的小树发了青。党把我培养成有用的人,又光荣地参加了解放军。妈妈呀,倘若你活到了新社会,你也能看看祖国多么繁荣。咱当年无衣无食受苦人,如今都成了国家主人翁。共产党员不能忘本,一心革命为人民。今夜月饼我难下咽,该留给那辛苦在生产建设、为国负伤阶级弟兄。

东方发白天刚明,雷锋提着月饼送进了病院中,礼物虽小心意重,职工们表决心生产上多立功。

这就是雷锋同志的一件小事,愿大家时时刻刻学习雷锋。

这首歌曲的内容其实很简单,但是,使用第一人称和第三人称把一件小事拉成很长的唱段,这是典型的说唱表现方式。而且,与这么多唱词相配,若非说唱式的音乐,其他也很难胜任。歌词偏于叙述,和一般新声诗的风格相差较远。通过内容可以明显看出,这首歌曲是配合学习雷锋的政治运动而写的。这首歌作为一种类型的代表,也有着一定的意义。

戏曲、说唱风的歌词,可以放开来写,说得长一点也没关系。因此,要想仔细描写一件事情,或想强调某种特点、特征的时候,容易利用这样的写法。如90年代初的一首歌曲:

《前门情思大碗儿茶》　阎肃词　姚明曲

我爷爷小的时候,常在这里玩耍,高高的前门,仿佛挨着我的家。一蓬衰草,几声蛐蛐儿叫,伴随他度过了那灰色的年华。吃一串儿冰糖葫芦,就算过节,他一日三餐,窝头咸菜就着一口大碗儿茶。世上的饮料有千百种,也许它最廉价,可谁知道、谁知道,它醇厚的香味儿饱含着泪花,它饱含着泪花!

……

如今我海外归来,又见红墙碧瓦,高高的前门,几回梦里想着它。岁月风雨,无情任吹打,却见它更显得那英姿挺拔。叫一声杏仁儿豆腐,京味儿真美,我带着那童心,带着那思念,再来一口大碗儿茶。世上的饮料有千百种,也许它最廉价,可为什么、为什么,它醇厚的香味儿直传到天涯!

这首歌,歌词近似说唱,曲调也是以北京单弦音乐为主的。从音乐上讲,这是为了强调北京的风格,也就是所谓的"京味儿";从内容上看,这是为了表现海外华人爱国思乡的情绪而写作的。看来,说唱风格的词确实是在某种需要时容易出现。

至于戏曲风格的唱词,主要体现在新创作的民族歌剧中,像《洪湖赤卫队》、《江姐》、《红珊瑚》等五六十年代风靡全国的歌剧,剧中歌词的结构和整体的风格都是戏曲式的。这些作品中脍炙人口的唱段以及好词、佳句甚多,大家都很熟悉,在此,暂不举例了。

第四类:新诗型歌曲

新诗型歌曲的歌词,既像新诗,又不同于新诗,其区别点好像是在各人的感觉上,很难说清楚。但大体说来,同于新诗之处是必须有诗意;不同之处,主要是这种声诗给音乐留下了发挥的余地,不必把话说得那么到家。总之,看上去的感觉就是歌词,不是只供阅读的诗。

这种新诗型的歌词,在新声诗中是最有代表性的,也最能说明新声诗发展的水平和状态了。在这方面,好的作品很多,遗憾的是在此不能多举,只能找几例作为代表,点缀式地介绍一下而已。以下,从现在最著名的歌词作家乔羽的作品开始介绍,他的作品,绝对是优秀的新声诗。

《我的祖国》 乔羽词 刘炽曲

一条大河波浪宽,风吹稻花香两岸;我家就在岸上住,听惯了艄公的号子,看惯了船上的白帆。

这是美丽的祖国,是我生长的地方;在这片辽阔的土地上,到处都有明媚的风光。

姑娘好像花儿一样,小伙儿心胸多宽广;为了开辟新天地,唤醒了沉睡的高山,让那河流改变了模样。

这是英雄的祖国,是我生长的地方;在这片古老的土地上,到处都有青春的力量。

好山好水好地方,条条大路都宽敞;朋友来了有好酒,若是那豺狼来了,迎接它的有猎枪。

这是强大的祖国,是我生长的地方;在这片温暖的土地上,到处都有和平的阳光。

1975 年,笔者曾与乔羽一起,到江苏的苏北油田去深入生活。当时,乔羽曾讲过他如何创作《我的祖国》这首歌词的事,至今我还记得。乔羽说,《我的祖国》是 1956 年为了电影《上甘岭》作的,他抓住了热爱祖国的感情是由对家乡山水人物的亲切感开始这一点,写出了这一首洋溢着热爱祖国感情的好歌词,同时,这也是一首充满了诗情画意和激情的抒情诗,而且是一首非常难得的好诗。

《我的祖国》这首歌,在新声诗中是出类拔萃的,由于出色地表现了中国人对自己祖国的热爱心情,是不会过时的,至今也常能听到。从笔者所知道的写作情况来看,这首歌的创作顺序是先写歌词,然后根据歌词再来创作曲调的,这也是现代一般歌曲正常的创作顺序。

再一首,也是乔羽的作品。为了创作这首歌词,他曾特地去晋南生活了一段时间。大概去的是临汾地区吧,那里地处太行山和吕梁山之间,是山西省的富裕地区,盛产小麦,汾酒也有名。电影《我们村里的年轻人》就是写那里的事情。此歌就是那部电影的插曲。

《人说山西好风光》 乔羽词 章枚昌曲

人说山西好风光,地肥水美五谷香,左手一指太行山,右手一指是吕梁。站在那高处望上一望——你看那汾河的水呀,哗啦啦地流过我的小村旁。

杏花村里开杏花,儿女正当好年华,男儿不怕千般苦,女儿能绣万种花。人有志气永不老——你看那白发的婆婆,挺起腰板也像十七八。

这是对乡土充满了感情的作品,初看似是信手而来,但仔细玩味,能感到有力透纸背之功,能觉出作者古典文学的深深根底。这样的作品,称为新声诗的杰作,也是绝不为过的。

作者的古典文学功底确实很深,古典诗的创作也很拿手,如下面一首诗,即是他信手而写的:

劝君莫到杏花村,此处有酒能醉人。
我今到此偶夸量,三杯过后已销魂。

这是诗人在参观杏花村酒厂时当场写的,抓题很准,也有趣味,现在还挂在酒厂那里。这样有全面修养的作家,是很难得的。

时代不同了,即使是当代很好的抒情歌曲作品,与刘半农、胡适等人的作品比较下，也可看出从内容到写作的风格，已完全相违了。

下面的两首，是资格较老、但在 80 年代以后才脱颖而出的词作家张藜，于 90 年代初期所写的作品：

《篱笆墙的影子》　张藜词　徐沛东曲

星星还是那颗星星，月亮还是那个月亮，山也还是那座山，梁也还是那道梁。碾子是碾子缸是缸，爹是爹来娘是娘，麻油灯呵还是吱吱响，点得还是那么丁点亮。哦……只有那篱笆墙，影子咋那么长。还有那看家狗，叫得咋就这么狂？

……

星星咋不像那颗星星，月亮也不是那个月亮，河也不是那条河，房也不是那座房。骒子下了个小马驹哟，乌鸦变成彩凤凰。麻油灯呵断了油，山村的夜晚咋还这么亮？哦……只有那篱笆墙，影子还那么长。在那墙上边，爬满了豆角秧。

《麻辣苦涩甜酸咸》　张藜词　徐沛东曲

天天月月，月月天天，圆圆缺缺，缺缺圆圆；
村村镇镇，镇镇村村，男男女女，女女男男；
谈谈恋恋，恋恋谈谈，散散聚聚，聚聚散散；
哭哭笑笑，笑笑哭哭，怨怨恩恩，恩恩怨怨。
……
平平川川，川川平平，山山谷谷，谷谷山山；
变变幻幻，幻幻变变，弯弯直直，直直弯弯；
风风雨雨，雨雨风风，电电闪闪，闪闪电电；
喊喊叫叫，叫叫喊喊，酸酸辣辣，辣辣酸酸。
哭笑喊叫雷雨电，麻辣苦涩甜酸咸！

这种歌词已不是书斋的作品。虽也是抒情，但内容转到了广阔的农村，关注到了占中国人口绝大多数农民的生活和命运，有着沉重的历史沉淀感，歌词完全没有了沙龙的味道。但是，确实是好的声诗。

张藜这位作家的经历相当坎坷，长期被下放，到了1987年以后（约五十多岁）才逐渐出露头角，之后，便相当出名了。他的词，特别是写农村题材的，浸透着他的生活经历，写得非常生动而富有生气，在这一点上，是一般诗人所无法相比的。所以，上面的两首作品，不但是在生活中滚打出来的好词，而且充满了泥土味儿和只有通过作者自己的经历才能体会到的深刻心情。这样的歌词，是作者充分地掌握了歌词的写作特点，而又把自己的特性糅进去才能写出来的好词。

第二首歌词，几乎都是由叠字组成的。四字一段，又是叠字，看起来很难谱曲，即使谱上了曲，恐怕也不好唱。古典昆曲《长生殿·弹词》一折中的"九转货郎儿"，用了不少叠字，虽然可以唱，也还在演唱着，但曲调性不强，听上去总有些数(shǔ)字的感觉；宋代女词人李清照的词《声声慢》，开始用了十四个字的叠字"寻寻觅觅，冷冷清清，凄凄惨惨戚戚"，用字与声情俱佳，被历来的评论家称为一绝。但是，若作为歌词来说，是怎样被歌唱的却不得而知。《麻辣苦涩甜酸咸》一曲，虽是重重叠字，但经作曲家徐沛东谱了曲后，唱起来顺口，听起来也没有不自然的地方，曲调与歌词结合得严丝合缝，成为了一首好歌。从现代的新声诗中，也可以体会到古典诗歌写作上的一些奥妙，这也是值得琢磨的地方。这样的作品被称为新声诗中的上品，是当之无愧的吧。

新声诗发展到了今天，不但和早期填词的作品不同，也脱离了与白话诗并行的阶段，和诗人创作新诗在风格上也完全不同了。新诗，沿着自己的道路走了过来，现在也还在摸索着；而新声诗，却扎扎实实地形成了自己的风格特点，并且有了大量的成果。

张藜在《张藜作词流行歌曲精粹》一书前言中，阐述了自己的创作主张。按照他的话来说，新声诗（文中为"歌诗"）应该是以下这样的：

谱曲能诵，谱曲能唱，有文采又上口，有嚼头又不生涩，易流传，能品味，扬诗之情，含戏之谐，既有俚曲之俗风，又有歌诗之雅趣，为广大群众背诵传唱，其情切切，其语铮铮，其乐融融，其歌悠悠。歌诗的果实是甜的。

现在，歌词的写作更加自由了，写法上可说是五花八门：进行曲、民歌、戏曲、说唱、新诗等风格再加上近来流行歌曲的白话风的歌词，已是应有尽有了。总之，由填词开始的新歌词形成了体系，也有了地道的中国风格。对于这种新声诗，在理论上也开始有了论述，颇有水平的研究论文亦已出现；登载歌词作品的专门杂志《词刊》自创刊以来也有了不短的历史。

这里，本文想强调的是，在中国近代历史上诞生并成长到现在的新声诗，不但是起于传统的填词方法，也是传统填词发展史上的必然产物。因此，也可以说，新声诗是中国传统文化历史长河上的又一朵新花。

在中国的历史上，新诗体的诞生与成长往往是与音乐有关的，在音乐的要求下产生了新歌词，之后又逐渐形成了新诗体。而现代出现的新声诗又一次展现了这样的诞生和成长的过程，所以，回顾这段历史，是很有意义的，同时，也使我们不得不去加深对它的认识，从中进行某些思考。

二、填词也是民间传统创作的重要方法

1. 戏曲、说唱唱词的写作，也是使用填词的手法

关于填词这种歌词创作方法，以往被注意到的只是在宋词、元曲、明清传奇等等传统词曲的写作上。其实，远远不仅于此，应该看到的是，存在数量相当大的传统戏曲、说唱等唱词的写作，一直使用的就是在固定曲调之内填词的方法，而且基本上不使用其他的方法。尽管这一点还没有被特别地提出来，但只要对戏曲、说唱的歌词稍微做一些了解的话，就完全可以看清这个现象。

戏曲、说唱的曲调创作称为“编曲”而不是作曲，这是为了说明新的唱腔是在原有曲调的基础上加以改编而成的，因此特地如此称呼。既然有固定曲调，

也就是有了规定好的曲调形式,那么,歌词的写作也就不能自由自在,一直是在其曲调的框架之中,当然,这就可以说是填词的写法了。因此,只是内容不同而唱词格式和曲调相差无几的唱段,在戏曲、说唱中是随处都可听到的。

2. 一曲多用与两种音乐结构体式及两种歌词的形态

在中国的传统音乐中,有一种常用的曲调使用方法,即"一曲多用"。所谓一曲多用,即是利用一种曲调而能表现各种不同歌词内容的意思。

配合着这种一曲多用方法的歌唱音乐结构体式,也有两种,一种是板腔体,一种是曲牌体。板腔体的音乐是上下句的结构,以简单的基本旋律作为曲调的基础,然后做各种节奏上的变化,产生快慢不同的各种板式;曲牌体的音乐则是以一个个的单独曲调连接起来进行表现的连曲结构曲体。

与这两种音乐体式相结合的,也是有两种基本的歌词形态,或者可以说是两种基本的诗体:即齐言体和杂言体。具体地说来,齐言体歌词在板腔体音乐中使用,杂言体歌词在曲牌体音乐中使用。

对齐言体和杂言体的解释,从文学上的解释为多,以音乐作为基点进行解释的则少见。本文是把文学与音乐连在一起来看,是以歌词的角度来看待文学的形态。因此,本文站在歌词创作的立场上,在此强调:这两种音乐结构体式的歌词,无论齐言的还是杂言的,在创作方法上都是填词写作。

第一,板腔体音乐与齐言体歌词

齐言体以诗或诵赞体的歌词为代表,特点是对偶的句式,上下两句字数相等。戏曲中使用板腔体音乐的剧种,唱词基本上都是齐言体的,一般使用七字句或十字句,十字句是七字句的扩展。从基本句式上来说,和古诗很相近,只是以叙事为主,词句也不如诗句那么高雅而已。如下例古诗和京剧唱词的比较:

《蜀相》　杜甫诗

丞相祠堂何处寻,锦官城外柏森森。

映阶碧草自春色,隔叶黄鹂空好音。

三顾频繁天下计,两朝开济老臣心。

山师未捷身先死，长使英雄泪满襟。

《击鼓骂曹》　京剧唱词

相府门前杀气高，威风凛凛摆枪刀。

画阁雕梁龙凤绕，亚似天子九龙朝。

《空城计》　京剧唱词

两国交锋龙虎斗，各为其主统貔貅。

管带三军要宽厚，赏罚公平莫（要）自由。

此（一）番领兵去镇守，靠山近水把营收。

京剧唱词由七字句扩展为十字句的时候，只是在每句中的节奏分割上由二、二、三字变为三、三、四字，但上下句对称的基本格式不变。如下例：

《空城计》　京剧唱词

我本是卧龙岗散淡的人，论阴阳如反掌博古通今。

先帝爷下南阳御驾三请，算就了汉家业鼎足三分。

官封到武乡侯执掌帅印，东西战南北剿保定乾坤。

京剧的唱词虽也有着一些变化，但基本的格式不过如此而已，分析起来和诗也差不了多少。它不同于诗词的地方，是没有很严格的平仄要求，也没有句数的限定。以京剧的唱词来看，只有上句落仄声，下句落平声的简单要求。篇幅上也自由，可长可短，没有定规，长可达百句以上，短则只有两句。

使用板腔体的地方戏曲，它们的唱词也都不出此窠臼，都是以上下句反复作为基本的句式。由于唱词必须对称，若是结束在一个上句上，就会被称为是"三条腿"，是不允许的，还要以另外的方法给予补充，使其有了完全感才行。这样的要求，在京剧及地方戏中都是一样的。

由于使用板腔体音乐的剧种、乐种实在是太多了,若是举起例子来,则不能打住,在此,仅以京剧为例稍做说明而已。

　　这里要强调的是:使用齐言体唱词的板腔体音乐,基本旋律的格式也是上下对称的两个乐句,无论有多么复杂的变化,也跳不出这个基本的框架。所以,按照这样的框架来写作歌词,实际上也就是一种填写了,只不过没有被明确而已。

　　根据以上所论,笔者认为,板腔体唱词的写作虽然使用的是齐言体歌词,但它的写作方法,也是填词方法的一种。

　　第二,曲牌体音乐与杂言体歌词

　　另一种音乐结构体式,则是与宋词、元曲、明清传奇唱词结构相同的曲牌体音乐。曲牌体音乐的旋律是独立的,曲牌不同,乐曲也各自不同。但是,在使用中,它的旋律却是大体上固定不变的。唱词是长短句式的杂言体,当然,也有个别的曲牌使用的是齐言体的唱词。

　　长短句的词牌始于唐五代而盛于宋,被称为宋词;自元代以后,它的变化形式又以曲牌的名称在明清剧曲中称霸了几百年,至今,仍在民间戏曲、说唱中使用未衰。现代316种戏曲中,以曲牌体音乐为主的约有二百种左右,仅从昆曲来看,其曲牌即有千支以上;在345种说唱音乐中,曲牌体音乐的约有一百五十种。说唱音乐中影响较大的曲种如单弦牌子曲、四川清音、扬州清曲等,都是曲牌体的音乐,拥有着很多曲牌。另外,曲牌体音乐还不只是在歌唱音乐中使用,在器乐音乐中也同样被使用着。因此,在中国音乐中除了少数乐种外,可以说它是无所不在的。

　　曲牌音乐作为歌唱音乐来使用时,当然离不开歌词,而歌词的写作,必然使用填写的方法。曲牌填词的要求比板腔体音乐的填词严格,在一支曲牌中,长短、字数都有规定,若是昆曲的话,则平仄规律上的要求更加复杂严密。对此,各种论述已颇多,到处可见,本文从略。

　　在此希望引起注意:依腔填词、按谱寻声,固然是文人们写词填曲使用的文学创作手法,但不可忽视的是,对于从事普通戏曲、说唱等众多的艺人们来说,也同样是轻车熟路、可以随手拿来使用的歌词创作手法。

使用曲牌体的音乐种类繁多，但可以用大家都很熟悉的昆曲为代表进行理解。因此，曲牌体的举例本文从略。

第三，民歌的填词

民歌是一切音乐形式的基本来源，也是生活中最重要的歌曲形式，尤其在以前的社会环境中更是这样。民歌虽然有成千上万，但在各地的民歌中，有很大的部分是同戏曲的音乐一样，使用着一曲多用的方法，也就是说，一首民歌的曲调，可以唱出很多不同的唱词，表现不同的内容。

从理论和实际两方面来看，上万首民歌不可能有上万首的曲调，必然有很多首民歌的曲调是相同的，只是词不同而已。人们可以自由地利用自己熟悉的曲调，加上自己想说的话，即成为一首歌曲，用来叙述自己的心声。民歌也就是这样自然而然地产生的，所以在实际上，很少有一首曲调只有一种歌词的情况。

一般来说，每一首曲调都会附有很多歌词，只不过有的民歌是由于一种歌词而出名，连及到曲调也给人以专用的印象了。这种情况倒是不少，特别是在民歌向外介绍时，容易产生这种现象。但如果去民歌的原地调查一下的话，仍可以发现即使是被人们所很熟悉的民歌，在原地却是被唱有许多不同的歌词。因此，我们对民歌歌词的创作方法做一下总结的话，也完全可以说填词是民歌歌词的主要创作方法。

各地的民歌中，填词作品可以说触目皆是，数量之多是很惊人的。从这个角度来看的话，其数量不知比正式创作的文学作品要多多少！同时，若再加上民歌歌唱的人数众多的这个事实的话，可以想象得到，填词的方法在民间创作中的位置非常重要，使用的范围是极为广泛的。

本文从解放以后所出现的新民歌中，选出数首为例并做些说明。因为新民歌肯定是填词作品，对这些新民歌及原曲调的表现内容做一些介绍和分析，更能说明民歌的填词现象。

以下例中，括号内是原民歌的名称：

《学文化》（信天游）　陕西定边民歌

前山有雨后山雾,旧社会没文化才把人难住。

走一道岭来过一道湾,农业社办起了识字班。

信天游是流传在陕西一带的民歌,起源于以骡马运输的脚夫们在路途之中的即兴歌唱,所以又称"脚夫调",属于山歌之类。信天游即信口而出、自由歌唱的意思,曲调简单,两句词为一段。以前大多是情歌或对景即兴而歌的内容。在上例中,内容则改为是歌唱农业社办识字班的具体事情,这当然是属用旧曲填新词歌唱新内容的填词新作了。

《周总理永远活在我们心中》（宴席调）　甘肃永靖民歌

白疙瘩云彩蓝蓝的天,云过时亮明星忽闪。

飞蛾扑灯是枉然,周总理您就像不动的泰山。

高山上的松柏冬夏里青,周总理恩情像海深。

唱一声花儿表一片心,周总理您永远活在我们心中。

这是青海、甘肃一带流传着的叫做花儿的民歌,花儿的性质和信天游差不多,歌词比较自由。宴席调的原来内容是在宴会上的祝酒辞,这首歌产生于1977年左右,内容改为怀念,已经完全不适合在宴席歌唱了。

《感谢共产党》（绣荷包）　山西左权民歌

来了共产党,太行红旗扬。推倒了三座山,人民得解放。

领袖毛主席,伟大的共产党,领导咱翻了身,永远不能忘。

绣荷包是流行于全国各地、分布很广的民歌,以山西、陕西、山东、云南的比较著名。虽然在全国分布得很广,但表现的内容差不多,大都是妇女们思念情人,为他们在荷包上刺绣,希望他们早日回家,歌词也较柔和。如常能听到的山四民歌《绣荷包》：

> 初一到十五，十五的月儿高，那春风摆动杨呀杨柳梢。
> 年年走口外，月月不回来，家留下九妹挂呀挂心怀。
> 三月桃花开，情人捎书来，捎书书带信信要一个荷包袋。
> ……

这首民歌的曲调很美，表达着农村妇女们细腻而真挚的感情。像上例那样政治意义很强的内容，在旧有的《绣荷包》中是没有的。

像以上这种填词与曲调原来的表现完全相反的例子，还是不少的。再如下面的几个例子：

《歌唱合作化》（小调十八诌）　山西左权民歌

> 太行山是英雄的山，哗啦啦的流水绕山湾，
> 勤劳的人民多勇敢，战胜敌人和大自然。
> 千年的枯树开了花，万年的岩石搬了家，
> 推倒地界地连地，歌唱咱们合作化。

这是 50 年代歌唱合作化的新民歌。"十八诌"这个词本身就有胡诌乱扯、自由发挥的意思。因此，小调十八诌有两种解释，一种是在曲调上，形容曲调自由或多种曲调的连缀；另一种就是说内容上不讲究，东拉西扯，甚至是胡诌，如俗曲小调中"十八扯"那样，有说到哪儿算哪儿的意思。歌唱合作化运动是特定的内容，与十八诌是绝牵扯不到一起的，因此，这是一个与原曲调表现内容完全相违的例子。

《唱起民歌想总理》（六段春景调）　湖北天门民歌

> 春天来了百花开，燕子结队飞回来。歌手想念周总理，为何不见您回

来。我们的周总理，我们的周总理，为何不见您回来。

那年桃花满树开，总理接我到中南海，放声歌唱共产党，总理拍手笑开怀。总理夸我是枝报春花，花开香飘云天外。

如今春暖花又开，欢欢喜喜我到北京来，唱起民歌想总理，"四化"宏图放光彩。

人民的总理爱人民，人民的总理人民爱。

六段春景调是城市小调歌曲，旋律适合于表现日常生活的题材，比较柔软、细腻，旧时常用来表现少女思春等内容。湖北的民歌手周兰，1957年赴北京参加全国民间音乐舞蹈会演的时候，曾受到周恩来总理的接见，所以，她用这样一支歌唱春景的旧曲调填词，唱出自己怀念周总理的心情。歌词虽仍是以春景为起兴，但随着歌唱者的心情和怀念政治领袖的新内容，曲调也肯定会有些变化的。

《歌唱新宪法》(三棒鼓)　湖南岳阳民歌

一唱新宪法，国家的根本法，毛泽东思想为指针，字字句句放光华。

二唱新宪法，说出咱心里话，党中央把宏图描，早日实现现代化。

……

三棒鼓也是民间歌舞中的小调歌曲，在湖北、湖南、安徽等地流传，旧时常为街头流浪艺人所用，所唱多为贫苦生活中的内容，如旧时的"逃荒、乞讨"等，在三棒鼓中常有反映。此例为填写新词歌唱新宪法，与原民歌趣旨相差甚远。

以上新民歌的例子，虽然还不多，但足以说明民歌歌词的创作方法了。新的是填写，而旧民歌的歌词创作，又何尝不是如此呢？

如前所述，在传统的民歌中同曲不同词虽则是极为普遍的现象，但也有由于词佳而对某首民歌留下深刻印象的情况。在这种情况下，人们往往把原来的民歌淡忘了。比如，由于陕北的农民李有源给一首民歌填上了"东方红，太阳升，中国出了个毛泽东"以后，人们把这首民歌就当作这一首词所独用的曲调了，成了谁都知道的《东方红》，而以前这首曲调唱过的很多词都被无意或有意地丢却了。这首歌不仅是填词成功的例子，也是填词历史上的一个有代表性的例子。

像有《东方红》类似经历的填词歌曲还很多，比如，被称为"中国西部歌王"王洛宾的作品中，《草原情歌》、《康定情歌》这些有特定名称的歌曲，它们的基础曲调都是民歌，是编曲填词之作。而这些歌都得到了人们的赏识，也得到了广泛传播，甚至在世界上都得到了承认，成了中国民歌的代表。

据自1979年以来整理出版《中国民族音乐集成》的工作统计，在全国各地区共收集了民歌三十万首以上，已编入各地方卷中的优秀民歌约有三万五千首。这么多的民歌，还不能说是全部的，因为收集时还有一定的选择性，再加上近年来民歌逐渐减少等因素，实际上还应有更多才是。当然，三十万首民歌不可能有三十万首曲调，其中，应该有不少是同曲不同词的。看来，利用一个曲调填以各种词，已是司空见惯、丝毫不足为奇的事了。

在此，以戏曲及民歌为例反复对填词进行论述的目的，是在于说明即使从民间的角度来看填词，也可以说它是一种极为普通的、经常被使用的歌词写作方法。

结 束 语

以上，本文对两种情况——中国现代新歌曲所代表的新声诗的产生以及在民间传统创作中的填词现象做了概要的说明和分析。以下，再对填词这种写作方法做几点推论：

1. 填词一直是歌词创作的重要方法

关于填词，一般的介绍是：对乐曲的填词形成了一定的体式后，也就形成了一种新的诗体；如果这种诗体与音乐脱离，就会成为只供阅读或是吟诵的案头之作，在写作时就与音乐无关了。——这是讲诗词史时的说法。这是正确无疑的。因此，对于按照一定格律填词的文人作品，人们也已经给予了足够的重视。

但是,人们往往只注意着书上的、离现实很远的古典填词作品,而对现实中仍在普遍使用着的填词现象,却在无意之中把它忽视了。我们也应该注意到,填词的大量使用,仍是在与音乐艺术有关的范围内存在着。

人们要唱歌,就要与曲调发生关系。曲调的来源无非有三种:一是创作,二是利用旧有曲调,三是利用外来音乐的曲调。这三种之中,有两种是与填词有关的。而且,在现实的音乐活动中,尤其是对于一般的民众来说,不可能都去创作新的曲调,对他们来说,利用现有曲调填词,随着词的内容逐渐演化出新的音乐来,是最为方便的手段了。这就是填词方法被广泛使用的必然性。

在中国的歌曲中,词牌有填词,曲牌有填词,民歌有填词,戏曲有填词,曲艺有填词,外来曲调也有填词,可以说只要是歌唱,则无处不填。仅从现有歌唱作品的情况来总结,完全可以说,填词在歌词创作中占有着重要的地位。填词的大量作品依然存在于与音乐相关的各种歌词之中的,比较起文人写作出的填词作品来说,前者的数量占着绝对的优势。以这样的观点来看填词,则不只限于宋词等古典作品之中,视野会开阔得多了。

2. 填词与汉语的特点有着重要的关系

填词这种方法,也体现着中国语言、特别是汉语与音乐之间的重要关系。对这一点,应给予特别的重视,不然,无法解释为什么自古至今一直不间断地使用着填词的方法,也无法解释为什么在中国的歌曲中会有那么多填词的作品,更无法解释为什么中国的新诗体总要从填词开始的这个现象了。

填词的做法,不只是在中国才有,它是哪个国家和民族及任何语言都能使用的一种歌词创作方法。但是,填词在汉语歌词的使用中,有着特殊的地位和作用。比如,由填词可以产生新诗体,并且作为一种独立的写作方法能长久地保持下来,这大概可以算为是汉语文化的一个特殊表现了。因此,也可以有理由认为,填词一定是充分地利用了汉语所具有的特点。

汉语是单音节的文字,一字一音,一音一义,韵母相同的字很多。在这个基础上产生的中国诗,有着对称和押韵的重要表现。单音节的特点也筑成了汉语诗歌的基础,那么,填词的做法是否也与汉语的特点有关呢? 对此,应该回答说是这样的。因为如果从汉语所具有的特点来看的话，就会发现，汉语的单音节特点是特别适于填词的。

汉语单音节字独立表现能力极强，即使在意义相同的情况下，可选择使用的字，数量也很多。而且，用一个词组来表现的意思，用一个字也可以代替表达。在填词时，单音节的字提供了非常便利的条件，等于是用音节来对应曲调，自然很方便。词作者能根据旋律特点的需要自由地遣词造句，从容自然，用字可多可少。因此，对各种各样的曲调填出各种各样的唱词来。若是从音节对应曲调这个立场来看，大概没有汉语不能处理的曲调。

此外，汉语不仅有单音节的特点，在词汇的组合上也比较自由，也可以用一个长的词组来表现一个字代表的内容。再加上同义词的数量也有很多，因此，一个意思可以用几个甚至更多的不同说法来表达，长、短都可以，文言和白话也可以搀和使用。这样一来，创作时可以选择的词汇和表达方式也成为多种多样的了。这个特点，也非常便利于在填词时很好地处理词和曲的关系。

汉语是有声调的，按说，应该在曲调中反映出声调的特点来，填词中也应有所表现。但是，对此不能生硬地解释，要辩证地理解这方面的问题。应该看到，声调并不妨碍填词，可以说，声调也从来没有妨碍过填词的使用。因为，歌词处于音乐进行中的时候，即使有与声调进行方向不符的旋律，也并不被人所特别注意，并且，在唱的时候，还会有很多办法去表现声调的正确进行趋向。实际上，很少出现或还没有出现过由于声调的问题导致了对歌词的误解。

正确发出声调的要求乍看上去似乎很严格，其实，任何歌曲中歌词的声调与曲调都是有合有不合，处于游离之间的。不合者，唱时就要强调声调感觉或加以装饰唱法，经过这样的调整，依旧能使声调的美感充分地表现出来。按字行腔，字正腔圆，不一定就是要按照字的声调来安排旋律，那是对歌唱者的要求，是指在歌唱时要把字调的特点表现出来。而且，长期以来，歌唱者早就有了"以腔就字"、"以字就腔"的各种办法来处理词曲的关系，做到了"字正腔圆"。关于这一点，任何有成就的艺人或有经验的词作家、曲作家都可以滔滔不绝地说上一大套。虽然在民间的填词上也有声调表现的一些规律可循，但那不是主要的,若非需要,可不必过于深究。

至于必须按照词律、曲谱的平仄格律来填词写曲,那是属于文人所得意的文字技艺了,虽是声调跌宕有致,却与音乐无关,其作品也不是专为歌唱而写的。其乐自在其中,与本文所论旨趣不同,应做别论。

按说,把外国的歌曲的曲调用汉语的词唱出来,总应有些不自然,但不论是外国歌曲或是中国少数民族歌曲的曲调,被填词之后,也会逐渐改变原有曲调的风格,使其带有汉语歌曲的风味儿了。日本冲绳歌手喜纳昌吉的歌曲《花》,听起来似乎带点儿伤感情调,比较深情,但填入中国歌词以后,变为一首意气风发和充满希望的乐观歌曲《花心》,中国的男女老少都喜欢,甚至有时被误认为是中国的歌曲了。这也是填词成功的一个例子吧。

3. 两种适于填词的歌词形态和音乐结构体式

文学上有齐言体的各种诗,在音乐上则有板腔体的音乐结构体式。二者的基本共同点在于都是由上下、对称的句式作为基本的结构。诗是上下两句对称,板腔体音乐也是上下两句呼应的。歌词创作时的方法可以填写。

文学上还有词牌、曲牌,即所谓的杂言体诗,在音乐上则有曲牌体的音乐结构体式。二者的基本共同点在于都是固定的曲调,在规定的曲调结构内填词,产生被阅读的文学作品或被歌唱的歌曲,歌词创作的方法只能是填写。

在此,笔者把文学和音乐上的二者联系在一起来看了,把它们看成是两种适于填词的歌词形态和音乐结构体式。这样来看,以上两种诗体和音乐结构体式,都是处于音乐和语言的结合之中,相互之间存在着紧密的关系。这二者的写作方法,都是以填词为最主要的,或者说,都是在填词的基础上维持其生命力的。

基于以上的分析,笔者认为:之所以在中国的歌曲中才有那么多填词的作品;之所以中国的新诗体会从填词这个方式开始——因为填词这种做法也是它们的主要生命力。

4. 一点疑问

在文学史和音乐史的论著中,有的学者很强调历史上有"乐从诗"和"诗从乐"的两个时期。"以诗配乐"、"采诗入乐",是自《诗经》、乐府以来的做法,是以诗为主,再配合以音乐,也就是词为先,乐为后。到了宋词以后,进入了"依声填词"、"以诗从乐"的阶段,也就是以乐曲为框架,再填词,乐为先,词为后,做法不同了。

古代如何以乐配诗已经不得而知,但是,怎么能肯定就是词先、乐后呢? 先乐、后词,也不是绝对的顺序吧? 以现代的齐言、杂言两种诗体和板腔、曲牌两种音乐体式的配合来看,方式上也可能是先写出词再配曲,也可能是为现有的曲调来配词,同时存在。音乐与语言的配合是相当自由和灵活的,二者之间的配合也是建立在辩证的关系上,一方服从、一方不变是不存在的。

因此,把历史上的文学和音乐相结合的现象,截然分为"乐从诗"、"诗从乐"的两种做法和两个阶段,是否恰当? 这是本文在最后提出的一点疑问,提供给大家考虑。

至此,本文对填词这个题目做了以上粗略探讨,不到之处甚多,不揣谫陋,求之于大家不吝指正。

（1998 年 3 月）

又及　"文化大革命"以后,外国流行歌曲冲入中国,美国、日本的歌曲也通过香港、台湾的歌手们的演唱流入了大陆。当时,大陆的流行音乐界曾出现过一股"扒带子"的风气,风行了一阵。扒带子是行话,意思是把外国录音带的歌曲完整地记下谱来,不用原词,只取其曲调,填上新词请歌手重唱一遍,组成一盘新磁带。但那个时期很短,加上有些是粗制滥造,所以没有留下几首歌来,若谈影响的话,也还尚早,但是,说起来这也算是笔者曾经过的一次填词风潮吧。

参考书目：

《中国音乐史》　杨荫浏著,人民音乐出版社。

《中国音乐文学史》　朱谦之著,北京大学出版社。

《中国诗歌发展讲话》　王瑶著,中国青年出版社。

《词与音乐关系研究》　施议对著,中国社会科学出版社。

《张藜作词流行歌曲精粹》　张藜著,大连出版社。

《中国民歌》(1—4)　上海文艺出版社。

《革命歌曲大家唱》　人民音乐出版社。

《中国音乐审美的文化视野》　管建华著,中国文联出版社。

《读词常识》　夏承焘、吴熊和著,中华书局。

《中国近现代音乐史》　汪毓和著,人民音乐出版社。

《传统是一条河流》　黄翔鹏著,人民音乐出版社。

《京剧大观》　北京出版社。

（原载日本《中国俗文学研究》第 13、14 号）

戏曲与音乐

绝赞

中国戏曲音乐发展刍议

中国文化从古至今始终处于发展之中,具有顽强的生命力和宽阔的包容能力,所以它能一直延续下来,使古老的文明在目前的世界文化中仍能有牢固的立席之地。中国的音乐也是同样。著名的中国音乐史学家黄翔鹏先生曾形象地指出,中国的音乐历史像是一条河流,在漫长的历史中,它从来没有停止过流动和纳入新的水源。为此,它也是从古代一直延续到了现代,有着博大、深邃和丰富的内容。由于处在活泼的状态之中,换个角度来说,若是想从现存中国音乐里去找寻不变和静止的部分,那是很难的,几乎没有。中国音乐的各个乐种几乎都是这样,戏曲音乐的部分也不例外。黄翔鹏先生在《论中国古代音乐的传承关系》一文中满怀激情地指出了认识这个现象的必要性。他写到:

> 中国的民族音乐传统是伴随着民族的命运长流过来的。急遽和积愤,舒缓或优美,人们的歌与哭,欢乐与忧愁,血肉联系那样地交融在这条历史长河中。你要不知道她的流域有多宽,河床有多深,流程有多长,你就无法理解她的丰富多彩以及这种千变万化的来源。

把文化的传统比作为一条滚滚流动的河流,这是对中国文化做出的一个非常准确的形象概论。有这个认识和没有这个认识对于理解中国文化是至关重要的。因为,对于中国这样一个文明古国,为什么至今为止它的文化仍有强盛的生命力,没有像其他文明古国文化那样走向停滞和消亡,就是因为它总是处在流动发展之中,没有停顿下来。

传统的河流虽然是浩浩荡荡,但也并非是流畅无阻的。这是因为中国历史与很多其他的国家不同,是一条线性的朝代交替历史。其朝代替换时产生的剧烈动荡,必然造成了文化继承上的阻碍。但正是这些阻碍也构成了继承上的特色之一;传统被继承下去时,就要冲破历史动荡时期的阻碍和断层,有丢失,也有新形式的出现。这是中国文化史上的一个很重要的现象,也是很有中国历史特点的继承特色。所以,在研究中国文化时,这是一个必须持有的观点。

本文是从戏曲的简史及现代戏曲音乐的发展情况进行论述,以对中国音乐发展的一些特点展开一些讨论。

一、冲破朝代变迁的断层传承下来的戏曲艺术

在探讨现代戏曲音乐的情况时,必须先要把戏曲的发展情况做一简单的回顾才行。

中国的戏曲是综合艺术,集歌舞表演之大全。因此,若究其缘起,可以上溯到远古时期的原始歌舞、对生产劳动及巫术祭祀的模仿,以及先秦两汉时期的宫廷乐舞及歌舞百戏、唐宋时期的歌舞大曲等等。同时,在它的形成中逐步地吸收了各个时代小说、诗歌、舞蹈、讲唱、表演、音乐、武术、杂技、美术种种因素,创出了以综合技艺来表现人物和故事情节的表演形式。至宋元时期,南戏和北方杂剧出现和逐渐壮大以后,才算正式地形成了中国戏曲这个完整的戏剧形式。从整个形成的发展脉络上来看,可以清楚地了解到中国戏曲是各代表演艺术的综合产物。

记载中的远古时期的原始乐舞《葛天氏之乐》,大约是公元前两千五百年之前出现的,而13—14世纪中在中国北方盛行的元杂剧,才是中国戏曲正式成立的代表。这期间经过了大约十几个朝代,近四千年!从这漫长的发展过程及最后形成时所具有的内容来分析,可以肯定,若没有大量的继承,中国戏曲这种综合艺术形式的完成是不可能的。由此而来的问题是,中国是朝代更换的历史,在这样的条件下,如何继承是一个很重要的问题,继承中肯定有朝代变更所带来的影响,但是,这种继承与朝代的变更之间的关系是什么呢?这是很微妙的

一个问题。

从戏曲音乐上来看,戏曲艺术虽然正式成立于宋元时代,但是,宋元南戏及元杂剧的音乐则是渊源久远的,它直接继承了唐宋歌舞大曲中燕乐二十八调的内容。它所用音乐中的宫调和曲牌等,都与唐宋音乐有着直接的关联。当然,也有了改变,但这种改变是处于戏曲程式之中,所以成为了戏曲音乐,而不同于唐宋歌舞大曲的表现形式了。由此,是否可以认为,具体的音乐总是通过一些办法被继承下来了,朝代的变化在于统治者的变更,对于艺术来说只是换了一种表现形式呢?

以下,就以元杂剧产生后的戏曲发展情况为例,论述一下戏曲传统继承中的有关表象。

历史上,宋朝之后的元朝,是蒙古人的统治。统治者不是汉族,应该说在文化上的冲突会更加激烈。很奇怪的是,除了废除了一个时期的科举考试以外,对于汉族的传统文化继承和发展并没有多大的阻碍,相反,元朝的汉文化水准达到了相当高的程度。蒙古灭了金,占据了中国的北方以后,逐渐接收了汉族地区以儒家之说为核心的封建制度和文化,在元朝正式成立时,统治者的思想与汉族皇帝已相差无几了。各种汉族传统艺术在元朝的发展,并不比宋朝差,科学方面的天文、地理、算术等都继承了前朝的成绩而又有了更加卓越的贡献;汉族文人喜爱的琴棋书画艺术,在元朝的发展更是不亚于前朝,特别是在书法绘画方面,可说是人才济济。正是在这样一个被大多数历史学家评价为较为黑暗的时代,却诞生了中国文化上的一个新的品种——戏曲,这不是一个使人深思的现象吗? 人们一定会产生这样的疑问: 对于朝代变化中的文化的继承,究竟是怎么来评价才好呢? 看来,由于民族的隔阂,后来的汉族史书对于元代的评价过于苛刻了。起码,元代的统治者对于唐宋歌舞大曲的形式和音乐内容没有禁止或排斥,要不然,就不会有元杂剧的音乐了。

从元到明,是戏曲艺术突飞猛进大发展的一个时代。在这里,暂不谈一定会有的出于在朝者政治需要对演出内容上的限制,但总的趋向是,戏曲像阻挡不住的洪流发展扩大,成为家喻户晓、人人欢迎的娱乐形式了。元代关汉卿、马致远、白朴、郑光祖及王实甫、乔吉等作家写出了以北曲声腔为音乐表现的大量感人至深的作品;到了明代,戏曲从成熟走向繁荣。在四大声腔的盛行及以后的昆山腔独秀的过程中,产生了以汤显祖为第一人的强大的戏曲作家阵营,写出了难以计数的作品。戏曲更加影响扩大,深入到了侯门深院及普通百姓的千家万户之中。明太祖朱元璋虽然认为文人善讥讽,登基之初就曾大兴文字狱,但他却也被戏曲的魅力所吸引,忘不了戏曲享受。他曾说:"五经四书,布帛菽粟也,家家皆有;高明《琵琶记》如山珍海错,富贵家不可无。"皇帝如此,下必效焉。从达官贵人到庶民大众,皆为戏曲的爱好者,戏曲的发达繁盛当然也就不足为奇了。

从元代出现的《中原音韵》、《唱论》、《录鬼簿》等戏曲理论专著起,明代又出现了不少剧论和曲论。徐渭、何良俊、王骥德、魏良辅等人,从剧本创作的情理论述,到戏曲的语言及声腔的音乐特点等歌唱都进行了专门的论述。戏曲从剧本写作到演出表演、音乐等个方面都有了完备的理论著作。戏曲真是到了绝对的成熟期了。

宋元南戏的音乐和元杂剧北曲的音乐,在明代兴起的昆曲中被结合在了一起,使昆曲成为了集南北曲大全的剧种,在明清剧坛上称霸了几百年之久,创造了世界戏剧史上的奇迹。

明清朝代的交替,对于昆曲来说,它并没有遭到毁灭性的打击,相反,昆曲在清代反而更加繁盛,新的传奇剧本络绎不绝,曲论的著作层出不穷,演出班社增多,各地开花。这种现象直到它自己由于在水磨腔上过于纤细和讲究而进入了死胡同和走上下坡路,被花部的地方戏占了上风为止。

明清的很多文人把自己的精力从文章和诗词转向了戏曲的传奇,大部分文才都付与了歌坛曲场,他们创作的大量作品进入了社会,出现了"词山曲海"的描述性语言,使中国的文学也为此进入到了戏曲时代。清代的皇帝们虽然搞了一些文字狱,但对于昆曲的形式并没有进行多少干预。而且,由明人清作家李玉所创作的描写国破家亡的《千钟禄》和清代孔尚任透过王朝兴衰而表达出来悲天悯人故事的《桃花扇》,竟然能列入清代代表性的名剧之中。看起来,那时的文化政策还是有相当的容忍度的。乾隆皇帝八十寿诞之际,徽班进京献艺,为京剧的诞生奠定了基础;雅部的昆曲和花部的地方戏虽然较量了一个阶段,但是以京剧为代表的地方戏终于站稳了脚根,发展成了在清末民初的剧坛中深受欢迎的新剧种。京剧的音乐一半是地方戏的梆子腔和二黄腔,另一半则是继承了昆曲的音乐。在这点上,京剧可是一点也没有客气,甚至把昆曲的剧目,包括表演和音乐丝毫不改,原封不动地搬到了京剧的舞台上,成为了京剧的保留剧目。清代宫廷与梨园行的关系密切,西太后和光绪皇帝对京剧的喜好又促进了艺人们对演技技艺的钻研,清末之后艺人们走出皇宫,在民间传播技艺,使得京剧在民间剧场之中又得到推广和提高,戏曲史又有了一个变化和高峰。

　　一部戏曲史,或是戏曲音乐史,与朝代的变更关系当然是紧紧相连,但是并不是朝代变更必然一切废旧立新,而只是随着社会的变动,适应新的需要而发展。看来,这是最基本的一个事实,也是不可怀疑的历史现象。

　　所谓朝代变更时的历史断层对于文化继承的影响,是要进一步研究和探讨的问题,但仅从戏曲音乐的继承和发展来看,形式只是适应了社会的变化,仍在不断地发展壮大,逐渐健全。

　　但是,真正想了解戏曲音乐的发展,具体地看到在社会变革中保存和发展的情况,那就得从现代的戏曲音乐发展情况来看。如此的做法,是从可以听得见及看得见的事实中去了解中国戏曲音乐的发展道路。

二、当代戏曲音乐发展的大概情况

　　以上,对戏曲史及戏曲音乐的情况作了回顾。当然,古代对于今天来说已经是遥遥不可臆测了,要想做实际考察也很难。所以,只有通过当代戏曲音乐的发展情况,才可以清楚地看出在一段历史中戏曲音乐是怎样发展变化的。

　　当代中国五十多年来,社会不只变化迅速,其动荡激烈的程度也并不亚于历史上的任何朝代,只有过之而无不及。因此,看看今天的情况,观察今人的想法,再推想过去古人做事的原因,可以对其有一些了解。同时,还可以联想到未来会发生的某些情况。以近及远，以己及彼，也是一种可行的研究和分析的方法。

历史上的各朝代都对前代持否定的态度，这是当然的。推翻了前朝建立了新的政权，有了新的皇帝和执政的机构，当然不能再歌颂前一代的事情了，所以在历代的朝代变革中，有不少作品随之消失，随之减少。有些艺术形式也随着内容的禁止而灭亡了。这是在中国历史上一般可见到的情况。但是，1949 年中华人民共和国成立初期，情况稍有些不同。建国之前，经过长期战乱，社会的整体已是千疮百孔，像是废墟一片。各种表演艺术奄奄一息，处于萎缩的状态，以残喘度日的为多。所以，建国初期正属百废待兴之时，绝大部分的艺术形式不但没有被禁，反而得到大力提倡。只是所谓过于封建迷信、舞台形象污秽的部分遭到了一些限制。但随着社会政治环境的巩固及社会主义革命的展开，情况就开始有了变化。在陆续开展起来的历次政治运动中，被禁的部分越来越多，标以"封、资、修"这种今人看来似乎是莫名其妙的罪名而禁演的剧目也多了起来。同时，要求文艺表现现代生活，或是说必须歌颂当代政策、政府和领导及所谓"工农兵"的做法也大大增加、成为了主流。

可是，也要看到，中国现代的戏曲音乐改革，就是以上述的情况为基础来进行的。一般说来，内容的大改变会造成旧形式的变迁与消失，但是，从这五十年来的情况来看，并不全是这样。因为，在改造的同时，既发展和变化了形式的样式，又在很大的程度上仍然保存和继承了传统。当然身边也有消失了的一部分。我们这一代人亲历的这一次历史的变化，是一次被再现了的中国历史朝代变更时的情况。只不过，在 20 世纪的历史条件下，变化和继承的方式更加复杂和多样罢了。

近几十年来，中国戏曲音乐确实有着非常显著的改革和发展。它的主要表现是各剧种除了对本身音乐进行精细雕琢，提高演唱演奏的技艺以外，更力求于创新和增加表现时代气息的能力。以京剧为首，各剧种竞相改革，齐头并进。与五十年前的戏曲音乐相比，有了很大的不同。五十年前的戏曲音乐，虽然简朴，但大都有些单调。包括各剧种的名家，其唱段听起来也有些不足。而自 50

年代以来特别是 60 年代以后,出现的唱腔以及传统唱腔的演唱,都更加趋于完美,符合现代人的要求了。

在 60 年代初,还曾有过"三驾马车"的文艺政策,即:戏曲舞台上要以传统戏、新编历史戏、现代戏各占三分之一。内容上要表现当代,在古典之中也要贯彻现代的精神,这样的做法,直接使戏曲音乐发生了很大的变化。

具体来说,中国戏曲音乐在伴奏上的变化,主要反映在伴奏乐器增多及对西洋乐器的使用上。上世纪 50 年代开始增加乐器,60 年代逐渐成风。之后,"文化大革命"十年里主导文艺的样板戏开了戏曲音乐伴奏使用中西混合乐队的风气,达到了一个最高峰。其结果,从好的来说,确实使戏曲音乐在表现当代生活内容上的能力有所提高,比传统的伴奏丰富得多,重要的是,这种做法也得到了观众的认可,其影响非常之大。现在,戏曲伴奏使用多人数的乐队以及使用中西混合乐队已成普遍现象,而只用传统的伴奏乐器伴奏较大型剧目的现象,则甚为鲜见了。同时,这也已经成为了一种不可扭转、无法改变的事实。

由于有大量的现代戏和新编历史戏出现,在唱腔上,各剧种在保持着本剧种唱腔风格的同时,均在相当的程度上冲破了原有唱腔程式和流派等的约束,创作出很多新腔新调和新的板式组合。因为原有的唱腔怎么也不能符合新的需要,这也是不得不走出的一条新路。

90 年代以来,在国家体制改革带来的社会激剧变化中,中国戏曲音乐受整个社会音乐环境的影响,从曲调到唱法都出现了明显的变化,戏曲与歌曲及其他音乐加快了相互的融和,戏曲唱段中的歌曲成分不断增加,伴奏形式与节奏趋向多样化。相反,也出现了很多近似戏曲的歌曲(俗称戏歌)。

三、对戏曲音乐改革和变化的一些思考

分析中国戏曲音乐如何继承发展变化时,必须指出的是:要注意中国的传统文化思想、现在的国家制度和民族性。这三点是形成如何变化及发展的基本原因。对其了解和分析,也是分析和理解中国历史上的文化传承时所必须做的。

1. 从中国的文化思想来看

中国的事情总是脱离不了政治的影响,戏曲音乐也是这样,这在前两节中已经说得很多了。其实,从中国的思想传统来看这并不奇怪。中国古来就非常重视音乐的教化作用,有礼乐思想的传统。虽有五四运动对旧文化的冲击和反对,但在实际上并没有脱离过礼乐思想的基本框架。礼,是政治的需要;乐,则是配合这个需要的文学音乐等艺术形式。如此理解,传统的形式要为新的政治服务,是理所当然的。而且,它也是必然会被执政者利用的一种形式。对于这一点,中国人并不感到被动,而是自然而然地去做了。做的结果,也就自然会有形式上的变化出现。

实际上,如前边已经叙述过的那样,近几十年来,在中国作为文化方针指导者的政府及其文化领导机构,一方面提倡恢复与振兴传统,强调继承;另一方面也非常坚定地强调戏曲必须表现现代题材,为现实的政治服务。无论加以什么样的解释和新的说法,实际上,这仍是继承了中国历史上的正统文化思想,还是在继续强调音乐的教化作用。尽管这是在一个新的历史环境里。

还应该注意到的一点是:中国的古典戏曲艺术既要反映现代内容,又有着为现实政治服务的义务,这两点的同时存在,使它在某种意义上已经脱离了古典艺术的固有含义,已经自然地成为了与时代并行的艺术。也就是说,可以把中国的戏曲看成是一种与时代一起发展和变化着的当代艺术,不是停顿的古典艺术了。它所以会产生巨大的变革,与它不脱离生活的时代感是分不开的。因此,我们可以看到,戏曲对解放后的任何政治运动,都体现有相应表现的剧目。在这种情况下,戏曲的表演,包括演员的形体动作、唱腔音乐、舞台美术等等,都要进行全面的改革,以适应表现新内容的需要,不可能不出现大的变化。

如果与日本比较的话,可以看到,历史上日本虽在汉文化圈之中,但是近代以来摆脱了儒家礼乐思想的控制,把礼和乐的政治从属关系化为仅仅是"乐中有礼"的一种音乐表现。并且,以纯粹的西洋音乐为社会音乐的主体,全盘接受了欧美的思想方法作为指导。即使有所谓的振兴民族音乐的举动,也是由于战后经济复兴唤起对历史传统的重视以及被世界性民族音乐的兴起所驱动。所以,日本对古典民族音乐的态度好像是中国对方言的态度——可以使用,也可以欣赏和研究,但没有必要去发展和改革它。

2. 从社会制度上来看

社会制度对一个国家的各个方面都有很大的影响,这是一个必须正视的现实情况。看不到这一点,也不可能对中国文化有清醒的认识。中国是一个具有中国特色的社会主义国家,有文化部等直接制定文艺方针政策和直接领导文艺团体的国家部门。几十年来,很多促进艺术改革发展的举动,是由这些政府部门直接领导的,很多对传统的整理和抢救行动也是由这些部门所布置的。当然,也有很多不成功的或是劳民伤财之举。但是,以中央政府及国家之力去提倡某种做法,包括举行各种各样的文艺汇演、调演以及举办无数的庆典文艺演出活动,其影响力之大,不在其中是很难想象的。除了大大推动了戏曲艺术的发展之外,对于各种戏曲形式风格趋于相似,演出色彩同一的形成,也有一定的影响。

社会制度对于艺术的发展来说,是至关重要的,制度不同,发展道路必有不同。这一点也不可讳言,同时,这也正是中国与亚洲其他国家音乐发展道路不同的原因之一。

3. 从民族性来看

处于东亚大陆的中华民族,是容纳性很强的开放性的民族群体。"海纳百川,有容乃大"是其文化价值观的基础。对于外来的或是新出现的事物,只要能为我所用,绝不排斥,然后加以融化,使其与己同为一体。对西洋文化的接受方法与日本大有不同。所以,也是出于民族性而发出的改革发展口号,目标不仅放眼国内,也还力求在世界舞台上能有立席之地。这也是自五四运动起,中国人对民族戏曲及民族音乐改革的夙愿。几十年来,这个目标一直没有变化,并取得了很大的成功。这也是中国近代民族音乐,包括戏曲音乐的发展道路与日本不一样的一个重要原因。

在改革与发展中,中国的戏曲艺人是以适应观众和跟上社会环境的要求为自己的改革目标。随着社会环境的变化而改进自己的表演形式,是艺人们自觉的行动,而观众对艺人们所做的改革报以热烈欢迎态度,又成为艺人们能够这样行动的基础。因此,艺人与观众对改革的相互支援,是戏曲音乐改革的重要动力。当然,这也是民族性的一种表现。

从古到今,中华民族都是一个很喜欢接受新事物的民族。在新旧形式出现争执时,往往是旧的形式不由自主地被新的所代替。不仅是在历史上,就是在我们当代的身边,也可以找到很多这样的例子。"文化大革命"是一场浩劫,是被人们所厌恶的。以政治力量在舞台上霸占了十年的样板戏虽然已成过去,但是,在某种角度上来看,它是代表着一种新的形式,是对旧形式的变革。所以,现在的各种戏曲,都接受了它的影响,在表演形式上,在唱腔、伴奏上,都确确实实地在沿用样板戏的那些方法。分析起来,这个情况也是民族性的一个表现吧。

四、对今后的展望

自 20 世纪以来,中国一直处于激烈的动荡之中,各历史时期的社会环境均对戏曲从形式到内容有很大的影响。特别是近二十年来国家体制进行改革,社会剧变,处于这种环境中的戏曲艺术,既有加快发展的表现,又面临着前所未有的挑战。比如,受到流行音乐的冲击,剧种减少,剧团减少,演出次数减少,观众减少等,都是实际存在的情况。但是,这未必不是对戏曲的一次新挑战。同时,也应看到中国的情况非常复杂,对任何事物都很难用一句话来概括,也不能仅对一种表现做出整体的结论。戏曲的情况也是如此。目前,国家领导人对传统戏曲的偏爱,大量新老票友对传统戏曲的挚爱,又在一定程度上鼓励了传统戏曲的复兴。总之,对戏曲来说,是处于一个发展与消亡、危机与希望共存的时代。但可以肯定的是,消亡是不会的,只会继续发展下去。但能发展到什么程度,又会出现什么样的新变化,却只能待之以观了。

中国民族音乐的种类繁多,但在音乐的传统上有着共同的特点,这就是在继承的同时特别强调发展与改革。这是从古至今中国音乐历史上的基本现象,因此,正像本文开始处所引的黄翔鹏先生所说的那样,具有悠久历史的中国音乐,其发展的道路像是长江大河,绝对不会停滞和消失! 对于这一点,我们是应该坚信的。

　　附注　2001 年 11 月,在冲绳召开了中日音乐比较研究学术研讨会。在会上,我做了题为"关于中国戏曲音乐发展道路"的发言。此文,是由发言底稿扩大而成。内容虽是我多年来所思考的,但由于写作时间所限,仍不能以较长的篇幅来进行仔细论述,只是把自己的想法做了基本的总结和说明而已。对此,敬请大力指正为盼。

参考书目:

《中国古代音乐史稿》　杨荫浏,人民音乐出版社,1981 年 2 月。

《中国古代音乐史》　黄翔鹏,汉唐乐府出版社,1997 年 12 月。

《传统是一条河流》　黄翔鹏,人民音乐出版社,1990 年 10 月。

《中国戏曲通史》　张庚、郭汉臣,中国戏剧出版社,1980 年 4 月。

《中国的戏剧》　彭飞,中国戏剧出版社,1986 年 8 月。

《中国戏曲史略》　余从、周育德、金水,人民音乐出版社,1993 年 12 月。

（原载日本丽泽大学《中国研究》2004 年第 11 号）

表演艺术的混生到混成

——谈中国戏曲的形成

引　文

　　戏剧，是人类在文明发展中做出的出色业绩。无论是东方还是西方，人类都是因自身感受的需求而创造了戏剧，并充分地享受着这种艺术带来的快乐。中国的古典戏剧，是世界历史上悠久的戏剧文化形态之一，它与古希腊戏剧、印度戏剧共同构成了世界上古老的三大戏剧文化。中国戏剧积聚了中国文化的精神，具有鲜明的民族性，是绝对具有独特民族风格的戏剧艺术。

　　在世界三大古典戏剧之中，中国的戏剧出现最晚，只有八百多年的历史，而古希腊戏剧的历史，已有两千多年。因此，中国戏曲形式成立的晚、发展缓慢的原因，成为了中国戏曲史研究中的一个古老而又顽固的命题。但是，想要弄清楚和分出条理来，是相当困难的，至今为止，还没有见到比较有说服力的文章。

　　我想，如果想得简单一点，只从戏剧的构成特点和戏剧的观念上，做一些推测和比较的话，是否可以呢？

　　本文即是从这个观点出发，说出自己的看法，以供同仁参考。

一、中国戏曲的表演特色

　　在中国，虽然戏剧与戏曲这两个名词是并用的，但在习惯上，戏剧名称的内容比较广,它包括现代、古代各种戏剧都在内,所以人们就把戏曲作为古代戏剧的专门称呼了。

在戏曲这种中国土生土长的戏剧艺术表现形式中,包含着许多复杂和丰富的因素,它包容着歌、舞、音乐、道白、动作表演、美术等很多种形式,是名副其实的综合艺术。那么,中国戏曲的表演特色是什么呢? 它关系到了如何看待它的形成和如何寻找它的历史。所以,在这里,把大家所熟知的一些内容再分述如下。

中国戏曲的舞台表现特点,大约可分为两点:

1. 唱、念、做、打的综合表现手段

中国戏曲的演员在舞台上,运用了唱、念、做、打的综合表现手段创造人物形象。

唱——是歌唱,是戏曲主要的艺术手段,根据剧情的需要以及人物情绪发展的需要而使用。通过优美的音乐旋律和文学词句的描写,使观众在听觉上获得美的享受。只有说而没有唱的剧种,几乎是没有的,而且,唱腔的音乐成就是很高的,演唱上也很讲究技巧,在中国民族音乐中占有很高的位置。

念——是人物在舞台所说的台词,又叫念白。它和唱相互配合、补充,是表达人物思想感情的重要艺术手段。念白大体分两类:一类是韵律化的"韵白",与现实生活中的语调、语气都有很大的差别,但是与歌唱却很相近,类似吟唱,有时甚至与歌唱不分上下,混为一体;另一类是以各种方言为基础接近于生活语言的"散白"。无论是韵白还是散白,都是经过艺术提炼的语言,近乎于朗诵。戏曲的念白具有很强的节奏感和音乐性,有缓急、抑扬、顿挫的节奏变化,既悦耳动听,又有传神的艺术效果。

做——是舞蹈化的形体表现。做也可以解释为把人们生活中的动作变为舞蹈化的形体动作,它是戏曲区别于其他表演艺术的主要标志之一。在戏曲舞台上,纯生活的动作是没有的,都是出于生活而又美于生活。戏曲演员在创造角色时,手、眼、身、步各有多种很美的程式化动作,使戏曲舞台上的表演始终处于一种和谐与舞蹈之中。

打　　是武术或翻跌的各种技艺。它是戏曲形体动作的另一重要组成部分,它把传统武术、杂技等的表演舞蹈和戏剧化了。也可以把它看作是舞蹈的一部分。打分为"把子功"、"毯子功"两大类。凡使用兵器表演的,称"把子功";其他在舞台上翻滚跌扑的技艺,称"毯子功"。有了这样的表演方式,戏曲舞台上可以表现内心激烈的矛盾场面,也可以表现万马千军的战争场面。这是中国戏曲很了不起的特殊表现方式和功能。

唱、念、做、打综合使用,四者有机的结合,形成了中国戏曲的表演特色。它表现了中国戏曲表演上的综合特性,缺少了任何的一点,也不是中国戏曲了。可以说,综合表现既是它的生命,也是中国戏曲表演的特殊艺术手段,同时,也必须看到,这就是中国戏曲表演的基本构成。

王国维在其《宋元戏曲考》中对戏曲所下的定义是"以歌舞演故事"。具体说来,对"以歌舞"的解释,就是以上所述唱、念、做、打的四种表演方式。

2. 超脱时空形态的虚拟舞台

中国戏曲艺术有着一整套虚拟性的表现方法,这也是它舞台表现构成的核心。戏曲演员在没有任何布景、道具和一无所有的舞台上,可以凭借着他们对事物形象描摹的细致动作,使观众了解角色所处的环境,把观众带入多种多样的生活联想中。出色的演员在表演时,能够自然地表现出缤纷的场景和精彩的故事来,让观众一看便懂。这种中国戏曲表演的虚拟性,给剧作家和演员以极大的艺术表现自由,使戏剧在表现生活的领域上,几乎无所不能。

传统的西方戏剧家,则是运用一切可能的舞台手段,去制造现实生活的幻觉。他们让观众像身临其境一般,沉浸在舞台上创造出来的生活环境与气氛之中。可以说,这就是西方戏剧舞台的时空观,它的基本支撑点就是要求艺术真实地反映生活,尽量与生活一般无二。

但是,中国戏曲明确地承认戏剧的虚拟性,戏不是生活的真实,戏就是戏,是一个虚拟的世界。由于中国戏曲十分鲜明地标举出戏剧的假定性,所以,戏曲舞台是一个基本不用布景装置的舞台,它不依靠舞台技术创造现实生活的幻觉。舞台环境的确立,是以人物活动为依据的。有人物的活动,才有一定的环境;没有人物的活动,舞台不过是一个抽象的空间而已。

中国戏曲舞台上的时间形态,不是相对固定,是很有"弹性"的,可长可短。长与短,完全由内容的需要来决定。这种极其超脱灵活的时空形态,是依靠表演而创造出的。同时,剧本中提示的空间和时间,也是随着演员所创造的特定戏剧情景而产生的。这些,都充分地得到了观众的认可与共识。

这种舞台的空间,也是为了完成"以歌舞演故事"的目的而形成的。没有足够的舞台空间,歌与舞便没有足够的发挥余地。我想,王国维大概不是仅仅研究了宋元时代的戏曲剧本从文学中得出了这个结论,他对他身边的现实戏曲舞台,也一定是很了解的。

自宋元时代中国戏曲形成以来,舞台上的布景道具就不是中国剧场史和舞台史的重要内容,虚拟虽然是戏曲舞台的构成特点,但这也是中国戏曲的特性之一。

二、关于中国戏曲产生的各种说法

根据中国戏曲有以上的构成特点,在与此相关的研究基础上,关于戏曲艺术的起源,产生了以下几种说法:

1. 发源于古代的巫觋

中国戏剧起自巫觋,是王国维在《宋元戏曲考》中提出的。他认为古代的巫觋是以歌舞娱乐鬼神为职业。古代祭祀神鬼,要用人来装扮成"灵保"或"尸"等作为神鬼所依。他断定"群巫之中,必有象神之衣服形貌动作者",这即是"后世戏剧之萌芽"。

2. 从春秋时代楚国的优孟开始

战国时期,楚国宫中优伶名"孟",曾模仿已故丞相孙叔敖之衣冠形态,劝谏楚庄王,事见《史记·滑稽列传》。于是,"优孟衣冠"成为历代文人常用的典故,或以此作为中国历史上最早的戏剧例证。优孟虽然只是模仿逝去的楚国大夫孙叔敖的神情和动作,谈不上是戏剧的表演,但是它的影响很大,后世把戏剧演员一般称作俳优或优伶,确实是从此而来。任二北先生是此说的代表。

3. 创自宫廷中的乐舞

最初的戏剧形式创自宫廷中的乐舞这一说,是清代纳兰性德在《渌水亭杂识》书中提出的。他说:"梁时《大云》之乐,作一老翁演述西域神仙变化之事。优伶实始于此。"

所谓"《大云》之乐",即南北朝梁武帝宫中的《上云乐》,或称"老胡文康"。优伶装扮的"老胡文康"具备戏剧扮演的因素,基于此,他认为这就是中国戏剧之始。

4. 传自西域

中国戏剧的形成系传自西域之说,是近代文学家许地山提出的。1925年,许地山写有《梵剧体例及其在汉剧上的点点滴滴》一文。文中通过印度古梵剧与中国古典戏曲在内容和体例上的比较,认为中国戏曲的形成主要是受了古印度梵剧的影响。他指出元代杂剧的剧情进行方式、元明南戏或传奇的开场问答以及一般戏剧开场时的楔子、宣布剧情等表演的顺序及程式之类,都和梵剧相似。他的根据是从中国隋、唐、五代时和西域的交流情况说起,论到当时西域的歌曲和舞蹈流入中原,从而联系到了中国戏剧和梵剧体式之间的关系。

这虽然只是一家之说,但近年来,随着对丝绸之路的研究以及1959年在新疆发现了隋末唐初时古回纥文的佛教剧本《弥勒会见记》等情况,许地山之说,在一些场合中也时常有人提起。

5. 模仿傀儡而来

这一看法,以孙楷第的《傀儡戏考源》为代表,他认为中国傀儡戏源于周代傩仪中的方相氏假面驱鬼。汉唐时期傀儡分衍为两派,即真人扮演和假人傀儡。他认为,中国古典戏曲的表演体制乃是模仿傀儡戏而来的。

6. 汉代百戏为戏剧的开端

这种看法,从由来上强调了戏曲是综合的艺术。上世纪50年代,周贻白在其《中国戏剧史》中指出,戏剧是"综合艺术",作为一项独立的艺术门类,应是以表演故事为主并吸收其他艺术形式而形成的。以"综合艺术"和"故事核心"

为标准,他认为汉代百戏中的节目《东海黄公》,可以说是"中国戏剧形成一项独立艺术的开端"。而且,他特别强调了"中国戏剧的开端来自民间"。

以上六点看法,基本上代表了上世纪初到五六十年代戏曲史研究上对戏曲起源的主要学术观点。

7. 上古歌舞起源说

20 世纪 70 年代末至 80 年代初,戏曲的起源与形成的研究重新受到了学术界的关注。除上述观点分别有所引申以外,又有了"上古歌舞起源说"。张庚、郭汉城主编的《中国戏曲通史》(1980)称:"中国戏曲的起源可以上溯到原始时代的歌舞。"并且,他们在《中国大百科全书·戏曲曲艺》中,也总结性地写道:

> 中国戏曲的起源很早,在上古原始社会的歌舞中已经萌芽了。但它发育成长的过程却很长,经过汉、唐,直到宋、金才形成比较完整的戏曲艺术形态。戏曲主要是民间歌舞、说唱和滑稽戏三种不同艺术形式综合而成的。庙会和瓦舍勾栏对戏曲的形成起了促进作用。

8. 最近,又有了一些新的说法

比如:《戏曲研究》2002 年第 3 期刊载贵州王颖泰《中国戏剧起源新论·兼论贵州戏剧的起源》一文,提出了中国戏剧起源于"黄帝蚩尤战争"的新论点。王颖泰从民族学、人类文化学、考古学的新理论、新方法入手,认为中国戏剧起源于原始歌舞之前的原始战争中黄帝对蚩尤的模仿。文章还指出,古籍《龙鱼河图》中以下的记载,也是中国戏剧批评文学最早的源头:

> 蚩尤没后,天下复扰乱,黄帝遂画蚩尤形象以威天下,天下咸谓蚩尤不死,八方万邦皆为弭服。

此说可谓"蚩尤说"。类似的说法还有一些,但都属探讨之中,不能成定论。

三、关于中国戏曲形成的各种说法

中国戏曲正式形成的时间，是戏曲史研究的重要内容。但是，比起起源的问题来，各说之间，并没有很大的分歧。在这里，也是必须要知道和提起的。

"戏曲"一词，最初见于元人陶宗仪的《南村辍耕录》。其中说道：

> 宋有戏曲、唱诨、词说，金有院本、杂剧、诸宫调，院本、杂剧，其实一也。

这是戏曲这个名词的第一次出现。可是，具备了哪些因素以后，才可以算是真正的戏曲呢？对这个问题的不同认识，直接牵涉到了中国戏曲史上的基本问题，牵扯到了于戏曲成熟具体时代的判断。在近现代戏曲研究者的意见中，对于中国戏曲形成的看法，大概有三种：

1. 唐代说

这是任二北先生的说法。他从传统的区分文体的要点出发，认为有了"代言、问答、演故事"的文体形式，即可以称为具有了构成戏剧的基本条件。他认为唐代的歌舞剧"踏谣娘"就是"唐代全能之戏剧，在今日所得见之资料中，堪称中国戏剧之已经具体，而时代又最早者"。

2. 宋代说

这种说法的代表有郑振铎和周贻白两位先生。

郑振铎在《插图本中国文学史》中指出：

> 盖中国最早的戏曲，其产生期，今所知者当在北宋的中叶至宣和间（约11世纪末至12世纪初叶）。

周贻白在《中国戏曲发展史纲要》中写道：

> 北宋时期民间勾栏所演杂剧，不仅内容上已完全以故事情节为主，装扮人物，根据规定情境而作代言体的演出，而且，在表演形式上则根据唐代参军戏与歌舞戏相互掺合这一基础，从故事情节出发，使内廷那些轮替着演出的歌舞杂技成为有机的结合，由是形成多种伎艺高度综合的中国戏剧的表演形式。

此外，持"宋代说"的还有钱南扬、胡忌、赵景深等戏曲研究家。

3. 元代说

这种说法，出于清末民初的学者王国维。他断言代言体戏曲"自元剧始"。他在《戏曲考原》和《宋元戏曲考》中，阐述了戏曲的定义和对戏曲产生的断代：

> 戏曲者，谓以歌舞演故事也。
>
> 然后代（宋之后）之戏剧，必合言语、动作、歌唱以演一故事，而后戏剧之意义始全。

王国维所言"合言语、动作、歌唱以演一故事"作为中国戏曲成熟的标志，是比较简练而恰切的说法，基本上得到了普遍的认同。而主张宋代说者对戏曲成熟标准划分的根据，不过是对王国维这一说法的不同阐释。

以上三种说法，虽概括了唐、宋、元三个时代，但对任二北先生的说法附和者较少，认为宋元南戏和元杂剧为中国戏曲的正式形成者较多，好像这已成为了一般对中国戏曲正式产生时代的共同认识。

四、存在的疑问和应该考虑的问题

从上一节对中国戏曲产生的由来和形成期的研究结果来看，解决不了的是以下的几个人们常有的疑问：

为什么中国这样的文化古国在戏剧产生上那么迟缓，至今只有八百多年的历史？与其五千年的文明史为什么那么地不相称呢？

作为古代欧洲戏剧代表的古代希腊戏剧，在公元前 5 世纪便进入了繁荣时期，而中国戏曲的繁盛期若以明清时代来算的话，比欧洲晚了大约两千年左右。这是为什么？

以古希腊的戏剧发展来看，从公元前 7 世纪酒神祭祀开始，到公元前 4 世纪《诗学》问世，经历三百年，戏剧的体制就基本上固定下来。而中国的戏曲，若从先秦歌舞算起，到宋代南戏出现，其间却经历了漫长的一千多年。为什么中国的戏曲需要那么长的孕育期和形成期呢？

戏剧是人类自然而然所需要的艺术形式，它的产生肯定也是自然而然的。那么，中国戏剧形成很晚的现象，以及对西洋戏剧与中国戏曲在出现时间上的差距，究竟如何来理解呢？

1988 年 9 月，在中国的青岛曾经召开过一次"中国戏剧起源讨论会"，会上专门和集中地对中国戏曲的起源进行了讨论。虽然还只是个开端，没有得出什么结论，但是，会上有一些文章和发言的内容是很有启发性的。笔者特别注意到：有不少学者都认为，探讨起源及形成的问题时，必须要明确我们的戏剧概念是什么，必须明确了这一点，才能对其起源和形成进一步地探微和论述。

指出这一点是非常正确的，也是非常必要的。名不正，则言不顺。我想，我们应该注意的是，中国人对于戏剧的感觉，也就是中国人的戏剧概念和西洋的是不是一样的呢？如果能弄清这一点的话，对有些问题和疑点是不是就好解决一些了呢？

以下，根据这个想法，从中国古代的娱乐观念开始到戏剧概念不同的方面，做一些推论。

五、乐（娱乐）的观念与对乐的理解

自古开始，人类的娱乐观大概都是一样的。开始，娱乐只是一种感官上的简单追求,有视觉、听觉上的感觉和身体的律动等等。所以,"乐"这个字、最初就包括了这些含义。在远古时期,"乐"是整个娱乐的概念。原始时期的歌、舞、乐是密不可分的,是混生在一起的。这也是世界各民族艺术历史上共有的现象,中国当然也不例外。但是,由于中国文化历史传统有着非常强的生命力,使得古代人们对综合性的"乐"有特殊的深厚感受以及娱乐是集大成的和各种形式混生着的看法,作为一种观念,顽强和巩固地维持了下来,而且在发展中逐渐又占到了主导的地位。

在"乐"被分化为各种形式各自独立发展以后,经过了漫长的时间再一次被集中起来,成为一种艺术形式时,这大概就是隔了两千年之后的戏曲了吧。关于这一点,下面还要叙述。

公元前 11 世纪开始的周代起,中国已称歌舞乐混合的艺术形式为"乐",甚至在音乐舞蹈等各自成为独立的艺术形式之后,"乐"仍既可以指歌,指舞蹈,也可以指乐器之乐,一直保持着它较广泛的模糊词义,而且保持了很久。我们还可以看到,"乐"也与"欢乐"的"乐"字是同一个字。欢乐给人们的,当然也是一种广泛娱乐的意义了。

今天,虽然"乐"已单指音乐了,但是提起远古的"乐"来,学者们却还是称其为"乐舞"。关于乐舞的具体形象,在现存的一些原始岩画中有些记录。在那些画中,有非常形象的原始乐舞场面,内容描绘了是群体的歌舞活动,描绘得相当活泼生动。据文献保留下来的记录可知,原始乐舞的举行跟祈求丰收等祭祀活动是有关系的,因此,其中必然包含有生产活动的再现成分。

在原始时期,乐舞不但是混生的,它的活动本身也并不成为一种社会的分工,因此也不存在专职的乐工。乐舞是部落人员的全社会活动。严格地说,大约到了公元前 21 世纪夏代建立以后,乐舞才真正从社会中取得独立,成为一种社会分工了。传说夏代初期的国君启和最后的国君桀,都曾用大规模乐舞供自己享乐,在那时,有了一大批专职的乐舞人员,这正是乐舞作为艺术而独立于社会的标志。

乐舞独立于社会之中后,它也逐渐地走向了细致的分工。诗与歌也开始了分离，乐与舞也走向了别途。可是，在以后历代的宫廷歌舞中，乐舞都仍然存在，一直在延续着。人们对于乐舞混生形式的爱好，以秦汉乐府清商乐相和大曲、唐宋歌舞大曲的形式一直流传继承了下来。直到戏曲这种形式出现之后，歌舞大曲才衰落了下去。

中国古代对于娱乐的感受和要求是综合性的，它的具体形式是乐舞。这就是中国古代对于娱乐的一种认识和它的大概发展过程。

那么，这些与戏曲的发展有关系吗？这正是本文所要强调的一点。

六、戏曲直接继承了乐舞的混生形式

从混生的艺术形式开始，到后世文学艺术分门别类地发展，都是历史的必然，是无可争辩的事实。但是，我们也要看到，中国人所追求的，仍是一种大而全的综合性艺术表现手段。换句话说，追求艺术开始时那种综合表现状态的愿望和要求，在我们这个民族的艺术中，是一直没有停止过的。

在原始时代，原始乐舞的雏形，是劳动的呼声结合着劳动工具所发出的音响，再加上劳动的动作。社会生产关系日益复杂，歌舞音乐的内容和作用也随着扩大，原始的乐舞也有了具体的内容。古籍记载中有歌颂祖先、祝愿丰年的《葛天氏之乐》的乐舞，是由三个人表演，手执牛尾，载歌载舞。从留下的乐舞名称来看，还有驱除干旱、祈求雨水的《朱襄氏之乐》；还有说是舜时的代表乐舞《韶》。《韶》是神圣的宗教性的乐舞，流传了很长的时间，一直到孔子的时代，还被演出着。公元前 517 年，孔子在齐国听到韶乐后，大加赞叹："尽美矣，又尽善也！"内容上的尽善、形式上的尽美，成为了我国文艺批评的最为基本的标准。人们很难想到，这个直到现在仍在被执行着的标准，而其词语的来源，竟是出自对远古时代乐舞的评论。

周代朝廷所用的宫廷乐舞中，有所谓《六代之乐》和《四夷之乐》等。《六代之乐》是指从黄帝时期起流传下来的六部大的乐舞；《四夷之乐》是指来自秦、楚、吴、越等边远地区的各民族的歌舞音乐。关于周代乐舞的记载，是很多的，不乏具体的描述。

儒家的代表孔子,不但把乐的地位看得很高,而且对乐提出很具体的要求。他们认为,乐在社会生活中是非常重要的,礼乐结合在一起,对国家来说,是治国平天下的要策,对个人来说,是修身立世的根本。乐可以移风易俗,对人们能起潜移默化的作用。孔子说:"移风易俗,莫善于乐;安上治民,莫善于礼。"在孔子教育科目的"六艺"之中,乐居第二位。而且,像以上曾指出的那样,孔子还对乐的思想性和艺术性的标准提出了"善"和"美"的要求,主张二者应该统一。孔子所言之乐,应该看做是乐舞之乐,而不是单纯的音乐或乐器。

汉武帝时,改建和扩大了自秦代以来就设置了的乐府。乐府是管理乐舞的机构。西汉时的乐府,一度曾达到有过一千多人的规模。乐府中各类人员分工精细。汉代的清商乐、相和大曲等仍是乐舞这种综合艺术的表现。而且,结构庞大的相和大曲,是一种大型的歌舞套曲形式。

汉代有了歌舞伎乐,称为百戏,是多种民间艺术的汇合,包括有歌舞、说唱、杂技、角抵、魔术以及带有简单故事情节的小型歌舞剧等。以音乐为联合媒介的这些表演形式,经常聚集在一起演出,而这种内容更为多样的综合演出,使综合性表演除了乐舞以外又增加了很多。当然,也可以说奠定了戏曲综合演出模式的基础。

隋唐时期是中国历史上最强盛稳定的时代。经济繁荣,国家强盛,为文化艺术的繁荣提供了雄厚的物质基础和良好的发展条件,诗歌、音乐、绘画、书法、舞蹈、建筑等各项文化艺术都全面取得了突破,亚洲各国及中国国内各民族的歌舞荟集于唐国都长安,在国内外各民族文化长期交流的基础上创造出的唐代歌舞音乐,达到了在历史上的最高繁荣局面,一直延续到五代十国。

隋唐的宫廷音乐又称为燕乐,是当时最高艺术形式的代表。隋唐燕乐具有庞大的体制和内容,隋初设七部乐,即清商伎(汉魏时代的清商乐)、国伎(即西凉伎,现甘肃一带,古西凉国,龟兹乐和汉族音乐的混合)、龟兹伎(古龟兹国的音乐,现新疆库车一带)、安国伎(中亚古国乐舞,现乌兹别克斯坦境内)、天竺伎(古代印度乐舞)、高丽伎(古代朝鲜乐舞)、文康伎(后改称礼毕,汉族带假面具的祭祀乐舞）。后又增设疏勒（古西域国名，今新疆疏勒一带，维吾尔族聚居处）、康国（今乌兹别克斯坦）两个乐部，共为九部。唐代在延用隋代燕乐的基础上，去掉文昌伎，改设燕乐部（歌颂朝廷功绩的乐舞），太宗时又加入高昌乐（古高昌国音乐，今新疆吐鲁番一带），共十部乐。

隋唐的宫廷燕乐仍是乐舞的形式，它集中地反映了这一时期表演艺术的最高成就。

它有歌有舞，演出人员众多，声势浩大，颇为壮观。在其音乐内容中，大曲是最值得注意的主要部分。大曲是继承前代的相和大曲、清商大曲的形式而来的，是歌唱、舞蹈、器乐综合在一起的大型乐舞。大曲节奏多变化，结构也复杂，基本上可分为"序（节奏自由，无拍子，器乐演奏）、中序（进入拍子，歌唱，器乐伴奏，多为抒情慢板）、破（舞蹈为主，节奏逐渐转快结束）"三部分。作品很多，如《秦王破阵乐》、《梁州大曲》等。大曲中的法曲原是佛教音乐，与大曲渐渐合流，成其一部分了。记载中，唐玄宗（712—742）对法曲有着很大兴趣，曾亲自主持法曲《霓裳羽衣曲》的创作。

与隋唐音乐高度发展相适应，隋唐时代的音乐机构也相当庞大。比如，唐代管理礼乐的机构"太常寺"规模很大，其下属机构大乐署曾有乐工一万一千多人。"教坊"是适应唐代宫廷燕乐而建立的机构，集中了高水平的歌舞、器乐人才。唐玄宗时设立的"梨园"，是专门培养音乐舞蹈人员的，梨园子弟有三百人之多。这些音乐机构的存在，使宫廷燕乐能保证有高质量的演出人员。这些，都是为了综合性的演出——乐舞而设置的。我们也可以说，乐舞到了唐代，已经到了它发展的最高峰。

随着中国传统文化在宋元时代向市民文化的转向，表演艺术的发展也同样发生了变化，娱乐的中心由宫廷转向了民间大众。城市经济的繁荣，使城镇中出现了大量的游乐场所"瓦舍"、"勾栏"等，适应着日益壮大的市民阶层的需要，乐舞这种大型的表演形式开始退下了历史的舞台，但乐舞综合性的表演形式却没有消失。这时，戏曲适时地出现了，它继承和代替了乐舞，继续地把中国人所爱好的综合表演形式发展了下去。

戏曲,就是在这样的历史条件下形成和成熟的。换句话说,戏曲,也只是在这个时候才能出现和形成。它虽然是乐舞的继承,但它的出现还有一些必要的条件,简单来说:

1. 当音乐舞蹈及其他的表演艺术已经发展到了相当的高度时;

2. 当说唱文学、词曲文学都很完备地为戏曲的文学方面打好了基础以及更适合用音乐表现的文学体裁已经具备时;

3. 当音乐、文学用来表现代言体也完全没有问题的时候。

因为中国人追求的戏剧形式是完整和丰富的歌舞形式,而且是完整、高水平的综合形式。在以上的条件具备时,戏曲诞生的条件也就成熟了。分析起来,继承乐舞的形式特点,只有由戏曲来完成了。

但是,形成戏曲的歌舞结合虽是自然而然,但这些结合的形成不是远古乐舞的混生了,它是歌舞音乐及其他表演形式与文学的混成体。它的表现形式是戏剧舞台,它的代表作是宋元杂剧。因此,我们才可以说,宋元时代在中国出现了正式的戏剧。这个戏剧形式,与远古时期"乐"的混生体不同,它是有着相当人为性的混合体,是人类的一个伟大的创造。

七、中外戏剧观念的不同

按照西洋戏剧的观念来理解戏剧的话,在中国,戏剧是没有理由不在早期就出现的。

关于西方古典戏剧的概念,按照亚里士多德的说法,构成"戏剧"有几个必要的条件,它们是:

1. 故事情节有一定长度;

2. 媒介是语言;

3. 表达方式是摹仿、代言。

这是单纯而又明确的戏剧概念。对于有着传统的和很高水平的中国文学艺术来说,利用一种表演形式做到这些要求,难道是很难的吗? 当然不是的。

我觉得, 根本的原因,可能是在于西方古典戏剧的概念与中国的不同,所以,中国的戏曲的形成,是依照自己的观念发展的,在宋元时代以后,才到了它的形成期。

王国维的"戏曲者,谓以歌舞演故事也"、"合言语、动作、歌唱以演一故事"作为中国戏曲的特点和成熟标志这一观点仍是非常正确的。西洋戏剧,没有这样的解释,而且,这也不是西洋戏剧的特征。而中国戏剧,不用这样的解释,则是行不通的。因为,没有歌舞音乐的结合,就没有戏曲的舞台。

从中国戏曲的表演形式特点来看,唱、念需要音乐文学的高度发展来做准备;做、打需要舞蹈、武术等各方面的高度发展来做基础。而在唱念做打的全面结合后,才能构成戏剧。这种表演形式的形成,需要相当长的时间进行积累。我们可以认为,所谓中国戏曲形成晚,不是表面上早晚的问题,而是由于追求的是与西洋戏剧概念完全不同的戏剧形式,所以才形成了成熟于 12 世纪的宋元时期,正是因为只是到了那时,才具备了产生戏曲的综合条件。中西两种戏剧概念不同,戏剧的形成也是不能在时间上一致的,在这一点上,是不能做比较的。我想,看戏剧出现的时间时,一定不能忘记中国的戏剧是"戏曲者,谓以歌舞演故事也",是"合言语、动作、歌唱以演一故事"。

近代以来的戏曲,继续继承了这样的综合表演传统,更加发展和提高了它的歌舞表演性能,继续完善了中国戏剧的表演形式。到了现代及当代,中国戏曲的表现方式又得到了进一步地发展,达到了在表现内容上无所不能,在舞台表演上随心所欲的高水平。

从乐舞混生的综合表演艺术,到歌舞音乐及其他表演形式与文学的混成的表演艺术,这就是中国戏曲的由来与形成。

结 束 语

通过前文所述,可以设想,所谓中西戏剧形成时间相差很久的现象,可能只

是由于戏剧观念不同所造成的一个时间差。在中国人（也可以包括东亚国家的人们）的意识中，戏剧是综合性的表演艺术。这种意识可能是来自于远古时期人们对乐舞的混生观念。各种文化艺术的高度成熟，才能催化出更高级综合的戏剧艺术来。单门艺术的发展及各种艺术的综合及综合在一起的磨合，这些都是需要很长时间的。所以，中国的这种综合性非常强的以歌舞抒情叙事为主的戏曲形式，它的形成时间当然就比较晚了。西方古典戏剧的概念与中国的很不同，是单纯而又简单的，形成得早，也是必然的。当然，对一种艺术的概念认识不同，它的艺术结构、表现特点等也就会相当的不同；产生的条件要求不同，产生的时间，也就自然的不同了。

在某种严格的意义上来说，中西的传统戏剧是两种完全不同表现的戏剧艺术，是不能相比的。所以，对于出现的早晚，可以不必过多去想。

（2004 年 5 月 5 日）

附记　戏曲的由来和形成，是个很大的题目。笔者在对戏曲音乐的研究中，也常思考一些这方面的问题，有了本文所叙述的想法。虽然还不成熟，也没有进行足够的阐述，短短的文章仅仅把自己的想法勾勒出了一个轮廓，文中也常有只语片言之处，但为了引发更深一步的研究，引起更多人的注意，不揣鄙陋，抛砖引玉，在此发表，敬希大家不吝赐教。

参考书目：

《中国戏曲通史》　张庚、郭汉城著，中国戏剧出版社，1980 年 4 月。

《中国古代音乐史稿》　杨荫浏著，人民音乐出版社，1980 年 8 月。

《中国大百科全书·戏曲曲艺》　中国大百科全书出版社，1983 年 8 月。

《中国戏曲史发展纲要》　周贻白著，上海古籍出版社，1979 年 10 月。

《戏曲》　幺书仪著，人民文学出版社，1994 年 7 月。

《中国戏曲起源》　李肖冰、黄天翼等著，知识出版社，1990 年 8 月。

（原载日本丽泽大学《中国研究》2005 年第 12 号）

山西长治地区戏曲调查报告

前　言

　　从 2003 年开始,中国经济的增长率一直在 10% 的平台上加速,处于飞跃发展中。但是,随着经济发展,人们却在文化方面感到前所未有的危机和忧虑,保护传统文化的呼声越来越激烈。其中,对戏曲的状况尤为担心,常见的说法是戏曲数量大大减少。谈到这一点时,往往以山西省地方戏曲举例。非物质文化遗产保护中心副主任田青先生在《非物质文化遗产保护三议》一文中对此所说的话,影响较广,被各媒体纷纷引用:

　　　　山西省的地方戏,上个世纪 80 年代尚有 52 个剧种;现在却只剩下 28
　　个,也就是说,有 24 个有着悠久历史、众多剧目、精彩艺术的古老剧种在这
　　短短的二十年里消失了!

　　消失当然是有的,但只是一方面的表现,还不能代表地方戏曲的全貌。有着悠久历史和雄厚群众基础的戏曲艺术,真是都那么脆弱吗?对此,笔者特意进行了一次调查,除了向各界的朋友们了解情况之外,于 2006 年 8 月 27 日至 9月 2 日对山西省长治市地方戏做了实地调查。结果收获很大,看和不看确实大不一样。以下,即是本次调查的内容及自己的一些感想。

一、山西省戏曲的种类

山西省的地方戏很多。关于山西地方戏曲的数目,有的说52种,有的说49种,在各种出版物中,都有不同,真有点"卢沟桥的狮子"的意思了。本文虽然也想对此进行探讨,但靠个人的力量是不可能做成的,只能把现有的材料集中起来进行对照,得出一个结果来。目前,可以利用的是以下几种出版物:

《中国戏曲曲艺词典》、《中国大百科全书·戏曲曲艺》、《中国戏曲志·山西卷》、《山西剧种概说》、《中国戏曲剧种大辞典》、《中国戏曲音乐集成·山西卷》、《全国剧种剧团现状调查报告集》。

以上各书中虽内容大同小异,但剧种数目均不同。笔者将各辞书及"报告集"中各文章中所述的剧种摘出,进行了全面的排列比较,得出了以下的"山西地方戏曲一览表",表中囊括了历次统计中的全部剧种:

山西地方戏曲一览表

(剧种名称以《中国戏曲志·山西卷》为标准进行统一,并标出别称。排列以汉语拼音为序。同剧种集中排列,以前缀地方名称分前后。)

B   北路梆子   蒲州梆子(蒲剧、南路梆子)   上党梆子(上党宫调)
     中路梆子(晋剧、山西梆子)

D   河东道情   晋北道情(神池道情、右玉道情、左云道情)   洪洞道
     情(洪赵道情、晋南道情)   临县道情(晋西道情)   永济道情
     队戏(对子戏)

E   河曲二人台   上党二簧(上党皮黄)

F   繁峙蹦蹦   凤台小戏

G   平陆高调

H   夏县蛤蟆翁   平陆花鼓戏   徽剧

J　京剧　卷戏

L　芮城拉呼戏　昔阳拉话戏　上党落子　武安落子　浮山乐乐腔
灵丘罗罗腔　罗子戏　锣鼓杂戏

M　晋南眉户　翼城目连戏

P　孝义皮腔　武安平调　评剧

Q　秦腔　青阳腔　万荣清戏(晋南清戏)　河南曲剧

S　赛戏(赛)　耍孩儿

W　曲沃碗碗腔　孝义碗碗腔

X　夏县弦儿戏　晋中弦腔　雁北弦子腔　弦弦腔(河北)　河东线
腔(线胡戏)

Y　登台秧歌　繁峙大秧歌　汾孝秧歌　高平清场秧歌　广陵大秧歌
壶关秧歌　介休干调秧歌　祁太秧歌　祁县武秧歌　沁源秧歌
平腔秧歌(混场秧歌)　朔县大秧歌　太原秧歌　襄武秧歌　翼
城秧歌(襄垣秧歌)　泽州秧歌　翼城琴剧　芮城扬高戏　豫剧

Z　左权小花戏

　　以上共 66 种,其中包括有非本省剧种 11 种(徽剧、京剧、卷戏、武安落子、武安平调、评剧、秦腔、青阳腔、河南曲剧、弦弦腔、豫剧)。所以,山西本省的地方戏曲应是 55 种,这是山西省戏剧界历次公布的地方戏剧种的总和。但这也是较细的分法,若分大类的话,就没有这么多了。

　　在整理中发现,近来在各种发言中常被引用的 20 世纪 80 年代山西省还存在 52 种或 49 种地方戏的数字,都不是当时实际存在剧种的数字,而是山西省曾有地方戏综合的数字,在当时已经没有那么多了。调查前,明确这一点是很重要的,由此也知道了"有 24 个有着悠久历史、众多剧目、精彩艺术的古老剧种在这短短的二十年里消失了"的说法是比较模糊的。虽然这个数字是来自最近对山西省地方戏现状调查的报告,但是,在没有仔细搞清 80 年代山西省地方戏的实际存在情况和没有分析那些戏为什么消失的情况下,对这个数字的使用,应该更加慎重些为好。我想,我们的人民还不至于连精彩不精彩都不能辨认吧。其实,笔者在整理山西戏曲剧目时曾做了消失剧种的分析,消失确有其理由。限于篇幅,本文对此从略,容后叙。

有了这个基本剧种数目的概念,以下,可以进入对山西戏曲剧种调查的具体叙述了。

二、山西长治地区情况介绍

经过思考,决定此次调查选择的基准第一是地区经济条件较好,人们的娱乐可以不太受经济的限制;第二是现状尚好,可以马上找到剧团看戏和访问。在中国戏曲学院院长赵景勃先生和中国艺术研究院王娜女士的推荐下,我到了山西东南部的长治市。在长治,又得到了长治戏曲研究院的葛来保先生父子和研究员赵雪峰先生的大力支持,在他们的安排下,完成了这次对长治地区地方戏的考察。

1. 长治地区的社会环境、历史及经济情况

长治在山西是一个很有特点的传统城市,古称上党,位于山西省东南部。上党之意,即"据太行山之巅,地形最高,与天为党也"。这是一个很有气魄也很有韵味的地方,能使人产生留恋之情。长治市历史悠久,文物古迹异常丰富,是一个文化城市。从自然环境上来看,长治不缺水,有极难得的水源丰富的优势,是一个地肥水美、物产丰富的好地方,在历史上和当代都是个经济富裕的地区。

对于不是生活必需的传统艺术来说,经济状况如何也是一个重要的生存发展条件。如果是连生活都要国家补助,就难以要求那里的人们拿出钱来去保护、维持和发展地方文化了。当然,经济落后不见得就使传统文化的衰败;交通不便、经济落后还曾是保存传统文化的一个客观条件。但是现在不同了,传媒文化的大力普及,使得这个条件不复存在。选择了长治市作为代表,是想看看一个比较富裕的地区如何来保持自己的文化传统,其中,包括地方戏曲的生存状态。

2. 长治文化市场的现状及政府与文化事业的关系

长治市下辖 13 个县市区,面积 1.4 万平方公里,人口 320 万。市区人口 60 万。长治市文化市场的情况,从文化局负责人陈秀英在市政府网站上发表的《深化文化体制改革,繁荣我市文化事业》这篇文章中,可以得知。文中介绍:长治市整个市区县所拥有的文化活动单位包含有 210 家网吧、120 家音像制品经营单位、470 家歌舞娱乐场所、362 家印刷企业、135 家图书报刊经营单位、30 家营业性演出团体及影剧院 4 处。此外,介绍中还提到了长治的群众文化有:文化大院(农民自发的娱乐场所)1210 个,农民书屋 71 个,民营剧团 89 个,农民个体放映队 85 个。这些,构成了长治市文化市场的整体。

在以上的文化团体中,属市文化局的下属单位,也就是所谓国有单位共 16 个,其中全额事业单位(即由政府全额支给经费)11 个(市图书馆、市群众艺术馆、市歌舞剧团、市梆子剧团、市豫剧团、市落子剧团、市杂技团、市包装办公室、市文化市场稽查队、市戏剧研究院、市艺校),自收自支事业单位(由自己经营收入开支)5 个(市电影公司、长治电影院、人民电影院、潞州剧院、潞安剧院)。从全国来看,能拿出这样大的经济力量来支持文艺团体的市级地区,是不多见的。

在文章里还介绍了一些情况,从中可以看出近年来长治市政府对文化的投入金额,比如:

> 投资 3214 万元建设长治市图书馆新馆大楼,投资 800 万元改造潞州剧院,投资 240 万元新建市杂技团排练厅,投资 160 万元新建市歌舞剧团排练厅……

2006 年 8 月,山西长治赛社与乐户文化国际学术研讨会在长治市举行;长治市沁源选送的沁源秧歌《海选之后》、城区选送的上党落子《背河》双双荣获全国第十一届"群星奖"金奖。

从 2002 年开始连续四年举办了戏曲展演月,共演出剧(节)目 90 场。豫剧《盘龙台》、上党梆子《代代乡长》、上党落子《希望的田野》、歌曲《百姓当家人》连续荣获山西省"五个一工程"奖,市歌舞团参加在荷兰举办的第十五届国际民间艺术节。

2006 年 6 月,应文化部邀请,上党梆子四台大戏《汉阳堂》、《闯幽州》、《秦香莲》、《三关排宴》在全国政协礼堂汇报演出。连续几年组织专业剧团参加"山西省小戏、小品、小剧种调演",参加山西省戏曲"杏花奖"比赛,参加全国首届戏剧"红梅奖"比赛,参加中国戏剧"梅花奖"比赛……

上面所述任何一件事情,都必须花不少钱做前期投入才行,若没有政府在财政上的支持是很难做到,或是说根本做不成的。所以说,长治的经济基础使其在文化发展上没有大的困难。在生活比较富裕的地区,能不能争取到观众,就是戏曲剧团的生命力的问题了。

3. 长治地区的地方戏曲

长治地区有个笑话说,如果有个外星人掉到地球上了,在各地都受到了不一样的接待。掉到了晋东南(上党地区)的是:

外星人要是掉到晋东南呢? 我们做何选择? 很可能会这样:

一批人教他唱上党戏,一批人拉他挖煤,一批人把他灌醉,一批人瞧稀罕,一批人请他上家吃面……

这里面说的是上党地区的几个特点:上党有好戏, 有煤,有好酒(长治古名潞州,潞州酒有名),爱吃臊子面等。上党戏列到了第一,说明了戏曲的地位和深受人们喜爱的程度。

上党戏的种类不是很多,以上党梆子和上党落子为主,其他还有几个秧歌剧种,如襄武秧歌、沁源秧歌及壶关秧歌等,都比较有特点。另外,长治还有豫剧团。从前面介绍过的文化局公布材料中可以知道,全市共有 30 家营业性演出团体,民营剧团 89 个。除了歌舞与杂技表演团体以外,其他都是戏曲剧团。而这些剧团,都集中在上党梆子、更多的是上党落子这两个剧种上。虽然剧团总数不少,但是专业剧团的状态却是不大令人乐观,县剧团大部分名存实亡。

尽管如此,作为研究剧种整体存在状况来看的话,长治依旧是个很值得注意的地方。按照长治人自己对故乡的评论是:"保守但是又比较发达。"在这样的一个地方,人们是怎么来对待传统呢? 地方戏剧团是怎么样生存的呢? 带着这样的疑问,我到了长治市。

三、对长治市地方戏曲剧团等的访问

1. 戏曲还活着——看第一场戏的感想

8 月 28 日下午,在长治市漳沂村看长治上党落子剧团演出。这是到长治以后第一次看戏。长治上党落子剧团在这里已经演出了三天,这是最后一天。演出分下午和晚上两场,我们看的是下午的演出,从两点到六点,剧目是《甘露寺》、《回荆州》,是传统的三国戏。

章沂村是长治市近郊区的一个不大的村子。从长治市的介绍来看,那里还是以农业为主,有一些如水泥厂等不大的企业,经济情况应该属于一般。演出在村里广场,舞台不大,是个标准的演出舞台。这个村已经十几年没有演戏,来的观众很多。据介绍,演出的前两天,天气也好,观众挤得满满的。这里的人们喜欢骑自行车以及当地很流行的一种电气三轮车,不少观众是坐在自己的车上看的。但剧团人说,这在前两天是不许可的,只能进人,不能进车。当场观众大约四五百人左右,大多为中老年人。观众很安静,看得津津有味。闲谈时认识了一位戏迷,是个退休的农业局人员,一直跟着剧团跑,已经跑了好几个台口了,提起戏来评论不绝口,是个相当了解戏的内行。

看演出后和演员们一起吃饭,剧团演出在村里包饭,吃的包子、小米粥。边吃边向团长询问团里的情况。

团长叫郭明娥,是长治市上党落子剧团的青衣演员,45 岁,1978 年毕业于平顺县戏曲学校,国家一级演员,第十三届中国戏剧梅花奖获得者。那天,她演的是小生。副团长付永亮,也是著名演员。他们介绍的情况以及葛来保先生的补充,大体如下:

剧团常年走于村镇之间,完全面向农村。一年约演 200 场。每个台口(一个演出地点)演 4 天,7 场戏。一个台口报酬为 35000 元,平均 5000 元一场。

剧团建制 120 人,当日现场演出 75 人。职称分一、二、三级演员。现有梅花奖一级演员 1 名。剧团的基本工资由政府专款支给,演出所得交公,作为公积金使用。在这一点上,比其他的县级剧团的自给自足强多了。

演出时一级演员一场补贴 30 元,最低 5 元。演员的构成以 40 岁为骨干,最老的演员 50 岁。作为问题来讲,因为是国有剧团,有固定工资,演员不是争演,而是争不演,演了反而累。

晋东南地区常年活动着 170 个剧团,包括外地剧团,竞争也很激烈。但本剧团演出情况尚好,9 月份演出场次已经排满。另外,本地煤矿等企业及农村在年节有敬神活动的传统,敬神演出是个很大的市场,但在本地的传统意识中上党落子属于小戏,不宜敬神,因此,对演出场次也有一些影响。可是,剧团因为有梅花奖获奖者作为主演这个招牌,来邀请的台口多,对于增加演出的机会和提高戏价,都有一定的促进作用。剧团每年在春耕、秋收时候休息,休息时间不长。

在农村演出,一定要有大戏压轴。特别在晋东南地区,要求看大戏,特别是要看历史概念深沉、忠奸分明的官廷大戏。这是这个地区的一个文化传统。

这是仍在受到国家财政支持的一个县市级地方戏剧团,经济上的情况是还可以的。从演出补贴上来看,由一级演员主演的 30 元到最低的 5 元,相差约六倍。一级演员仅正常演出的补贴一年就可以达到 6000 元以上,加上每月的工资,收入还是可以的。因此,剧团应该能够相对安定地演戏,他们活动在农村中,满足着农民们对娱乐的要求。

从其他的材料上我了解到,长治市对这个剧团很重视,出资支持的金额也相当大。比如,2006 年 7 月,在长治市政府网站上有以下的报道:

7月12日晚，由长治市上党落子剧团排演的大型现代戏《希望的田野》首演式在潞安剧院拉开帷幕，省、市有关领导及专程从北京、吉林、湖北等地赶来的专家一同观看了演出。《希望的田野》，是我市近年来在市委、市政府的大力支持下全力打造的一部优秀作品，该剧由吉林省艺术创作中心一级编剧冯延飞创作，全国著名导演、湖北省京剧团一级导演欧阳明执导，中国歌剧院著名舞台美术设计马连庆设计，以及我省优秀音乐人刘建斌作曲，著名上党落子演员郭明娥、付永亮等领衔主演，该剧也是我市近年来投资规模最大、创作实力最强、舞美制作最精、表演要求最高的一部作品。为了确保该剧的演出成功，市委宣传部、市文化新闻出版管理局多次组织专家研讨剧本，并赴省请专家审读，力争以最佳的演出状态、最好的演出效果、最深的剧本内涵，将该剧打造成代表我市戏剧水平的精品之作，走出娘子关，唱红全中国。

对于市领导来说，这是担负着"走出娘子关，唱红全中国"如此大志的地方戏剧团，当然受到了政府在经济上的大力支持。从某种意义上来看，这个剧团应该是一个目前还没有危机的地方戏剧团。

那么，具体地来说，这次看戏给我的最深感受是什么呢？

已经三十多年没看过农村舞台上的戏了，走进村子，立刻听到了传来的锣鼓声，循着声音，随着熙熙攘攘的人群走进了演着戏的广场，望着看戏的观众和趴在舞台边上的孩子们，忽然，把一直丢不掉的"不景气"这三个字忘得干干静静。时间好像又回去了，感觉又回到了几十年前，同样的舞台，同样的观众！这是我到长治以后对戏曲的第一个感觉。戏曲还在活着！

2. 惊喜与忧虑——高平剧团采访

（1）意外的惊喜

9月1日在长治市马坊头村看了高平县上党梆子剧团的演出。这个剧团虽然不属长治市，但与长治相邻，经常到长治演出。马坊头村是长治市区内的村镇，有1200多人。从村里公布的资料上看，村里具有商业、轻工业和娱乐性的产业,人年均收入 3500 多元,在长治属于中上水平。这个村为全村 60 岁以上老人每人每年补助一些生活费,还建立了为全村年满 75 岁以上老人过生日的制度,是个相当好的农村了。

在这里看戏,我有几个想不到,也可以说是意外的惊喜。

第一,没想到这个村有一个那么大的戏台!

戏台很新,台口就有十几米宽。戏台两边是两层的楼房,可以接待规模很大的剧团来演戏。戏台前的广场也很气派,地面上铺的是圆形花纹的水泥砖。这样的戏台和广场,肯定不只是为村里的 1200 多人准备的,这是考虑了让这一带人们来看戏而建造的,它也是一个富裕村子的门面。这个戏台已经比较新式,不只是演戏,当然也可以演大型歌舞。我问了一下,这个舞台,投资约需要 50 多万元。山西的戏台自古有名,看来现在还保存着这个传统。

第二,观众对戏有深深的感情和理解。

下午演出的是包公戏《包公碑》,我们刚到现场,就感受到了现场观众对剧团演出的热情。观众不少,也听到了他们对剧团的评论。晚上演的是我很久就想看的《杀妻》。八点开演,大约不到十二点结束。

《杀妻》是个老戏改编的新戏,原名为《斩经堂》,曾是京剧演员周信芳的拿手戏。解放后因为被认为是内容封建和残酷曾被禁演。这个戏内容是汉代王莽时期的事情,讲吴汉屈从母命杀死自己的妻子、同时也是杀父仇人的女儿王兰英的故事。这是历史上残酷无情的朝廷政治斗争,戏台上,这个斗争却成了矛盾交织、牵肠挂肚的故事。王莽是失败的篡位者,当然是史书上的坏人,其实善恶如何我们且不谈,吴汉有没有杀妻也可以不论,但是这个戏强调表现了忠君、忠孝、忠夫的封建思想却是无疑。虽然舞台上着意刻画了吴汉的无奈和妻子王兰英的通情达理、温顺柔和,但强硬地从孝悌、忠义上寻找吴汉杀妻的理由,依旧是戏的基本构成。这个戏的情况有点像昆曲《烂柯山》(又叫《马前泼水》或《朱买臣休妻》),那个戏用一个莫须有的妇女离婚故事来说明覆水难收这个道理,是歧视妇女封建思想的典型表现。因此,《烂柯山》现在的演出本甚至加上了爱情的主题,但无论怎样修改,仍是甩不开这个烙印,总有点尴尬存仕。《杀妻》这个戏由葛来保先生改编之后，红遍全国，被各个剧种移植演出。由于有着强烈的戏剧矛盾和表演场面被群众广泛地欢迎着，在长治地区更是被人熟知。在这里，我不是想讨论戏的哲理，我特别想强调的是，这个戏的内容很深，又复杂，如果这个戏能从头看到尾而且看得懂，那么，看其他的戏就更应该完全没有问题了。

演到一半时，开始下雨了。观众并没走多少。雨下大了，走了一些观众，但大部分都躲到了广场四周的屋檐下，继续看戏。带着伞的就坐在台前那里看。雨下得更大了，戏却没有停，在大雨中的广场上，一个妇女孤零零地坐在台前一个小凳上，张着一把小伞纹丝不动地在那里看，她紧紧地盯着台上的演员。这时，台上台下都入了戏，构成了一幅感人的雨中观戏图。这又是一出活生生的戏！农村的人需要戏，爱看戏！给我的印象太深了。

这个有着复杂的内容和背景的戏，能够被群众那么欢迎、理解，也就说明了戏曲的魅力之大，与观众的情结之深。

第三，演员演出是那么认真。

近年来，无论在哪里看戏，总有不满足的地方。因为看到了社会环境变化带来的浮躁，看出了没有认真地练功和排练等等。这是大家都知道的。所以，当面对聋哑人演员一丝不苟表演的《千手观音》时，会表现出无比的感动。但是，在一个山西农村的舞台上，我看到了一场演员认认真真演的戏，一出完完整整的"一颗菜"的戏。没有泡汤、敷衍，我感到，他们是用心来演的。这场戏比那种演一次要付出巨额出场费的演出好多了。

余秋雨先生在评点 2006 年青年歌手大奖赛演员一分钟讲演时，对山西歌手高宝利说："我是个涉猎过古今中外文学作品的人，想要在短短的一分钟之内使我感动，是很难的。但是，你做到了！"

在这里借用余先生的说法，我也是个看过不少各种演出的人，看戏时很容易看出演员在演、唱上的缺点，也很难使我感动。但是，在这个下雨的晚上，在晋东南农村的一个戏台上的演出感动了我，我看得动心，看得痛快！当时，不由得想到，有这样的剧团在为戏曲奋斗着，我们还愁什么呢？我们应该高兴！

第四，看大戏现象的继续存在引起了我一个思考：为什么人们离开了屋里的电视机，走到广场上在雨中看大戏呢？

"拉大锯，扯大锯，姥姥家，唱大戏。拉闺女，请女婿，小外孙，也要去……"这是我小时唱过的儿歌。眼前风风火火演大戏的场面，使我想起了这首儿歌。我想，演大戏在农村之所以有着顽强的生命力，大约有着以下几个原因。

村中组织活动或节日、庙会、寿筵喜庆的时候，非得有大戏不可，这是传统文化的习惯。这种场合，电影是银幕，有一些隔阂；而歌舞则太轻，压不住场；只有戏是人演人，热闹红火，内容有分量，所以最合适。这一点，从长治人开始厌倦歌舞回顾戏台来看，就会明白。而且，戏曲的表演不仅是热闹，还起着教化作用。不管是古代忠良或是现代的好人好事，教化作用是一样的。戏在这种场合是不能被代替的，有绝对的存在价值。

另外，农村观众看戏是有流动性的，他们也许是做完饭忙完家务的大嫂、老大娘，也许是吃完饭后出来遛遛的老大爷。这些观众是很自由的，想来就来，想走就走，戏太短了当然不行，大戏的时间大约是四个小时，是个正好的长度。这种充满舞台魅力的大戏，是屋内小小空间中的电视屏幕所代替不了的。

大戏的群众基础也很强，观众基本了解戏的故事情节，可以随时进入剧情。而且，戏曲的每次演出都是再创造，故事虽然是一个，但每次演出时演员和观众都能有新鲜的感受。往往在剧情精彩之处，观众的流动和散漫就被停止，集中在一起聚精会神地看戏了。

演大戏和更加现代化的文艺表演有些不同。举例来说，好像是超市和集市的关系一样。赶集的喜悦心情，是去超市买东西时所没有的。集市也是一种文化现象，不单只是个交易市场，这是超市所代替不了的。只要有农村传统的生活方式存在，集市就存在。看大戏这种娱乐形式也与集市一样，有着千百年的历史，很难消亡。

（2）一个民营剧团团长的忧虑

夜戏之前，利用一起吃晚饭的机会访问了这个剧团的团长张锦龙先生。下面，是一个私营剧团团长所叙述的情况，他说：

剧团现在主要的问题是体制问题,如果体制好,像公务员一样每个月固定收入三四千,那么就会有人来学来演。高平市招生招不上来,这个问题很简单,就像做生意一样,有利了,自然就有人喜欢,有人来学来做了。

剧团现在对演员采用的都是聘任,签合同。我们下面的剧团是靠民间来养活的,但现在民间也开始养不起剧团了。所以,政府不支持是不成的。现在演出都不是卖票,是各农村厂矿包场。以后若没有包场,演出不多,当然就会成为很大的问题。就等于水库水没了,鱼当然就没法活了。晋城地区已经有三个县没有剧团了,演员自谋出路。现在当团长很难,关键还是挣不上钱。

作为考虑剧团生计的负责人,他所说的艰辛也是真实的。看来,对经济的担忧是剧团领导的最大烦恼。可是,在其他的报道中,这个团还有另外的一面。这位张团长有魄力,敢于冲破阻力高薪聘请著名演员,以争取有更多的演出机会和提高剧团的演出戏价。这种被称为是"借鸡生蛋"的做法是很大胆的。在晋城市信息中心 2005 年 8 月 31 日发表的《上党梆子生存状况调查》一文中,有详细的介绍。在此,做一些摘要:

2003 年,高平市上党梆子剧团的领导们通过对当时上党梆子演出市场的认真分析,经过仔细研究后做出决定:聘请著名的上党梆子演员张爱珍、郭孝明为剧团的特邀演员。事实证明,这一举措是明智的。两年来,剧团的年演出台口在减少,而年经济收入在逐渐增加。不仅演出市场得到进一步巩固,而且剧团员工工资也稳中有升。

记者到剧团采访时,正值剧团在陵川县附城镇演出,台上演员阵容整齐,连宫女和跑龙套的演员都精干利落,令记者眼前一亮。张团长说,红花还要绿叶扶,我们的目标是:花——鲜,叶——盛。

我虽然没赶上看特邀演员的演出,但确实有这个剧团的演出不一般的感觉。演出干净利落,整整齐齐。但是从经济上来看,张团长还是有比较大的困难。所以,在和我的谈话里,经济成了最大的问题。

(3)普通地方戏演员的心情

虽然没有看到名演员,但是演出《杀妻》后半场的演员郭小梅,给了我很深的印象。在后台,我并没看出她是一个演员来,以为她只是来看望在剧团工作的丈夫,是一位很普通的女性。可是,她一登场,就深入在戏里,精心做戏,把这个很难刻画的人物角色,演得生动感人。她的嗓子很好,穿透力很强。后来我才得知,她被称为是"山西上党百灵鸟"。难怪她唱得那么好。而且,好的演员不是在台下像演员,在台上能显出本色的才是好演员。郭小梅可算是这样的一位好演员。

葛来保先生特地为我约了她和她的丈夫王树青先生来谈话,这次对演员个人的采访,使我更加了解了上党梆子剧团和演员们的一些实际情况。

郭小梅、王树青夫妇是高平县郊区的永录村和原村乡人,分别为39岁和44岁,属于中年的演员。郭小梅原为高平县上党梆子剧团青衣演员,现为高平市艺术学校教师兼学校表演艺术团演员,仍经常参加高平县剧团演出。王树青为丑角演员,现在是剧团的副团长。他们向我介绍了作为普通演员在演出中的感受和一些具体的情况。

郭小梅说:

> 我是1984年随团生,学员。入团前在农村剧团演戏,那时村村有剧团,高平小戏班很多。我梦寐以求地想唱戏,家里不同意,对唱戏有看法。我晚上经常去唱戏,老师找到家里,说你家姑娘干什么呢,白天上学来就打瞌睡。

> 到了剧团,用了4年时间,就开始演戏了。师傅是张爱珍,当时她生小孩,主要就得靠自己琢磨。在演戏上我尽了心。虽没有入过戏校,但是能入戏。那时,早上练嗓子,上午练功,下午、晚上演出。

> 1988年得了山西省杏花奖。现在可以演大约有十几出大戏,但到地方

演出经常是一样的剧目,慢慢地有些戏就淡忘了。演出是四天一个台口,一个台口平均得演4场戏。那些没有替换的角色如老旦,每天都得唱,一个台口要唱五六场。我们演员有病也得上台,都得顶下来。我也有不舒服的时候,但我的嗓子还可以,很少病。

专门排练过的戏在20年中只有过一个。没排过的戏也愣上。有机会有需要就顶上去唱。唱丫鬟等配角的时候就要留心。现在可以演的戏有《杀妻》、《包公碑》、《楚宫恨》(三本)、《五女拜寿》、《胡四娘》、《双凤缘》和现代戏《儿大不由爹》、《王屋山下》。

从1984年到2004年,在剧团演了20年戏。之后到了戏校。在戏校,除了演戏也唱歌。唱民族歌剧如《小二黑结婚》等。唱歌声音松,声音是虚的,戏曲发声是实的。我唱戏轻松,张口就来。演戏得从内容出发,一直在戏里。唱歌不能有唱戏的味儿。我不唱流行歌,对流行歌不大感兴趣。

我平常也看电视,我喜欢看有政治色彩的戏,比如历史的宫廷戏,因为内容和我们上党梆子有相同的地方。演电视剧和演戏不同,他们是拍摄的,演不好可以重来,我们不同,在舞台上只是一遍,只能演好。观众就在台下,不能有一点走神和杂念,舞台演员是比较难的。

可能是由于只是一名喜爱演戏的演员,在她的谈话中只有学戏的经历和对演出的感受,她没有谈到什么困难。另外,从她的谈话中,也可知道现在地方戏演员们的演出活动也涉及到了歌曲的范围。联想到山西罗罗腔剧团的高宝利获得青年歌手大奖赛大奖的事,可以说,这是新的、而且也是比较多见的现象了。

王树青补充介绍说:

我负责团里的业务,安排角色。主演也要用名人。团里能演戏的有十几个人,签约的演员都可以演戏。也有分来的戏校的学生,先在农村让他们锻炼锻炼。练功现在基本是在台上练,因为演出场次特别多。我们的体制是自给自足的,不可能呆着。

演不演现代戏由自己安排。长治地区不大喜欢现代戏,晋城还可以。只要本子好,不分现代和传统。有的演员还是不适应现代戏,台上不知怎么动。现代戏很随意,传统戏比较公式化。对我们来说,演传统戏情感表现可以很深。现代戏占的演员多,排戏投资也多,演出时布景服装不到位不行,出去演出时不方便。

演出折子戏不多。一般只是在调演时才演折子戏,也只是演一两场,给专家领导们看。地方上观众以老百姓为主,差不多都是演大戏。

一个台口4万,都在农村。最多一年演400多场。团里的工资是内部工资,互相不问。一年签一次,双方谈。最高1200、1300元,最低300、400元。没有平常演出的补助。

个人没有所得税,集体一起报。退休和工资挂钩。剧团也交一点税,没有税,不给办证。税务上对剧团没有什么照顾,地方以大项目收税为主。剧团还算是可以。今年演完了,还要换行头,因为要和其他县的剧团比,和长治市比。这又是一笔大开支。

一般来说,剧团一年中最少八个月在外边。除非有大事,才能回家去看看。剧团演员家庭问题自己处理,双职工占比例也不少。长期在外演出,子女由双方父母照看。演员们最担心的事前几年是养老,后来给办了养老保险,现在是子女教育了。名演员也不例外,他们也担心孩子的事情。

经济上的问题还是最大,市剧团每月有工资,演出还有补助,我们就只是签约时定的工资,就那么点钱。总要得想办法吃饱饭,唱戏也是为了去挣钱。对于演员来说改行也不容易,隔行如隔山,成年人了,不容易改。

在剧团的乐趣也是演戏,演戏也是享受。观众对演出的反映好,也是演员们演戏的精神支持力量。

观众也评论演员。有的观众找到剧团来反映情况,也有的观众直接找演员交流,提意见,提缺点。这里也有观众挑演员的现象,长治市就挑。长治南站那边村里很难演,老戏迷多,内行多,很挑剔,在那里演出得特别卖力。

　　农村舞台也分好坏，舞台的情况不同，也有露天的。包场在剧场少，厂矿唱戏都是敬老爷的戏，都是搭台唱大戏。在剧场一般只是为专家、领导演。

　　剧团的音响投资也要上百万。80年代很简单，就是高音喇叭。90年代以后开始改胸麦，现在这是不可缺少的了。

王树青有着双重的身份，既是一般的演员，也是团里的领导。他的谈话，能帮助我们更全面地了解这个剧团的运营管理等情况。

葛来保先生在我们谈话时补充了一个很重要的情况，他说：

　　在本地区，厂矿演大戏还有个面子问题，他们需要这个面子打开市场。如果一个厂矿连戏都唱不起，肯定不是好厂矿。以前，甚至不只演戏，还管饭，连唱一个月。过去所谓行善之一就是演戏，这是个传统，也是支持戏曲存在的一个原因。而且，群众喜欢看，演员也不得不唱，因为受到了鼓励，有了干劲。

3. 一个得到支持的国有地方戏剧团——长治市上党梆子剧团

（1）农村大戏的结构特点

　　9月1日，在长治市潞州剧场看了长治市上党梆子剧团演出的《闯幽州》，这是杨家将的戏。这次看戏，发现了一个以前不知道的情况。原来，城市里面上演的戏曲和农村的戏曲不但在舞台形式上有些不同，在剧本的构造上，也有一些明显的区别。

　　看戏的时候，我感觉到戏剧情节的进行比较慢，开始不是很抓人，慢慢地才引人入胜。而且，戏的主要矛盾、主要的表演情节都放在比较靠后的地方。想到前天看的《杀妻》也是这样，不觉得有些疑问。完戏之后，向这两个戏的作者葛来保先生请教，才得明白。葛先生说：

　　一个大的剧本,特别是在农村演出的大戏,不能把重要的表演情节放在开始,不然后边没戏了,观众都走了。得叫观众越看越有意思,才能感到满足,留住观众。不然,大戏就演不下去了。很多戏只是开始很好,但是后边却没戏了,这样的戏在农村演是不行的。

原来如此! 他的解释使我恍然大悟,很受启发。农村演戏不是剧场,可以把人关在那里不动。一个大戏连演三个半钟头,观众来去自由,怎么吸引人呢? 若是越演越没劲,观众就走了,越演越有劲,好戏放在后头,有看头,才能留住观众。所以,广场上的夜戏,越晚越安静,真正看戏的人一个也不走,原因也在于此。不在农村戏台长期打磨,哪能有如此见解? 我很佩服葛来保先生,他把农村的戏台琢磨透了。

　　(2)国有剧团的实际状况——与长治上党梆子剧团团长对谈

　　这次看的演出是为长治市党代会演的专场。这个戏去北京演出过,各方面的加工都很精细,专业性很强。演员的行头很新,音响、灯光布景很到位,伴奏人员不少。以此来看,这是个很有规模和实力的剧团。在葛先生的安排下,9月2日上午去访问了长治市上党梆子剧团团长张志明先生。由于这是一次时间较为充裕的访问,张先生回答的也比较全面。故此,将谈话大概的内容整理出来,从中可以看到一个地方国有剧团的生存状态和他们的想法。提问是分几个方面来问的,以下,是简单的笔录:

　　(孙——笔者,张——长治市上党梆子剧团团长张志明。)

第一方面:关于剧团的编制、经常演出的剧目

孙: 团里有多少演员? 剧团的编制是多大?

张: 现在演员45人,乐队21人,舞台13人,加上炊事员、打前站的,大约70到80人。编制70人。现在53人在编,其他是临时工。编制不满员是因为进不来人,进人需要市长签字。

孙： 经常演出的剧目有多少？演出场所主要还是农村吧？

张： 十台戏左右。都是传统戏，现代戏只有一台。现代戏演出需要幻灯布景，不适应活动。演出主要在农村、矿区、庙会。矿区和农村基本上是一个地方。矿区演出占全年演出的三分之一。庙会也是在农村，4天演7场。矿区演出有直接来约的，大部分是通过中介，我们叫外交。他们中间要抽费。现在野外交挺多，不通过他们还不行。

孙： 你们演折子戏吗？

张： 也演一些。在大戏时间不够的时候，或是要求加演的时候，加上个折子戏。农村得演大戏，连本大戏。折子戏不行，没有折子戏专场。

孙： 你们也排新戏吗？

张： 有适当的剧本就排，根据演员来定剧本。

第二方面：关于经济收入、税务等

孙： 你们演一场戏多少钱？剧团的税务是怎么交的呢？

张： 一场8000元。一个台口45000元。这不包括道具等运费和演员的生活费。这是村里、中介人抽一些费用以后的数字。加上那些，大概能到56000元。不过，那就与我们没关系了。

我们是收支两条线。固定工资是发下来的，演出收入交上去，抽10%的税，然后又返回来作为团里的基金使用。与税务局没关系，我们与市财政局直接打交道。税后返回来的就是正常的费用了。收入多就高，有几十万。正式职工工资由财政部门给，临时工的工资支出大概40万元。个人所得税从工资中扣，与一般人相同，1500元是起点。我们2005年收入104万元，明年（2007）争取达到160万元。戏价再高一点，估计可以完成。

第三方面：关于剧团的管理、演员们的情况及待遇

孙： 现在的剧团，一般都是被经济问题、人才问题和演出市场混乱所困

扰,但你们这个团还挺红火的。能达到这样,主要的原因是什么呢?

张: 我觉得与领导班子有关系。具体地说要给演员办实事。比如上职称、演员角色的分配、演出平衡、关心生活问题,总之,多鼓励,少惩罚。这个说起来简单,做起来挺难的。比如上职称,现在中级职称有18人。开始只能上5人,后来争取到上8人,又争取到上13人。最后,18人全上了。全团高级职称的有8人,还有二级演员20多人。职称直接联系到演员的待遇,所以很重要。此外,还有15个学员。

这个团收入比较高,有保证。两个人月收入能达四五千元。下乡演出不交生活费、白吃。奖金也多。五四青年节发15元,三八妇女节发100元,去年一共发了1200元。在这里还能提职称,得奖,有政治上的待遇,还是有前途的。

孙: 在你们的团里,对演员是怎么管理的呢?剧团对学员的要求是什么呢?

张: 我们有制度。来时定好合同,不听话的很少。我们也有手段,比如,观众叫一次好,奖励30元。这是我定的。所有人都一样,平等对待。乡下演出时也一样。观众叫好多,我们的戏价也上去了。当然,误场、忘词也要罚,忘词罚20元。

学员们一定要让他们中专毕业,这样,进来后才能上职称。叫他们在戏校挂个名,实际的训练是以团里为主,重实践。他们能有个毕业证,就能在团里呆下去。我觉得他们大部分还是喜欢上党梆子的,当然也有这里的工作有前途,适合他们这个原因。

孙: 剧团里对待演员的原则是什么?

张: 主要是平衡,轮流,不偏向。剧团是个整体,不能有大矛盾。团长就要搞平衡,从主演到群众演员都要照顾到。

孙: 你们怎么招演员呢?

张: 我们有长期的临时工,是农村户口,都是我们从农村剧团和县剧团挖来的。为了保持我们剧团人才的质量,我们发现了人才就挖来,叫他们等待转正。等到能上职称,得要等七八年吧。也有来了之后就能演戏的。

孙：　现在农村户口还是那么大的问题吗？

张：　现在农村户口不是问题了。我们也给他们在劳动局上保险,15 年后,
　　　可算养老保险。我们团是唯一办理的,这样,他们有希望了。这都是
　　　办实事,剩下的就是他们好好演戏了。

孙：　除了以上的行政上的努力,在上党梆子剧团工作,对他们来说有没有
　　　吸引力? 有离开的吗?

张：　总之,能够演出的都很高兴。也有走的。由于本人的问题,或是家里
　　　困难,父母有病,得回去照顾。也有由于专业条件差,或吃不了苦而
　　　改行了的。也有的人转到戏校教书了。

孙：　有没有特别愿意演戏的,就是不给钱我也演、把演戏作为最大乐趣
　　　的人?

张：　有,有愿意干这行的,特别喜欢。演了戏大家说好,领导也说好,干劲
　　　就来了。像有些县剧团那样不行,弄一点是一点,没有保证,是临时
　　　的,演员保不住,总要到条件好一些的地方去。

第四方面:现在的演出状况及对今后如何发展的看法

孙：　现在演出排到什么时候了?

张：　已经排到农历十一月了。原来六月到八月是淡季,现在也满了。

孙：　你们的外交是怎么能联系到这么多台口的?

外：　主要是团好,声誉好。团里的阵容强,联系演出就容易。晋东南一个
　　　县 130 个台口,整个地区养 40 多个剧团。每年庙会从二月开始,敬
　　　神、剪彩,都要演戏。敬神四五天,7 场戏。晋城六月二十四敬神,长
　　　治二月十五敬神。敬神时,一台戏 7 万元。因为敬神时难找到好的
　　　剧团,所以戏价高。个人承包的矿,也要敬神,而且这在当地是个面
　　　子问题,也是必须做的事情,不然,这个矿没有面子。敬神很热闹,又
　　　吹又打。对外地人承包的矿,戏价更高一些。国有大矿也唱敬神戏,

一般那里有剧场,或搭台,观众是工人,其实也是农民。还有,谁能找到台口我们也给奖励。外边的中介抽5000元,我给2000元,谁联系的就给谁。能联系到4个台口的,奖3000元。这样,就都有积极性了,演出的台口也多了。

孙：在剧场里演出也算一个台口吗?

张：不算。一年中就几次,那是政府戏。每年的人代会、党代会的时候在剧场中演。每年冬天还有个展演月,各剧团都演一台戏,三四场。有的剧团来,有的不来。

孙：一年大概演多少场戏?

张：约300场吧。晋东南是个养剧团的地方,演出机会多。长治地区320万人,养了40多个剧团。外地剧团也来,有河南的豫剧、河北的武安落子、山东的枣梆什么的,都来这里演出。

孙：观众的年龄层是什么样的呢?

张：从40岁到60岁,老人多,50岁的为主吧。

孙：在培养观众方面,比如向年轻人做推广、宣传介绍上党梆子的工作了吗?

张：没有,没有去学校演出过,也没有那个条件。曾经想演过,但没有成功。长治医学院有个礼堂,曾经去过,但人家不让。我们做这项工作的经费也没有,而且上面领导也没有提倡。现在,还没有这样的做法和习惯。但是,年轻人也有喜欢的。有个年轻戏迷,是海南大学的大学生,每次回来都看戏,跟着剧团跑。我说,你干脆回来唱戏吧。

孙：从你来看,上党梆子的生存是不是只是个经济问题?

张：经济问题占主要的。我7年前来到剧团,那时一个台口7000元,平均每场戏不到2000元。团里欠债100万元。从去年开始翻身,现在还有20万元的债,明年就可以还清了。一个剧团要倒很快,一年就倒了,扶起来不容易。

孙：长期发展下去会怎么样?会不会又回到7年以前的状况?

张： 这主要得看领导。上级领导重视了重视、懂不懂是关键,懂就支持,
支持经济就有保证。还有,就是看剧团的领导班子。晋东南地区的
观众不会少,能维持多长时间不敢说,但农村的观众倒是越来越多。
电视剧、歌舞他们觉得不好看,又往戏曲靠了。农村也都有电视,什
么都能看到,但他看烦了,又想看大戏了,还要求原汁原味。这一点,
和前几年不同了。农村演戏由支书、村长决定,可请哪个剧团,唱什
么戏他们也听那些老戏迷的,这样他们才能得到好的口碑。可以说,
我们的戏是由农村的群众在主导吧。

孙： 北京搞的全国性的戏剧大奖梅花奖,对你们有什么影响和作用吗?

张： 有些作用。但是不起决定性的作用。我们团没有梅花奖演员,但也
不错。梅花奖对个人能起大作用,在荣誉、待遇、政治方面都有影响。
剧团主要还是水平整齐最重要,要靠群体。有的团,梅花奖演员在台
上演就可以,有人看,他不上就不行了,戏价也上不去。

孙： 现在,你们在经济等各方面好像都很好,也很稳定,但对于上党梆子
以后的前途,你们是怎么想的?

张： 往远了看应该是……反正这次去北京演出反映不错,领导、专家都说
好。带了四台戏到北京,《汉阳堂》、《闯幽州》、《秦香莲》、《三关排
宴》,都是加工的戏。演了五场,政协四场,在门头沟演了一场。都是
慰问山西在京的军烈属、老干部,纪念抗日战争胜利 60 周年。反映
很好,前途应该是有希望的。有人搞戏就行,不能斤斤计较,人才第
一。不过钱也很重要,都不可少。总之,领导支持最重要。

孙： 具体来说,怎么理解这个领导呢?

张： 市长、书记是给钱的,宣传部、文化局是具体指导管理的。去北京演
出,领导给了 150 万元。服装、布景、道具、音响都换新的了。用在服
装 50 万元、音响灯光 16 万元、布景 30 万元,还有导演、音乐设计的费
用和在北京的吃住等。在北京反映好,就有影响了。回来后给了新
团址,补充编制进人,市长、书记也签了字。

这是难得的一次谈话,谈话中,关于剧团的情况以及他们的想法、要求等都涉及到了。这个剧团既有政府的支持又很有信心,是一个生存状况比较好的剧团。

4. 对长治文化领导部门及艺术学校的调查

(1)新形式下文化局和剧团的关系

文化局在以前是很重要的政府文化主管部门,是省、市、县级领导机构中不可缺少的一环。随着社会的变化,特别是走入市场经济以后,文化局的权限也有了很大变化,但仍是重要的机构。长治市文化局的正式名称是长治市文化新闻出版管理局。8 月 30 日,采访了文化局负责人之一、文化局市场编整组的董艳果女士,她介绍了长治市文化局对长治市文化市场的管理情况。

据她说,文化局只有一个艺术科是管理市属专业团体的,对专业团体传统与继承方面等进行指导。作为规章职能,艺术科有如下的规定:

> 对全市艺术及电影事业实施宏观管理,调控文艺事业发展结构。布局、指导、组织文艺事业改革、文艺创作和艺术生产,组织参加国家指令性和全省重大文艺活动,指导全市艺术生产单位业务建设。

董女士介绍说:

> 艺术科由于编制 2 人,在职只有 1 人,不可能实施具体的管理和指导。在这一点上,和以前有很大的区别。在多元化的文化市场上,文化局只是在审批、监管文化经营场所上有一些行政权力。戏曲剧团则是自主演出为主,自食其力,在行政上并无限制。

从董女士的介绍中,可以了解到现在戏曲剧团与文化局已经没有以前那种密切的行政领导关系了,即使是对国有剧团,也是如此。所以,自己的努力成了戏曲剧团生存发展的唯一出路,这也是全国所有地方戏曲剧团所面临的实际情况。

　　对于是不是因为城市中娱乐场所很多使观众分流、所以减少了戏曲观众这一点，董艳果女士很明确地回答说，不存在这个情况。她说，戏曲的观众和城市娱乐场所的人群根本不同：

　　　　所谓城市中的娱乐场所，长治市全市网吧有210家，市区90家。市内卡拉OK厅40多家，迪厅三四家。

　　　　最主要的是，戏曲的观众与去这些娱乐场所的人们完全不同，是两种有不同要求的人群，互不相关，所以，绝不能说戏曲观众的减少与此有关。

　　关于戏曲观众减少，她说了一个很有意思也很有代表性的例子：

　　　　我的孩子也不爱看戏，他们比较的对象是电子游戏机。游戏机节奏很快，戏曲太慢。尤其是戏曲的表现形式，在游戏机上往往打起来的时候，戏曲却唱了起来。对此，孩子们不理解，说这很奇怪。

　　在玩游戏机环境中成长起来的孩子们怎么理解戏曲的表演，的确值得我们思考。

　　（2）被戏曲生源问题困扰着的艺术学校

　　8月28日，访问了长治市培养戏曲专业人才的学校——长治市文化艺术学校。由于还在假期中，没能看到实际的教学，只是听学校的领导和老师们谈了一些情况。

　　学校的老师和领导介绍说：

　　　　长治市文化艺术学校的前身，是1958年成立的长治专区地方戏曲学校，专门培养上党梆子和上党落子的演员。曾几度易名，1981年定为现名。至20世纪90年代初期，已培养梆子、落子演员200多名。1977、1978年是戏曲的黄金时期,现在的晋东南地区戏曲剧团的主干,都是那时入学的几届毕业生。

由于社会文化环境的变化,这个原来是以培养戏曲演员为主的学校,已经成为综合性的艺术学校了,戏曲只是其中的一个部分。现在,学校共 500 多名学生,分戏曲专业、音乐专业、舞蹈专业和美术专业四个系。戏曲专业现有 70 名学生(其中,2003 年招了 30 名,2004 年 20 名,2005 年 3 名)。

戏曲专业分表演和音乐两部分。音乐部分高中毕业进校,表演部分小学毕业进校,学 5 年。到毕业为止,能学七八个大戏。三年级以后开始实习。每年约实习 15 个小戏。而且,现在都是学落子。在长治的生源问题现状造成了以落子为主。戏曲专业学生基本来自农村,因为学费低,只有 1500 元(正式学费 3000 元,减一半)。

现在,戏曲生源问题很严重。全市 13 个县推荐入学,也还是招不上来。以前,毕业生的分配也没有问题,主要分到晋东南地区各市县剧团。现在,分配也有了些问题。

由于是综合性的学校,音乐、美术、舞蹈等专业都比较活跃,占了学校的大部分。但是,地方戏仍是这个学校的一个主要招牌,是重要的组成部分。由于戏曲生源的问题解决很困难,学校已经打报告争取政府拨款,使戏曲专业的学生免交学费。

后继演员的培养,是基础性的问题。以前,在中国各地都有专门戏曲学校,而现在,单纯培养戏曲演员的学校已经极少了。虽然这是时代之所然,但是,剧团演员需要量减少,也是这种情况产生的原因。从根本上看,学费不是主要的问题,在长治地区,甚至出现了不交学费也仍是不来学的情况。这一点,来自人们对戏曲前途的看法,是一个既难而又复杂的问题。当然,戏曲后继人才的培养不只是靠学校,剧团培养学员,也是一个长期存在的方法,它与学校培养是并存的。另外,在前边剧团领导的谈话中也提到从农村及小剧团挖演员的事情,也是剧团补充后继人员的办法之一。

在学校中,地方戏曲演员的培养和音乐(西洋、民族)、舞蹈、美术等在一起,这是个变化,也是一个进步。因为,在这种开放式的教学环境中,戏曲肯定要受到其他艺术的影响,这对于戏曲的发展来说,是绝对有帮助的。

与生源紧张相反的是,长治市艺术学校的新建教学楼是相当气派的,设备也齐全,同时,校领导对戏曲专业仍是相当重视,教师的阵容也很强。所以,为了解决生源少的困扰,戏曲的教学也必须改变大批培养的做法,改为少而精,以对应社会的需求。这种戏曲教育观念上的改变,看来对各种戏曲都是需要的。

结 束 语

这次调查虽然时间不长,但调查范围较广,采访的对象也比较多,的确有了一些来自实际的感受。笔者未去调查之前,也是深虑戏曲的前途,不抱乐观态度。现在人们对娱乐的选择很自由,没有行政上的重压,如果不想看传统戏了的话,那是出自真心,说起来这是很严重的。可是,通过调查之后,觉得问题虽然存在,但并不那么悲观了,因为人们依旧欢迎戏曲,而且,我对中国戏曲的巨大能量和活力有了新的认识。

调查中确实看到了剧团的一些困境、忧患以及后继乏人等现象,但这是多方面的原因造成的。很多学者认为,中国目前处于历史上最大的开放时期,传统文化承受着来自外来文化前所未有的强大冲击,戏曲也已不是以前那种少数或唯一的娱乐形式了,人们自然地在改变着自己的爱好。这种情况下,戏曲也必然面临挑战。对此,我们也可以把这种挑战看作是戏曲史上一次必须进行的蜕变和一个新的发展机会。

关于剧团的减少,也有很多原因。从体制上来看,在上世纪五六十年代确立的社会主义国有模式中,大部分的剧团曾被国家养了起来,现在,和国有企业的转型一样,也必然出现"关、停、并、转"的现象,这也是自然的。但好的、有精湛演技的剧团,总会被保存下来。在这次调查中,也看到了这个现象。

虽然经济问题被经常提起,其实,说到底,所谓的戏曲危机不是经济上的问题。剧团人们的生活状况,和全国人民一样,比以前有了天地的差别,有生计之忧的很少。危机是来自这二十多年来人们处于激烈的社会变革之中在思想意识上的变化。对此,我们只能面对现实。这不仅仅是戏曲面临的问题,对于所有文化形式来说,都是如此。

但是,从这次调查中得到的最深感受,是看到了在民间仍然有着很强的戏曲保存力量。农村是地方戏曲的土壤,这一点不变的话,戏曲就消失不了。在农村,大戏还在演,人们还在看,传统没有停顿,还在继续。这个情况,也证明了传统的保存及继承在我们的文化历史中是很有特色的。中国地方大,历史久,人多,这是保存文化的优异条件。处于这种条件之下,有价值的优秀戏曲将被保存下来,应该是没有问题的。

中国的文化史就是发展变化的历史和融合的历史,发展和变化从没有停止过。戏曲也是这样,从它的起源到现在,就没有停止过变化。现在,就是在农村演出的戏曲,也和以前不一样了,变化也很大。那么,戏曲以后会怎么样呢? 我想,当人们在从目前的喧嚣中沉静下来的时候,必定会把眼光转回到自己的传统文化上来。那时,经过社会巨大变革仍能留下来的戏曲文化,必会焕然一新,继续在舞台上显耀着它的光彩。

本文叙述繁琐,不成条理,望方家指正。

说　明:

①　本文以调查实地为主,关于山西地方戏曲种类的情况,主要利用了以下的数本参考书:

《中国戏曲曲艺词典》　上海辞书出版社,1981 年。

《中国大百科全书·戏曲曲艺》　中国大百科全书出版社,1983 年。

《中国戏曲志·山西卷》　文化艺术出版社,1990 年。

《山西剧种概说》　山西人民出版社,1994 年。

《中国戏曲剧种大辞典》　上海辞书出版社,1995 年。

《中国戏曲音乐集成·山西卷》　中国 ISBN 中心,1997 年。

《全国剧种剧团现状调查报告集》　中国戏剧出版社,2005 年。

② 文中引用了大量被采访者的话，均出自笔者的记录，尚未经本人审阅。如有不妥之处，由笔者负责。在此，对被采访者致以深深的感谢并敬请原谅。

（原载日本丽泽大学《中国研究》2007年第15号）

中日音乐比较

凝视

日本东京艺术大学邦乐科的设置

——日本近代音乐史上的一件大事

前　言

在我们中国人的认识中,往往以为日本的社会虽然全盘西化,但是对自己民族艺术的态度,却是相当保守,甚至采取了博物馆式的保存态度。其实不然。在日本,和中国一样,传统若是没有变化,同样没有出路,守恒不变,绝不是他们的内心愿望。本文仅以东京艺术大学邦乐科的成立为例,来说明日本民族音乐者希望利用新的教育体系改善传承方式以发展本民族音乐的愿望和决心。

在音乐大学中设置民族音乐科,在中国是当然的事情。可是,这个看似简单的现象,在日本却不是那么简单,日本邦乐科(日本民族音乐科)在东京艺术大学中的设置,是日本近代音乐史中的一个大的事件。

一、东京艺术大学成立的背景
及东京音乐学校中邦乐教育的状况

第二次世界大战结束不久,驻日美军指导部门即对日本的文化行政,特别是学校的教育问题提出了异议,其中,提到了专门学校的问题。美军指导部门认为,要培养出具有全面修养和社会常识的人,必须实行综合性的大学教育。于是,下令进行学校改制,专门学校升格为大学。学制改革的决策,当然还有日

本社会本身的考量,但主要是在这种政治的大背景之下形成的。在音乐教育方面,以国立东京音乐学校为始,其他的私立音乐专门学校,也开始进行了成立大学的准备工作。

东京音乐学校有比较长的历史。西洋音乐进入日本以后,在明治时期,为了能掌握音乐教育的情况,同时,也想进行日本音乐和西洋音乐的结合,创造新曲,1879 年由文部省指示成立了"音乐取调挂"(音乐调查处)。但结果这个机构逐渐变成了西洋音乐教育的中心。1887 年"音乐取调挂"改为东京音乐学校,培养西洋音乐人才。随着日本的民族意识的增长,在 1930 年邦乐科作为选科进入了东京音乐学校。邦乐科中已经有能乐、筝曲、长呗这三种日本民族音乐存在,教学中也采取了新的方法,整理编写教材,使用了五线谱等等,一直继续到战后。

日本在战后仍是官僚社会的体制,委派校长等也是由文部省指定适合的人选。1945 年,首任代理东京音乐学校校长的是田中耕太郎,他是著名的法律学家,在任只有半年。接任者是刚退休下来的东北大学的小宫丰隆教授。小宫先生专攻德国文学,是文学家夏目漱石的弟子,对日本传统文化也很熟悉,曾有《能与歌舞伎》、《传统艺术研究》等著作。但是,小宫先生却有着一个很固执的想法,他认为:日本的音乐运动并不是在邦乐的基础上发展的,所以,音乐学校不要邦乐,而应该以洋乐为主。对于邦乐,他主张设立邦乐研究所,进行对邦乐的学习和理论研究。但是,这样做的结果,就会使邦乐被排除在大学教育之外。所以,他的想法立刻受到了东京音乐学校邦乐科的教师、在校生及毕业生们的反对。随着双方意见越来越激烈,要不要邦乐科,不仅是校内的事情了,在社会上也展开了较大规模的论争①。

二、两种对立观点的论争

日本社会从明治时代起一切以西洋文明为指南,对日本民族文化经常采取否定的态度。但由于近代日本历史中"国粹论"的影响,对邦乐的认可也曾反复地成为政治上的话题,有否定与推崇两种现象。二战后,因为战败,倾向欧美文化之风愈烈,日本传统民族文化又遭到了一次大的否定。因此,在东京艺术大学是否设置邦乐科所表现出来的问题,也是当时日本社会环境的反映。

在这个事件中,参加争论的人很多,议论也很纷杂。在这里,只简单地介绍一下主要的争论情况。

1. 反对设置邦乐科的观点

反对在音乐大学设立邦乐科的一方有比较强的社会舆论,其主要的代表人物是直接与此事有关的东京音乐学校校长小宫丰隆先生。此外,可以提出作为代表的还有著名的音乐评论家野村光一、兼常清佐等人,他们都是在社会上有影响的人物。小宫先生关于不设邦乐科的主要想法,大约如下:

> 邦乐是封建时代的产物。邦乐不能表现感情。搞邦乐对人格的全面培养不能起什么作用。
>
> 邦乐没有理论,也没有历史的研究。它不具备用理论和历史引导艺术向更深的研究方向发展的组织。新的大学的教育,需要技术和理论相互渗透,而邦乐对于这个着重点来说是不适合的。
>
> 目前东京音乐学校里有邦乐科,只有能乐、筝曲、长呗三种。但是邦乐有很多种,如雅乐、民谣、义太夫等等。只保留以上三种是不公平的,应该都有才行。按现在的预算是不可能达到的。因此,建议成立邦乐研究所,艺术大学不设邦乐科。想搞邦乐研究的人,可以在大学学完洋乐后,再进研究所学习邦乐。②

昭和二十三年(1948)六月二十九日《读卖新闻》登载了标题为《新成立的艺大邦乐科除外——小宫校长和教授·学生团体的对立》的文章,文中报道了小宫先生明确的谈话:

> 邦乐从大学的教程中除外,这已经是决定了的。邦乐是封建时代的产

物,为了使日本艺术加入到世界艺术的行列中,必须要经过学习洋乐的过程。想搞邦乐的人,可以大学毕业后进研究所学习邦乐。③

此外,小宫先生的挚友、也是音乐评论家的野村光一先生,在一篇名为《艺术大学和邦乐科存废问题》的文章中指出:

> 从现在邦乐界组织来看的话,上野(东京音乐学校)的邦乐科有和没有差不多。从那里毕业,也很难找到工作。邦乐科虽请了一些各派家元(掌门人)师傅当教授,但他们很少来校,就是教也不教家传的曲目,若想学,必须到师傅家中另交钱方可学到。而且,毕业之后也要得到家元师傅赐给的艺名,才能在社会上立脚。④
>
> 音乐学校不光学技术,要加强广泛知识的教养,小宫先生的做法在当时偏重技术的情况下,是正确的。⑤

当时著名音乐学者、批评家兼常清佐也是反对设邦乐科的。他的论点更加极端,他认为,邦乐要放在博物馆保存。他打了一个比喻:

> 很久以前日本人坐竹轿,现在坐汽车了,但也不能因为有汽车而把竹轿烧了,万一现在有人想坐竹轿的话,可以到博物馆去找。音乐和这个是一样的,目前只是这个博物馆怎么建和在哪儿建的问题。⑥

总之,以上反对设置邦乐科的基本依据,是认为邦乐是封建时代的产物,邦乐还没有理论,传承上还是封建制的家元(掌门人)制度,不适于在大学设置学科。

2. 坚决要求设置邦乐科的代表人物及其观点

不设立邦乐科,当然立即遭到了东京音乐学校邦乐科教师和学生们的激烈反对,在校生和毕业生们组织了"艺大邦乐科设置运动委员会",向社会及各个政府部门陈情。但是,之所以最后能取得胜利,是因为在抗争活动中有一位带头人起了很大的作用。他就是以研究宣传日本音乐为毕生事业的音乐学者吉川英史先生。当时他是东京音乐学校图书馆馆长,是可以参加学校教授会发表自己意见的人,同时也是东京艺术大学设立准备委员会的成员。在这次抗争中,吉川先生作为反对方的带头人和日本音乐理论家的代表,付出了极大的努力⑦。

吉川先生在设立邦乐科这一点上,与小宫校长形成了绝对的对立。他在各种场合、多处的发言及文章中对大学不设邦乐科的理论思想进行了驳斥。以下,就是他对一些论点的批评。

对于"东京音乐学校邦乐科过去的实际成果不好"这个指责,吉川先生指出:

> 邦乐不同于农产品和工业制品,能较早看到成果。实际上,看看现在由东京艺术学校邦乐科毕业生组成的长呗东音会的情况,对学校的成果就不应该有什么怀疑了。

对于"邦乐和邦乐器已停滞不前,没有出路"的看法,吉川先生的驳斥是:

> 根据不同的见解,洋乐也曾是停滞不前的。巴赫在键盘乐器上首次加上拇指的奏法,就是划时代的进步。因此,只要有天才出现,就会打开出路。宫城道雄划时代地开创了筝的左手多用法等新技巧,就是打开了筝的出路。

对于"邦乐没有确立科学的教学法"这一点,吉川先生说:

> 到目前为止,邦乐教学法和洋乐的比起来,也许是不太科学。但是,在邦乐科里的教学,已经比街上的师傅教得科学多了,也是使用乐谱来教的。

而且，邦乐有种难以形容的妙处，从邦乐的本质来看，所谓西洋科学的教学法也不能说是绝对至上的。如果期望在大学有科学的教学法，只要有人和时间，我想，比现在更加科学的邦乐教学法是可以确立的。

对于小宫校长的"在大学学部里学完洋乐后再学邦乐"的论点，吉川先生说：

> 这是把大学的西洋音乐学习和日本音乐的实际技术学习混为一谈的谬论。从学问上来讲，在大学里研究洋乐的理论后，再进研究所研究邦乐理论，这不是不可能的。但是，在大学里学了钢琴或小提琴，毕业后进研究所再从头开始学筝或三弦，这样做行得通吗？⑧

吉川先生在各处的演讲及文章中不断强调他最担心的是：

> 邦乐进不了大学会给社会造成严重的心理影响。很多人会认为邦乐确实没趣，没有价值。邦乐会走向灭亡，一般的人可能会不接受邦乐了，这是非常重大的问题。因此，无论如何大学里必须设立邦乐科。⑨

除了吉川先生和东京音乐学校邦乐科教师及在校生、毕业生们向校方极力据理力争之外，还有其他音乐学家也都参加了这场争论，发表了自己的看法。比如，著名的日本音乐学家田边尚雄先生指出：

> 日本的艺术大学里没有日本音乐，会成为世界的笑话。
> 邦乐作为发展途中的东西，绝不能让它停止。让它发展，就需要教育。教育程度越高，将来邦乐的发展水平也会更高。
> 日本把过去的文化全部丢掉，突然以外国的文化来创造日本文化，这是不可能的。若是放置起来的话，那么，日本的邦乐就会灭亡。当然，世界

在进化,过去的东西永远是原来的样子不变,这也是不允许的。为了发展,自然淘汰或人为淘汰也是必要的,这个淘汰的最大构成也是由于外来文化。把二者之间的关系打个比方:日本国民持有的古典音乐是禾苗,外来文化是肥料。不上肥料的话,禾苗定会枯死;但若把禾苗扔了的话,只有肥料是长不出来东西的。[10]

以上是比较有代表性的观点。另外,社会上的各界人士也进行了座谈辩论或在报纸杂志上发表了文章,双方的争论颇为激烈。在1948年最严重之时,为了表示抗议,东京音乐学校邦乐科的教师们,其中包括很有名的宫城道雄在内,全体提出了辞呈,表示对大学不设邦乐科的抗议。一时之间,重要的报纸都报道了这个事件,成了当时的一大新闻。

三、设立邦乐科问题的解决

遗憾的是,至昭和二十四年(1949)春,虽然各种方法都用了,但由于社会环境舆论是西洋至上、对邦乐有劣等感的看法,设立邦乐科的问题还是没解决。不但双方仍处于僵持状态,而且,东京艺术大学成立日期已经决定,大学里没有邦乐科也成了定局,对于反对者们来说,似乎到了山穷水尽的地步了。

大约是3月底或4月初的一天,吉川先生和邦乐设置执行委员会的几个人到了东京内幸町NHK大楼,和驻日美军司令部下属民间情报教育局(CIE)局长纽詹特(D. R. Nugent)中校会面,进行了谈话。谈话中有以下的内容:

"在日本的艺术大学里不要日本音乐,是不是美军指导政策的一部分呢?"

"哪儿有这样的事! 这是谁说的?"

"我们学校这次升格,要成为东京艺术大学,但是邦乐除外。"

"简直是毫无道理!"

"是吗？这样我们就安心了！"⑪

之后，事态发生了急剧的变化。4月8日和5月11日小宫校长被众议院文教委员会传唤。大概是CIE向文部省劝告设置邦乐科，文部省又向文教委员会咨询，文教委员会则传唤了小宫校长。这样一来，艺术大学必须设置邦乐科也成了不可置疑的事情了。

东京艺术大学于1949年5月成立，邦乐科也开始筹备，于1950年开始招生开课。

1949年6月在《每日新闻》报纸上刊登了邦乐科设置的情况。邦乐科由三味线音乐、筝曲音乐和其他的邦乐（能乐）三个讲座组成。（其中，能乐是在两年以后开课的。）邦乐科的学生每年定员为十名，全部可学习的科目（包括必修和选修）共二十八种。异常地强调了学生要增强全面的修养，和以前的邦乐科学习有了很大的区别⑫。

问题解决了，余波却未了。1949年5月27日小宫校长由于如此办学不合自己的理念而提出了辞职。同年7月，继任校长对吉川先生表示了劝退之意，吉川先生提出了辞呈并立刻得到文部省的批准。辞呈上写的理由是"一身上的都合により"（根据个人的情况）。这句话很有意思，这是日本社会中在难以说明原因时使用的一种暧昧但谁都明白的习惯说法。

时间已经过去了五十多年，邦乐科已在东京艺术大学茁壮成长、硕果累累，活跃在日本各地宣传和教授日本传统音乐的，大都是那里的毕业生。现在，东京艺术大学邦乐科公布的教学培养目标是：

培养具备能对日本传统音乐中三弦音乐、日本舞蹈、筝曲、尺八、能乐、雅乐方面的实技及演奏理论进行研究和教授的具有高度能力的演奏家。

学生除了必修专攻的实技课程以外，还要必修或选择学习专攻外的各种日本传统音乐、西洋音乐、基本乐理等课程。

课程编制组成是为了培养有广泛的见识的演奏家及音乐社会人，所以,不仅是学习实际技巧,也要学习演奏理论和有关的课程(包含西洋音乐理论)。

毕业后有不少人作为演奏家及教育家在第一线活动。为了对演奏技巧和演奏理论方面进行更深入地追求,也可以进入大学院,在日本传统音乐专业继续深造。

希望取得教员资格的人,入学之后,应立即为参加在大学内实施的钢琴选考进行必要的准备。⑬

结 束 语

东京艺术大学邦乐科的设置事件在日本人的书中说得很少,外人也很难知道详情。但若知道了这个事件,对我们了解日本民族音乐的前进目标和曾走过的道路是有益处的。最重要的是,我们从中可以知道日本的民族音乐不是保守的,在保存的同时,也有希望变化和借鉴西洋音乐的一面。这是笔者想把这件事情介绍给中国音乐同行们的主要原因。

注 释:

① 所述背景情况主要参考了《日本洋乐外史》(野村光一、中岛健藏、三善清达著,1978年ラジオ出版社,第294—322页)"终战前后"一节,以及《日本音乐的历史和鉴赏》(星旭著,1980年第11版,音乐之友社,第95—126页)《日本音乐的历史》第八章至第十章。

② 此段言论分别引自普及版《三昧线的美学与艺大邦乐科诞生秘话》,吉川英史著,2002年,艺术社,第190—194、200—202、327等页。本文对原话做了一些省略及次序上的调整。

③ 普及版《三昧线的美学与艺大邦乐科诞生秘话》,第203页。

④ 普及版《三昧线的美学与艺大邦乐科诞生秘话》,第287—289页。

⑤ 《日本洋乐外史》,第303页。

⑥ 普及版《三昧线的美学与艺大邦乐科诞生秘话》,第212页。

⑦ 吉川英史(1909—2006),日本著名的邦乐研究家。主要著作有《日本音乐的性格》、

《宫城道雄传》、《日本音乐的历史》、《邦乐与人生》、《日本音乐美的研究》、《日本音乐文化史》等。吉川先生是对日本民族音乐的研究、宣传、教育等各方面都有极大贡献的人,在日本影响很大。

⑧　以上四段分别引自普及版《三昧线的美学与艺大邦乐科诞生秘话》,第 181、182、203 页。

⑨　引自《谢谢天庵主人回想录》,吉川英史著,1994 年,邦乐社,第 203 页。

⑩　普及版《三昧线的美学与艺大邦乐科诞生秘话》,第 189、220、221 页。

⑪　普及版《三昧线的美学与艺大邦乐科诞生秘话》,第 333—335 页。《谢谢天庵主人回想录》,第 218—220 页。

⑫　普及版《三昧线的美学与艺大邦乐科诞生秘话》,第 357、358 页。

⑬　引自东京艺术大学邦乐科介绍(http://www. geidai. ac. jp/music/japanese. html)。

（原载《黄钟》2008 年第 1 期）

关于保护非物质文化遗产的感想

——兼谈对日本保护文化遗产的体会

近几年来,我们国家特别重视对非物质文化遗产的抢救和保护,这也是我们国家经济文化发展到了一个新阶段的表现。俗话说:"盛世修坟。"话虽然粗了一些,但是经济好了,社会繁荣了,必然就会重视自己的历史文化和传统,这是很有道理的。

长期在国外,对如何保护国内非物质文化遗产的问题,是很难有发言权的,真正做工作和了解情况的,还是国内的人们。在这里,只是谈些感想而已。而且,在几个议题之中,也只能在"对我国近年非物质文化遗产保护的现状及相关问题的宏观研究"这个方面谈一些自己的看法。

一、发展是我们的文化特点

也是由于长期在国外,对自己祖国的文化特点有了些局外观,其中,最深的感受,就是感到了我们的国家是一个极为喜爱发展和变化的国家。而且,对外来文化吸收快,没有排斥感,很快就能融合。和我在的日本比起来,这一点更加明显。从日本人对自己民族音乐的态度上来看,他们的改革发展,只是在求精加细和扩大影响等方面上,没有要立足于世界舞台上这样的目标。日本民族乐器演奏也没有和西洋音乐挂钩的想法。而我们民族乐器的演奏,普遍是把能演奏西洋乐曲当成了演奏技术上的追求和必然。这两种发展改革,有着根本的不同,但是,并无好坏之分,只是发展方向不同而已。

二十多年前,黄翔鹏先生一句"传统是一条河流",引起无数的共鸣,大家都认同了这个说法,并以它来衡量中国的文化,特别是中国的音乐文化。这句话的确是道出了中国文化发展的特点,它指出了在发展和变化中保存是我们文化的特性。中国是个泱泱大国,历史悠久,地域广阔,人口众多,创造了优秀的历史文化。但是,历史上的遗产,既是财产,也是包袱。所以,激烈的新陈代谢不断地在我们的历史上重复出现,这比任何国家历史中的文化变革都要激烈。但这也是中华民族五千年文化历史能继续不断,有着强盛生命力的一个原因。

改革,既可以发展,也可以保存。举个很简单的例子:现在,在很多国家里都有二胡教室,二胡似乎成了国际性的乐器了。如果,我们的二胡停留在上世纪三四十年代的乐器构造及演奏技术的状况,那么,能得到保存吗? 能有那么多的人喜爱、能够走到国际上去吗? 阿炳是一位杰出的民间音乐家,但现在我们听着阿炳留下的演奏录音,我觉得,如果二胡的演奏法和乐器没有变化,恐怕做不到这一点。可以说,几十年来对二胡的改革,使这种乐器得到了极为成功的保存。

在保护、抢救和扶植我们的无形文化遗产时,同样要注意的是我们的文化传统不同于其他国家,发展是我们的特点。如果效仿国外的一般做法,一是行不通,二是做不到。因为中国本身就像是一个世界一样,无论是在文化遗产的历史还是在遗产种类的数量上,没有一个国家可以和我们相比。再说,我们的漫长历史中实际上早有一套在文化上自我净化、淘汰和发展的规律了。目前,国际上特别是西方的学者对东方非物质文化遗产有着异常的关心,甚至信奉到了很神秘的地步,这虽然对我们保护文化遗产的工作有所启发,但是,中国究竟是中国,不同于其他国家,我们实在是家大业大,有些做法是不能相同的。对这一点,我觉得,还是要有一个清醒的认识。

同时,也应该对乐种、剧种逐渐减少和消失的原因进行仔细地分析,才能在抢救工作中有的放矢,更有效果。

杨荫浏先生曾经说,不要以为消失的都是好的,消失有几种原因,有因为天灾人祸而消失的,也有是被历史淘汰的。在1982年的一次谈话中,杨先生谈到

了当时时兴的古琴打谱问题。他说:

> 失传的原因一是难弹,二是调子不好。这种调子就没有必要挖掘了。首先要弹好流行的调子,不要相信打谱,形成反宣传。是抬高自己还是抬高古琴呢?①

我想,在高声疾呼文化遗产有减少、灭绝的危机和对其进行抢救的时候,杨先生的这段话,也还有一定的参考意义吧。

二、注意当前文化的发展趋势

从我们的保护政策上来看,应该说已经是很完善了。政府发布的非物质文化遗产保护工作的方针是:"保护为主、抢救第一,合理利用、传承发展。"保护工作的原则是:"政府主导、社会参与,明确职责、形成合力;长远规划、分步实施,点面结合、讲求实效。"

这是既明确又具体的方针政策。但是,我们注意一下,就可以发现一个现象,那就是:一方面在抢救和保护,一方面却对舞台上传统艺术实行着相当大的、改头换面甚至是伤筋动骨的改造工程。这样的现象很多,到了使人熟视无睹的程度了。

比如,有人提出"京剧与交响乐融合是世界潮流"②。为什么这种融合是"世界潮流"呢?我不大清楚。但是,反思以前的做法、努力保存自己的文化特色,倒是目前全球人类社会文化发展的大趋势。我想,这样的想法是否恰当,是值得我们去深深思考的。

如果只是一个实验,那可当作别论,遗憾的是,这样的做法已经形成风潮了。

在我国汉代,就有"城中好高髻,四方高一尺"的民谣。所说的道理,到现在也还适用。社会政治经济文化中心的审美趣味,对全国有着示范的意义;在影

视媒体上的具体展现,使这种示范的影响力更强更大。这是不可否认的现实。

我们可以设想一下,各个剧种都被统一在交响乐队的风格之下,这是一种什么样的局面呢? 实际上,同样的音响、同样的伴奏已经呈现在各个剧种的舞台上,剧种特色已经减弱了。

不只戏曲,曲艺方面也是一样,《曲艺杂坛》中听到的单弦大鼓,都加上了西洋乐器,八角鼓的鼓点换成了架子鼓和小镲的演奏,听起来真是"别有一番滋味"了。发展虽是我们的特点,但在这方面过了头,我们也必须要纠正和注意。因为,这与文化遗产的保护是有矛盾的。

在国外介绍中国音乐的时候,比较头疼的事情是很难找到原汁原味的民歌作品。买得到的音响资料,基本上都配上了水平不高的伴奏,伴奏中,架子鼓敲打得山响,即使是稍微安静些的,也是偏离了民歌的原来味道。

我在日本大学中教中国的民歌时,日本学生写的感想文中,提出了"为什么中国的民歌都要配上新的伴奏呢"这样的疑问。对此,我也感到,在中国能保持原味,好像是挺难的。听到民歌手阿宝有几首民歌唱得确实有味道,挺感人。可是他要变,听众也要他发展,这种发展的一个奇异结果,就是他的歌声作为与西洋歌手一起演唱时的泛音使用了。而大家都觉得很好,很自然。对外国人,很难向他们解释清楚为什么这样做。

现在每年的青年歌手大奖赛,又挖掘出很多各民族的歌曲等音乐作品,今后这些作品是不是也要加入这类的发展或是已经在这类发展之中了呢?

我们做了很多抢救、保护的工作,但是,对于舞台上主要的文化遗产却是在不断地去使它改变味道,这就和在建筑上的不断拆一样,最后,剩不下几个原样的了。到时候,名存实亡,又要到哪里去找原生态的呢? 这种情况继续下去,我们做的工作,是不是会形成像老百姓所说的"大桶漏香油,遍地拣芝麻"那种局面呢?

因此,我们也应该考虑到:注意已经被定为非物质文化遗产的舞台表现,也是保护非物质文化遗产工作的一个环节。

以上,也许是在国外住久了跟不上国内发展才有的感觉。仅供参考。

三、对日本人保护文化遗产的一些体会

关于日本对文化遗产的保护措施，在国内已经有比较全面的介绍了。二战后，特别是上世纪六七十年代以后，随着经济的发展，日本对历史和传统更加重视了起来，出台了一系列的文化保护措施，产生了很大的效果。这些，大家都已经知道。其实，日本的民族音乐也存在着很大的问题，日本人也经常叹息民族音乐的衰落和爱好者的减少。最有水平和最有影响力的日本民族音乐杂志《季刊邦乐》，也因为经济问题于十几年前停刊了。年轻人中对歌舞伎、能乐这些日本的国宝艺术兴趣不大。总的说来，和中国一样，传统的危机也是存在的。在这里，引一个日本的普通网民在听了三昧线（即三弦）的演奏后，在网上发表的一篇日记看看：

> 星期日（晴）
>
> 去滨松市美术馆看了《人间国宝和陶瓷器世界展》，也听了三昧线的演奏。三昧线演奏了《圣者进行曲》，听起来，总觉得三昧线还是演奏它的传统的曲子比较好。听众的平均年龄大概有八十岁左右吧，他们随着演奏哼着跑了调的曲调，虽然也有趣儿，但听着这种不谐和的音乐还是使人感到有些怪兮兮的。③

三昧线演奏一些大众熟悉的曲子，被觉得不怎么样；话语中对观众的年龄也有点儿讽刺的意味。看着这样的听后感，不知大家是什么感觉？

但是，在民众对待文化遗产总的态度上，我们还是应该向日本方面学习和借鉴。

我在日本曾接触过日本民间音乐，在这里，介绍一下我实际经历过的事情。

1987 年我到了日本之后，曾去学习过日本的说唱音乐新内和义太夫。学习都不是在学校，而是和艺人学的。我先学的是新内，这是一种类似我们的鼓书、

单弦之类的说唱音乐。教我的先生是一位国宝级的艺术家,名字叫冈本文弥,已经九十多岁了。他于 1996 年去世,享年一百零一岁。我学的时候,他的教室约有十几个学生。所谓的教室,就是他的家。学生大部分是家庭妇女,也有的是职员、医生、学生。陪我一起去学的一位日本朋友是大学教授,他和音乐根本无关,也无音乐的天分,可是就是愿意学。在我停止学习之后,他没停,在老师去世后还接着学,直到取得了艺名为止。这些人的学习,只是一种兴趣,没有一定的目的。

　　冈本文弥是个相当有名的人,但是他住在一个很小的房子里,两层加起来,四间小屋子,也就是七十多平方米。学生们分批来学习,唱完了坐一会儿就走。他没要我的学费,其他人大约每个月交一万日元。老先生教室的传人,是一位年轻人,当时,我曾经问过他的生活状况,才知道他没有正式工作,除了来教室以外,平时是在超市里打零工。现在,他在继续支撑着那个教室。

　　我学的另一种日本传统音乐是义太夫,那是一种纯粹的日本说唱,也是木偶剧文乐的音乐。是在一位女先生竹本朝重的教室学的,教室名为"七宝会"。那个会的成员总是维持在二十人左右,其中,有大公司、大百货店的职员,有做临时工的,也有在银座开酒馆的,还有律师、学生等。当然,以家庭妇女为多。这些人中,大多都和她学了很多年,长的有十几年了,一直和她保持着很好的关系。她的学费当时也是每月一万日元左右,好像比学新内高一些。

　　她的教室每年有一次发表会,上台发表的人需要自己交钱,支付剧场和服装的租金以及给伴奏老师的谢礼。90 年代初,发表的人每人交两万五千日元,到了 2004 年,发表的人每人要交五万多日元。

　　以专业的眼光来看,这些学生中,唱得精彩的不多,但她们也不是带着非要唱好的目的来的,只是喜欢,就来学。而且,有的是喜欢义太夫,还有的就是喜欢竹本朝重这位老师,所以就一直学下来,十几年坚持不断。在这个教室,我学到的不只是日本的传统音乐,更多的是看到了日本人之间的友好关系,她们把学习传统的教室也作为一个人际关系交流的场所。

　　我还自己找到了一个诗吟(同中国的吟诗)教室,去学日本的诗吟调。这个教室更有意思,老师是个开杂货店的店主。每星期六下午,大家一起唱两个钟头。学费很便宜,大概只够他在大家去唱时买些茶点的费用。学的人也是各种各样的,同样,也是个人们交流的场所,在那里可以看到最普通的日本人的生活情况。这样的诗吟教室属于一个协会,会唱的多了,到了一定的级别,就可以有资格自己开教室了。所以,诗吟教室有很多。我去学,老师也同样对待,和大家一起唱。只是有点奇怪我为什么能学得那么快。其实,那里没有专门搞音乐的人。

在日本,教各种传统艺能的私人教室非常多,各处都能看到有普通住宅门口挂着三昧线、筝、尺八等私人教室的牌子。在那里,学生去学习,交一些钱作为给老师的谢礼,一般都不多。这些教室,也就是传统的传承场所。

日本各地区的民谣大会,演唱者大都是以爱好者的身份出现的,平时那些人都有自己的工作,专业的不多。每年七月盂兰盆节的时候,各地区都有歌舞的聚会,民间的歌手和鼓手带头演唱,大家也边跳边唱着,很是惬意。这种现象,有点儿像我们的庙会,但是群众参与歌舞却是普遍的。一般的民间传统,是在这样的场合中被保存下来的。

在日本学习日本的民族音乐以及长期和日本人的接触,我有以下的一些感想:

1. 对于改革的态度和中国不同

整个的日本社会,对文化传统不大提改革这两个字。据他们说,不改还有人看,改了就没人去看了。这一点,和我们很不同。在舞台上,歌舞伎的舞台化妆和以前基本相同。其实,那种美感并不受现代人的喜爱,但由于是传统,这就是理由,所以要保持下来。

另外,日本的就是日本的,西洋的就是西洋的,邦乐和洋乐分得很清。无论对哪一种,都追求原汁原味,想法很执著。所以,学西洋音乐的一定要去西欧学习,掌握西洋音乐的真谛。据说,NHK 乐团演奏的巴赫、莫扎特的作品比欧洲的乐队还地道;反之,在日本的古典舞蹈中,绝看不到现代和西洋舞蹈的痕迹。当然,也有日本和西洋艺术结合的产物,但那是另外的新品种,不是对传统改革的结果。

　　我们在政策方针的指导和支持下，每年都要搞出很多新戏、新节目，无论是古典的还是现代的艺术形式，在表现内容上大都与现实有紧密的关联，因此，在艺术上也必然要追求与内容相应的新表现。在日本，特别是古典艺术，这种与现实结合的作品很少。所以，改革对于他们来说，没有我们那样的迫切性。同时，日本政府在文化政策上，也是对保持传统给予支持和资助，新编的节目，绝对没有政府的帮助。这一点，可能是中日两国在文化发展上很大的不同。

　　日本虽然历史也很长，但古代的日本物资贫乏、缺少独创的文化，长期以外来文化为主。早期是大陆文化，近代是西洋文化，它是个以善于吸取、善于保存为特长的国家。无论是对外来的还是自己固有的，它绝不轻易改动。长期下来，形成了珍惜文化、文物，也珍惜自己风俗习惯的民族特性。所以，这个国家有着很好的保存文化历史遗产的基础。

　　2. 在日本，学习古典传统是一种兴趣和修养的表现

　　学习传统艺术这种兴趣，不但能自然地使传统在民间继承，而且，在这些爱好者之中，又会有人以此为业，进入专业的队伍，使传统继续下去。

　　父亲或母亲以前学过传统音乐，所以也叫自己的孩子学，这种情况很多。我的很多学生都学过三味线或是筝，就是因为父母以前学过，也培养他们的爱好，叫他们继续学。

　　有个学生学打日本太鼓，每个星期都要去练习，在节日中演出。她和我说，她不但继承了父亲的爱好，而且想一直练下去，争取得到教日本太鼓的教师资格，以后，就做这个工作。其实，她的专业是中文，但是，我却从她的身上看到了日本传统艺术的继承。这样的继承方式，对我们来说，也是很新鲜的。

　　日本的学校中，很多学校都有古典艺术的俱乐部。比如，茶道部是每个学校都有的，另外，我知道的还有邦乐部、能乐部、日本舞蹈部等等。这些虽是学生们自己的俱乐部，但同时也成为了保存、继承传统的一个环节。

　　学习传统对日本人来说不但是一种修养，有时，也是一种身份和教养程度的显示。

　　学习西洋音乐如钢琴、小提琴等是修养；学习三味线、筝、日本舞蹈等也同样是修养。但是,学习的内容不同,也有些微妙的区别。比如,能够去学习能乐,就不是一般的增加修养了。能乐的学费很贵,再加上发表时交的费用,需要很多钱。据知情人的介绍,普通的学习,一年大约需要交五十万日元左右(人民币三万五千元左右),一般的日本人也很难负担得起。再如,长呗(另一种古典歌唱)的学习和发表也是比较费钱的。日本人也说,能乐、长呗,是有钱人才可以去学的。所以,对各种传统音乐的学习,也显示了不同经济阶层的爱好。

也许是人们的基本生活很少忧虑的缘故,经济问题,并不是保存和继承传统的主要困难。一般的人对交点儿学费都不大在乎,肯拿出点儿钱来作为业余爱好使用。虽然,看一次歌舞伎也不便宜,也得上万日元,贵的票要几万日元,但是,比起工资来说还是可以接受的^④。

生活的安定使得人们在经济上没有大的问题,能从事自己的爱好,所以,注重传统也可以成为习惯了。各地区的传统文艺活动,也是人们自己筹钱去组织的。比如,节日中各个街道举行的传统文艺活动,是由所在街道各大小商店出资举办的。

3. 国民的素质是保存传统文化的基础

国内很多人都已经提到,保存传统最好的方式是全民素质的提高。人的素质提高了,就能认识到自己文化的重要性,能尊重自己的文化,也才能提到保护和继承文化遗产。

确如中国古语所说"百年树人",日本注意全民的教育,已经有百年的历史。经过近代以来对文化教育的大力投入,已经使得日本的普通民众整体素质、文化修养得到了很大的提高。这些,使人们对待文化遗产能有珍惜的态度。起码,有钱的和钱不多的人,都能在文化欣赏上花费一定的费用。

关于无形文化财(非物质文化遗产),在日本的数量并不多,在音乐艺术方面,数量也就相当于我们的一个省,这和我们是无法相比的。即使如此,它的保存方法还是靠各个地区自己,政府虽然给些资助,但是不多。各地区的人们把这些民谣当作本地区的骄傲,把它和地区的名誉联系起来,尊重这些传统,在节日中拿出来表演。我想,能自觉地去做这些事,就是素质的表现。

我们很看重日本的人间国宝制度,实际上,这也只是个在名誉上的奖励制度。2008 年现存人间国宝艺能界(演艺)55 人,工艺技术 59 人。其中有一个人是被两种工艺同时认定,所以总数是 113 人。在这些人中,最小的 57 岁,最大的 97 岁,平均年龄是 75.3 岁。从年龄上看,差不多都是高龄者,而且,都是很有名、很有成就的人。他们本身就有名,再加上国家给的名誉,等于是锦上添花。物质上的一些奖励,对他们来说起不了大作用,不是生活的依靠。

靠人间国宝这种制度解决不了对文化遗产的保护和延续问题,而真正对保护和延续起作用的,是普通的民众。在日本,主要靠民间的力量来做继承和保护的工作。

以下,介绍一个民间组织"日本民谣协会",从它的组织及活动中,可以看到日本民间传统文化的继承和保护的具体情况⑤。

"日本民谣协会"是个团体法人的组织,成立于 1950 年,在 1965 年得到文部省的许可,作为不营利的公益机构法人,以保护、传承和宣传日本民谣为宗旨,进行民谣方面的活动。

协会的会员分四种:

个人会员、赞助会员、准会员、团体会员。

个人会员入会金一千日元、年会费三千日元。够 20 个人一起申请,可以成立一个支部。

赞助会员分个人和法人,个人年会费一万二千日元,法人年会费五万日元。

准会员是未满 15 岁希望入会的人,年会费二百日元。

团体会员是某些特定的团体成为一个会员登录在册,入会金五千日元,年会费三千日元。

在东京车站站台卖的盒饭,稍微像样的就得一千日元,甚至还要高一些。所以,个人年会费三千日元,算不上什么了。

从资料上看,这个协会一共收入日本全国各地民谣 49 种,日本主要的民谣都在内了。具体会员的人数没有完全公布,但是,公布了各地支部的数字。全国共有 903 个支部,以一个支部规定的最少 20 人来计算,这个协会的个人会员至少有 18060 人。

　　由于常年来有各种赞助,协会有一定的财产积攒。去年(2007)总的收支情况如下:

事业收入:	267203726
事业支出:	283667229
	− 16463503
投资收入:	4188449
全年收支差额:	− 12275054
前年度资金余额:	90648721
转下年度可用金额:	78373667

　　支出是协会的活动所需费用。这个协会除了经营、组织等行政部门外,主持民谣活动的部门还细分有以下的几种:

广告部:宣传及出版会报

研究部:挖掘传统民谣和募集新作民谣

认定部:举行对民谣指导者资格认定的考试。科目有民谣、民舞、三昧线、尺八、太鼓、笛,共 6 种。

出版部:出版有关民谣的书籍。

事业部:举行各种民谣大会和讲习会。

普及部:贩卖有关民谣演唱的服装、乐器、舞台用品等。

青少年部:举行对青少年的讲习会,招募青少年会员,到中小学校访问指导。

　　这个协会虽是个民间的团体。可是,他们管理有条,工作很有计划,也很活跃。2008 年他们的活动预定是:

大会:
　　第十一次津轻三昧线全国比赛大会,4 月 6 日,东京日比谷会堂。
　　平成二十年度民谣民舞少年少女东京大会,6 月 1 日,东京日本民谣协会会馆。
　　第十回民谣民舞少年少女东京大会,8 月 23、24 日,东京品川区民会馆。
　　平成二十年度民谣民舞全国大会,10 月 16—19 日,东京国技馆。
举办活动:
　　平成二十年新年联欢会,1 月 12 日,东京帝国饭店。
　　平成二十年新春民谣展,2 月 2 日,东京品川区民会馆。
　　第二十一回民谣节,5 月 23 日,NHK 大厅。
　　民舞祭典,2008 年 9 月 5 日,东京国立剧场。
讲习会:
　　少年少女讲习会,4 月 27 日、5 月 17 日,东京日本民谣协会会馆(分别练习、全体练习)。
其他:
　　民谣民舞六团体交流大会,10 月 5 日,岛根县民会馆。
　　国民文化节 2008 茨城,11 月 3 日,太田市民交流中心。

　　以上的大会活动,安排得很仔细,而且都是面向社会的演出活动,是卖票的。比如"第二十一回民谣节"在东京 NHK 大厅的演出,票价如下(日元):

　　　　s 席 6000,a 席 5000,b 席 4000,c 席 3000(全部指定席位)。

　　"少男少女讲习会"是自由参加的,不收费。但如果参加演出,收一千日元的道具服装使用费。

这个协会的情况,可以作为日本民间保护文化遗产的代表,也说明在日本的民间有着相当一部分力量在从事着保护和继承传统的工作。当然,这个团体的情况是较好的,其他,还有很多各种各样、实力大小不一的团体存在。但是,这个团体之所以能够存在和组织了那么多的活动,最关键的,是有群众基础。而说起群众基础这件事情,就离不开人的素质了。

　　在日本,这类大大小小的协会很多,在保护与继承传统文化方面做了不少的事情。另外,我们还可以从日本的歌舞伎没有剧团,只有协会;所谓的日本国技大相扑,也只靠协会组织来维持管理这个情况来看,这种不靠国家而由民间自己努力的做法,是值得我们很好学习和研究的。说不定,这也是我们文化事业今后的一个发展方向。

　　以上,谈了自己的感想,也介绍了一些日本的情况。虽然很简单,但也希望给各位研究者们提供一些可以参考的材料。

　　不到之处,敬请批评指正。

注　释:

①　引自 1982 年 6 月 24 日杨荫浏先生在中国艺术研究院音乐研究所对研究生的讲话。

②　参见 2001 年 6 月 30 日《北京晚报》。

③　引自 http://www.city.hamamatsu.shizuoka.jp/artmuse/exhibition.htm。

④　据一个叫イーキャリア的职业介绍公司 2008 年的统计数字,一个普通 25—29 岁营业员的年平均工资为 383 万日元。除去所得税、地方税及健康保险之外,这样的收入大约能到手二百多万日元。每月可使用的现金约十五至二十万日元左右。参见 http://www.ecareer.ne.jp/promo/contents/income/index.jsp?s=mrk_li_ov_nensyuhikaku_012。

⑤　引自 http://www.nichimin.or.jp/index.html。

(为参加重庆西南大学"2008 年音乐类非物质文化
遗产保护国际学术研讨会"而作,2008 年 5 月)

日本与中国的说唱音乐中
能见到的共同现象

一、关于说唱音乐

在中国和日本,说唱音乐都很发达,是在历史上有很大影响的一个音乐品种,至今不但还存在着,而且仍起着一定的娱乐作用。

说唱音乐在日本叫做讲故事的音乐(語り物音楽),既有独立性,同时,它也是一种附属于戏剧表演艺术的音乐。在中国,则是一个相当独立的乐种,直接称为说唱音乐(或曲艺音乐)。

说唱音乐是在其他音乐发展的基础上诞生的,它继承和利用了歌曲和器乐的成就,具有很强的表达能力和很高的艺术水平。当人们对单首歌曲表达篇幅感到不满足,而想欣赏更加复杂故事内容的表现时,便去聆听这种比一般歌曲的表现能力要丰富得多的说唱音乐了。

对于说唱(曲艺)艺术的概念,在中国也有比较明确的解释,那就是指通过说和唱来叙说故事的艺术形式。虽然,在叙说故事中也有写景、咏物、说理与抒情等段落同时存在,但是,它最主要的艺术特征是讲故事。在表演过程中,有时用代言体代表角色来直接表现,有时用叙事体来叙述事件的发展过程。在说唱艺术中,除了个别的曲种如中国的相声、快板,日本的落语、漫才等不用音乐之外,绝大部分都有唱,并且,唱在表演中占的比重很大。这种艺术形式所用的音乐,有独特的特点和表现方法,与其他音乐品种有所区别。因此,无论是中国或日本民族音乐的分类中,说唱音乐都是单作为一个种类存在的。

说唱音乐的特点在于语言和音乐的高度结合,也是文学和音乐的高度结合。在这方面,说唱音乐有着丰富的艺术经验和规律存在着。正由于它的内容是以表现人们喜爱的故事为主,所以,民风民俗、民众的爱好和欣赏习惯以至于时代的风气和特色等,都在这种艺术品种中有着鲜明的表现,带有很强的民族性,是一种绝不可忽视的民族音乐形式。

　　说唱音乐虽然是大众音乐,但它不是简单的音乐,有着多种的表现方法和手段,并且有着复杂的演唱技巧,是一种复杂而高级的音乐品种。

二、中日说唱音乐的发展概略与其共同特征

　　对中日两国说唱音乐比较之前,有必要先把两国的说唱艺术发展的历史做一简单的叙述,从中来看一下二者在发展历史上有哪些共同之处。

　　虽然,中国的说唱艺术在唐代之前已经具有一定的成就,但是从唐代以后,与日本的说唱艺术的发展,却有很多相似之处。而且,说唱音乐最发达和繁荣的时期,两国都是在近代。这一点,可算是两国艺术文化上的一个共同之处了。

　　大体上,中国和日本的说唱艺术可作如下对列:

(一)中国说唱音乐发展历史

(春秋战国——唐、五代　前770—960)

　　中国在很早就出现了说唱艺术的先声,据现在音乐史、曲艺史的专家们认为,在春秋战国时期诸子百家的著作中,荀子的《成相篇》,就是一篇说唱文体的作品。它是由韵文和散文相间组成的,从中可明显地看得出韵文是唱,散文是说,这很像后来说唱文学的结构。同时代,已经在宫中出了"俳优",他们的表演,也是后来说唱艺术的基础之一。

　　秦、汉、魏、晋、南北朝期间,产生有大量的叙事诗篇,在当时都是可歌唱的歌曲,它们是后代说唱艺术中音乐的先河。

　　各种俗文学的产生如战国以来的俗赋,唐、五代的词文等,也与说唱的关系很深。俗赋是古代辞赋的通俗产物,它是四言的吟唱体,而词文则是七言句式的韵文,它是只唱不说的,可以有很长的篇幅,叙述长篇的故事。这些,对于后代说唱艺术表现手段来说,都是相当重要的借鉴。并且,说唱的艺术表演形式也在不断地发展着,在出土文物中,已发现有汉代的击鼓说书俑的实物展现了。

　　唐代被认为是说唱艺术的成熟期。说唱艺术有了固定的演出场所如“变场”、“讲院”,并出现了宣讲佛教的“俗讲”,这是佛教利用已经成熟了的说唱形式来宣传教义、讲解经文的一种形式。俗讲的方式有两种,一种是有始有终地讲唱一部经文,叫做“讲唱经文”;另一种是讲唱佛经故事,就叫做“变文”。它是由韵文和散文交错组成,韵文是唱,散文是说。不只是佛教的内容,民间的故事以及历史故事也进入到了变文之中。由于在敦煌发现了唐代变文的抄本,有了文字的证据,所以,一般认为唐代的变文是说唱艺术成熟的标志。在唐代,除了佛教,道教也有这种形式的俗讲。

（宋、元　960—1138）

　　宋元时期,商品经济发达,城市繁荣,人口集中,在城市中出现专门的游艺场所——“瓦舍”,就是职业说唱艺人卖艺的地方。此外,艺人的活动场所还有酒楼、茶肆、庙会、农村以及皇室和私人宅第。

　　这个时期说唱的种类已经很多了。比如:小说、讲史、说经、说浑话、说浑经、背商谜、学相生、学乡谈、说药、唱赚、覆赚、诸宫调、货郎儿、合生、谈唱姻缘、小唱、嘌唱、唱耍令、叫果子、唱京词、唱拨不断、唱涯词、陶真、鼓子词等。

　　而且,宋元时期出现的声乐理论,也是与说唱音乐有关的理论著作。这个时期著名的说唱作品《西厢记诸宫调》,流传至今。

（明、清　1368—1911,现代　1911—　　）

　　明代是说唱艺术承前启后的时代,除了继承前代的传统之外,有突出发展的说唱艺术种类有:平话、词话、弹词、宝卷、道情、莲花落、门词等。尤其是讲故事的平话和弹唱的弹词、道情等,对后世说唱艺术的影响是很大的。

　　在清代,由于历代音乐的积累和文学、戏剧艺术的高度发展成就,说唱艺术也有了雄厚的依伴基础。说唱艺术本身也经过了漫长的发展道路,清代正是它开花、结果的时期。因此,与戏曲艺术一样,呈现出了一派繁花似锦的景象。清代的末期是说唱艺术大繁荣的时代,听众面非常广,上至皇族、官吏、文人;下至商人、市民、农民等。而且,说唱音乐种类大量产生,地方说唱音乐多用方言演唱。由于艺人纷纷集中于城市,在相互的竞争中使艺术水准不断提高,还产生了许多流派。据1958年的统计,在近代存在的345种说唱艺术中,大部分是在清代产生和被流传下来的,可见其发展的规模之大。

　　上世纪二三十年代,由于中国城市经济快速发展,造成了说唱艺术又一个黄金时代。但之后的长期战争,使社会动荡民不聊生,说唱艺术的生存也落入濒危状态。在新中国建立以后,50年代中,说唱艺术曾一度重新复生和再次繁荣。虽随着其他艺术形式的增多和社会环境的变化,说唱音乐已逐渐转入衰落,但至今仍有百种以上存在。

(二)日本说唱音乐的发展历史

　　从6世纪起,随着佛教传入后,朗诵经文的"声明"已被使用,讲经、说教均用的说唱形式"节谈说教",与唐朝"俗讲"相似。

　　在8世纪时,出现了记录"语部"在礼仪时的说唱歌谣及历史故事的《古事记》和《日本书记》。本世纪后期,有了"盲僧琵琶"的说唱形式。

　　9世纪时丹仁和空海从唐朝回国,佛教的"天台声明"、"真言声明"在日本开始流行。

　　10世纪时,日本出现了与中国唐代"变相"相同讲解佛画的"绘解",这种形式从佛教活动逐渐转向通俗的大众活动,镰仓时代(1192—1329)成为表演形式,以后,在室町时代(1338—1573),进入街头卖艺。

　　12世纪时,宗教"声明"的一种"讲式"开始流行,至今仍存在,成为现存最古老的说唱曲种。

13 世纪时，"说经"独立，成为专业说唱。

14 世纪时，由"讲式"、"盲僧琵琶"产生了琵琶的说唱艺术"平曲"。

15 世纪时，出现了载歌载舞的说唱艺术"幸若"，本世纪中期，"净琉璃"出现，以拍扇及琵琶伴奏。以后，"净琉璃"成为说唱艺术的总称。

16 世纪时，各地诸侯蓄养"御咄众"（说书人），后流落各地卖艺。在三弦传入后，"净琉璃"改用三弦伴奏。本世纪末期，"人形（木偶）净琉璃"出现。

17 世纪至 19 世纪之间，日本虽然处于锁国时期，但却进入了民族艺术大发展的阶段。也像中国说唱艺术一样，经过了漫长的、历代的积累，又逢锁国的环境，使得这种民族性极强的艺术形式，正好得到了充分的发展机会。说唱音乐成为最发达、社会影响也最大的表演艺术形式。

17 世纪还出现了近代的"讲释"，开始在固定的场所中说书。18 世纪前期，"讲释师"成为说书艺人；源于 16 世纪"御咄众"的"漫才"、"落语"，在 17 世纪后期被称为"轻口"，18 世纪后期，又改称为"落语"。同时，出现了在街头说书的艺人"咄家"。还出现了大多说悲剧的"萨摩琵琶净琉璃"；"净琉璃"从三河（爱知）移往京都和江户，影响更加扩大，出现了流派"金平节"。17 世纪末期，"竹本义太夫"以及叫做"一中节"（唱多说少）的说唱音乐开始活跃。"义太夫"和"人形剧"结合，成为了说唱艺术音乐的代表。这时，对后世影响很大的"丰后节"也出现了。"祭文"吸收了"声明"，在 17 世纪以后也成了街头艺人的表演。

18 世纪中，"祭文"采用三昧线伴奏，成为"歌祭文"，有八大"祭文"对后世表演艺术影响颇大。19 世纪初期，"祭文"与"说经节"结合，形成"说经祭文"，后成为了木偶戏的伴奏音乐。

18 世纪中叶，下层"祭文"艺人借用"说经祭文"的剧本，形成了"浪花节"。由于在 19 世纪末期出现了名演员，"浪花节"得到了急速的发展。

18 世纪末期，"讲释"内容扩大，听众由武士转为老百姓，演出形式为演员拍醒木、持扇子，奠定了近代"讲谈"的基础。同期，产生了"长咄"，"寄席"（大众艺能的演出场所）大量出现，有了专业演出的"咄家"。"河东节"、"一中节"以及由"丰后节"分化出来的"富士松节"、"新内节"、"常磐津节"、"清元节"、

"富本节"等说唱音乐种类的出现,都是在18世纪内的事情。

19世纪,更是日本说唱艺术的全盛期。日本近代音乐史讲述的内容,基本都是说唱音乐各种"节"发展变化的轨迹。

到20世纪第二次世界大战结束以及美国文化猛烈地对日本社会冲击到来之前,日本虽然经过了明治维新,但一直是以说唱艺术作为庶民的主要的大众娱乐。由于它对社会的影响特别大,所以,也还曾受到当政者的干涉和禁止。

现在,虽然日本的说唱音乐与中国说唱音乐的生存状态相似,但是作为日本音乐的主要代表,还是在民间顽强地生存着,也受到了国家和很多爱好者的支持,继续地被传承着。

以上的叙述中,虽然中国是以朝代为纲,日本是以年代为纲,但纵观中日说唱的历史,仍可看出其共同点是很多的。其中,以下三点是很明显的:

1. 中日说唱音乐的渊源关系密切

虽然近代的日本说唱种类不少,但是,从日本说唱艺术的历史上来看,最早期的佛教"声明",却是至关重要的说唱音乐来源。"声明"对于"平曲"和"谣曲"有着很大的影响,而日本说唱音乐的代表"净琉璃",又是直接来自于"平曲"和"谣曲",因此,也是间接地受了"声明"的影响。

"声明"来自中国,和中国的关系当然是相当密切的了。"声明"在日本有了改变,可是,基本的表现方法未必能有多大的变化,因此,作为中国人在听日本的说唱音乐时,会有一种亲切之感,大概因为是同源的缘故吧。而且,在以上介绍的中国古代说唱种类中,有一些名称日本人看来也是比较熟悉的,可能在日本也使用过。比如,说唱艺术在日本曾被称为是"郢曲",这个词就是来自中国,也是大众音乐的代名词。

2. 都是在近代达到了发展的顶峰

在近代欧洲以交响乐为代表的复调音乐大发展的同时,中日两国的音乐,却是说唱、戏曲之类的音乐大繁荣与发展的时期。这种音乐在民众中广泛的普及,并达到了音乐历史上的一个顶峰。这一点,也证明了中日两国的音乐文化确实是有着一致性以及共同的表现。

在中国，由于有大量独立的戏曲音乐存在，同时吸引着人们在音乐上的爱好；而在日本，由于说唱音乐和戏曲的音乐是溶为一体的，从而，说唱音乐更加受到了大众的欢迎。

3. 都是进入了单线条音乐表现的高级阶段

日本和中国的音乐，都是采用以单线条旋律为主的表现方法，戏曲音乐和说唱音乐，可以作为声乐方面单线条旋律发展趋于完美的代表。

中日两国的戏曲、说唱音乐是经过了漫长的发展道路，在各种声乐的成就的基础上，在近代才有了完备、复杂的表现手段。同时，这种音乐曲调丰富，表现多端，演唱者有高超的演唱技术，也有演唱的理论存在。所以，把它们说成是单线条音乐表现在声乐方面进入到了高级阶段，是不为过的。

（三）在说唱音乐性质方面的共同点

在作曲家的音乐作品中，最忌讳出现雷同的音乐段落。可是，在中国和日本的传统民族音乐中，却存在着一种完全相反的现象。那就是：在某些音乐种类中，基本的旋律不变却是原则，在这个不变的原则下，再去追求表现上的特性和差别。在中国，把这种音乐简称为"一曲多用"。

简单地说，一曲多用就是一只乐曲在不同的场合下使用。虽然根据表现内容，会出现一些变化，但总是保持着旋律的基本风格不变。无论是较长的乐曲还是几个乐句组成的一个乐段，也无论是使用在什么样场合中，由于它保持着鲜明的特征，使人一听就可以分辨得出来是什么。在中国，把这样的音乐常称为"某某腔"、"某某调"，或是一起称为"某某腔调"；而在日本音乐中，腔调被称为"节"，日本音乐中的"某某节"的名称就是"某某腔调"的意思。

这种音乐一般没有特定的作曲者，只有对某种旋律如何使用的编配者（在中国把创作说唱音乐的人称为音乐设计）。尽管也有作曲的成分存在，但一般情况下，这种作曲仅是在原有旋律的基础上加以改编、发展，或是加入一些新曲调的因素。因此，这种音乐曾受到过非难，说它是简单的。但这只是偏见而已。

实际上,这种音乐并不简单,它能以简单的音乐素材,表达出篇幅长、内容复杂曲折的作品来,并且,有着丰富而复杂的表现技巧。这种音乐的编配和创作,也不是一件容易的事情。

虽然被叫做"一曲多用",但这种音乐给使用者留下了很宽广的余地,艺人们根据内容予以灵活运用,并有不同程度地创造和发展,一只曲子,可以有很多种变化出现。

中国的说唱音乐,虽然有很多种类,但使用的音乐都属于一曲多用的性质。有意思的是,在日本的说唱音乐中使用的音乐,也同样属于一曲多用的性质。笔者所接触过的"义太夫"、"新内",都是使用着这样的音乐。

在这里,举一个"义太夫"的例子来看看,就很容易理解了。

(例1)

引自《柳の段》　竹本朝重演唱

（例2）

引自《柳の段》　竹本朝重演唱

　　这是有名的"木遣音头"，这两段的音乐实际上是一样的，一听，就能感觉出来。前一段是叙述性的歌唱，内容是开始部分的情景介绍；后一段则是悲哀的、抒情性的歌唱，内容表现了夫妇、母子被迫分别的场面。尽管音乐是同一个旋律，但是由于表现的内容不同，也有了相当大的变化。两段的不同表现在：

1. 演唱的速度不同。前者快，后者慢。

2. 旋律的不同。在每一句的开始和结尾处都保持了相同旋律的情况下，后一段作了很大程度的发展，用了长的拖腔，表现了悲哀的情绪。

3. 演唱方法不同。前者激昂、刚健，后者悲愤、凄凉。

这是非常精彩的唱段，然而，它却是来自"一曲多用"的创作原则，这就说明了这种音乐存在着强大的表现能力。

中国说唱音乐中的变化情况，大体上与此相同。

前面已说过，中国音乐中叫做"腔"的词汇，日本音乐中叫做"节"。中国说唱音乐中以"腔"作为基本的音乐素材，日本的说唱音乐中以"节"作为基本的音乐素材，以此，组成了多种的说唱艺术。在这种音乐的运用方法上中日也有着相当近似之处。

比如，中国北方的说唱曲种"单弦"，它的音乐形式是一个个连接起来的小曲。用的小曲很多，大都是清代的俗曲。小曲被称为"曲牌"，一个曲牌也就是一个"节"，这些小曲组合起来，形成了一个说唱艺术的种类。

在"单弦"这种曲艺中，曲牌运用的程序是这样的：

开始部分——曲头

过渡部分——数唱

中间叙述、抒情部分——若干曲牌

结尾部分——曲尾

开始部分的曲头、数唱是固定的曲调，在任何唱段中都一样。

中间部分可选用的曲牌很多，大约有：

"南锣北鼓"、"罗江怨"、"倒推船"、"太平年"、"靠山调"、"鲜花调"、

"云苏调"、"湖广调"、"剪靛花"、"翠莲卷"、"四板腔"等约数十个。

曲尾一般使用：

"北京快书"、"怯快书"。

以下，可以从一个具体曲目的组成中，看出"单弦"的音乐结构来：

《杜十娘》（单弦）

（引子）（连接部）

曲头——数唱——

（讲述故事、逐渐进故事高潮）

南锣北鼓——罗江怨——倒推船——太平年——靠山调——四板腔——叠断桥——湖广调——云苏调——

（曲尾、结束部）

北京快书

在其他的唱段中，结构也都是一样，只是中间使用的曲牌有些变化而已。

日本的说唱音乐结构，确实与此很相似。比如，对"新内"的音乐，可以做出与"单弦"相对应的排列来（根据冈本文弥先生《新内曲符考》一书整理）：

开始的部分：

从书中所列各个唱段中"节"的名称来看，开始部分使用的"节"比较自由，可以使用的"节"的数目也比较多，经常使用的有：

开始部分：

色詞、中地、ハリマ、ハル、三重等

中间部分：

《新内曲符考》中共有二百六十一种"节"的名称,冈本文弥先生归纳、整理出七十余种来,除了一支废曲和一支仅用在结尾处的"节"之外,这些"节"都可以用在唱段的中间：

　　ウレイブシ　ハル　スエブシ　ギン　カカリ　中地　ハリオトシ　入　長　地　カカル　ツナギ　中　オクリ　カン　ウレイカカリ　オトシ　スカシ　上　アワブシ　ウギン　コハリ　コハリカカリ　ハシル　シボル　下ギン　上ギン　ヒロイ　キザム　引　ハヅム　ヒョウシ　オソド　タタキ　ユリナガシ　ギンユリ　ギン入　ハリマ　道具屋ぶし　文弥　上文弥　文弥オトシ　義太夫　説経　祭文　江戸　江戸カカリ　半中　ソノ八　リンゼイ　仙台　上ルリ　馬子唄　ウタイ　狂言コトバ　大薩摩　キョク　ヘイケ　アミド　カイトウ　権三　文七ブシ　キオイ　オロス　カッチウ　序　クル　ノリ地　セメ　色詞

结束部分：

曲调是很固定的,绝大部分唱段都是用以下的一种：

　　くり上げ

就是这些"节",组成了一个又一个的新内表演唱段。这样的组合,与中国"单弦"音乐的组成是一样的。比如其中的一个组合：

《八重霞难波浜萩》（おその六三新屋敷）

（开始部分）

　　ハル——

（中间部分）

中地──ウレイ──ハル──中──ギン──ソノハ──カカ
リ──ツナギ──スエブシ──オクリ──シボル──ウレイカカ
リ──アワブシ──ハヅム──

（结束部分）

くり上げ

由于有曲调固定的限制，所以，出现了一个在这种条件下比较特殊的音乐发展法，这就是分枝发展法，即所谓"流派"。

流派是在一种音乐风格之下产生的变异现象，有的表现在旋律上有特色，有的表现在唱法上有特色，甚至有的还可能表现在表演上有独特之处。这些，都是形成流派的原因。

中国南方著名的说唱艺术"评弹"，就是一种腔调、多种流派的说唱音乐的代表。它产生于清代，在清末已经形成了陈调、马调、俞调三个流派；而20世纪以来，特别是在二三十年代中，评弹在上海进入了鼎盛时期，在这三派的基础上又产生了更多的流派，大概的情况如下所示：

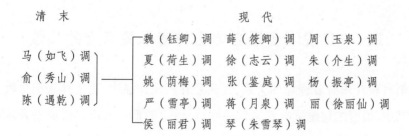

可以说，评弹这类的说唱音乐，是靠着流派来继承、发展以及维持着生存的。

日本的说唱音乐中，也有这种现象。日本虽然也使用流派这个名词，但是，更多用的是以"家元"（传承人）的名字加以"节"代表流派。如在净琉璃的种类中，从"一中节"发展出来的就有许多的流派：

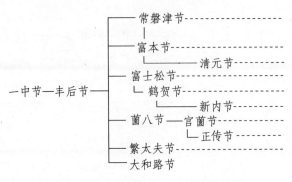

（引自《日本的音乐·近世的音乐》）

类似这样的流派发展脉络，在中国也同样可以见到很多。最重要的，就是因为都是在音乐上分枝发展，才造成了这种流派的传承方式。在某种意义上来说，它很具有近代手工业者的传承特点。当然，说唱音乐也正是手工业时代的产物，自然会有那种特色了。

说唱音乐的发达及流派传承的方式，大概也只有中国和日本才存在的吧。

在这里顺便说一下，在中国，正在对"一曲多用"的音乐形式进行讨论，这种音乐有很多乐种，又有那么多的人喜欢它，那么，它究竟有什么样的奥妙，内藏的技巧有多少？现在，随着研究，不断地被人们所认识。

四、中日说唱音乐在语言与音乐关系上的共性

语言和音乐有着密切的关系，尤其是在声乐作品中，更能体现出这种关系来。其中，语言的句逗影响着音乐的结构；语言的重音或声调影响着音乐的旋律和节奏的构成。这是众所周知的。

中国的传统音乐理论，很注意这个关系，其中，特别注重演唱时发音的清晰与字的声调在旋律中是否正确这两点，并且有一系列有关的理论著作。元代出现的音韵著作《中原音韵》，就是为了在演唱时正确地发出字音、字调而写作的专门著作。明、清以来，有许多有关昆曲的"曲论"著作出现，在这些著作中，很

多是论述在演唱中和在音乐的旋律中应该如何正确地表现语言的。所谓"唇、齿、牙、喉、舌"的"五音"和"四呼"，就是从唱曲中总结出的发声方法。昆曲音乐中还有着许多所谓"腔格"，是在研究了昆曲音乐中语言和音乐的关系之后，逐渐地总结出来的。在这些"腔格"中，把每一种声调的字应该配合以什么样的旋律，都给以科学地揭示了。

说唱艺术，既是语言的艺术，又是音乐的艺术，它是靠说和唱来向听众讲述故事的，为了正确地表达好内容，使听众听清楚，它积累了丰富的艺术经验，其中，在处理语言和音乐的关系上，有不少独到之处。中国说唱音乐的创作原则，是"依字行腔"，就是依照字的声调来使用旋律。所以，对于好的说唱音乐，有这样一句形容的话："动人的声韵，醉人的音。"意思是说，不但能听到优美的旋律，而且还能使人感到语言清晰，美妙动听。因此，中国的说唱音乐，实际上是汉语和音乐高度结合的一个典范。

以上所述是中国的，那么，在日本的说唱音乐中，这种关系又是如何表现的呢？这里，仅把自己在这个问题上得到的一些感受稍做论述。但是，这个问题非常复杂，包括对语言的细微感受，作为外国人很难深入理解，所以，论述中可能有不大准确之处。

音韵学中把语音分为两个部分，一个是子音和母音，一个是重音和声调。

首先，从子音和母音这方面来看，它们和音乐的关系是在于演唱上。子音母音发音正确，就会使人听得非常清楚，歌唱中音色漂亮，变化多。在这一点上，中国和日本的说唱艺人们都很注意。在日本，尤其是"义太夫"的表演者，在这方面表现很突出，口中的功夫相当深。而且，特别重视子音的发出，这使他们的发音非常清晰，音色多变。所以，在表现复杂的感情时，特别是在悲哀、凄惨的场合中，演唱更是分外精彩，很感动人。而且，日本的普遍现象是，说唱艺人到了很大的年纪还能在舞台上演唱，这不能不看到他们在发音上的深厚功夫。

语音中的重音和声调对于音乐的影响，在于旋律和节奏方面。本文只谈声调对音乐的影响。

声调和音乐的关系可以从两方面来看，第一，声调影响到朗诵的表现。在朗诵时,利用声调的特点可以增强语言的音乐性——这也是一种与音乐有关的表现;第二,声调对旋律的进行,有着某种直接的支配关系。

在说明这两方面之前,先来看看日语中的声调情况。

一般说日语只有重音(accent)没有声调,但实际上有所谓声调重音(pitch accent)存在,因此,也完全可以视为是一种高低型的声调表现。只是,与汉语的上下滑行式的声调不同。并且,汉语是单音节,声调也表现在单音上,日语不是单音节,所以,它的声调表现在词组中各音节的连接上。这是二者之间不同的地方。

日语标准语的声调可分为三种类型:

1. 低高高…
2. 高低低…
3. 低高……高低

这三种声调因素对于音乐都有很大影响。

首先,把语言中存在声调的特点夸张运用在朗诵中,可以增强语言的音乐性和表达时的感染能力。我觉得,在日本的戏剧和说唱艺术中已经很好地利用了这一点。比如,在歌舞伎、文乐等戏剧和义太夫等说唱艺术中,念词的时候往往采用夸大其声调因素的方法,和普通的说话大不一样,不但使语言中的高低声调格外明显,而且还出现了上滑、下滑以及把词组中的某个音节或语尾拖得很长的现象。并且,越是表现重要的人物,越是使用这种念白的方法,都是在第一人称时使用。由于使用了这样的方法,语言的韵律感和音乐性都大大加强,被表现内容的戏剧性也随之增加了。

这种对语言声调特点进行夸大表示的朗读方法,当然只有在语言中有声调因素的条件下才能出现。

这种朗读方法,在中国的戏剧和说唱艺术中也存在着,被称为"韵白"。它近似歌唱,是夸大了汉语的四声特点而形成的。中国人对这种"韵白"都很熟悉。

由于两国都有这种利用声调增强语言音乐性的表现方法,所以,前不久,歌

舞伎与京剧掺杂在一起演出《龙王》这个新编剧目时，显得很是协调。

　　另一方面，就是声调对于旋律的影响了。

　　汉语中声调因素的存在，是为了使语义得到正确的表达，同时也有悦耳之感。如果发出错误的声调，就会影响到对内容的理解，也减少了语言的美感。对于歌唱中的语言表现来说，也是同样。声调完全不对，听起来就会不舒服。所以，在拙劣的翻译歌曲中，不能感受到自己民族语言的美感。

　　日本的说唱音乐，是经过了长久时间磨练的，也有了一套语言声调与音乐的结合方法，达到了音乐优美，声调正确。同时，这也正是一种好的说唱音乐所应该具备的条件。

　　以下，可以看看日语的特点在说唱音乐的旋律中主要的表现。

（一）在日本的说唱音乐中，确实存在着旋律配合语言声调的现象

　　以下，以一首《二上り新内》的七段歌词（开始部分）做例子，从中可以看到在旋律中对不同声调的字，采取了对应的方法。

　　（例3）

《二上り新内》　冈本文弥演唱

上面的例子中,各首的词句不同,在同一个曲调(节)中被演唱时,旋律上都有变化。大体上,是分为低起和高起的两种旋律型,这是根据语言的声调而使用的。这种做法,和一般的分节歌曲完全不同。在分节歌曲中,不管什么词,都用一个旋律。因此,可以看出,把声调正确地反映在旋律中,也是日本说唱音乐表现的一个重要原则。

更加具体地来看,日语中的三种声调类型,在音乐中都得到了重视和很好地体现:

1. 低高高…型

（例4）

新内《千两帜》

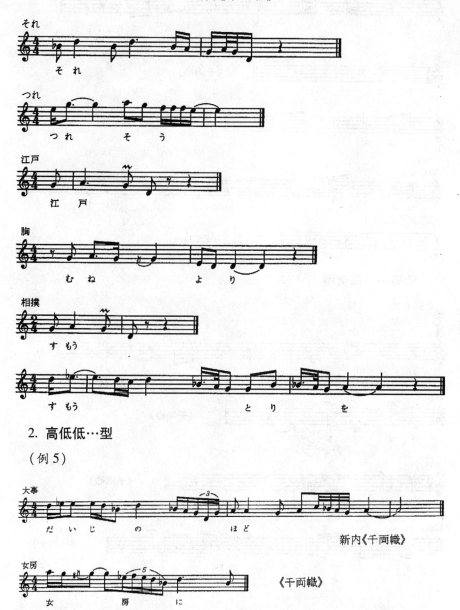

2. 高低低…型

（例5）

新内《千両幟》

《千両幟》

3. 低高……高低型

（例6）

義太夫《酒屋》

（二）方言的声调在音乐中也有体现

由于说唱音乐有忠实于语言声调的特性，所以，方言的特点也一定会反映在旋律之中。中国的说唱艺术，大部分都是方言艺术，所以方言的声调充分地表现在其旋律之中。在日本的说唱音乐中，众所周知的是，"义太夫"用大阪话来演唱。仅以我接触到的"义太夫"唱段来看，大阪话的声调，在旋律中是有体现的。明显之处如下：

例字		声调
秋（あき）	东京话	高低
	大阪话	低高
物（もの）	东京话	低高
	大阪话	高低

在唱的时候，秋（あき）、物（もの）旋律都是大阪话的声调：
（例7、例8）

这样的例子是有很多的。虽然，现在的"义太夫"并不完全用纯正的大阪话了，但是，仍有许多这样的例子可以说明方言声调在"义太夫"音乐中的体现。

若用中国对说唱音乐分类的观点来看"义太夫"的话,可以认为它原来就是方言的,后来转为全国性的说唱艺术。

以上,仅仅是数量很少的几个例子,所反映的也是比较简单的配合,但是,它却能说明这不是无意所为,而是有意为之的。在此现象之下,肯定会有更加复杂、更加有趣、更加使人惊奇的同时也是有规律的、科学性的内容存在。

若是了解到一些这方面的情况之后,再去听自己所熟悉的唱段,细细地体会声调带给旋律的美感,以及在旋律中又体现出来的每个单词的声调,那么,在欣赏说唱音乐的时候,就会有津津有味、不同以往的感觉了。

以下,也把已想到但还不成熟的看法在此提出,仅供深入研究者参考:

1. 在中国的戏曲、说唱音乐中,除了每个字的声调在旋律中有所反映之外,在字与字之间的旋律连接上,也有一定的关系存在。日语不是单音节的结构,可能与中国的有所不同。可是,在日本的说唱音乐中,除了能保证每个单词声调的正确外,可能在旋律中也存在着各单词连接时某种固定的关系。因为,这种关系也属于音乐风格之一。

2. 从听到的一些日本说唱音乐中,我感到在旋律性很强、演唱速度也较慢的唱段中,日语单词中的第一、二个音节绝不是同高度的这个规则,得到了特别的重视和体现。因此,在保持同样高度的音上唱出一个单词来的现象是不多的。只有"高低低…型"的、音节少的词,在演唱速度也比较快的情形下,才会出现在同音上唱出来的现象。

当然,这不是绝对的。而且,根据不同的说唱音乐种类,对语言的处理也不同。仅就我接触到的"新内"和"义太夫"来看,二者就有不同。比如,"新内"对字调的处理是先以较小音程表示出声调的特性来,然后再做曲调上的引申、发展,所以,反映声调的音程经常用大二度、小三度、大三度的较小音程;而"义太夫"则不同,它本身的特点就是富于强烈的戏剧性,所以,音乐上的变化也较多,反映出声调的音程有时会出现四度、五度、六度的大跳动音程来,对声调有着相当大的夸张。而且,在大量的吟诵性的唱段中,对语言声调的处理就更加自由和复杂了,有时也会出现一串单词在一个高度的音上唱出来的现象。

3. 在音乐中对于语言(不仅仅是声调,也包括其他)有固定的处理方法,必然会对音乐的风格形成和保持起着相当大的作用。这一点,在中国的音乐中是有反映的。日本的说唱音乐具有强烈的风格,很不同于一般的歌曲,究其原因,我想,语言在旋律中有固定的表现这一点,也一定是很重要的吧。

语言和音乐的关系是很复杂的,它们之间的配合存在着许许多多、各种各样的现象,不是可以用几句话就能说清或概括起来的。在这里,我仅是以中国的说唱音乐(包括戏曲音乐)在语言和音乐的关系上存在的一些规律性现象,试着对日本的说唱音乐做些分析而已。

日本的说唱音乐是一种很复杂的音乐,它包括了日本优秀音乐传统中的精华,不但代表了日本人民的智慧,并且,它也是东方音乐的高级表现之一。对于这种音乐深邃而又丰富的内容,如果能更深入地对它进行学习和研究的话,我想,一定能使人对它刮目相看的。

中日两国的说唱音乐,共同点远不只以上所述,不同点也是相当多的。如果有更多的人去进行研究,我想,一定能得到巨大的收获。

在这里,我向热情而又耐心的冈本文弥先生和竹本朝重先生致以衷心的感谢。他们教给我演唱"新内"和"义太夫"的唱段,并且还让我登台演出。在东京上野的传统演出场所"本牧亭"结束它的历史之前,我居然能有幸在那里演唱了三次"新内",并且参加了"义太夫"七宝会一年一次的演唱发表会,在舞台上演唱了《柳の段》,这实在是太难得了!

最后,还要向东京艺术大学乐理科上参乡祐康等先生表示感谢,没有他们的帮助和指导,我很难深入地学习到这样纯粹的日本民间音乐。

冈本文弥先生曾在我去学习的时候写了一首俳句,就拿它作为本文的收尾吧:

孫さんの稽古の後の桜餅。

(1989 年 9 月)

(原载《东京艺术大学音乐学部纪要》第 15 期,1990 年)

乐律与宫调

雕虫

京剧音乐中微音分情况的实测与介绍

　　音阶是音乐形态的重要组成部分,音阶的构造对于音乐风格特色的形成也起着一定的作用。一个国家或一个民族的音乐中,丰富的音乐种类在音阶上也有存在许多不同形式的可能。而且,即使在采用相同的音阶时,其各个音级间的微音分关系,往往也大不相同。所以,对于音阶构造情况的了解,也是对民族音乐形态全面了解的一个重要环节,而对于使用同一种音阶的不同乐种,进行对音阶中各音级之间微音分情况的探察,更是在了解音阶构造时不可缺少的一项重要工作。

　　京剧音乐是我国民族音乐中的一个大乐种,关于它使用的音阶中某些音级的情况,一些人在不同的场合已有提及,但目前尚未见到对京剧所用音阶进行仔细测定的结果,亦缺乏具体和系统的研究。本文即是从这个角度出发,把一部分京剧音乐所使用的音阶各音级进行测定的结果公布于众,并对各音级之间微音分关系的一些情况做些介绍,仅供人们研究民族音乐的音阶构造时参考。

一、测音的材料与方法

　　京剧音乐虽由几个不同的部分组成,但最主要的是皮黄腔部分,即:西皮、二黄的部分。因此,测音只取皮黄腔部分进行。至于京剧音乐中的其他部分如昆曲及小调歌曲等,还应另做分析。

　　京剧中的皮黄腔,常常被分为西皮、反西皮、二黄、反二黄四种正反不同的腔调,但实际上反西皮还未形成独立的腔调,因此,在对皮黄腔音乐所使用的音阶进行测定时,只选择了西皮、二黄、反二黄三者。

在测音时,对每种腔调又都采用三种不同的材料。其来源是:

1. 京胡演奏

京胡是京剧皮黄腔最主要的伴奏乐器。京胡的演奏特点和风格,对京剧音乐的特点和风格也有着很大的影响。更重要的是它与演员演唱之间的关系尤其密切,所发音之高低,直接影响到演员演唱时音的高低。因此,把京胡演奏的音进行测定,就了解京剧音乐中音阶各音级的情况而言,是绝对必要的。

2. 旦腔

旦腔就是女声的唱腔。使用旦腔的有青衣、花旦、武旦及小生等角色,这些角色在使用的腔调上和唱法上是一致的。其中,小生并不完全使用旦腔,但其使用假声的唱法及其唱腔的音区和音域,仍与青衣等角色相同。一般的做法,也把小生唱腔归类于旦腔系统。

3. 生腔

生腔就是男声的唱腔。使用生腔的有老生、武生、净和老旦等角色。这些角色在使用的腔调上和唱法上,亦基本一致。老旦虽属女声,但在其用真声来演唱以及在使用的音区和音域上,与老生并无大的差别,一般的做法,也把老旦的唱腔归类于生腔系统。

除了京胡部分采用直接演奏进行测音外,对唱腔部分,都是从著名演员演唱的唱片中,选取一些作为代表进行测音的。而且,也只取了老生和青衣的唱片作为生腔和旦腔的代表。就是这样,也无法把众多的唱片一一进行测定,还不得不在一个极小的范围内进行挑选才行。在挑选中,继续摒除了新编历史戏和现代戏以及现代比较年轻的演员演唱的唱片,而只选了一些老演员演唱的唱片。在进行了测试之后,为了适应测音的条件,又选定了一些在演唱上音准比较稳定、易测的唱片。最后,虽然只选定了谭鑫培、杨宝森、李和曾、梅兰芳四位演员演唱的唱片,但这些演员都是著名的京剧艺术家,演唱上都有相当造诣,因此还是有代表性的。

京胡是由笔者演奏的,笔者曾在中国戏曲学校任京胡教员。为了取得较准确的数据和测音上的便利,京胡就由笔者自己演奏了。

测音使用的仪器是中国艺术研究院音乐研究所的闪光测音仪(STROBO-

CONN)。具体测音时,是采用了"找出"特定音级的方法来进行的。我们都知道,在演唱时或演奏无固定品位的乐器时,特意唱出或奏出音阶的各音级,与实际演唱和演奏乐曲中发出的音,在音高上是有一些差别的。在单发出音阶各音级时,往往更要注意到音程的关系和音高的准确性,而处在旋律进行中的音,受其他因素如旋律进行的走向、乐曲情绪变化的要求等等影响和牵制,必然要发生一些变化。为此,为了取得演唱者和演奏者在实际运用中的音高,就采取了在一段乐曲中或唱腔中,把音阶中的各个音级分别找出进行测定的方法。当然,只能是把在乐曲中处于较主要地位的、比较稳定的和易于测定的一些音找出来进行测定,而对于经过性的、速度较快的和节奏较复杂的乐句中所用的音,由于测音仪器功能的限制,还没有也还不能进行测定。而且,也由于每一个音的测音数字都可能有好几种,经过鉴别和比较,才选定了在音阶排列上较为合理的各音级的音分数做为测音结果的数据,因此,测音结果只能说是体现了在一段乐曲或唱腔中音阶各音级的大概情况。对京胡的测音由于采用的是在演奏乐曲中随时停止在某一个音上进行测定的方法,这样,乐曲的快慢和音符的繁简,都不会对测音效果有所影响。因此,对京胡演奏测定的结果,相对来说还是比较准确的,能够反映出实际情况来。

另外还要说明,本次测音所表明的只是京剧传统音乐中的情况。随着西洋乐器以及十二平均律体系的和声配置在京剧乐队中的应用,已经对京剧的音乐产生了一些影响,在各音级之间微音分的关系上,甚至引起了某些变化。对于这一点,应再进行专门的讨论与测定,本文暂从略。

二、测音结果

测音时间:1984 年 7 月 18 日至 23 日

测音仪器:闪光测音仪

测　音　人:顾伯宝、徐桃英

监　测　人:孙玄龄

1. 京胡测音（西皮）

京胡演奏：孙玄龄

乐曲：西皮小开门、柳青娘、海青歌、夜深沉、西皮导板、慢板、原板、摇板过门

所测实际音高	d^2_{-25}	e^2_{-24}	f^2_{+14}	g^2_{+3}	a^2_{+40}	b^2	c^3_{+9}	d^3_{+10}	e^3_{+8}	f^3_{+33}
音　阶　级　数	VI	VII	I	II	III	IV	V	VI	VII	I
简　谱　记　谱	$\underset{.}{6}$	$\underset{.}{7}$	1	2	3	4	5	6	7	$\dot{1}$
频　　　率	289.45×2	325.09×2	352.06×2	392.68×2	440.00×2	505.43×2	262.99×2×2	295.37×2×2	331.15×2×2	355.95×2×2
音　分　值	0	201	339	528	725	865	1034	1235	1433	1558
相邻两音的音分值	201	138	189	197	140	169	201	198	125	

注：①d^2 与 a^2 是空弦音。

②音阶排列顺序是从京胡空弦最低音开始。

2. 旦腔测音（西皮）

演唱者：梅兰芳

唱段：《四郎探母》西皮导板、慢板　　材料来源：中国唱片 DM—6054 乙（1935 年录音）

所测实际音高	e^1_{-11}	$^\#f^1_{-11}$	$^\#g^1_{-30}$	a^1_{+10}	b^1_{-50}	$^\#c^2_{-50}$	$^\#d^2_{-35}$	e^2_{-18}
音　阶　级　数	I	II	III	IV	V	VI	VII	I
简　谱　记　谱	1	2	3	4	5	6	7	$\dot{1}$
频　　　率	327.54	367.65	408.17	442.55	479.82	269.29×2	304.90×2	326.22×2
音　分　值	0	200	381	521	661	861	1076	1193
相邻两音的音分值	200	181	140	140	200	215	117	

3. 生腔测音（西皮）

演唱者：杨宝森

唱段：《击鼓骂曹》西皮导板、原板　　材料来源：中国唱片 M—034 乙

所测实际音高	$\flat b^1_{-78}$	c^2_{-96}	d^2_{-92}	e^2_{-30}	f^2_{-39}	g^2_{-25}	a^2_{+16}	$\flat b^2_{-81}$
音 阶 级 数	V	VI	VII	I	II	III	IV	V
简 谱 记 谱	$\underset{\cdot}{5}$	$\underset{\cdot}{6}$	$\underset{\cdot}{7}$	1	2	3	4	5
频　　　率	445.63	495.03	278.47 ×2	305.78 ×2	341.45 ×2	386.38 ×2	419.16 ×2	444.86 ×2
音 分 值	0	182	386	548	739	953	1094	1197
相邻两音的音分值		182	204	162	191	214	141	103

　　　注：音阶的排列顺序取自西皮生腔常用的八度音程，开始的音级与京胡西皮空弦
　　　　　最低音不同。

4. 京胡测音（二黄）

京胡演奏：孙玄龄

乐曲：二黄小开门、八岔，二黄慢板、原板、散板过门

所测实际音高	d^2_{-25}	e^2_{-25}	$^{\#}f^2_{-2}$	g^2_{+27}	a^2	b^2_{+10}	$^{\#}c^3_{-43}$	d^3_{+28}
音 阶 级 数	V	VI	VII	I	II	III	IV	V
间 谱 记 谱	$\underset{\cdot}{5}$	$\underset{\cdot}{6}$	$\underset{\cdot}{7}$	1	2	3	4	5
频　　　率	289.45 ×2	324.90 ×2	369.57 ×2	398.16 ×2	440.00 ×2	496.47 ×2	270.38 ×2	298.45 ×2 ×2
音 分 值	0	200	423	552	725	935	1082	1253
相邻两音的音分值		200	223	129	173	210	147	171

　　　注：①d^2 与 a^2 是空弦音。

　　　　　②音阶排列顺序从京胡空弦最低音开始。

5. 旦腔测音（二黄）

演唱者：梅兰芳

唱段：《生死恨》二黄导板、散板　材料来源：中国唱片 DM—6054 甲

所测实际音高	a^1_{-7}	b^1_{-23}	$^{\#}c^2_{-16}$	d^2_{+2}	e^2_{-16}	$^{\#}f^2_{-7}$	g^2_{+63}	a^2_{-7}
音 阶 级 数	V	VI	VII	I	II	III	IV	V
简 谱 记 谱	5	6̣	7̣	1	2	3	4	5
频　　　率	438.22	487.37	274.63 ×2	294.00 ×2	326.60 ×2	368.50 ×2	406.52 ×2	438.22 ×2
音 分 值	0	184	391	509	691	900	1070	1200
相邻两音的音分值		184	207	118	182	209	170	130

注：①音阶的排列顺序取自二黄旦腔常用的八度音程，开始的音级与京胡二黄空弦最低音相同。

②唱腔中无稳定的 a^2 音，此处 a^2 为假定音高，是按 a^1—a^2 八度音程1200音分计算的。

6. 生腔测音（二黄）

演唱者：谭鑫培

唱段：《洪羊洞》二黄快三眼　材料来源：中国唱片 ZC—002 甲（根据百代唱片翻制）

所测实际音高	d^2_{+15}	e^2_{+20}	$^{\#}f^2_{-2}$	g^2_{+50}	a^2_{+36}	b^2_{+40}	$^{\#}c^3_{-20}$	d^2_{+25}
音 阶 级 数	V	VI	VII	I	II	III	IV	V
简 谱 记 谱	5̣	6̣	7̣	1	2	3	4	5
频　　　率	296.22 ×2	333.46 ×2	369.57 ×2	403.48 ×2	449.25 ×2	505.43 ×2	274.00 ×2×2	297.94 ×2×2
音 分 值	0	205	383	535	721	925	1065	1210
相邻两音的音分值		205	178	152	186	204	140	145

注：音阶的排列顺序取自二黄生腔所常用的八度音程，开始的音级与京胡二黄空

弦最低音相同。

7. 京胡测音(反二黄)

演奏者:孙玄龄

乐曲:反二黄八岔,反二黄慢板过门、原板过门,《李陵碑》反二黄慢板唱腔

所测实际音高	d^2_{-25}	e^2_{-11}	$^\#f^2_{+9}$	g^2_{+12}	a^2_{+7}	b^2_{+7}	$^\#c^3_{+8}$	d^3_{+28}
音 阶 级 数	I	II	III	IV	V	VI	VII	I
简 谱 记 谱	1	2	3	4	5	6	7	i
频　　　率	289.45 ×2	327.54 ×2	371.92 ×2	394.72 ×2	440.00 ×2	495.88 ×2	278.47 ×2×2	298.45 ×2×2
音 分 值	0	214	434	537	725	932	1133	1253
相邻两音的音分值		214	220	103	188	207	201	120

注:d^2 与 a^2 是空弦音。

8. 旦腔测音(反二黄)

演唱者:梅兰芳

唱段:《宇宙锋》反二黄慢板　材料来源:中国唱片 DM—6052 甲(1929 年录音)

所测实际音高	$^\#f^1_{-50}$	$^\#g^1_{-55}$	$^\#a^1_{-60}$	b^1_{-45}	$^\#c^2_{-32}$	d^2_{-47}	e^2_{-36}	$^\#f^2_{-35}$
音 阶 级 数	V	VI	VII	I	II	III	IV	V
简 谱 记 谱	5.	6.	7.	1	2	3	4	5
频　　　率	359.46	402.32	450.28	481.21	272.11 ×2	302.79 ×2	322.84 ×2	362.59 ×2
音 分 值	0	195	390	505	718	903	1014	1215
相邻两音的音分值		195	195	115	213	185	111	201

注:音阶的排列顺序取自反二黄旦腔常用的八度音程,开始的音级与京胡反二黄

空弦最低音不同。

9. 生腔测音（反二黄）

演唱者：李和曾

唱段：《李陵碑》反二黄慢板　　材料来源：中国唱片 ZC—112—114

所测实际音高	d^2 +50	e^2 +29	$^{\#}f^2$ +35	g^2 +67	a^2 +57	b^2 +46	$^{\#}c^3$ +24	d^3 +67
音阶级数	I	II	III	IV	V	VI	VII	I
简谱记谱	1	2	3	4	5	6	7	i
频率	302.27 ×2	335.20 ×2	377.55 ×2	407.46 ×2	454.73 ×2	507.18 ×2	281.05 ×2×2	305.25 ×2×2
音分值	0	179	385	517	707	896	1074	1217
相邻两音的音分值	179	206	132	190	189	178	143	

为了研究使用上的方便，将上列各表按音程综合排列，注明音分数，做出综合图示如下：

京剧所用音阶各音级测音结果综合图示

测音对象 \ 相距音程音分	二度									
	5-6	6-7	7-1	1-2	2-3	3-4	4-5	5-6	6-7	7-i
京胡（西皮）		201	138	189	197	140	169	201	198	125
旦腔（西皮）				200	181	140	140	200	215	117
生腔（西皮）	182	204	162	191	214	141	103			
京胡（二黄）	200	223	129	173	210	147	171			
旦腔（二黄）	184	207	118	182	209	170	130			
生腔（二黄）	205	178	152	186	204	140	145			
京胡（反二黄）				214	220	103	188	207	201	120
旦腔（反二黄）	195	195	115	213	185	111	201			
生腔（反二黄）				179	206	132	190	189	178	143

测音对象 ＼ 相距音程	三度								
	5̣-7̣	6̣-1	7̣-2	1-3	2-4	3-5	4-6	5-7	6-i
京胡(西皮)		339	329	386	337	309	370	399	323
旦腔(西皮)				381	321	280	340	415	332
生腔(西皮)	386	366	353	405	355	244			
京胡(二黄)	423	352	302	383	357	318			
旦腔(二黄)	391	325	300	391	379	300			
生腔(二黄)	383	330	338	390	344	285			
京胡(反二黄)				434	323	291	395	408	321
旦腔(反二黄)	390	310	328	398	296	312			
生腔(反二黄)				385	338	332	379	367	321

测音对象 ＼ 相距音程	四度							
	5̣-1	6̣-2	7̣-3	1-4	2-5	3-6	4-7	5-i
京胡(西皮)		528	524	526	506	510	568	524
旦腔(西皮)				521	461	480	555	532
生腔(西皮)	548	557	567	546	458			
京胡(二黄)	552	525	512	530	528			
旦腔(二黄)	509	507	509	561	509			
生腔(二黄)	535	516	542	530	489			
京胡(反二黄)				537	511	498	596	528
旦腔(反二黄)	505	523	513	509	497			
生腔(反二黄)				517	528	511	557	510

测音对象 ＼ 相距音程	五度							六度					
	5̣-2	6̣-3	7̣-4	1-5	2-6	3-7	4-i	5̣-3	6̣-4	7̣-5	1-6	2-7	3-i
京胡(西皮)		725	664	695	707	708	693		865	883	896	905	833
旦腔(西皮)				661	661	695	672			861	876	812	
生腔(西皮)	739	771	708	649				953	912	811			

续　表

相距音程 测音对象	五　度							六　度					
	5̣-2	6̣-3	7̣-4	1-5	2-6	3-7	4-i̇	5̣-3	6̣-4	7̣-5	1-6	2-7	3-i̇
京胡(二黄)	725	735	659	701				935	882	830			
旦腔(二黄)	691	716	679	691				900	885	809			
生腔(二黄)	721	720	682	675				925	860	827			
京胡(反二黄)				725	718	699	716				932	919	819
旦腔(反二黄)	718	708	624	710				903	819	825			
生腔(反二黄)				707	717	689	700				896	895	832

相距音程 测音对象	七　度					八　度			
	5̣-4	6̣-5	7̣-6	1-7	2-i̇	5̣-5	6̣-6	7̣-7	1-i̇
京胡(西皮)		1034	1034	1094	1030		1235	1232	1219
旦腔(西皮)				1076	993				1193
生腔(西皮)	1094	1015				1197			
京胡(二黄)	1082	1053				1253			
旦腔(二黄)	1070	1016				1200			
生腔(二黄)	1065	1005				1210			
京胡(反二黄)				1133	1039				1253
旦腔(反二黄)	1014	1020				1215			
生腔(反二黄)				1075	1038				1217

三、有关京剧音乐中某些微音分情况的介绍

除了以上的测音结果之外,再把一些有关京剧音乐中各音级之间微音分关系的情况加以介绍,以有助于加深对这方面的了解。

1. 京胡的定弦

京胡两根弦的定弦相隔五度,但这个五度是不完全的五度,而且这被认为是京剧音乐的一个特点。我们现在可从前面测音结果中看出,这个五度是相当宽阔的,达到了 725 音分,大大超过了十二平均律五度的 700 音分和纯律五度

的 702 音分。这只是笔者的定弦习惯,有的琴师还使用着更宽阔的五度。在测音中,对几位名琴师的京胡独奏唱片也进行了测音,下面就是他们所用的定弦音及五度音程的音分数。

琴　　师	孙佐臣	陈彦衡	杨宝忠	李慕良
定　弦　音	$\overset{\#}{d}{}^{2}_{+30}-\overset{\#}{a}{}^{2}_{+36}$	$e^{2}_{+36}-b^{2}_{+66}$	$\overset{\#}{c}{}^{2}_{-27}-\overset{\#}{g}{}^{2}_{+24}$	$d^{2}_{-55}-a^{2}_{-34}$
相隔音分值	706	730	751	721
演 奏 曲 目	柳青娘	柳青娘	《文昭关》二黄慢板	夜深沉
材 料 来 源	高亭唱片 A24901	Victor 唱片 43353—A	中国唱片 DM—6023 甲	中国唱片 3—5396 甲

以上最小的音分数是 706 音分,最大的是 751 音分,若加以平均的话,是 727 音分,因此完全可以说明,使用较宽阔的五度是京胡定弦的特点。那么,这个五度音程究竟是上方的音偏高还是下方的音偏低呢? 对此,可以明确回答:上方的音是准确的,下方的音是偏低的,其理由有三:

第一,京胡在定弦时,以定准外弦(即五度的上方音)为主。如果定弦音为 C、G 时,演奏者努力定准的一定是 G 音而不是 C 音。

第二,京胡与其他乐器如京二胡、月琴、三弦共同调弦时,京胡给其他乐器奏出的调弦音,从来都是外弦空弦音。

第三,由于乐器构造上的原因,京胡的里弦很难发出平稳、固定和较纯粹的音响来。因此,京胡演奏者在定弦时不得不更重视外弦的准确性和以外弦为标准。

虽然京胡在定弦上有较宽阔五度的现象,但演奏者在演奏中却无时不在弥补这一点,因此,除里弦空弦音较低之外,京胡定弦上的这个特点对整个音阶并无大的影响。京胡演奏者在演奏中弥补里弦偏低的办法,主要有以下的两种:

(一)在里弦上按音的各个指位,均略高于外弦上的指位。这样的做法,看起来好像很难,实际上,在京剧的旋律中很少有五度跳进的旋律连接,因此使得这个调节音准的里外弦指位上的差别,有可能存在。从对京胡(西皮)的测音中来看,$d^{2}-e^{2}-f^{2}$ 共是 339 音分。$d^{2}-e^{2}$ 是 201 音分,$e^{2}-f^{2}$ 是 138 音分。$e^{2}-f^{2}$

是音阶中的Ⅶ级音到Ⅰ级音,在京剧西皮所用的音阶中,这个下方的Ⅶ级音是偏低的,因此可以认为Ⅶ级音 e^2—Ⅰ级音 f^2 的 138 音分基本上是准确的。那么,Ⅵ级音 d^2 至Ⅶ级音 e^2 之间的 201 音分就多了。从这一点上可以看出,演奏者在里弦上的第一个按音上就把 d^2 空弦音所低的 25 音分补入在内了。201 音分减去 25 音分还剩下 176 音分,这个音分数与 e^2—f^2 的 138 音分在整个小三度音程的音分数中也基本上是衔接的。另外,还可以从八度之间的音分数上来看。d^2—d^3 之间是 1235 音分,e^2—e^3 之间是 1232 音分,而 f^2—f^3 之间则只有 1219音分。这也说明到了 f^2 这个音上,已明显地接近于正常的音分数了。

这种利用指位差别来调节音高的方法并不是所有的琴师都能运用得当,有些琴师在演奏中只注意对里弦音偏低的补救,而忽视外弦音并不高的情况,因此外弦音常常偏高。

(二)在实际演奏中,遇到旋律只是用里弦空弦音的时候,总要加上一定的手指技巧如抹音、打音等,使得空弦音的音高不大鲜明,从而减弱空弦音低的感觉。再就是可以把里弦空弦音拉奏得较轻一些,在这种情况下,轻奏比重奏大约要高 10 音分左右,这样也可以减轻对里弦空弦音低的感觉。

除了以上两种京胡本身对里弦音低所做的弥补之外,还有其他因素也使得京胡里弦音低在实际上不大明显。这些因素包括:与京胡一起齐奏的乐器如京二胡(在京胡奏里弦空弦音时,京二胡经常奏外弦高八度的同一音)、月琴、弦子等其他乐器上的与京胡里弦音相应的音并不是偏低的,而且演唱者在发出与京胡里弦音相应的音时也是不偏低的,这些都会冲淡京胡偏低的里弦音在实际音乐中的作用。

在京剧界,过于宽阔的五度定弦被称为"阴阳弦",也是被反对使用的。而且,也并不是所有的琴师都采用。如上面的测音所示,孙佐臣的定弦,就只有 706 音分,这已经与十二平均律五度的 700 音分和纯律五度的 702 音分相差无几了。

追究起京胡里弦空弦偏低的原因,可能是由于京胡演奏时对音色的追求而带来的。京胡在演奏时对音色要求很高,它要求外弦的音色清脆响亮,里弦的音色饱满结实,而要达到这样的要求,只有使外弦稍微高一些(也就是里弦低一些),才能做到。如果把弦定成纯粹的五度,那么里弦和外弦所发出的音,都要显得暗一些,用琴师们的话来说就是"音发瘪"了,达不到对音色的要求。因此,在目前京胡使用钢弦并用尼龙制品代替蛇皮的情况下,本来比用丝弦和蛇皮时更有条件把音定准,但是由于这种对特定音色的追求,使得大部分琴师多多少少地仍保持了里弦空弦音偏低的特点。只是,使用过于宽阔五度的琴师越来越少了。

2. 京剧音乐中音阶Ⅳ级音和Ⅶ级音的情况

在京剧所用音阶中,被认为最不稳定的音是Ⅳ级音和Ⅶ级音。这两个音处在什么样的状态之中,是众人都关心的问题。在搞清这个问题时,首先必须把京剧中三种不同腔调(西皮、二黄、反二黄)各自的音乐中音阶Ⅳ级音和Ⅶ级音的位置找出,才能清楚地说明京剧音乐中音阶Ⅳ级音和Ⅶ级音的全部情况。而在进行这项工作时,采用分析京胡在这三种腔调中发出的音阶Ⅳ级音和Ⅶ级音的办法比较方便,也最能说明问题。下面,即分西皮、二黄、反二黄三种腔调,对京胡演奏的音阶中Ⅳ级音和Ⅶ级音的状况以及与此有关的指法问题各做说明和分析。

(1)京胡演奏西皮腔调时的情况

从京胡演奏西皮腔调的测音数据中,取出三项再列出,以便更清楚地了解其音阶各音级的情况:

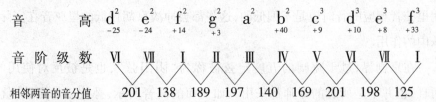

首先要注意的是,开始处Ⅵ级音——Ⅰ级音的相隔共是 339 音分(201 + 138)。其中,Ⅵ级音——Ⅶ级音的 201 音分中包括了空弦音定低了的 25 音分,若将其减去,还剩下 176 音分,这样就与Ⅶ级音——Ⅰ级音的 138 音分基本上衔接于一个小三度之内。这种Ⅵ级音——Ⅶ级音 176 音分、Ⅶ级音——Ⅰ级音

138 音分的相隔状态,说明Ⅶ级音是偏低的。

另外,Ⅲ级音——Ⅴ级音的相隔共是 309 音分(140 + 169),Ⅲ级音——Ⅳ级音是 140 音分,Ⅳ级音——Ⅴ级音是 169 音分,这样的相隔状态,Ⅳ级音明显偏高。

其他各音级之间的音分数,虽然并不整齐,但考虑到这是在没有品位的拉弦乐器上而且是从实际演奏中所取得的数据,也就能对此有充分的理解,可以视为基本正常。因此,在西皮腔调中的确如人们所感觉的那样,有两个变化的音,即:偏低的Ⅶ级音和偏高的Ⅳ级音。

Ⅶ级音和Ⅳ级音的情况,直接与京胡西皮的指法有关。京胡西皮定弦音是6̣、3,指法和音位可见图示:(京胡定弦并不定音高,但唱名是固定的,属于首调唱名法。图示中只用简谱标出唱名。)

从图示中可以看到,二指在里弦和外弦上所共管的四个音中,就包括了Ⅶ级音(7̣)和Ⅳ级音(4)。二指在按这两个音时,的确形成了Ⅶ级音低和Ⅳ级音高的状态。京胡在演奏时,琴杆要由左手的虎口紧紧把住,这样一来,左手的位置就

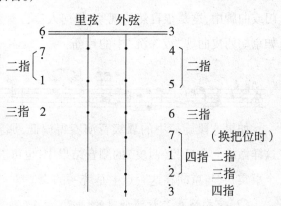

被固定住,不易上下滑动。当用西皮指法时,因要照顾到三指和四指的较高指位,手必须向下稍做倾斜,而二指最适合的指位自然就在"1"、"5"两音的位置上了。要按"4"音时,二指则要向上做回滑的动作,这样的运指并不是很方便,在一定程度上使得"4"音的位置必然要高一些,同一指里弦上的"7̣"音,也因为受了外弦音位的影响而略低。当遇到"7̣"与"4"在旋律中相连的乐句时,最能体现出"7̣"低"4"高的状态。如西皮慢板过门中的一个片断:

在这段旋律中,"4"与"7̣"相连发音时,二指在弦上根本不动,只是胡琴弓

子在里外弦上变换而已,也就体现出了二者之间互相关联着的音高关系。

除了指法与音的高度有关之外,当然会存在着听觉习惯的要求以及传统乐律上的一些原因,这一点,还需进行深入的研究才能得出确切的结论来。

虽然Ⅶ级音与Ⅳ级音由同一指来按音,但从测音数据上可看出Ⅲ级音——Ⅳ级音是 140 音分,Ⅵ级音——Ⅶ级音由于有空弦低的原因可约为 176 音分(201－25),这说明实际演奏中也存在小的差别:Ⅶ级音指位稍高一些而Ⅳ级音指位稍低一些。

在看到测音结果时,还会发现在音阶中只是下面的Ⅶ级音偏低而上面高八度的Ⅶ级音并不偏低。e^3—f^3 只有 125 音分,若再去掉 f^3 比 f^2 高出来的 19 音分,只剩有 106 音分,已接近于相当准确的半音了。其实,在京胡演奏的西皮过门或曲牌中,这是很自然的现象,任何人都会有音阶上方Ⅶ级音不偏低的感觉。如京胡西皮曲牌"夜深沉"中的片断:

如果这段旋律中的Ⅶ级音演奏得偏低,那就很不好听,哪一位琴师也不会这样做的。在旦腔(西皮)的测音结果中,也可看出音阶上方的Ⅶ级音不偏低这个事实,它与京胡在这一点上是统一的。

(2)京胡演奏二黄腔调时的情况

与前相同,也将京胡二黄的测音数据取出三项列出:

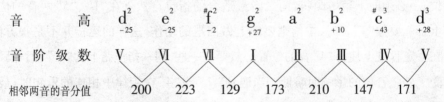

音　　　　高	d^2_{-25}	e^2_{-25}	$^\#f^2_{-2}$	g^2_{+27}	a^2_{+10}	b^2_{-43}	$^\#c^3_{+28}$	d^3
音　阶　级　数	Ⅴ	Ⅵ	Ⅶ	Ⅰ	Ⅱ	Ⅲ	Ⅳ	Ⅴ
相邻两音的音分值		200	223	129	173	210	147	171

应该看到,在这个音阶的各音级中,有些是不大稳定的,其中有明显偏高的音,如Ⅰ级音、Ⅲ级音和Ⅴ级音。但这是临时的和带有游离性质的偏高,不是固定的偏高。因为在二黄的指法和音位上,这些音都没有偏高的倾向。京胡二黄定弦音是 5̣ 、2,指法和音位可见图示:

和西皮相比，Ⅶ级音的音位已明显靠近Ⅰ级音，不再偏低了。Ⅵ级音——Ⅶ级音的223音分中，已包括有补充空弦音低的25音分在内；而Ⅶ级音——Ⅰ级音的129音分中，考虑到Ⅰ级音有些临时性的偏高，还应减去一些，这样，完全可以断定二黄腔调中的Ⅶ级音是不偏低的，而且已接近于十二平均律音阶中

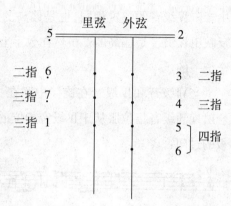

Ⅶ级音的状况了，实际上，在二黄的腔调中，时常有与反二黄腔调互转的现象，二黄音阶中的Ⅶ级音就等于反二黄音阶中的Ⅲ级音（7 =3）。这样，就必然要求二黄音阶中Ⅶ级音要有很稳定和绝不偏低的性质。如下面所举《苏武牧羊》剧中的二黄回龙转反二黄慢板，即是一个很好的例子：

（二黄回龙）

（反二黄慢板）

现在，只有Ⅳ级音是应特别加以注意的。在测音数据中，Ⅲ级音——Ⅴ级音的相隔共是318音分（147＋171），Ⅲ级音——Ⅳ级音是147音分，Ⅳ级音——Ⅴ级音是171音分，这与西皮腔调中音阶的Ⅲ、Ⅳ、Ⅴ级音之间140、169的音分数基本一致。因此，可以认为二黄腔调中音阶Ⅳ级音的位置与西皮腔调

中音阶Ⅳ级音的位置相同,也是偏高的。在旦腔和生腔的二黄测音数据中,也反映出Ⅳ级音是偏高的。虽然在数字上各有差别,但偏高的现象与京胡却是完全统一的。

当Ⅶ级音和Ⅳ级音在旋律中联在一起出现时,由于这两音也是同一指音,会出现Ⅶ级音指位服从于Ⅳ级音指位的现象,Ⅶ级音就会稍低一些。如二黄慢板的过门:

总的来说,这种情况不是很多。通常里弦的Ⅶ级音的音位稍往下,外弦Ⅳ级音的音位稍往上,两音的音位差别随着曲调的进行自然形成。

(3)京胡演奏反二黄腔调时的情况

与前相同,也将京胡反二黄的测音数据取出三项列出:

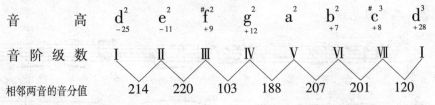

音 高	d^2_{-25}	e^2_{-11}	$^\#f^2_{+9}$	g^2_{+12}	a^2	b^2_{+7}	$^\#c^3_{+8}$	d^3_{+28}
音 阶 级 数	Ⅰ	Ⅱ	Ⅲ	Ⅳ	Ⅴ	Ⅵ	Ⅶ	Ⅰ
相邻两音的音分值		214	220	103	188	207	201	120

在相邻的音分数中,开始的两个大了一些,这是因为要把空弦低的25音分补上的缘故。另外,高八度的Ⅰ级音也有些偏高。但重要的是,Ⅶ级音和Ⅳ级音已不存在偏低和偏高的问题。Ⅲ级音——Ⅴ级音之间的相隔是103、188音分;Ⅵ级音——Ⅰ级音之间的相隔是201、120音分,有这样的音分数以及反二黄腔的音乐实际上给人们的感觉,说明在反二黄腔调中,根本不存在西皮与二黄腔调中存在的Ⅶ级音与Ⅳ级音的变化问题。这一点从京胡反二黄所用指法和音位上也可看出。京胡反二黄的定弦音是1、5,指法和音位可见图示:

京胡只有在反二黄腔调的演奏中,Ⅳ级音和Ⅶ级音才摆脱了同一指按音的指法,音位也分开了,而这样的指法和音位,也不容易出现偏高的Ⅳ级音和偏低的Ⅶ级音。

(4)Ⅳ级音和Ⅶ级音情况总结

在以上分析的基础上,便可对京剧所用音阶中的Ⅳ级音和Ⅶ级音进行一些总结了。

Ⅳ级音

在京剧所用音阶中,Ⅳ级音有偏高的和不偏高的两种。

偏高的Ⅳ级音,使用在西皮和二黄两种腔调之中。在笔者的京胡演奏中,Ⅲ级音——Ⅳ级音相隔140(西皮)、147(二黄)音分的数字,可以作为偏高程度的参考。

不偏高的Ⅳ级音,使用在反二黄腔调之中。

还需说明的是,在使用偏高Ⅳ级音的西皮腔调中,有时也使用不偏高的Ⅳ级音,如下例:

《斩马谡》西皮导板:

例中"消恨"处的腔调,毫无疑问的是,任何演员和琴师都不会把Ⅳ级音偏高地发出来,因为那样做听起来就"不是味"了。实际上,这个腔调已转入上四度宫音系统,结束在商音上,所以这个腔调中的Ⅳ级音是不能偏高的。类似这种情况在西皮的腔调中还有一些,就是在二黄的腔调中,也可找出同样的例子。

另外,偏高的Ⅳ级音,本身也还有小的变化,这个变化表现为:Ⅳ级音处在往上行的旋律中要比处在往下行的旋律中要稍高些。如:

《定军山》西皮摇板：

三次开　弓（呃）秋月样

这段唱腔的Ⅳ级音，唱得高一些不但显得爽朗和舒畅，而且也很自然。而在下面所引的一段唱腔中，旋律线是往下的，Ⅳ级音唱得低一些，听起来才会显得悲痛和深沉。

《罗成叫关》西皮慢板：

十　指　　　　　连　心

痛　　　　　　　熬　了　人　　（哪）！

对于这类Ⅳ级音上的微小变化，尚未进行测音来证实，也不知是否每个演唱者和琴师都有同感，但是，如果用正确的指法来演奏而演唱又与京胡的音高相同的话，那么必然会是如此的。

Ⅶ级音

在京剧所用的音阶中，Ⅶ级音也有偏低与不偏低两种。

偏低的Ⅶ级音只用于西皮腔调中，而且只用在音阶中低的一方。因此，不仅是在整个京剧所用的音阶中偏低的Ⅶ级音是个局部现象，就是在西皮腔调所用的音阶中，偏低的Ⅶ级音也是一个局部现象。在笔者的京胡演奏中，Ⅵ级音——Ⅶ级音相隔约176音分的数字，可以作为偏低程度的参考。

不偏低的Ⅶ级音，用于二黄、反二黄腔调中以及西皮腔调所用音阶中高的一方。

Ⅶ级音一个很大的特点，就是在一种腔调所用的音阶中，存在着两种不同的高度。更有意思的是，每个人对这种情况都能感觉到，但又觉得很自然，不会对此产生疑问。如下面所引的西皮导板过门：

这个过门中上方的Ⅶ级音,必然是不能偏低的,而下方的Ⅶ级音,不但实际上偏低,而且人们的感觉也允许甚至要求它偏低。

此外还要指出,在西皮腔调所用音阶中下方的Ⅶ级音处,也并不是一律偏低。尤其是演唱中,更可能是如此。在生腔(西皮)的测音中即可看出音阶下方的Ⅶ级音是不偏低的。这种演唱与京胡伴奏在音高上不十分统一的现象,也是有的。但京胡常以高八度的Ⅶ级音去伴奏演员的低唱,这也可以避免在音律上的矛盾。即使在京胡演奏中,也有时不用偏低的Ⅶ级音。如下例:

《铡美案》西皮原板:

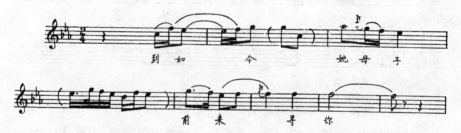

小过门处的Ⅶ级音,每个琴师都要把它演奏得高一些,因为这样比较好听与自然。

3. 关于其他音级上的变化

除了Ⅳ级音和Ⅶ级音之外,在京剧所用的音阶中,还有两个音存在某些变化现象,这就是在生腔拖腔中Ⅱ级音前的Ⅰ级音和Ⅲ级音前的Ⅱ级音。这两个音一般都容易唱得偏高一些,如类似下面的腔调:

在这种腔调中,Ⅰ级音和Ⅱ级音经常要唱得高一些,不仅传统戏中经常是这样,在新编的现代

戏中,演员遇到这种腔调也习惯把这两个音唱得高一些。如在下面所引的两段唱腔中,就可以听到较高的Ⅰ级音和Ⅱ级音。

《沙家浜》西皮导板:

《智取威虎山》二黄导板:

在谱例中划有十字的音,就是唱得偏高的音。在这种腔调中把这两个音唱得高一些,好像也是一种演唱者和听众都能容纳的习惯现象,因此,也可勉强算为是一种音律上的变化存在。勉强之处在于它只是存在于演唱中,京胡伴奏时这两个音并不高,而且这种现象在其他腔调中并不存在。

在实际演唱中,还会有某个音出现变化或某一部分音都偏高或偏低的现象,但没有一定的规律,只能算是临时的情况或音高不够准确,也就不能认为是有意识的变化了。

结 束 语

以上,通过测音和对一些情况的介绍,我们对京剧所用音阶的实际有了基本的了解。但是,还不能对京剧音乐中微音分的情况就此做出十分肯定的结论,因为我们还只是知道了在这方面的一部分情况,只是对极少数量的材料进行了测音。而且,这些数据都是从演唱以及无固定品位的乐器(京胡)上取得的,还带有一定的偶然性。事实上,我们也对其他一些著名演员的唱片进行了测音,结果表明,在任何人所用的音阶各音级之间,都有些小的差别。目前的测音结果,只反映出一个基本的轮廓。再者,从测音情况本身来看,还存在一些复杂现象和待于解决的问题。如:由于是从实际演唱中进行测音,所以测音结果难免要显示出实际演唱时音高的浮动现象。从对杨宝森《击鼓骂曹》的测音结果来看,上方的音就显得低了,$g^2 - {}^b b^2$ 之间的小三度,只有 244 音分,但是从 ${}^b b^1 - {}^b b^2$ 的八度 1197 音分来看,又不算低了。类似这种实际演唱时音阶内各音级稍有游离的现象也是不少的。再如:Ⅳ级音和Ⅶ级音的位置,演唱发出的也不如京胡发出的那样稳定和有规律。在所测生腔(二黄)和生腔(反二黄)结果中,音阶的Ⅶ级音,就都有些偏低,这大概是与演唱技巧处理、旋律进行的走向、音区高低、嗓音条件等各种原因有着直接的关系。处于这种复杂情况中,对于测音结果还要进行仔细的研究和分析,同时,也还需要有更多的材料进行综合的比较和归纳。

另外,如果在测音数据中见到有符合五度律大半音(117 音分)、小全音(182 音分)、中立三度(355 音分)、纯律大三度(386 音分)、五度律大三度(408 音分)、纯四度(498 音分)、纯律减七度(925 音分)等这些音程的数字,就判断得出这些音程所属律制与京剧所用音阶的关系,则是不妥的,因为我们只是看到了在京剧所用音阶中,有时运用了某些律制中的某些音程而已。因此,在未取得足够的材料和大量的数据之前,还不能对其律制做出肯定的结论。目前,从实际上观测到京剧音乐中微音分的大体情况和了解到的音阶中Ⅳ级音和Ⅶ级音的状况,在以后确定我国各种戏曲所用的不同律制时,可能会有些用处。

由于测音的材料数量不多,再加上本人水平有限,在文中肯定存在着不够全面和不够准确的地方,对此,希望得到有关专家和同志们的批评与指正。

(原载《中国音乐学》1985 年第 1 期〔创刊号〕)

对朱载堉实践十二平均律的探讨

朱载堉对十二平均律进行探索的基础理论,是中国上古时期所出现的十二律旋相为宫及八十四调的音乐理论,朱载堉找到了十二平均律(即新法密率)的律学计算,才圆满地完成了这个乐律学上的设想,从而使我国古代的乐律学理论,在明代又达到了一个新的高度。

朱载堉是伟大的科学家和音乐家,他不满足于因循旧说,敢于对历代相传的律制和理论提出疑问,另立新说。他以实事求是的精神和科学的态度去进行研究,勇于实践,勇于探索。他认为听音审律是研究乐律问题的基本方法,对于空谈理论,是很不以为然的。他认为:

> 盖儒者所明,惟律之理耳,至于听音,或未尽善,抑有其要而未之得也。夫审音乃乐律之本,岂徒空言而已乎?(《律吕精义·外篇》卷一)

因此,朱载堉精心地制作了律管、均准,并取得了准确的音高,还对其他乐器的音高进行校定,以此把十二平均律的理论推广到音乐活动之中。

本文的目的,就是通过对朱载堉乐律研究的活动之一——十二平均律的调律进行探讨,以证明朱载堉并非只停留于平均律的计算方法和数值的罗列,在实践上,也同样留下了不可磨灭的功绩。以下,便分为十二平均律的调律法、十二平均律调律法的实际应用、朱载堉所用的笙三个部分进行论述。

一、十二平均律的调律法

从《律学新说》、《律吕精义》等书中可以看出,朱载堉在十二平均律数学计算的基础上,不但在律管、均准上取得了准确的音高,而且也进行了有规律、有次序的十二平均律调律,并且是灵活地在乐器上进行的。

朱载堉进行十二平均律调律时所采用的方法,是出自他的四种新律生律法。四种生律法的原文如下:

> 新法不拘隔八相生,而相生有四法,或左旋或右旋,皆循环无端也,以证三分损益往而不返之误,所谓四法者开列于后。其一:黄钟生林钟、林钟生太簇、太簇生南吕、南吕生姑洗、姑洗生应钟、应钟生蕤宾、蕤宾生大吕、大吕生夷则、夷则生夹钟、夹钟生无射、无射生仲吕、仲吕生黄钟。长生短,五亿乘之;短生长,十亿乘之,皆以七亿四千九百一十五万三千五百三十八除之。其二:黄钟生仲吕、仲吕生无射、无射生夹钟、夹钟生夷则、夷则生大吕、大吕生蕤宾、蕤宾生应钟、应钟生姑洗、姑洗生南吕、南吕生太簇、太簇生林钟、林钟生黄钟。长生短,五亿乘之;短生长,十亿乘之,皆以六亿六千七百四十一万九千九百二十七除之。其三:黄钟生大吕、大吕生太簇、太簇生夹钟、夹钟生姑洗、姑洗生仲吕、仲吕生蕤宾、蕤宾生林钟、林钟生夷则、夷则生南吕、南吕生无射、无射生应钟、应钟生黄钟半律。此系长生短,皆以五亿乘之,皆以五亿二千九百七十三万一千五百四十七除之。其四:黄钟半律生应钟、应钟生无射、无射生南吕、南吕生夷则、夷则生林钟、林钟生蕤宾、蕤宾生仲吕、仲吕生姑洗、姑洗生夹钟、夹钟生太簇、太簇生大吕、大吕生黄钟。此系短生长,皆以十亿乘之,皆以九亿四千三百八十七万四千三百一十二除之。(《律吕精义·内篇》卷一)

依以上所列中的计算方法与数字进行验算,所得出即是十二平均律振动体长度的数字:

黄钟 1000000000	仲吕 749153538	无射 561231024
大吕 943874312	蕤宾 707106781	应钟 529731547
太簇 890898718	林钟 667419927	黄钟半律 500000000

夹钟 840896415   夷则 629960524

姑洗 793700525   南吕 594603557

当把着眼点放在生律的程序上时，即可看出这四种生律法中的头两种，已是包含有在八度内进行十二平均律调律的两种方法了。第一二种生律法，是朱载堉所说的左旋与右旋共用的生律法。左旋为长律生短律（由低往高），右旋为短律生长律（由高往低）。第一种是从黄钟至林钟隔八相生起，进行上五度下四度的四五度循环相生，即"左旋隔八右旋隔六"。第二种是从黄钟至仲吕隔六相生起，进行上四度下五度的四五度循环相生，即"右旋隔八左旋隔六"。

这两种生律法的生律程序，与先秦典籍中记载的三分损益律生律程序一致。平均律各音级的排列，无论如何变化，它们的音程距离都是平均和固定的，因此，可以不同于三分损益律的生律程序，而在新律生律法中依然保持了三分损益律生律程序的原因，大约是朱载堉认识到十二平均律的生律也可以来自人们对于最自然、合谐的四五度合音的感觉，再加上重要的"循环无端"要求的制约，稍做调整，就会形成平均律。并且，为了保证十二个半音在生律时不出一个八度，必须有两次四度相生的连接，而这两种生律法的生律程序中都出现了这种现象，证明了它们是符合于在八度内生律的要求。

把第一二种新律生律法的生律程序用于十二平均律的调律，已经得到现代调律实践的印证。因为现代钢琴十二平均律的调律法，依然同于此两种生律程序。如下面的两个例子：

1. 国内常用的钢琴调律法是上五度下四度的"四五度循环法"，具体调音次序是：

$$a\!-\!e^1\!-\!b\!-\!{}^{\#}\!f\!-\!{}^{\#}\!c^1\!-\!{}^{\#}\!g\!-\!{}^{\#}\!d^1\!-$$

$$\!{}^{\#}\!a\!-\!{}^{\#}\!e\!-\!{}^{\#}\!b\!-\!{}^{\#\#}\!f\!-\!{}^{\#\#}\!c^1\!-\!{}^{\#\#}\!g=(a)$$

（摘自《钢琴的调律与维修》，张琨著。为了表示每次生律都是四五度，本文将原书中的部分音名做了改动。）

2. 汉堡斯坦威钢琴厂的斯坦威调律法，使用的是上四度下五度的"四五度

循环法"。当调出 a 音之后,继续调音的次序如下:

$$a \!-\! d^1 \!-\! g \!-\! c^1 \!-\! f \!-\! {}^{\flat}b \!-\! {}^{\flat}e^1 \!-\! {}^{\flat}a \!-\!$$

$${}^{\flat}d^1 \!-\! {}^{\flat}g \!-\! {}^{\flat}c^1 \!-\! {}^{\flat\flat}f \!-\! {}^{\flat\flat}b = (a)$$

（摘自《钢琴调律的几个问题》一文,华天祁著。本文将部分音名做了改动。）

如果我们用朱载堉所定的黄钟标准（${}^{\flat}e^1$）,使朱氏的生律程序起于蕤宾（a）,那么,朱氏第一种生律程序就可完全重合于上述第一种钢琴的调律,其第二种生律程序也将完全重合于上述第二种钢琴的调律。

对于这种现象的存在,不能仅认为是巧合,应该看到,朱载堉所得的平均律调律步骤,对于实践十二平均律来说,已是非常重要的一个关键。

当然,如果只是作为理论上的设想,那是没有什么意义的,只能是现代人的一种联想而已。但是,下文中将表明的朱载堉灵活地运用了这两种生律程序在乐器上进行调律的事实,则可有力地证明十二平均律的调律法,已早被朱载堉确立和运用了。

二、十二平均律调律法的实际应用

1. 乐器及调律者

在我国的民族乐器中,能够调准某种律制的音高,在演奏中又不受演奏方法的影响并可做到音高不变动的乐器,大约只有笙和扬琴,这两种乐器不但可以调出准确的音高,而且在演奏中也可不变化地去使用所调出来的音高。

只要对《乐律全书》经过仔细地阅读,就可以看出朱载堉非常注意发挥笙的作用,而且,还处处地显示出了他对笙的重视程度,是远远高于对其他乐器的。例如,在《律吕精义·内篇》的乐器介绍中,对于排箫、龠、笛、篪等吹奏乐器,都是作为合乐乐器来介绍的。只有对于笙,不但介绍详细,所占篇幅大,而且列出了生律法。朱载堉还在《乐律全书》的许多处强调笙可以起到律管的作用,可以"以笙代律"、"以笙定律",各种乐器的定音都应以笙的音高为准。从这些现象中,都不难看出作者对笙的偏爱和着重地使用。正是出于对笙这种乐器的深刻了解，朱载堉选择了笙来全面、准确地进行了十二平均律调律的实践，这一点，在下文的论述中，将会得到证实。

在重视笙这点上，朱载堉确有常人所不及的洞察能力。固然，在今天看来，拨弹乐器的通品排列上有了平均律的因素，但这种乐器的演奏发音，受到了按指力量的大小、弦的张力变化以及各空弦音之间的音程关系是否准确等因素的影响，很难做到有准确和固定的音高。相比之下，在有了精确理论的指导时，笙发音准确固定的特点，对于实践一种律制来说，当然会优异于其他任何乐器的。朱载堉以笙来实践十二平均律，不但可行，而且也是顺其自然的高明之举。这也说明，朱载堉对于乐器的了解和掌握的熟练程度以及他开扩的思路，是出乎人们意料的。

在另一方面，朱载堉还注意到了由于点笙匠具有丰富的调音经验，可以作为调律者去实现十二平均律的调律。因此，他对点笙匠也有着特殊的兴趣和信任。从审听新律起，他就提醒人们要充分依赖点笙匠的判断。他说：

> 世间惟点笙匠颇能知音。盖笙簧之子母配合，若非知音，则不能调。欲审新律协否，赖此辈以决之。（《律学新说》卷一）

笙在演奏时，吹的都是合音，除了有八度合吹外，还有四度、五度以及其他合音同吹的习惯。现代是如此，清代的文献记载也是如此；明代大约也是相同的，即朱载堉所说的"子母配合"。正是因为朱载堉注意到了笙在演奏上具有着不同于其他任何乐器的特点，所以才会说出以上的话。他所要利用和发扬的，是点笙匠的调音经验和他们的优秀听觉，而并不管他们有没有理论。他说：

> 凡律相生则相应和，假若使一人吹黄钟，仍令一人吹林钟与之合吹，林钟则太簇与之合吹，太簇则南吕与之合吹，南吕则姑洗与之合吹，姑洗则应钟与之合吹，应钟则蕤宾与之合吹，蕤宾则大吕与之合吹，大吕则夷则与之合吹，夷则则夹钟与之合吹，夹钟则无射与之合吹，无射则仲吕与之合吹，

仲吕则黄钟与之合吹。周而复始，是为旋宫。使点笙者一一听之，若叩律
吕名义，彼则未识，只问合与不合，彼亦能知。合则新律为精，不合则不精
也。《律学新说》卷一）

朱载堉所定黄钟的音高为e^{b1}，依上所列的吹律顺序，以音高表示如下：

平均律的关键在于协调各音之间的关系，求得平均，而不是注重于每个音
的孤立高度。所以，朱载堉在调准平均律的音高时，也在于取得两管的和谐以
及可以循环往返的可能，而非某音的绝对高度。他利用点笙匠的经验及听觉，
也正是要完成这一任务的。从《乐律全书》中还可以了解到，朱载堉之所以对点
笙匠给予青睐，与他重视民间音乐中的旋宫经验有着重要的关联。他说：

　　臣尝观仲吕黄钟之交，声音有出于度数之外者，无射之商、夷则之角、
仲吕之徵、夹钟之羽。若弹丝吹竹，击拊金石，声音至此流转自若也。然算
家以仲吕求黄钟，殚其术而不能合乎十七万七千一百四十七之算。（《律学
新说》卷一）

仲吕至黄钟，是从黄钟开始生律的第十二次相生，而三分损益律的这次相
生是回不到黄钟原位音的。黄钟既是无射宫之商音，又是夷则宫之角音、仲吕
宫之徵音、夹钟宫之羽音。朱载堉注意到，对于弹丝（琴、筝、琵琶等）吹竹（笙、
笛等）来说，黄钟作为在各宫调内所使用的音而"流转自若"并不成问题。因此，
从弹丝吹竹时所表现出的这种现象中，求得帮助去正确地实践十二平均律，这
一点大约也是朱载堉在调律上借重于点笙匠的原因吧。

由于有了适合的乐器及具备丰富调音经验的调律者这种有利的条件，使朱
载堉能在乐器上去进行十二平均律的调律了。

2. 十二平均律调律法的灵活运用

对调律法的灵活运用，是表现在对笙的调律上。在《律吕精义》中，共叙述

了四种笙：二十四簧笙、十九簧笙、十九簧竽、十三簧笙。每一种笙都具备了十二个半音，具体的情况，可见下表：

音高		$^be^1$	e^1	f^1	$^\#f^1$	g^1	$^ba^1$	a^1	$^bb^1$	b^1	c^2	$^\#c^2$	d^2
律名		黄钟	大吕	太簇	夹钟	姑洗	仲吕	蕤宾	林钟	夷则	南吕	无射	应钟
二十四簧笙	倍律 正律	①④	㉑㉔	⑨⑫	⑬⑯	②⑤	⑳㉓	⑧⑪	⑭⑰	⑥③	⑩㉒	⑦⑩	⑮⑱
十九簧竽	倍律 正律	①④	⑲⑯	⑩⑦	⑪⑭	②⑤	⑱⑮	⑨⑥	⑫	③	⑰	⑧	⑬
十九簧笙	倍律 正律 半律	①④	⑰	⑦	⑫	②	⑯	⑨⑥	⑩⑬	⑲③	⑱⑮	⑧⑤	⑩⑭
十三簧笙	正律 半律	①④	⑬	⑦	⑧	②	⑫	⑥	⑨	③	⑪	⑤	⑩

（表中的数字，代表簧管的排列次序。其中倍律是低八度，半律是高八度。）

在四种笙中（笙竽相同，可共视之），二十四簧笙和十三簧笙的调律情况，朱载堉未做说明，但对于十九簧笙、十九簧竽则列出了以下两种生律法，实际上，就是如何调律的方法。

其一：

十九簧竽上下相生（倍多正少，是名小竽）：黄正生黄倍，黄倍生林倍，林倍生太正，太正生太倍，太倍生南倍，南倍生姑正，姑正生姑倍，姑倍生应倍，应倍生蕤正，蕤正生蕤倍，蕤倍生大正，大正生大倍，大倍生夷倍，夷倍生夹正，夹正生夹倍，夹倍生无倍，无倍生仲正，仲正生仲倍，仲倍生黄正。此十九簧循环无端，是故添减不得。（《律吕精义·内篇》卷八）

上述的调律次序，以乐谱表示如下：

（$^\#d=^be$）

在上面的十九个音中，倍律十二，止律七。由于是进行的调律而不是理论上的生律，所以，设计出的这套方法是很灵活的，在四五度循环相生的基础上，把这十七个音视为一体，牢牢地把握住八度的和谐，然后，把下四度相生也改为由倍律向正律的上五度相生，达到了十九个音之间的紧密相关。因此，也做到了既是"循环无端"，又是"添减不得"。当然，这也正是平均律的一种表现。

其二：

> 十九簧笙上下相生（正多倍少，是名大笙）：黄正生林正，林正生林倍，林倍生太正，太正生南正，南正生南倍，南倍生姑正，姑正生应正，应正生应倍，应倍生蕤正，蕤正生蕤倍，蕤倍生大正，大正生夷正，夷正生夷倍，夷倍生夹正，夹正生无正，无正生无倍，无倍生仲正，仲正生簧半，黄半生黄正。此十九簧循环无端，是故添减不得。（《律吕精义·内篇》卷八）

第二种调律次序，也以乐谱表示如下：

$(^{\#}d={}^{b}e)$

在所调出的十九个音中，正律十二，倍律六，还有一个半律。这种调律方法稍不同于上一种。上一种调律的开始处，是先调出了第一音的低八度，然后向上相生。而这一种则是先调出第一音的上五度，跟着又调出上五度音的低八度，然后再往上相生。这样，可以在较高的音区内调出十九个音来。因此，这种笙的音域是 a——${}^{b}e^{2}$，而上一种是 ${}^{b}e$——a^{1}。与上一种调律法相同，也是牢牢地把握住八度的和谐，把下四度的相生也改为上五度的相生，同样，也达到了十九个音紧密相关，既是"循环无端"，又是"添减不得"。

这两种调律法，都是在十二平均律制的基础上，从乐器的音域出发，利用四五度循环法，经过精心地设计和实践产生出来的，它们证明了朱载堉能够根据乐器的情况，灵活地运用调律的方法。以十二平均律来调准一件乐器来说，这两种方法既是可行的,又是优秀的。由此,也完全可以感觉出朱载堉在平均律实践上的良苦用心。

我们已经知道了在调律时,音高的确定是在于点笙匠的判断,所以,实际的方法是除了律制理论之外,还要依靠人的听觉判断来校准音高。这种方法,也与现代十二平均律的调律情况相同。因此,在调律中所遇到的问题及解决方法,也应是相同的。

十二平均律的四度音程是 500 音分,五度音程是 700 音分。无论四度还是五度,两音在一起发出时,必然要产生微小的拍音(beat)。在调音过程中,各个四度、五度所产生拍音的拍频约在 0.57(拍/秒)至 1.13(拍/秒)之间。若四度、五度音程的音响完全和谐,没有拍音,则成纯四度或纯五度。但以纯四度、纯五度相生,是回不到开始音的。因此,以十二平均律进行四度、五度的调音时,必然会有如何处理好拍音数值的问题。朱载堉在调校笙的音高以及调校律管的音高(详见《律学新说》卷一)时,除了以计算数字为基础外,具体的是由调律者来把握住每个四度、五度音程的相对和谐,并做到了"周而复始"、"循环无端",那么,拍音的问题也就会自然地解决了。在这一点上,正如埃利斯在《论各民族的音阶》中所说的那样:

> 钢琴、竖琴、小提琴这样的现代西洋乐器,也都是专靠听觉进行调律的。当然,在管风琴上也可以利用拍音,但采用这种方法的人极少。相反,风琴调律者对发出的拍音一般只视为大概其的参考,承认其正确数值并正式加以利用的,只不过是极少数的人而已。(《论各民族的音阶》第四章)

埃利斯因此认为,各种律制的调律,即使在掌握了理论的情况下,也很难做到绝对完满的调律,最主要的是要了解所调出的音高及其理论是什么。在 19 世纪十二平均律广泛流行的欧洲,情况尚且是如此,对于处在 16 世纪的朱载堉只依靠点笙匠的实践去调出十二平均律,而没有单独提出拍音来,就不觉得奇怪了。相反,还会对朱载堉的做法更加感到钦佩。

三、关于朱载堉所用的笙

朱载堉为实践新律所制作的笙,是托古制称为雅笙的。关于这种笙的制作以及它与明代俗笙的不同之处,朱载堉也做了详细的说明,他说:

> 臣尝取世俗所吹十七簧笙,截去笙斗之下段,削去笙嘴及周遭之漆,而后,截去葫芦之上段,将削过笙斗陷于葫芦中,用胶漆灰布以固其口缝,惟匏不漆,尚质故也。此是一法。又一法用桐木旋作匏身,取其轻也,用枣木钻作匏面,取其硬也。中间实处亦同常笙,若不实则费气而难吹也。匏外安嘴名曰咮形,如鹅项。代匏并咮皆髹以黑漆也。笙管曰修枼,用紫竹为之,中枼最长,余枼渐短,各于按孔上刻律吕之名。俗笙周遭之管有阙不连,面向内者二孔,指入其中按之。雅笙则不然也,周遭之管如环无端,孔皆向外,指不入内,此其异也。若夫铜簧响眼之制,亦如世俗常法,而笙匠所共晓,不必细述。然与俗笙异者,惟若匏之形,音律不同耳。(《律吕精义·内篇》卷八)

另外,从《乐律全书》中还可以了解到朱载堉所制造的笙,与明代俗笙在簧管的排列次序上也有明显的不同。明代俗笙簧管的排列不是依照律吕的次序,而是为了演奏方便的需要来排列的,是"只取顺手而已"(《律吕精义·内篇》卷八)。朱载堉的笙,是按照律吕分成两组簧管排列的,六律属阳在左,六吕属阴在右,并且是"周遭之管如环无端,孔皆向外,指不入内"。而且,俗笙比雅笙少背四、哑工、哑凡三个音(《操缦古乐谱》)。由于朱载堉的笙不同一般的形制以及因此出现的有差异的演奏方法,会给习惯于俗笙演奏"向内者二孔,指入其中按之"的艺人们,带来不习惯和不方便,因此,在这一点上,也使这种实践十二平均律的乐器从开始起,就受到演奏条件的限制。这大概是朱载堉所没想到的,同时,也可能就是这种笙没有流传下来的原因。

但是，朱载堉并不是只在一种笙上去实践十二平均律的。在《律学新说》中，他提出笙要依照律管的音高来调音，以此来试验新律，并具体地指出了依律造笙的方法。他说：

　　　　须令笙匠照依律吕音调制造笙竽。笙律二物无相夺伦，而后金石丝竹一切依之，则无不克谐矣。先择声与黄钟相似之簧，令彼增减其蜡，务与黄钟律声全协，复择声与林钟相似之簧，亦令增减其蜡，务与林钟律声全协，然后两簧一口噙而吹之，则知黄钟与林钟全协者为是，不协者为非也。太簇以下诸律仿此：黄钟生林钟，此二律相协；林钟生太簇，此二律相协；太簇生南吕，此二律相协；南吕生姑洗，此二律相协；姑洗生应钟，此二律相协；应钟生蕤宾，此二律相协（以上用笙一攒）。蕤宾生大吕，此二律相协；大吕生夷则，此二律相协；夷则生夹钟，此二律相协；夹钟生无射，此二律相协；无射生仲吕，此二律相协；仲吕生黄钟，此二律相协（以上用笙一攒）。（《律学新说》卷一）

　　这样调出的笙，当然是十二平均律的。而且，用蜡来点笙，以簧片上的蜡多少来控制簧片的振动调校音高；在听取音高时，把两支簧管一齐放入口内吹响，这些，正是点笙实况的描写，近代的点笙情况，也是如此。看来，朱载堉对笙了解的程度，绝非一般了。另外，若非出于实践，怎么能写得如此具体！

　　对于明代俗笙，朱载堉也提出了应进行重新整理调律，才能定弦使用。他指出：

　　　　于世俗乐家，择其新点好笙用之。总然高下与律未必全同，但经点笙匠新整理相协，则可以定弦矣。（《律吕精义·内篇》卷六）

　　至此，我们可以知道，无论在特制的雅笙上，还是在审音听律时依律所造的笙上，以及明代的俗笙上，都可以说明朱载堉进行了十二平均律调律的实践。

结 束 语

十二平均律的提出与实践,对于朱载堉来说是统一的,他计算出了精确的数字,取得了准确的音高,并把十二平均律推广到了乐器调律的实践中,以自己的实践活动,去验证了自己的理论。因此应该看到:朱载堉不但是第一位提出十二平均律计算的人,也是第一位进行了十二平均律实践的人。

朱载堉造的笙,由于演奏不便,再加上他所推行的是雅乐音乐,所以未能流传下来,这的确是很遗憾,但他在笙上所做乐律科学的实践工作及其伟大意义却是不能被抹煞的。其实,朱载堉的实践活动,远不只在笙一种乐器上,其他处也还有许多。明显的如瑟的调弦法,也与笙调律的次序基本相同(见《律吕精义·内篇》卷七)。另外,在《乐律全书》中共有乐谱二十多处,大量的乐曲中,包括了许多旋宫乐曲,对于这样的乐曲,朱载堉说明了是"宫旋而律亦旋"。这样的要求,又只是平均律才能做到的了。对此,应如何去认识?是否已出现为平均律所写的乐曲? 总之,在《乐律全书》中,值得挖掘的东西还有很多,如果我们尽力去研究它,那么,对于朱载堉及其业绩会有更加深刻的认识,同时,也会把这位在中国历史上闪烁着光芒的人物,向人们介绍得更准确和更全面。

（原载《中国音乐学》1987 年第 1 期）

带过曲辨析

　　元散曲的小令中，有一种把两首或三首曲牌联缀在一起使用的特殊形式，通称为带过曲。每支带过曲的具体名称，即由该曲所使用的各个曲牌名称组成，并在中间加以"带"、"过"或"兼"等字。如对玉环带清江引、快活三过朝天子、骂玉郎过感皇恩采茶歌等。因为带过曲前无引子，后无尾声，还构不成套曲，所以历来人们仍把其划入小令的范畴中。

　　带过曲的种类在元散曲中并不多，根据对隋树森所编的《全元散曲》一书所做的统计，有如下二十七种：

正　　宫：叨叨令过折桂令，脱布衫过小梁州（伴读书过笑和尚）。

中正宫：快活三过朝天子，齐天乐过红衫儿，快活三过朝天子四边静，快活三过朝天子四换头，山坡羊过青哥儿，十二月过尧民歌，喜春来过普天乐，醉高歌过红绣鞋，醉高歌过喜春来，醉高歌过摊破喜春来。

仙吕宫：哪吒令过鹊踏枝寄生草。

南仙宫：骂玉郎过感皇恩采茶歌，玉交枝过四块玉。

双　　调：沽美酒过太平令，雁儿落过得胜令，楚天遥过清江引，沽美酒过快活年，水仙子过折桂令，雁儿落过清江引，雁儿落过清江引碧玉箫，一锭银过大德乐，对玉环带清江引，殿前喜过播海令大喜人心。

越　　调：黄蔷薇过庆元贞。

其中,有括号的正宫伴读书过笑和尚,只在散曲的套曲中出现过①,用在小令中的带过曲,实际上只有二十六种,这也就是元人所用带过曲种类的数目②。

目前,在论曲的著作中,对带过曲是以其存在的使用特点来做概括介绍的。如任讷在《散曲概论》中说:

带过曲……即作者填一调毕,意犹未尽,再续拈一他调,而此两调之间,音律又适能衔接也。倘两调尤嫌不足,可以三之,但到三调为止,不能再增。若再欲有增,则进而改作套曲可。③

其他人对于带过曲的介绍,都与任讷基本相同,并采用了他对带过曲的统计数字。如王季思、洪柏昭在《元散曲选注》中说:

小令是散曲的基本单位。如果作者表达的内容比较复杂,单调不够容纳,还可以把两三个宫调相同而音律恰能衔接的曲调连结在一起来填写(但最多只能填三调),这称为带过曲。带过曲的组合有一定的规律,不能随便搭配,元人使用过的有三十四种④,其中以中吕宫的〔醉高歌〕带〔红绣鞋〕,〔十二月〕带〔尧民歌〕,双调的〔雁儿落〕带〔得胜令〕,南吕宫的〔骂玉郎〕带〔感皇恩〕、〔采茶歌〕等,最为常见。这是小令的变体,传统的分法,还把它算在小令的范围内。

又如,陈锋的《元明散曲选读》中说:

小令是单支小曲,如果一曲写意未尽,还可连用两三支属于同一宫调、唱腔又能联接起来的曲子组成一支曲,名叫"带过曲"。如中吕的〔十二月带尧民歌〕,双调的〔雁儿落带得胜令〕,南吕的〔骂玉郎带感皇恩、采茶歌〕等,但最多不能超过三曲。⑤

在以上的介绍中,把带过曲主要特点归纳为:一、是在写作小令时,填一调不够用,续写而成。二、以同一宫调、音律恰能衔接的曲牌为组成带过曲的条件。三、不能超过三曲。

但是,这三点只是接触到了带过曲作品表现出来的一些写作特点,还未能对带过曲做更深的揭示,因此,仍会使人产生下列几点疑问:

1. 既然带过曲是小令的变体,为什么绝大部分带过曲所用曲牌都是与小令无关的套曲所用曲牌⑥?

2. 带过曲所用曲牌在套曲中被使用时,其前后的连接,并不完全与在带过曲中被使用的情况相同。以快活三带朝天子中的快活三为例,根据统计结果表明,快活三在套曲中(包括散曲和剧曲的套曲),其前后可连接使用的曲牌共十七个,在其前面有十二个,后面有五个。

如下所示:

$$
\left.\begin{array}{lll}
\text{尧民歌} & \text{醉春风} & \text{蛮姑儿} \\
\text{上小楼} & \text{斗鹌鹑} & \text{满庭芳} \\
\text{迎仙客} & \text{六幺序} & \text{小梁州} \\
\text{普天乐} & \text{十二月} & \text{红绣鞋}
\end{array}\right\}
\quad \text{快活三} \quad
\left\{\begin{array}{l}
\text{朝天子} \\
\text{鲍老儿} \\
\text{哨\ \ 遍} \\
\text{鲍老催} \\
\text{贺圣朝}
\end{array}\right.
$$

所列出的十七个曲牌,都是与快活三在音律上能紧密地相连接的。既然有许多不同的连接可能,为什么只选择了一种作为带过曲使用呢?

3. 带过曲在元散曲所用的十二种宫调中,分配得极不平均。中吕宫与双调各有十种带过曲;正宫、仙吕宫、南吕宫、越调各有一两种带过曲;而黄钟宫、商调、大石调、小石调、般涉调、商角调各宫调中却又是一种带过曲也没有。难道在黄钟宫、商调、大石调等宫调中没有音律能够衔接的曲牌?写作这些宫调的小令,就不会出现“填一调毕,意犹未尽”的现象?

4. 带过曲中也出现了借宫的现象。由不同宫调曲牌组成的带过曲,在《全元散曲》中有两种:叨叨令过折桂令(正宫过双调)、山坡羊过青哥儿(中吕宫过仙吕宫)。在任讷《散曲概论》中,还有两种:醉高歌带殿前欢、满庭芳带清江引

（中吕宫带双调）。小令不用借宫，只有套曲（尤其是剧曲的套曲）才使用，为什么会在带过曲中出现了？

为此，笔者对带过曲中的各种现象和带过曲与小令、套曲的差别以及它们之间的关系，做了仔细分析，在此基础上，对带过曲的来源及使用的情况做出论述如下：

（1）可以看出，相当一部分带过曲来源于套曲中曲牌的固定组合形式。正如摘令（摘调）的情况一样，套曲中曲牌固定组合形式，被单摘了出来在小令中使用，并被称为带过曲。

在元曲的套曲中（包括散曲和剧曲），除了在套曲开始处有固定的曲牌使用法并形成套曲的名称之外，在套曲中间还有一些曲牌的连接是固定或基本固定的，形成了以下的曲牌固定组合[⑦]：

正　宫：脱布衫与小梁州　　伴读书与笑和尚

中吕宫：快活三与朝天子　　剔银灯与蔓菁菜　　石榴花与斗鹌鹑　　十二
　　　　月与尧民歌

仙吕宫：哪吒令与鹊踏枝寄生草

南吕宫：哭皇天与乌夜啼　　红芍药与菩萨梁州　　骂玉郎与感皇恩采茶歌

双　调：雁儿落与得胜令　　滴滴金与折桂令　　川拨棹与七弟兄　　梅花
　　　　酒与收江南（或七弟兄与梅花酒）　　沽美酒与太平令

越　调：调笑令与小桃红　　秃厮儿与圣药王　　东原乐与绵搭絮　　黄蔷
　　　　薇与庆元贞

在所列中，有九种与带过曲的曲牌组合相同（详见下文中的表格）。而且，在一定程度上，与此相应地还表现出了在曲牌固定组合较多的宫调中，带过曲就多一些，在没有或少有曲牌固定组合的宫调中，带过曲就没有或只有很少的一两种。如双调中有十种，正宫、仙吕宫中只有一两种，这就明显是与以上各宫调所拥有的曲牌固定组合数目有关，又如黄钟宫、商调、大石调、小石调、般涉调、商角调各宫调中，竟没有带过曲存在，这正是因为这些宫调的套曲，除了在开始处使用固定的曲牌这一点与其他宫调的套曲相同之外,套曲中没有基本固定的曲牌连接⑧,所以这些宫调中也没有带过曲。可见,带过曲的多、少、有、无,与套曲中的曲牌固定组合有着很大的关系。

与套曲中曲牌固定组合相同,带过曲也是曲牌的固定组合,不能随意搭配或更换曲牌。其至,在带过曲所用曲牌中,有相当的数量是不能作为小令单独使用的。如在脱布衫过小梁州、快活三过朝天子、十二月过尧民歌、哪吒令过鹊踏枝寄生草、骂玉郎过感皇恩采茶歌、沽美酒过太平令、雁儿落过得胜令、黄蔷薇过庆元贞这些带过曲中,脱布衫、快活三、十二月、哪吒令、骂玉郎、沽美酒、雁儿落、黄蔷薇这些曲牌都不可作为小令使用。除带过曲外,它们只出现在套曲中,而且也都是被套曲中曲牌的固定组合所用。

由于带过曲与套曲中曲牌的固定组合关系如此密切,所以有些作家在套曲中干脆也用上了带过曲的名称。在元散曲中可看到的有:

> 沽美酒过太平令(见刘伯亨　朝元乐套曲)
>
> 雁儿落过得胜令(见汤式　新水令套曲)
>
> 伴读书过笑和尚(见方伯成　端正好南北合套)
>
> 脱布衫过小梁州(见汤式　塞鸿秋南北合套)

通过以上所述,已看清一部分带过曲直接来源于套曲中曲牌的固定组合,不是小令本身的变体。对此,也可视为一种形式在两处的体现。

此外,带过曲既然是曲牌的固定组合,而且所用曲牌大部分不能单独使用,所以它本身就已是一个整体,作家对所用的几支曲牌有通盘的考虑才能进行创作。因此,认为带过曲的写作只是"作者填一调毕,意犹未尽,再续拈一他调",这种看法是不全面的。

(2)受到套曲中曲牌固定组合的影响以及有了曲牌带过使用的方法,又产生了其他的带过曲。其中包括有套曲曲牌组成的小令曲牌与套曲曲牌相杂组成的和只用小令曲牌组成的带过曲。

为了说明这一点，将元散曲中的带过曲按其与套曲所用曲牌的关系做出了分类表：

种类	第一类	第二类	第三类
带过曲组成情况	带过曲所用曲牌与套曲中曲牌固定组合相同。	带过曲由套曲所用曲牌组成。	带过曲由小令曲牌和套曲曲牌相杂组成，或完全由小令曲牌组成。
带过曲名	脱布衫过小梁州 快活三过朝天子 十二月过尧民歌 哪吒令过鹊踏枝寄生草 骂玉郎过感皇恩采茶歌 沽美酒过太平令 雁儿落过得胜令 黄蔷薇过庆元贞 （伴读书过笑和尚）	叨叨令过折桂令 醉高歌过红绣鞋 醉高歌过喜春来 喜春来过普天乐 快活三过朝天子四边静 山坡羊过青哥儿 水仙子过折桂令 雁儿落过清江引 雁儿落过清江引碧玉箫	齐天乐过红衫儿 醉高歌过摊破喜春来 楚天遥过清江引 殿前欢过播海令大喜人心 对玉环带清江引 沽美酒过快活年 一锭银过大德乐 快活三过朝天子四换头 玉交枝过四块玉
附注		叨叨令过折桂令与山坡羊过青哥儿是借宫的带过曲。山坡羊、青哥儿在小令中也使用，但小令无借宫，故仍作为套曲曲牌，归入此类。	齐天乐、红衫儿、楚天遥、播海令、对玉环、快活年、大德乐、四换头、摊破喜春来是套曲中所没有的。玉交枝、四块玉是小令与套曲共有的曲牌，但套曲中从不连用，故仍作为小令，归入此类。

　　表中第一类带过曲，是来源于套曲中曲牌固定组合，二者是相同的。

　　表中第二类带过曲是由套曲曲牌所组成，并且，像醉高歌过红绣鞋、醉高歌过喜春来、喜春来过普天乐、快活三过朝天子四边静、水仙子过折桂令这些曲牌的连接形式，在套曲中都可以找到。另外，还出现了两种借宫的带过曲：叨叨令过折桂令与山坡羊过青哥儿。这两种带过曲打破了小令严守宫调的原则，运用套曲中借宫的方法将两个宫调的曲牌组合在一起了。以上的两个现象，有力地证明了这种带过曲与套曲之间的密切关系，同时也可看出它与套曲中曲牌固定组合有着相似的特点,以及其来自套曲的痕迹。因此,可认为这种带过曲是受套曲中曲牌固定组合形式的影响而产生的。

表中第三类带过曲的组成,既有套曲曲牌,又有小令曲牌。这些曲牌之间本来是不相关的,只有运用了曲牌带过使用的方法,才能在这些曲牌中形成曲牌的组合,成为带过曲。其中,完全由小令曲牌组成的有两种:齐天乐过红衫儿与玉交枝过四块玉。但齐天乐与红衫儿两支曲牌在元曲中只以带过曲的形式出现,来源尚不清楚;玉交枝与四块玉是套曲和小令共用的曲牌,因此也难说这就是纯小令曲牌组成的带过曲。

特别要注意的是,第二、三类带过曲所用曲牌的数目与套曲中曲牌固定组合所用曲牌的数目仍是相同的,即:一般是两个,至多不超过三个。实际上,这就是为什么带过曲组成的曲牌只限定为二至三个的原因。

(3)在元代之后的散曲作品中出现的带过曲,其产生依然与套曲运用曲牌的形式有密切的关系。

任讷《散曲概论》中共列带过曲三十四种,比现存元散曲中的带过曲要多,这些多出来的部分,是在元代之后的散曲作品中出现的。从书中所列的曲牌名称来看,所用依旧是套曲曲牌,那么,在其产生原因及组成原则等方面,与元散曲中带过曲也不会有大的差别。尤其是有了南曲曲牌带过北曲曲牌的带过曲,这显然是受南北合套套曲的影响而产生的,更与小令本身没有关系。

(4)带过曲与剧曲所用套曲的关系更加紧密。

与带过曲相同的套曲中的曲牌固定组合,在剧曲套曲中存在的比在散曲套曲中存在的要多。如快活三与朝天子、黄蔷薇与庆元贞这两种,就只在剧曲套曲中才存在。从全部套曲中的曲牌固定组合来看,也是剧曲套曲所拥有的数目多。如调笑令与小桃红、东原乐与绵搭絮、红芍药与菩萨梁州,都是剧曲套曲中才有。而且,即使是剧曲套曲与散曲套曲都使用的曲牌固定组合,一般也是剧曲套曲使用的数量超过散曲套曲。从这点上,也可看出剧曲套曲在扩大曲牌固定组合这种形式的影响上,会起较大的作用。因此,带过曲与剧曲套曲的关系也更加紧密。

(5)带过曲中各曲牌在音乐上的连接方式,与套曲中的曲牌音乐连接方式相同,没有特殊的表现。带过曲的形式与文字写作的关系更密切。

从现存元散曲乐谱来看⑨,带过曲所用曲牌在音乐风格上与其他曲牌相同,曲牌连接方式,与套曲中曲牌的连接并无区别,而且每个曲牌的基本音乐结构也无变化。如:

脱布衫过小梁州

在上面的乐谱中,每首曲牌仍是一首独立的乐曲,并未做有机地整体组合。由此看来,带过曲在音乐上并不像文字内容那样几个曲牌组成一个整体,从而,也说明带过曲形式的使用,与元曲作家对文字写作的探求关系更加密切。

考虑到曲牌这种形式在写作上有很大的灵活性,而且还有大大小小的数百支曲牌以及众多的长短套曲可以选用,完全可以满足各种写作上的要求,因此带过曲存在的必要性,并不显得突出和迫切。也许正是如此,带过曲没得到更大的发展,而只像几支大型的曲牌附属在小令之中。

（6）在元曲写作中,带过曲并未得到很广泛的应用。

带过曲在元散曲中被使用的情况,可以通过对《全元散曲》中带过曲曲数与作者人数的统计而得到大概的了解:

带过曲名称	曲数	作者人数	带过曲名称	曲数	作者人数
雁儿落过得胜令	69	16	快活三过朝天子四换头	3	1
骂玉郎过感皇恩采茶歌	48	7	一锭银过大德乐	3	1
快活三过朝天子	13	4	楚天遥过清江引	3	1
醉高歌过红绣鞋	6	4	山坡羊过青哥儿	2	1
十二月过尧民歌	8	3	沽美酒过快活年	2	1
脱布衫过小梁州	6	3	雁儿落过清江引碧玉箫	2	1
醉高歌过喜春来	4	3	玉交枝过四块玉	1	1
齐天乐过红衫儿	11	2	叨叨令过折桂令	1	1

续　表

带过曲名称	曲数	作者人数	带过曲名称	曲数	作者人数
水仙子过折桂令	9	2	哪吒令过鹊踏枝寄生草	1	1
沽美酒过太平令	6	2	雁儿落过清江引	1	1
黄蔷薇过庆元贞	4	2	喜春来过普天乐	1	1
对玉环带清江引	8	1	殿前喜过播海令大喜人心	1	1
快活三过朝天子四边静	4	1	醉高歌过摊破喜春来	1	1

以上共一百七十四首带过曲,其中雁儿落过得胜令和骂玉郎过感皇恩采茶歌这两种带过曲已是一百一十七首,占去了大部分,其余各种带过曲的曲数和作者人数就都不多了。有十五种只有一位作者,甚至还有七种只有一首作品留了下来。当然,也存在着佚失的问题,但缺少的绝不仅仅是带过曲,全部元散曲的作品都存在着这个问题。总之,这个现象还是表现出了带过曲被使用的大概情况,从而也看出带过曲的名声虽大,但内容却不大丰富,在元曲写作中并未得到很广泛的应用。所以,周德清《中原音韵》在定格四十首中虽也引用了带过曲的曲牌作为写作范例,但并未在论述中提到带过曲的形式和名称[⑩]。

(7)带过曲的形式,在元曲发展的中后期才被较多的作家所使用。

现存元散曲作品中带过曲的作家,除了无名氏之外共有二十七位。把这些作者按王国维《宋元戏曲考》将元曲作家分为三个时期的做法来分列,大部分作者是属于第二、三期的[⑪]。而且,使用带过曲的种类也是第二、三期明显地多于第一期。下面即是统计的结果,作者名后括号中的中文数字代表写作带过曲的种数,阿拉伯数字代表写作带过曲的曲数。

第一期(1234—1279)

　　带过曲的种类:十二月过尧民歌　快活三过朝天子　雁儿落过得胜令

　　作家:王德信(一、1)杜仁杰(一、1)庾吉甫(一、5)胡祗遹(一、1)

第二期(1279—1340)

　　带过曲的种类:十二月过尧民歌　雁儿落过得胜令　沽美酒过太平令

醉高歌过红绣鞋　醉高歌过喜春来　骂玉郎过感皇恩采茶歌　黄蔷
薇过庆元贞　山坡羊过青哥儿
　　作家:曾瑞(三、17)贯云石(二、2)张养浩(五、14)乔吉(一、4)杨朝英
(一、1)高克礼(二、4)刘庭信(一、2)兰楚芳(二、2)孙周卿(一、2)
第三期(1341—1368)
　　带过曲种类:快活三过朝天子　齐天乐过红衫儿　骂玉郎过感皇恩采
茶歌　黄蔷薇过庆元贞　醉高歌过红绣鞋　醉高歌过喜春来　醉高
歌过摊破喜春来　脱布衫过小梁州　雁儿落过得胜令　对玉环带清
江引　水仙子过折桂令　快活三过朝天子四边静　楚天遥过清江引
　　作家:张可久(三、10)顾得润(五、8)张鸣善(一、1)赵庆善(一、1)刘时
中(一、3)汤式(五、21)马谦斋(一、1)宋方壶(一、1)汪元亨(一、20)
钟嗣成(一、20)薛昂夫(一、3)

　　生存年代不明的作家有四人:邓玉宾子(一、3)吴西逸(一、4)赵岩(一、1)
贾固(一、1)。使用带过曲三种:雁儿落过得胜令、喜春来过普天乐、醉高歌过红
绣鞋。

　　这个统计清楚地表明了带过曲在元曲发展的中后期才被较多的作家所使
用,而且带过曲的种类也随之增加。

　　(8)虽然带过曲是个整体,但仍有将带过曲曲牌分列和分开演唱的现象。

　　在一般的曲集中,带过曲的几支曲牌都是作为一个整体一起列出,但有些
曲谱如《太和正音谱》与《北词广正谱》中,有时只抽出带过曲的一支曲牌作为
例曲使用。在《九宫大成南北词宫谱》中,也常有带过曲中一支曲牌的乐
谱。如:

快活三过朝天子

中吕　　　　　　　快活三　　　　　　　　　胡祗遹
　　　　　　　　　　　　　　　　　　　　《九宫大成》谱

《九宫大成》中只收了这支带过曲的快活三而没收朝天子,但这首曲子从音乐到词意都已很完整,旋律清新隽雅,富有意境,即使没有朝天子,它也是一支完全可以独立演唱的好曲子了。

指出这种情况,是为了说明在历史上人们对待带过曲还有一种实用和随意的态度,并说明在带过曲所用曲牌之间,也存在一定的灵活性和独立性。

以上八点是对带过曲做的初步推论,尚待进一步研究的证实和补充。

虽然对带过曲做仔细研究的人不多,但偶尔也能看到对带过曲的议论。如:有人认为带过曲产生于套曲之前,产生的原因是"受了诸宫调的影响,即将数曲相联缀,填入篇幅较长的诗歌,流行演唱于民间。这些联缀使用的曲子逐渐固定化,成为习惯"[12]。这样的看法,便与本文所论大相径庭。但作者并未对带过曲进行论述,只是顺便提及,对此,本文也未将其作为一种定论列出。

带过曲的问题在元曲中是个小问题,作品的数量也很少,但对于这类小问题如都能进行仔细的分析和研究,终归会有利于加深对整个元曲的认识和理解。对枝节的清理和研究,也是进行整体研究所必须做的工作。因此,虽然本文对于带过曲的种类、特点、用途、表现能力以及这种形式被运用的原因及其发展的历史等方面还没有论及到,也暂作为小识提出来,以供研究元曲及中国古代乐曲体裁的同志参考,并希望能得到批评意见。

注　释:

①　见《全元散曲》方伯成《瑞正好》南北合套。

②　任讷《散曲概论》统计带过曲共有三十四种,由于包括了对元代之后散曲作品的统计,所以多于元人所用带过曲的种类。以下的带过曲,在《全元散曲》中是没有的:正宫:小梁州带风入松;仙吕宫:后庭花带青歌儿;南吕宫:骂五郎带采茶歌;双调:梅花酒带七弟兄、竹

枝歌带侧砖儿、江儿水带碧玉箫、锦上花带清江引碧玉箫;中吕带双调:醉高歌带殿前欢、满庭芳带清江引;南曲带过曲:朝元歌带朝元令;南北兼带:南楚江情带北金字经、南红绣鞋带北红绣鞋。

③　见任讷《散曲概论》卷一。

④　见《元散曲选注》(北京出版社 1981 年版)。三十四种是任讷《散曲概论》中对所有带过曲的统计数字,不只限于元人所用。元人小令中只有二十六种带过曲,详见本文对元散曲中带过曲的统计。

⑤　见《元明散曲选读》(黑龙江人民出版社 1983 年版)。

⑥　关于现存元曲作品中曲牌使用的详细情况。请参阅拙著《元散曲的音乐》一书中"现存元曲作品所用曲牌索引",此书将由文化艺术出版社出版。

⑦　王力《汉语诗律学》所列曲牌固定组合中,还有三种是本文未收的:正宫倘秀才与滚绣球、南吕隔尾与牧羊关、商调金菊香与醋葫芦。因这三种与其他的曲牌固定组合在音乐上和使用特点上有明显不同,对分辨套曲的种类等方面起着重要的作用,故本文未收。在本文所收曲牌固定组合中,越调黄蔷薇过庆元贞在元曲套曲中只出现过一例(《盆儿鬼·第三折》),因无其他可对比,暂收入。

⑧　王力《汉语诗律学》中有商调金菊香与醋葫芦一种,但本文未收,原因见注⑦所述。

⑨　现存元散曲乐谱共六百八十首,集中保存在《九宫大成南北词宫谱》中。

⑩　周德清《中原音韵》所列曲牌名称中有双调离亭宴带歇拍煞一种,但此曲牌属于套曲尾声,不算为带过曲。

⑪　本文中作者分期按王国维《宋元戏曲考》及杨荫浏《中国古代音乐史稿》二书所列,以上二书所无的,按隋树森《全元散曲》及孙楷第《元曲家考略》二书所提供的材料参订。

⑫　见《戏曲研究》第一辑张庚《北杂剧声腔的形成和衰落》。

(原载《中国音乐学》1986 年第 4 期)

近代北曲各宫调所用调高

近代南北曲所用宫调，仍是处于宋元以来从唐宋燕乐基础上发展起来的戏曲传统宫调系统之中。这个系统，在历史上曾包括有南宋词曲的七宫十二调、金元的六宫十一调、元代北曲的十二宫调、元末南曲的十三宫调、清代以及近代南北曲中仍在使用的九宫（五宫四调）。其中，元代北曲所用的十二宫调、元末南曲的十三宫调，与近代南北曲的九宫之间，只是删繁就简、归并使用的关系，在所用套曲和曲牌的音乐所属宫调等主要方面，并没有本质上的变化。因此，可以认为这种自元代就被确定使用的戏曲宫调系统，经过了元、明、清三代数百年之久，几乎没有变化地一直沿用了下来。这表明了这种宫调系统有着牢固的稳定性，而且还具有一定的实用价值，所以才有这么强的生命力，以至于从历史阶段上来看，在新的音乐理论代替了中国旧有的宫调理论之前，这个系统也是最有规模的一种宫调系统，以其具有的实用和灵活的特点，活跃在民族音乐之中。正由于此，我们在了解古代戏曲音乐实际情况的时候，在宫调问题上，就已存在着一条重要的线索需要我们去寻踪探源。

本文的目的，即是将近代北曲（昆曲中的北曲）中各个宫调所用的实际调高，整理出一个头绪和大概的面貌来，以便在探讨戏曲音乐所用宫调时，在调高的问题上能有较明确的认识。

一、近代北曲各宫调所用调高统计

从近代有关唱曲的论述中，可以整理出一份北曲各宫调所用实际调高的表格来。这些论述者，不但是理论家，而且也是有着丰富唱曲实践经验的唱家，他们的总结是有一定代表性的。

近代北曲各宫调实用调高统计表

调高/宫调名称 \ 书名与作者	顾曲麈谈 吴梅	螾庐曲谈 王季烈	中国古代音乐史稿 杨荫浏	昆曲曲调 赵景深 等 俞振飞	昆曲津梁 谢也实 谢真弗	戏文概论 钱南扬
黄钟宫	六字调(F) 凡字调(♭E)	正工调(G) 六字调(F) 凡字调(♭E)	正工调(G) 六字调(F) 凡字调(♭E)	正工调(G) 六字调(F)	正工调(G) 六字调(F) 凡字调(♭E)	正工调(G) 六字调(F) 凡字调(♭E)
正宫	小工调(D) 尺字调(C)	小工调(D) 尺字调(C) 上字调(♭B)	小工调(D) 尺字调(C) 上字调(♭B)	小工调(D)	小工调(D) 尺字调(C) 上字调(♭B)	小工调(D) 尺字调(C)
中吕宫	小工调(D) 尺字调(C)	六字调(F) 小工调(D) 尺字调(C)	六字调(F) 小工调(D) 尺字调(C)	小工调(D) 尺字调(C)	六字调(F) 小工调(D) 尺字调(C)	小工调(D) 尺字调(C)
仙吕宫	凡字调(♭E) 小工调(D) 尺字调(C)	正工调(G) 小工调(D) 尺字调(C)	正工调(G) 小工调(D) 尺字调(C)	正工调(G) 小工调(D)	正工调(G) 小工调(D) 尺字调(C)	正工调(G) 尺字调(C) 凡字调(♭E) 小工调(D)
南吕宫	六字调(F) 凡字调(♭E) 上字调(♭B)	凡字调(♭E) 小工调(D) 尺字调(C)	凡字调(♭E) 小工调(D) 尺字调(C)	六字调(F) 凡字调(♭E)	凡字调(♭E) 小工调(D) 尺字调(C)	六字调(F) 凡字调(♭E) 上字调(♭B)
双调	乙字调(A) 正宫调(G)	乙字调(A) 正工调(G)	乙字调(A) 正工调(G)	小工调(D)	乙字调(A) 正宫调(G)	小工调(D) 尺字调(C)
商调	六字调(F) 上字调(♭B)	六字调(F) 尺字调(C) 凡字调(♭E) 小工调(D)	六字调(F) 尺字调(C) 凡字调(♭E) 小工调(D)	六字调(F) 小工调(D)	尺字调(C) 上字调(♭B)	六字调(F) 上字调(♭B)
越调	六字调(F) 上字调(♭B)	六字调(F) 凡字调(♭E)	六字调(F) 凡字调(♭E)	六字调(F) 凡字调(♭E)	六字调(F) 上字调(♭B) 凡字调(♭E) 小工调(D)	六字调(F) 上字调(♭B)

续　表

书名与作者 调高 宫调名称	顾曲麈谈 吴梅	蜫庐曲谈 王季烈	中国古代 音乐史稿 杨荫浏	昆曲曲调 赵景深等 俞振飞	昆曲津梁 谢也实 谢真苇	戏文概论 钱南扬
大石调	小工调(D) 尺字调(C)	小工调(D) 尺字调(C)	小工调(D) 尺字调(C)		小工调(D) 尺字调(C)	小工调(D) 尺字调(C)
小石调	小工调(D) 尺字调(C)	小工调(D) 尺字调(C)			小工调(D) 尺字调(C)	小工调(D) 尺字调(C)
般涉调	小工调(D) 尺字调(C)	小工调(D) 尺字调(C)		小工调(D)	小工调(D) 尺字调(C)	小工调(D) 尺字调(C)
商角调	六字调(F) 凡字调($^\flat$E)	六字调(F) 凡字调($^\flat$E)				

二、所列调高中存在的问题及其解决

在上表中,虽然罗列了各家的说法,但各说之间还有分歧,在有些宫调的调高上相互之间还差得比较远,并且,有的书中实际上并未明确分出南曲和北曲的定调,而是统而论之的。因此,这个表还要进行整理。整理中,以下三个大的问题是必须解决的。

第一,大石调、小石调、般涉调、商角调四调在近代北曲中已无,它们的调高是从哪里来的?

第二,双调的调高明显地被分为两类,并且相差很远,这是什么原因?哪个是正确的?

第三,各个宫调所用调高都不只是一种,最多能到五种(如南吕宫),在一个宫调中,使用不同调高的分配原则是什么?能不能把所列出的不同调高再精练一些,使之更加集中?

解决这些问题时,采取了从记录有实际演唱调高的曲集与艺人们的手抄本中进行查找的做法,从中了解了调高的情况,然后再与上表核对。为此,先后查找了《集成曲谱》、《遏云阁曲谱》、《天韵社曲谱》、《六也曲谱》、《昆曲大全》、《振飞曲谱》等曲集以及一部分老艺人的手抄本。完成了这项工作之后，对以上三个问题基本搞清，并可解答如下：

第一，关于大石调、小石调、般涉调、商角调四调的调高来源。

1. 大石调

大石调在近代北曲中已无，表中所列大石调调高，是依南曲大石调调高而定的。

近代南曲中，尚有大石调的曲牌，在演唱调高上除了个别处有用凡字调和六字调之外，基本上都是用尺字调与小工调。如《集成曲谱》中南曲大石调曲牌所用调高：

曲　牌	调　高	剧　名	演唱角色	《集成曲谱》卷数
丑奴儿	尺字调	浣纱记·采莲	净	玉·三
东风第一枝	尺字调	长生殿·定情	小生	玉·七
碧玉令	小工调	一捧雪·路遇	外	金·七
念奴娇	凡字调	琵琶记·赏秋	旦	金·三
念奴娇	尺字调	荆钗记·赴试	净、小生	声·一
念奴娇	尺字调	浣纱记·采莲	旦、净	玉·二
眼儿媚	尺字调	紫钗记·裁诗	正旦	声·六
念奴娇序	尺字调	琵琶记·赏秋	小生、旦	金·三
念奴娇序	尺字调	浣纱记·采莲	净、旦	玉·二
念奴娇序	尺字调	长生殿·定情	小生、旦	玉·七
催拍	小工调	琵琶记·别丈	小生、旦	金·三
催拍	小工调	牡丹亭·婚走	小生、旦、净	金·三
催拍	小工调	浣纱记·寄子	外、贴	玉·二
催拍	小工调	邯郸梦·生寤	老生	玉·三
催拍	小工调	长生殿·补恨	正旦	玉·八
赛观音	小工调	一捧雪·路遇	合唱	金·七
赛观音	小工调	幽闺记·出关	小生	声·四
人月圆	小工调	一捧雪·路遇	合唱	金·七
人月圆	小工调	幽闺记·出关	小生	声·四
鱼儿赚	六字调	长生殿·偷曲	末	玉·七

由此可见,北曲大石调调高定为小工调和尺字调,是随南曲大石调曲牌所用调高而定的。

2. 小石调

小石调在近代北曲中也无,表中所列的小石调调高,是依南曲小石调而定的。现存南曲小石调曲牌的演唱调高,只有小工调与尺字调两种。如《集成曲谱》中南曲小石调调高:

曲　牌	调　高	剧　名	演唱角色	《集成曲谱》卷数
相思引	小工调	荆钗记·女祭	老旦	声·三
渔灯儿 锦渔灯 锦上花 锦中拍 锦后拍	尺字调 尺字调 尺字调	烂柯山·痴梦 西厢记·听琴 长生殿·闻乐	正旦 旦 旦、贴	玉·六 声·七 玉·七
渔灯儿 锦渔灯 锦上花 锦中拍 锦后拍 骂玉郎	尺字调 尺字调 尺字调	水浒记·活捉 红楼梦·听雨 渔家乐·营会	付、贴 旦、生 小生、正旦	振·五 声·八 振·六

因此,可看出北曲小石调调高,是随南曲而定的。

3. 般涉调

般涉调在现代北曲中已不独立存在,表中般涉调的调高,来自于般涉调曲牌耍孩儿在各宫调套曲之中被使用时的调高。耍孩儿在被使用时,只有小工调和尺字调两种调高,如《集成曲谱》中,耍孩儿在各宫调套曲中被使用的情况及所用调高如下:

耍孩儿所在套曲名称	调　高	剧　名	演唱角色	《集成曲谱》卷数
正宫脱布衫套曲	小工调	狮吼记·三怕	旦	金·四
南曲曲牌双进酒之后	小工调	人兽关·演官	净、丑	声·八
中吕粉蝶儿套曲	尺字调	吟风阁·罢宴	生、正旦、老旦	声·八

续　表

耍孩儿所在套曲名称	调　高	剧　名	演唱角色	《集成曲谱》卷数
中吕粉蝶儿套曲	小工调	邯郸梦·三醉	生	玉·三
正宫脱布衫套曲	小工调	南柯记·花报	贴	玉·四
中吕粉蝶儿南北合套	尺字调	宵光剑·救青	净	玉·五
正宫端正好套曲	小工调	长生殿·哭像	小生	玉·八
仙吕点绛唇套曲	小工调	四声猿·骂曹	小生、生	振·三
中吕粉蝶儿套曲	尺字调	红梨记·醉皂	付	振·四

在这种情况下,完全能看出般涉调的调高,是随耍孩儿曲牌的定调而来的。

4. 商角调

商角调在近代北曲中也无表中所定调高,有可能来自北曲商调的调高。但在吴梅《顾曲麈谈》与王季烈《螾庐曲谈》中所列的商角调调高,和所列的商调调高并不完全一致,所以也还有来源于其他方面的可能。然而,商角调调高却是比较难于考证的,因为和它相似的调高就有商调和越调两种,又无南曲调高可作为参考,同时也并不能确定它就是保留了宋代燕乐宫调理论的调高。因此,在一时难以搞清其来源的情况下,暂做推论如下:

(1)北曲商调的主要调高为六字调和凡字调两种,其他为变化曲调所用调高。表中商角调的调高,可能是取自商调的主要调高。

(2)从对《集成曲谱》的调高统计来看,商调南曲的调高,也是以六字调和凡字调为主,而且更加明显和集中。因此,表中商角调调高也有可能是取自商调南曲的调高。

(3)商角调散曲套曲中,睢景臣所作"寓僧舍"黄莺儿套曲,是著名的散套,文词甚佳,吴梅《顾曲麈谈》中曾特意提出。这支套曲又有乐谱保存下来。因此,可以设想为吴梅把这支套曲在实际演唱中所用的调高,代表了商角调的调高记录了下来。王季烈出书在后,也有可能是随之而定的。

对这四调调高进行讨论之后,可以看出它们基本上都是附属于其他宫调甚至是南曲的调高之上,所以对此还得进行更仔细的研究和考证。在目前,是不能与北曲其他宫调的调高等同对待和在研究上加以利用。

第二,关于双调调高。

在表中,双调调高被分为完全不同的两类,一类是乙字调、正宫调;另一类是小工调、尺字调,互相差得很远。实际上,北曲双调的调高,只有小工调、尺字调两种,个别也有用更低一些的上字调,但为数极少,根本就没有用乙字调和正宫调调高的。而南曲双调曲牌在演唱时,倒是使用乙字调和正宫调的调高。如《集成曲谱》中南曲双调一些曲牌的定调:

曲　牌	调　高	剧　名	演唱角色	《集成曲谱》卷数
锁南枝	正工调	琵琶记·抢粮	正旦	金·二
锁南枝	乙字调	一捧雪·换监	末	金·七
锁南枝	正工调	邯郸梦·授枕	生	玉·三
锁南枝	正工调	南柯记·就征	生	玉·四
锁南枝	正工调	烂柯山·痴梦	正旦	玉·六
孝顺儿	乙字调	琵琶记·吃糠	正旦	金·二
荷叶铺水面	正工调	白兔记·麻地	旦	声·四

由此看来,在双调的调高上只标为乙字调和正工调的做法,是遗漏了北曲的调高或是误标了。自从吴梅在《顾曲麈谈》中把双调的调高标为乙字调和正工调之后,随他而标的人,也同样未区分南曲和北曲的不同而出现了误漏(这个误漏甚至在1983年出版的《中国大百科全书·戏曲曲艺》"宫调"条中也依然存在)。但是,《昆曲曲调》和《戏文概论》两书中所标的北曲双调调高是小工调及尺字调,则是正确的,符合实际的情况。

第三,不同调高的分配原则。

在各书中,对一宫调内调高之所以有差别的原因虽然都做了些说明,指出了是由于演唱人物的"阔口"、"细口",也就是角色、行当(生、旦、净等)的不同在调高上会有些差异,并指出可以灵活运用调高。但是,不同调高是如何分配的,各种角色在调高上相差多少,却交代得很不清楚。为此,下面还是以《集成曲谱》为代表材料,把现代北曲实际所用八个宫调的套曲摘录出来,从中可详细地看到各种角色在调高分配上的情况(在其他曲集以及艺人们的手抄本中,定调与《集成曲谱》基本相似,此处便从略)。

黄 钟 宫

套曲名称	调 高	剧 名	演唱角色	《集成曲谱》卷数
醉花阴	正工调	钧天乐·诉庙	小生	金·八
醉花阴(合套)	正工调	牡丹亭·圆驾	旦	声·五
醉花阴(合套)	凡字调	邯郸梦·云阳	老生	玉·三
醉花阴(合套)	正工调	长生殿·絮阁	冠生、旦	玉·七
醉花阴	六字调	连环记·问探	丑	振·二
醉花阴	六字调	水浒记·刘唐	净	振·五
醉花阴	六字调	麒麟阁·三挡	老生	振·六

注:(合套)为南北合套套曲。下同。

正 宫

套曲名称	调 高	剧 名	演唱角色	《集成曲谱》卷数
端正好	尺字调或上字调	风云会·访普	生	金·一
端正好	尺字调	一捧雪·祭姬	外	金·七
端正好	尺字调	醉菩提·伏虎	老生	金·八
端正好	小工调	金锁记·斩窦	旦	声·七
端正好	小工调	铁冠图·刺虎	旦	玉·六
端正好	小工调	长生殿·哭像	小生	玉·八
端正好	小工调	西游记·借扇	旦	振·二

中 吕 宫

套曲名称	调 高	剧 名	演唱角色	《集成曲谱》卷数
粉蝶儿	尺字调	东窗事犯·扫秦	丑	金·一
粉蝶儿	尺字调	吟风阁·罢宴	老旦	声·八
粉蝶儿	六字调	单刀会·训子	净	玉·一

续　表

套曲名称	调 高	剧 名	演唱角色	《集成曲谱》卷数
粉蝶儿	小工调	邯郸梦·扫花、三醉	小生	玉·三
粉蝶儿	尺字调	宵光剑·救青	净	玉·五
粉蝶儿	尺字调	风云会·送京	净、旦	玉·六
粉蝶儿	小工调	烂柯山·悔嫁	正旦	玉·六
粉蝶儿（合套）	小工调	长生殿·惊变	小生、旦	玉·八
粉蝶儿	小工调	西游记·撇子	正旦	振·二
粉蝶儿	尺字调	一种情·冥勘	净	振·三
粉蝶儿	尺字调	红梨记·醉皂	付	振·四
粉蝶儿（合套）	小工调	渔家乐·刺梁	旦、净	振·六
粉蝶儿（合套）	尺字调	满床笏·祭旗	生	振·八

仙　吕　宫

套曲名称	调 高	剧 名	演唱角色	《集成曲谱》卷数
点绛唇	尺字调	琵琶记·辞朝	末	金·二
点绛唇	尺字调	西楼记·侠试	生	金·六
点绛唇	小工调	一捧雪·豪宴	旦（扮生）	金·七
点绛唇	尺字调	虎囊弹·山亭	净	金·七
点绛唇	尺字调	醉菩提·佛园	老生	金·八
点绛唇	尺字调	钧天乐·诉庙	净	金·八
点绛唇	正工调	牡丹亭·冥判	净	声·五
点绛唇	小工调	紫钗记·边愁	众唱、生	声·六
点绛唇	小工调	紫钗记·折柳	冠生、五旦	声·六
点绛唇	尺字调转六字调	莲花宝筏·北饯	净	玉·一
点绛唇	尺字调	十面埋伏·十面	老生	玉·一
点绛唇	尺字调	邯郸梦·仙圆	老生	玉·三

续　表

套曲名称	调　高	剧　名	演唱角色	《集成曲谱》卷数
点绛唇	尺字调	宵光剑·功宴	净	玉·五
点绛唇	尺字调	长生殿·觅魂	净	玉·八
点绛唇	尺字调	渔樵记·北樵	生	振·一
点绛唇	尺字调	西游记·撇子	末	振·二
点绛唇	正工调	四声猿·骂曹	生	振·三
点绛唇	小工调转六字调	八义记·观画	作旦	振·三
点绛唇	正工调	红梨记·花婆	老旦	振·四
点绛唇	尺字调	十五贯·判斩	外	振·七

南　吕　宫

套曲名称	调　高	剧　名	演唱角色	《集成曲谱》卷数
一枝花	凡字调	货郎担·女弹	正旦	声·一
一枝花	凡字调	浣纱记·赐剑	外	玉·三
一枝花	六字调	南柯记·瑶台	五旦	玉·四
一枝花	凡字调	铁冠图·守门	老旦	玉·六
一枝花	尺字调	长生殿·弹词	老生	玉·八
一枝花	凡字调	红梅记·鬼辨	旦	振·三
一枝花	凡字调	满床笏·卸甲	生	振·八

双　调

套曲名称	调　高	剧　名	演唱角色	《集成曲谱》卷数
新水令(合套)	小工调	金崔记·醉圆	旦、小生	金·五
新水令	尺字调	双红记·青门	净、旦	金·五
新水令(合套)	小工调	西楼记·错梦	小生、贴	金·六
新水令(合套)	小工调或尺字调	醉菩提·醒妓	生、旦	金·八

续　表

套曲名称	调高	剧　名	演唱角色	《集成曲谱》卷数
新水令	尺字调	昊天塔·五台	净	声·一
新水令	尺字调	马陵道·孙诈	生	声·一
新水令（合套）	小工调	荆钗记·男祭	老旦、小生	声·三
新水令（合套）	小工调	牡丹亭·硬拷	小生、外、末	声·五
新水令（合套）	尺字调	紫钗记·遇侠	净、生、小生	声·六
新水令（合套）	尺字调	人兽关·恶梦	净、旦	声·八
新水令（合套）	小工调	四弦秋·送客	生、旦	声·八
新水令	上字调	单刀会·刀会	净	玉·一
新水令（合套）	小工调	浣纱记·泛湖	小生、旦	玉·三
新水令	小工调	南柯记·情尽	小生、旦、净	玉·四
新水令（合套）	尺字调	千金记·追信	生、外	玉·四
新水令（合套）	小工调	永团圆·堂配	外、小生、净	玉·五
新水令（合套）	小工调	吉庆图·醉监	小生、末、贴	玉·六
新水令（合套）	小工调	艳云亭·点香	旦、丑	玉·六
新水令（合套）	小工调	烂柯山·泼水	生、正旦	玉·六
新水令	尺字调	铁冠图·探山	外	玉·六
新水令	尺字调	唐三藏·回回	净	振·一
新水令	小工调	西游记·胖姑	旦	振·二
新水令	小工调	西游记·思春	旦	振·二
新水令	尺字调	义侠记·打虎	生	振·三
新水令（合套）	小工调	玉簪记·佛会	老旦	振·五
新水令（合套）	小工调	千钟禄·打车	老生	振·六
新水令（合套）	小工调	桃花扇·寄扇	贴	振·七
新水令（合套）	小工调	蝴蝶梦·扇坟	生、旦	振·七
新水令（合套）	小工调	白罗衫·井遇	小生	振·八

商　调

套曲名称	调　高	剧　名	演唱角色	《集成曲谱》卷数
集贤宾	尺字调	长生殿·酒楼	老生	玉·七
集贤宾	六字调	两世姻缘·离魂	旦	振·一
集贤宾	六字调	西游记·认子	正旦	振·二

越　调

套曲名称	调　高	剧　名	演唱角色	《集成曲谱》卷数
斗鹌鹑	六字调或凡字调	不伏老·北诈	净	金·一
斗鹌鹑	六字调	双红记·击犬	净	金·五
斗鹌鹑	六字调	醉菩提·当酒	老生	金·八
斗鹌鹑	六字调	草庐记·花荡	净	声·八
斗鹌鹑	六字调	红楼梦·葬花	旦	声·八
斗鹌鹑	六字调	占花魁·劝妆	老旦	玉·五
斗鹌鹑	六字调	艳云亭·痴诉	旦	玉·六
斗鹌鹑	六字调	长生殿·神诉	付	玉·八
斗鹌鹑	六字调	蝴蝶梦·毁扇	生	振·七

　　以上所道,虽已趋于明朗,但仍有纷乱之感,若以宫调为纲,将演唱角色再加以顺理、统一,调高分配的情况则可看得更加清楚。如下表:

宫　调	演唱调高	演唱角色
黄钟宫	正工调（G） 六字调（F） 凡字调（^{b}E）	旦、小生 生、净 生
正　宫	小工调（D） 尺字调（C） 上字调（^{b}B）	旦、小生 生 生

续　表

宫　调	演唱调高	演唱角色
仙吕宫	正工调(G) 六字调(F) 小工调(D) 尺字调(C)	生、净、老旦 旦、净 旦、小生、生 生、净、老旦
中吕宫	六字调(F) 小工调(D) 尺字调(C)	净 旦、小生、生 净、生
南吕宫	六字调(F) 凡字调(ᵇE) 尺字调(C)	旦 旦、生、老旦 生
双　调	小工调(D) 尺字调(C) 上字调(ᵇB)	旦、小生、老旦、生、净 生、净、旦 净
商　调	六字调(F) 尺字调(C)	旦 生
越　调	六字调(F) 凡字调(ᵇE)	旦、生、净、老旦 净
备　注	旦:包括正旦、贴旦、武旦等唱法相同的角色。 生:包括老生、武生、付、外、丑等唱法相同的角色。	

　　表中小生与旦在唱腔和唱法上基本相同,可归入旦类;老旦的唱腔和唱法与生基本相同,可归入生类,因此,从音乐上来说,实际只有生(包括净)和旦(包括小生)两大类的区分。从而,也可基本看清在一宫调之中不同调高的分配原则。这个原则就是以生、旦(也就是男女声)来区别使用调高的。旦要比生高一个大二度;在生的一类中,净要比生还低些,也低一个大二度。虽然不是绝对如此,但统计中已明显地表示出了这种状态。而且,也能看出除了变化曲调之外,每个宫调的调高也是基本固定的。至此,不但对不同调高的分配原则已有所了解,同时也得到一份可以使用的、有代表性的近代北曲调高的材料了。

三、近代北曲调高初步确定

在以上的统计中,分出了生、旦两大类,若只取一种为依据进行更细地综合,即可得到一种统一的调高结果。

在生、旦所用的两种不同调高上,显然旦是较固定而生则是较不固定的。这是因为在南北曲中,男声演唱不但经常处于很高的音区之中,而且音色也不统一,变化多,有时甚至还用一些假声,即使是同一角色演唱同样的曲调,也可能使用不同的调高,而使之呈现较不稳定的状态。与之相比较,女声所用的音区和音色却都比较统一,一般很少有变换调高的情况出现,有着相当的稳定性。而且,古今以来女声演唱上的变化是较小的,而男声的变化则大。这一点,从近代戏曲演唱的情况中,是不难体会到的,因此,在为近代北曲找出较准确的调高时,以旦的女声调高作为标准和依据是可行的。

只采用旦所用的调高,再经过梳理,删除变化曲调所引起的变化调高,即可以取得以下较明确的结果了:

黄钟宫:正工调(G)

正　宫:小工调(D)

中吕宫:小工调(D)

仙吕宫:小工调(D)　　　六字调(F)

南昌宫:凡字调(♭E)

双　调:小工调(D)

商　调;六字调(F)

越　调:六字调(F)

以上所列中,只有仙吕宫是两种调高,这是因为在仙吕宫套曲中存在着明显的换调现象,故列为两种调高。

若采用生用的调高,也经过整理和除去变化曲调的调高及不同角色(净)的变化调高,也可得出另一类结果:

黄钟宫:六字调(F)

正　宫:尺字调(C)　　上字调(ᵇB)

中吕宫:尺字调(C)　　小工调(D)

仙吕宫:尺字调(C)　　小工调(D)

南吕宫:凡字调(ᵇE)　　尺字调(C)

双　调:尺字调(C)　　小工调(D)

商　调:六字调(F)　　尺字调(C)

越　调:六字调(F)

但是,由于生所用的调高情况比较复杂,所以这个统计仍有模糊以及不够准确的地方。尤其在生所用的调高中,有时并不是因角色不同或曲调变化所引起了使用不同的调高,而是自然地运用着相差不多的两种调高,因此也难确定哪种更加准确。而且,南吕宫和双调的调高情况也很复杂,它们存在的套曲数目又不多,对此,也同样难以确定哪种为基本调高。总而言之,在不能以旦所用的调高来替代的原则下,只能将各宫调中生所用的调高列出而已。只是,商调调高按《振飞曲谱》注明尺字调是"变调之特例"（第 304 页）的说法,仍标为六字调,尺字调作为第二种调高。在目前这种对生所用调高整理得不够清楚的情况下,还是以旦所用的调高为准更为恰当。

从以上的分析、统计中还可看出,近代北曲中只用四种调高为基本调高。（以旦所用为准）即:正工调(G)、六字调(F)、凡字调(ᵇE)、小工调(D)。其他,则可能是变化的调高。四种调高又被八个宫调所分别使用,而且,在使用上也不是平均的,有的多,有的少:

正工调(G):黄钟宫

凡字调(ᵇE):南吕官

六字调(F):商调、越调

小工调(D):正宫、中吕宫、仙吕宫、双调

生所用的调高虽然不同,但每种调高所属的宫调数目却是基本相同的,这就说明了二者仍是同一性质。这一点,还可证明即使不是所列出旦所用的那四

种调高或其中某一种是另外的调高,但这些宫调所用调高之间大概的音程关系,很可能就是这样。

结 束 语

仅从以上所得到的近代北曲各宫调所用调高的情况来看,戏曲的宫调在南北曲中还是有着一定的功能,而且还有一定规律可循。另外,熟悉北曲曲调的人,可以毫不犹豫地说出正宫端正好与双调新水令的不同、商调集贤宾和越调斗鹌鹑的差异,这些用同一调高的不同宫调的乐曲在调式、旋律风格等方面仍有很大差异的现象,说明各宫调之间不仅仅存在着调高的不同,还有各自不同的音乐内容存在。也就是说,宫调的名称仍有着一定的音乐含义。虽然戏曲音乐的宫调与历史上传统的唐宋燕乐宫调理论不尽符合或完全不同,但应看到这是宋元以来在宫调理论系统中一个发展、变化的历史现象,也应得到重视和进行深入的研究。

目前,本文的分析和统计只是初步的,而且,把调高化繁为简的做法,虽然是可用的一种方法,给分析和研究上带来便利,但也存在着缺点,这主要表现在只着重了对普遍现象的分析而对特殊现象则注意不够,因此,难免有不足和错误存在。对此,衷心希望得到批评意见和能引起更多人的讨论,使自己从中受到教益。

（原载《音乐研究》1987 年第 3 期）

后记——声响年华

　　我从 1956 年开始学习戏曲音乐起，至今已经五十二年了。在这期间，曾换过几次工作，也从国内转到了国外，但是，无论做什么、在哪里，我都没有离开音乐。文集中的文章纪录了我多年的经历，因此，把书名题为"声响年华"。

　　在国内的时候，我的工作是音乐的实践与研究，与此有关的文章，都放在"话忆当年"和"乐律与宫调"中了。希望这部分的内容能给人们一些回忆和参考。

　　到了国外以后，主要是介绍中国音乐。尽量抓住中国文化的特点使外国人理解我们，是我写一些短文的目的。这部分的文章，我放在了"乐话闲谈"里。

　　另外，我还写了一些谈语言与音乐关系的、谈中国戏曲的、谈日本音乐等文章。把这些也收入文集，是想给读者提供些材料，并请批评。文章虽是出于自己的兴趣，但仍是为了探讨和介绍中国文化艺术特点而写的。由于在国外，视角有些不同，文章的味道可能也有了点儿变化。这些文章，分别放在了"语言与音乐"、"戏曲与音乐"、"中日音乐比较"这三部分中了。

　　文集看起来内容比较纷杂，共分了六个部分，但是，希望音乐界、戏曲界和文学界的读者们，各自都能从中找到有兴趣的文章。

　　对中国文化的学习和研究，时间长了，也有了一些自己的看法。这个看法，集中表现在"依其特点　循其脉络"这篇文章中。在此，不揣谫陋，大胆地以其代序，希望引起注意，得到读者的批评。

　　为了使本文集增加些艺术趣味，特意从祖父孙伯醇先生的画中选了几幅作为插图。这些画于 20 世纪 50 年代的画,清新纯朴、寓意深邃、表现新奇,艺术性很高。读者如果也能喜欢,我想,祖父也会欣慰的。

　　能出文集虽很高兴,但这是对过去的总结。近年来,在国内参加一些会议时,看到年轻人意气风发,学术上生气勃勃,确实感到与他们的差距已经很大了。在我六十岁生日的时候,曾诌了几句诗自勉,写在这里,表示自己还有继续学习的心意吧:

　　　　六十始学诗,苦乐自心知。笔力虽犹健,诗思却来迟。
　　　　水沸声方响,岁增世更识。还历返童子,学步尚及时。

孙玄龄

2008 年 9 月于日本丽泽大学